CW00501507

MAMÁ, ME VOY A LONDRES

PALOMA CORREDOR

Título: *Mamá, me voy a Londres*
© *Paloma Corredor*

Edición publicada en diciembre de 2020

Diseño de portada y contraportada: *Alexia Jorques*
Maquetación: *Alexia Jorques*

PALOMA CORREDOR

Para Ángel, a quien fui a buscar a Londres... sin saberlo

Ahora estás
en Londres, ese gran mar, cuyo flujo y reflujo
de inmediato es sordo y fuerte, y en la orilla
vomita sus naufragios y sigue aullando por más.
Sin embargo, en su profundidad, ¡qué tesoros!

You are now
in London, that great sea, whose ebb and flow
At once is deaf and loud, and on the shore
Vomits its wrecks, and still howls on for more.
Yet in its depth what treasures!

Percy B. Shelley

Me gusta el espíritu de este gran Londres que siento a mi alrededor. ¿Quién sino un cobarde pasaría toda su vida en la aldea, abandonando para siempre sus facultades en la voraz herrumbre de la oscuridad?

I like the spirit of this great London which I feel around me.

Who but a coward would pass his whole life in hamlets; and for ever abandon his faculties to the eating rust of obscurity?

Charlotte Brontë, «Villette» (1853)

Todo empezó cuando...

«Me voy a vivir a Londres». Josefina lo soltó un domingo de abril, frente a una paella de marisco y los rostros atónitos de sus padres, su hermana mayor y su cuñado. Lo echó fuera como un trozo de langostino de esos que sus sobrinos escupían hechos una bola que a ella siempre le daba un poco de asco.

Tenía buenas razones para decir lo que acababa de decir: su novio ya no la quería, la habían despedido del trabajo y estaba deseando poner un poco de tierra (y a ser posible, algún que otro océano) entre su vida y ella. Al fin y al cabo, esas eran las tres grandes razones por las que uno se mudaba a Londres, y en su caso las tres se daban la mano.

Además, Josefina siempre había querido vivir en Londres. Es más, le habría encantado ser inglesa aunque ni siquiera sabía bien por qué. Adoraba tomar el sol, comer dos platos a mediodía y meterse en la cama a las doce de la noche. Pero, con el paso del tiempo, quiso creer que la reencarnación existía y hasta le encantaba recrearse en el recuerdo de alguna vida anterior en la que había sido absoluta e irremediablemente inglesa. En especial, le gustaba imaginar que un día fue una jovencita que perdió a su amor en la Primera Guerra Mundial y que después había llevado una vida pequeña y tranquila,

despachando jabón y horquillas para el pelo en una dro-
guería, tomando té y pan con mantequilla cada tarde al
cerrar la tienda en compañía de una vecina viuda, para
después regresar a su pequeño *cottage* y acostarse a las
siete de la tarde con un gato sobre sus pies. Era una existencia deprimente y sin embargo ella se sentía en paz
cuando la imaginaba, acunada por la fragancia de las
rosas, las tardes sin reloj, el frío azotando su rostro y el
crepitar de la chimenea.

En esta vida, sus ansias de emigrar a aquel lugar que
le parecía remoto, salvaje, moderno y no obstante extrañamente familiar brotaron al mismo tiempo que su acné
juvenil. Eran los años ochenta y Josefina vestía enormes
jerseys con hombreras y mallas negras que le llegaban
hasta la pantorrilla. Encendía uno de los cigarrillos que
le robaba a su hermana Toñi, se hacía agujeritos en las
medias con el mechero y después se colocaba un pin del
Rastro con un *smiley* amarillo y se cardaba un poco el
pelo. Entonces cogía el metro hasta El Corte Inglés de
Sol y se compraba el *Super Pop* y el *Smash Hits*, para
luego traducir los artículos tirada en la cama. Por último
recortaba las fotos, que pegaba en su carpeta del instituto, y memorizaba las palabras en inglés que había aprendido y también aquellas que no entendía pero que le so-
naban a música celestial, a las letras de aquellos grupos
londinenses de chicos guapos y elegantes. Spandau Ballet y Duran Duran. Ni comparación con esas canciones
vulgares de los Hombres G y los Duncan Dhu que Toñi
le ponía solo para fastidiarla mientras se arreglaba para
ir al cine con algún aprendiz de mecánico. En cuanto
cumpliera dieciocho años, se decía Josefina cuando su
hermana por fin se largaba y le dejaba todo el cuarto para ella sola, metería cuatro cosas en una maleta y se iría
a vivir a Londres.

Su pasión por lo inglés, sin embargo, se remontaba a la infancia. ¿Qué niña de su generación no tenía grabada en la memoria la boda de Lady Di? Con aquellas carrozas de oro, el aire de solemnidad, las mangas de farol de su vestido de princesa; princesa de las de antes, de las que tenían una madrastra malvada y vivían en un castillo con murciélagos y fantasmas. Cuando contemplaba las fotos de la boda en el número gastado del *¡Hola!* que rescató de la basura antes de que su madre lo lanzara al olvido, la pequeña Josefina no sabía bien si aquello era un cuento de hadas, una película de Disney o la vida real, pero no importaba porque le hacía soñar con un futuro mullido y exuberante en los brazos de un príncipe inglés. Y luego estaban los tebeos de *Esther y su mundo*, aquella chica fatalmente enamorada del escurridizo Juanito (que bien podría haber sido un David Beckham adolescente) que les contaba sus penas de amor a los patos del parque. Y *Los Cinco,* y *Torres de Malory* y *Las Gemelas en Santa Clara.* Porque mucho antes de *Harry Potter*, y gracias a una señora llamada Enid Blyton que sin duda dormía con un gato sobre sus pies, en la imaginación de Josefina Londres ya era un lugar mágico donde todo era posible y los niños crecían, huérfanos y asilvestrados, en internados divertidísimos, y resolvían misterios sin dejar nunca de atiborrarse de té con galletas de algo llamado jengibre.

Y por fin, a los diecisiete años, a Josefina le llegó su oportunidad de saborear la vida en Inglaterra. Después de tres veranos de ruegos a sus padres que jamás dieron fruto, decidió que era hora de tomar las riendas de su futuro. Pasó nueve meses trabajando en una hamburguesería por las tardes, mientras su familia creía que estudiaba en la biblioteca, y al terminar el COU se pagó un billete de avión y un curso de inglés en una academia en pleno centro de Londres. Les dio la noticia a sus padres justo después de aprobar la selectividad y antes de ponerse a decidir qué carrera iba a estudiar. Porque, bueno, al final sí iba a ir a la universidad. Lo de Inglaterra solo era para el verano. Ahora que era mayor de edad, le parecía que su plan de irse a vivir a Londres con lo puesto ya no sonaba tan brillante como cuando comenzó a tejerlo años atrás.

Todo el mundo le dijo que el clima inglés era miserable y que lamentaría cambiar un agosto en el Mediterráneo por la grisura del Támesis, pero aquel fue un verano espléndido y nada pudo detener a Josefina. Ni los lamentos de su madre, ni el silencio con el que su padre la obsequió durante más de una semana, ni las risas burlonas de Toñi, que remataba con un chasquido de desprecio que a Josefina le despertaba ganas de clavarle las uñas en el cuello. Pero entonces sacaba el billete de avión de su escondite, lo agarraba bien fuerte y respiraba hondo.

La instalaron en una casita con jardín que pertenecía a una viuda muy simpática, que no tenía gatos, llamada Mrs. Browning. Lo primero que le llamó la atención fue que su habitación, cubierta por un papel de flores que le pareció entre espantoso y romántico, tenía una chimenea y un lavabo. Después, lo mucho que pesaba la cama, sepultada por una maraña de almohadones y el primer edredón nórdico que veía en su vida. Cuando lo abrió, un pelo largo y negro le saltó a los ojos. Hizo como que no lo había visto, ignorando también el olor a cerrado, y se quedó boquiabierta al comprobar que no se podía abrir la ventana. A saber el polvo que habrían acumulado aquellas paredes floridas a lo largo de años de acoger estudiantes continentales. Por las mañanas se aseaba como buenamente podía teniendo en cuenta que en la casa había una bañera bien surtida de jaboncitos, geles y sales aromáticas pero sin mango de ducha, presidiendo un cuarto de baño con moqueta de un color entre azul oscuro y gris hábito de monja. Luego coincidía en el desayuno con un ruso cincuentón, dueño de un destartalado bigote que enmarcaba una boquita con dientes de ratón. Comían uno frente al otro sin apenas cruzar palabra, lo cual a ella le causaba bastante ansiedad. Al atardecer, a Mrs. Browning le entraban unas llantinas inconsolables. Josefina se acercaba a la ventana sucia y enclavada, sin tocarla, y la veía sentada en el jardín entre prímulas y violetas, agarrada a una botella de vino tinto y hablándole a un amigo suyo, un flaco de barba blanca que la aguantaba tarde tras tarde con paciencia de santo. Por las noches, ya pasado el sofoco, les servía la cena a sus inquilinos (el ruso, Josefina y algún que otro japonés despistado). Hablaban aun menos que por las mañanas, ella afanada en tragarse aquellos trozos de carne correosa nadando en un líquido marrón y en evitar la mirada del japonés, que cada vez que se cruzaba con sus ojos asentía muchas veces con la cabeza.

Aquel mes no aprendió inglés, porque la verdad era que se sentía bastante sola y no tardó en refugiarse en el grupo de españoles de la academia. Todos debían de encontrarse igual de perdidos, porque en cuanto cogieron confianza unos con otros ya no se separaron ni para ir al baño entre clase y clase. Por las noches iban a unos garitos espantosamente horteras alrededor de Leicester Square, pues no sabían cuáles eran los locales de moda y se limitaban a ir a los bares que se anunciaban en los *flyers* que cogían en el *hall* de la escuela, donde se organizaban «*Spanish parties*» a base de sangría y salsa, salsa de la bailar. El grupito de españolas no tenía ni idea de bailar salsa, pero a los árabes y a los italianos, que eran sobre todo los que iban a aquellas fiestas, les daba igual. Para ellos latino, español, tango, chorizo o sangría era todo lo mismo mientras hubiera españolas bonitas.

Cuando solo quedaba una semana para volver a España, Josefina empezó a ser feliz en Londres. Le encantaba montarse en el metro, rellenar los ejercicios de inglés en su cuaderno de colegiala, almorzar un sándwich en el parque y pasar las tardes descubriendo calles nuevas. A menudo paseaba sola, cansada ya de aquellos españoles que a todas partes se desplazaban en manada. Pero llegó el día de regresar y enseguida su aventura londinense quedó atrás, amontonada bajo las clases de la universidad, la rutina en Madrid, su familia, el trabajo. Y la idea de volver a Londres se acomodó en algún rincón de su cabeza, durmiendo la siesta hasta que, en la primavera de 2010, floreció lista para salir al mundo.

Josefina siempre había envidiado a las compañeras de la universidad que llegaban del pueblo a vivir solas en la capital. Pero sobre todo a las que viajaban, mochila al hombro, saltando de un tren a otro, limpiando hoteles; solas y valientes, lejos, lejos, lejos. No digamos a las que llegaban a casarse con extranjeros. Como Carmen, su mejor amiga de la infancia, enamorada de un sueco e instalada desde hacía años en una casita de cuento con sauna y todo. Cuando veía *Españoles por el mundo*, al principio casi disfrutaba. Luego acabó pareciéndole una broma de mal gusto. Porque ella, más allá de aquel verano inglés breve como una lluvia de agosto, alguna escapada romántica a Lisboa y París y el viaje de mitad de carrera a Florencia, Venecia y Roma, prácticamente nunca había salido del barrio.

«Y qué más quieres», decía Toñi. «Es su forma de escupir ese rencor que nunca se pudo arrancar de la piel porque yo estudié una carrera universitaria y ella no», pensaba Josefina. Toñi era diez años mayor que ella y había ido a nacer en una época en la que tan normal era que una hija se casara y pariera cuatro mocosos como que se fuera a la capital a estudiar; que se quedara recluida en casa de los padres para atenderlos en su vejez o que sacara una oposición con la nota más alta de su promoción. Todo dependía de la familia que a una le tocara en suerte. Los Gándara González fueron siempre una familia modesta. De jovencita, Josefina fantaseaba con pertenecer a una saga *de toda la vida,* una de esas rancias de espíritu y podridas de dinero, con un «de» precediendo al apellido. Josefina de la Gándara, ¿acaso no sonaba mil veces mejor? Pero no, la suya era una familia trabajadora, honrada y normal. En casa apenas se hablaba de política, porque su madre no estaba interesada en esas cosas y a su padre apenas se le permitía expresarse en voz alta. Así que Josefina nunca supo muy bien si sus padres eran de izquierdas o de derechas. Lo que siempre tuvo claro fue que no eran una familia culta ni distinguida, no digamos cosmopolita.

Toñi y ella crecieron dentro de las cuatro paredes del barrio, cuya puerta solo se abría para ir de compras con su madre al centro dos o tres veces al año. Aunque Josefina tenía la sensación de haber crecido sola porque Toñi fue siempre demasiado mayor para jugar con ella. Sus padres eran dueños de una charcutería donde hacían casi toda la vida. Toñi se convirtió en ayudante, recadera y relaciones públicas desde que tuvo edad para quitarse los calcetines del uniforme. Mientras, Josefina pasaba las tardes sola en casa viendo la tele, atiborrándose de pan con Nocilla e historias de internados ingleses. Fue la época más feliz de su vida.

Cuando Josefina comenzó el instituto, Toñi se casó con un tipo flaco y enfermizo. Su cuñado Ignacio nunca se dignó enredarse en el negocio familiar. Lo suyo era echar horas como contable en una oscura oficina, como un personaje de novela antigua, y patentar inventos. Su creación estrella era un artefacto que permitía doblar el palo de la escoba para poder quitar las pelusas de los rincones más remotos. Los libros de cuentas y aquellos artilugios le daban para vivir con cierta alegría, pero Toñi no era fácil de contentar. El día que Ignacio le regaló un Seat Ibiza, sus lamentos resonaron más fuertes que nunca. *Ayayay*, ahora tenía que hacerse cargo del seguro, la tienda, la casa, el marido y todos sus caprichos, *aydiosmío*. Josefina comenzó a odiar a su hermana el día en que, incapaz de vomitar su frustración encima de su marido, decidió girarse hacia ella y no paró hasta lograr que sus padres la forzaran a abandonar las tardes de libros y merienda para ponerse detrás del mostrador. Pero ella se negaba a darles conversación a las clientas y era tan seca que obligaba a Toñi a hacer esfuerzos extras por mostrarse simpática, a pesar de que sus sonrisas eran cada vez más tensas y sus comentarios más sarcásticos. Las hermanas se lanzaban miradas envenenadas por entre las ristras de salchichones y pasaban semanas sin dirigirse la palabra fuera de la tienda. Pero cuando dejaron de hablarse casi del todo fue el día en que Josefina empezó a ir a la universidad. «Tú nunca lo pediste», dijo su padre. «Ella tampoco», respondió Toñi. Pero él se encogió de hombros. Los tiempos habían cambiado.

Josefina estudió la carrera de Económicas como podía haber estudiado Filosofía o Medicina. Lo mismo le daba una cosa que otra. Iba aprobando los cursos sin grandes alegrías y algunas veces era como si se abriera una compuertita dentro de su corazón y entonces suspiraba de tristeza al meter la mano dentro y acariciar su sueño roto de vivir en Londres. Sin darse cuenta quedó atrapada en la rutina de una vida juvenil, que pasó sin pena ni gloria a adulta. Las clases, la tienda, los exámenes. Su primer coche, su novio, su segundo novio. Más estudios, ahora de marketing. Y, sin que supiera bien cómo, un día se vio a sí misma viviendo con su tercer novio, con el que compartía una hipoteca a cuarenta años y un piso con plaza de garaje en una urbanización de las afueras del barrio, a cinco minutos andando de la casa de sus padres. A diecisiete en coche de la empresa donde comenzó a trabajar haciendo un poco de chica para todo. Atención al cliente, llamadas a proveedores, promoción, cafés. Vendían material para fabricar aparatos médicos. De vez en cuando, incluso le pedían que consiguiera que *El País* o Telecinco sacaran un reportaje sobre los méritos de la compañía. Y cuando ya llevaban años pidiéndoselo, Josefina empezó a mirar a su jefe con una sonrisa boba y tirante, asintiendo muy rápido con la cabeza, como aquel japonés de Londres, mientras gritaba de rabia por dentro. Rabia por no atreverse a responder, por decir a todo que sí, por ir a trabajar cada mañana y dejar que se escapara un día más de la vida que aguardaba a que ella tuviera el valor de atravesar el espejo y fundirse con aquella otra Josefina feliz y sonriente que, cada vez con más frecuencia, la visitaba en sus sueños y que vivía en un Londres de cielos azules y tardes de sol.

Ocho años después de contratarla, la empresa se deshizo de un buen puñado de trabajadores, ella incluida, con la excusa de la crisis inminente. Dos semanas más tarde, su novio le dijo que la quería mucho, tanto que daría su vida para salvarla de cualquier peligro, pero que no estaba enamorado de ella. Intentaron desprenderse del piso vendiéndolo un treinta por ciento más barato, sin conseguir colocárselo a nadie, y se repartieron los muebles, que aún olían a la tienda de Ikea. Josefina llamó a los traperos de un centro de yonquis para que se llevaran los suyos. Después se deshizo de todos los vídeos y buena parte de la ropa, los cedés y los libros que había acumulado en ocho años de pasearse por el centro comercial a la hora de la comida. Pasó unas semanas sola en el piso casi vacío, durmiendo en un colchón en el suelo, hasta que reunió las fuerzas suficientes para volver a casa de sus padres sin que le temblaran las piernas. Sus revistas y sus libros de Enid Blyton aún acumulaban polvo en la estantería del cuarto que durante tantos años había compartido con su hermana, junto al póster de los Hombres G sobre la cama de Toñi. Josefina lo arrancó nada más dejar la maleta en el suelo.

«Dónde vas a estar mejor que aquí», sentenció su madre. «Qué jeta, volver a casa de mamá. Al menos tendrás la decencia de pagarles un alquiler», dijo Toñi. Su padre le dio unas llaves y le recordó que la charcutería abría de diez a dos y de cinco a ocho y media, para que eligiera el horario en el que iba a ir a ayudarles. Dos meses después, con la espalda molida por culpa del colchón deforme de su cama de niña y las cajas de embutidos que le había tocado cargar del almacén a la tienda, Josefina compró un billete de ida a por cuarenta euros en Ryanair. Tres semanas más tarde se plantó en Londres.

Su nueva vida (la buena, la verdadera) la estaba esperando.

Parte 1

En los ojos de la gente, en el balanceo, el paso firme y el cansino; en el griterío y la barahúnda; en los carruajes, los automóviles, los autobuses, las furgonetas, los hombres anuncio que arrastraban los pies y se balanceaban, las bandas de música; en los organillos; en el triunfo y el campanilleo y el extraño canto agudo de un avión en el cielo estaba lo que ella amaba: la vida; Londres; este momento de junio.

In people's eyes, in the swing, tramp, and trudge; in the bellow and the uproar; the carriages, motor cars, omnibuses, vans, sandwich men shuffling and swinging; brass bands; barrel organs; in the triumph and the jingle and the strange high singing of some aeroplane overhead was what she loved; life; London; this moment in June.

Virginia Woolf, «Mrs. Dalloway» (1925)

1

Aquella mañana de mediados de junio, Josefina imaginó que el cielo inglés correría implacable a engullir su pequeño avión, envolviéndolo entre brumas hasta escupirlo en tierras británicas. Así había sucedido en su primer viaje a Londres, diecisiete años atrás. Pero el vuelo resultó ser azul y limpio. Como si ese día el país se hubiera vestido de fiesta para darle la bienvenida. Su madre, muy seria, la había despedido en el aeropuerto con un seco: «¿Cuándo vas a volver?» Josefina casi habría preferido verla deshacerse en lágrimas. Pero ella no estaba triste. La verdad era que no cabía en sí de gozo mientras se despojaba del reloj, el cinturón y el pasado para atravesar el arco de seguridad. El avión iba medio vacío y en cuanto pudo dejó su asiento y se refugió en una de las filas posteriores. Una sonrisa se abrió paso por su cara mientras devoraba un bocadillo de jamón que le había preparado su padre, y que le puso en las manos con algo parecido a un abrazo y un tembloroso: «Ten mucho cuidado con todo». Se sentía como si hubiera escapado del colegio una tarde de primavera. ¿Volver? Sí, bueno, claro, volvería, no pensaba irse para siempre. Pero ahora no era el momento de pensar en eso.

Dos horas más tarde se vio atrapada en una larga cola que precedía al control de entrada en el país. Parecían hordas de refugiados suplicando encontrar asilo en tierra extraña. Y en realidad lo eran, ella misma y todas aquellas figuritas coloridas que habían brotado a su alrededor, expulsadas de otros aviones como el suyo. Aquella estricta vigilancia era como un rito de paso por el cual se le autorizaba a unirse a los súbditos de Su Graciosa Majestad. Esperó dócilmente, sujetando la pesada maleta que acarreaba su vida anterior reducida a la mínima expresión. La fila estaba abarrotada de gente que hablaba, pero la moqueta absorbía sus voces como si fueran partículas de polvo. No escuchó ni un grito. Se notaba que aquello no era España. Veinte minutos más tarde le llegó el turno. Un funcionario calvo examinó su pasaporte, comprobó que su cara se parecía razonablemente a la de la foto y le permitió entrar en su país sin alterar un músculo de la cara. Cruzó la puerta y ya estaba. Ya era una londinense más, aunque aún no había rebasado los límites del aeropuerto de Luton.

Cuando cruzó la siguiente puerta, un tipo de piel oscura y frondoso tupé ondeaba un cartel con el nombre de Mrs. J. Gandara. ¡Esa era ella!

Sacando pecho, lo saludó con la mano y él cargó sus maletas. Avanzaron por un pasillo plagado de viajeros mientras Josefina miraba a todos lados, alborozada. ¡Gente hablando en inglés! ¡Boots, Marks & Spencer, Costa! El tipo la llamó «madame» y le abrió la puerta trasera de un coche negro.

—¡Buen día! —dijo en cuanto logró hacer contacto visual dos veces seguidas—. ¡España muy bonito!

Josefina hubiera preferido seguir absorta en sus pensamientos, pero no quería ser maleducada con la primera persona con la que conversaba en Inglaterra. Seguro que eso daba mala suerte.

—Gracias. Me alegro de que le guste mi país.

—Ah... ¡Signorina! Bella, bella. ¿Ronaldo? —El hombre le lanzó una sonrisa de oreja a oreja por el retrovisor, sin hacer caso del tráfico—. ¿Barça? ¿Messi?

—No, no, yo soy de Madrid. Y no me gusta el fútbol. Esa revelación pareció ofenderle y le retiró la sonrisa sin piedad alguna. Ella aprovechó para regresar a su mundo. Bajó la ventanilla para que el ruido impidiera al tipo reanudar la conversación, y también para respirar el aire inglés. Porque allí el aire olía diferente. No sabría describir qué era, pero había algo distinto flotando en la atmósfera. Una luz fría que se le metía dentro y le esponjaba el pecho como si acabara de correr por el campo hasta quedar libre de todos los nudos. Por desgracia, también acababa de darse cuenta de que aquella luz exageraba sus defectos. Miró su brazo, que en Madrid le había parecido bronceado, con un delicado vello rubio. A la luz de Londres la piel se veía mortecina y los pelos eran negros. Incluso se le marcaban unas pecas diminutas, o manchas de sol, o lunares, que nunca había visto. Eso le disgustó, pero estaba demasiado entusiasmada aspirando aquel aire nuevo que casi podía saborear si abría la boca. En un atasco, aprovechó para enviar un mensaje de texto a su madre. Sabía que debía llamarla, pero de todos modos le escribió.

Ya he llegado, todo genial, hablamos pronto, bss.

El taxi se adentró en el esqueleto de Londres, camino de su corazón. Hacía casi dos décadas que Josefina no pisaba aquellas calles y se emocionó al reconocer los edificios de ladrillos rojos, las ventanas de guillotina, el olor a especias, los autobuses de dos pisos, las tiendas de los indios, el bullicio del atardecer; ese momento en que los ejecutivos camino de la *happy hour* se mezclaban por la calle con los extranjeros recién llegados como ella. Mil países, diez mil lenguas, un millón de mundos ensamblándose día a día como por arte de magia, componiendo un puzle deslumbrante.

—¿Es feliz, *madame*? ¿Todo bien? ¿Gusta kebab?

Josefina tardó unos segundos en darse cuenta de que el conductor le hablaba de nuevo.

—Yo invito a cenar a la señora. Vino, vino *españolo* y paella.

¿Cenar? Josefina miró el reloj. Eran las cinco y veinte de la tarde, hora inglesa, y estaban en medio de una calle sembrada de restaurantes con carteles escritos en letras árabes. ¿Cenar a las cinco de la tarde con el taxista?

—Me están esperando. Mi casera —respondió con el aire más digno del que fue capaz. Se moría por llegar.

—Ah, españolas siempre no amables —gruñó el hombre. Y mientras Josefina miraba por la ventanilla sin contestar, salió a la autopista y condujo de nuevo en silencio, esta vez sin dar rodeos, hacia el oeste. Al menos se manejaba con pericia, haciendo flotar el coche sobre el asfalto sin esfuerzo aparente.

Veinte minutos después se detuvo en un moderno edificio de cuatro pisos que no tenía nada de típicamente inglés. Josefina llamó al timbre del bajo número cinco y una mujer gordinflona abrió la puerta con mucho ímpetu. Por detrás de ella se escaparon unos vapores que también corrieron a saludarla. Olía tan bien y la mujer parecía tan animada que Josefina tuvo la sensación de que la casa entera la besaba, la abrazaba y la absorbía. El chófer soltó sus bultos haciendo mucho ruido y se marchó sin decir adiós.

Ahí tenía a Rosalind, la dueña del piso donde había alquilado una habitación para vivir durante cinco meses. De junio a octubre. Lo hizo a través de una agencia, la misma que había tenido la cortesía de enviarle un coche. Lo único que hasta entonces Josefina sabía sobre Rosalind, gracias a un breve intercambio de correos, era que tenía cincuenta y siete años, estaba divorciada y alquilaba la habitación vacía de su hijo para redondear su sueldo de profesora de Historia en un colegio para niños ricos. Y ahora ya conocía sus ojillos achinados y su cara dulce y acogedora que parecía tener dos *muffins* por mejillas, tostados y apetitosos, aunque Josefina calculó que le faltaban por lo menos dos muelas superiores. Lucía un flequillo que le daba aires de mujer que logra aparentar ser algo más joven.

Rosalind saludó a su huésped a la europea, con dos besos bien sentidos, y la tomó del brazo para hacerle una visita guiada por la casa.

—Es un piso de lujo, ya lo ves —dijo mientras ahuecaba los cojines que cubrían casi por completo el sofá—. Tenemos lavadora.

Josefina contuvo la risa. Ya no recordaba que tener lavadora aún era un lujo en algunas casas de Londres. A ella le parecía un apartamento corriente, ni grande ni pequeño, con algunos de los mismos muebles de Ikea de los que ella se había deshecho unas semanas atrás. No había chimeneas, ni papeles floridos en las paredes, ni lavabos en rincones insólitos, ni siquiera una triste moqueta, y los echó un poco de menos. Aquello bien podría ser Londres o la parte nueva de su barrio. Por suerte, todo se veía limpio.

Su habitación era más pequeña que la de la casa de sus padres. Una cama de tamaño indefinido, ni doble ni individual, pegada a la pared. Una cómoda y un armario algo destartalados. Los tres eran blancos, pero no hacían juego entre sí. Había también una silla plegada y una ventana con cortinas negras que daba al jardín. El suelo era de madera vieja y la única luz procedía de una bombilla medio cubierta por una pantalla de tela con volantes que colgaba del techo. Se miró en un viejo espejo sobre la cómoda, tratando de poner cara de satisfacción. Rosalind iba a cobrarle seiscientas libras al mes por dormir ahí. Más de lo que costaba alquilar un apartamento para ella sola en Madrid. Le había pagado un trimestre por adelantado. Pero tenía dinero ahorrado. Y siete meses de paro, hasta finales de año.

Después, ya se vería. Estaba segura de que su ex no tardaría en colocarle el piso a alguien.

—Una habitación espléndida. Hay pocas casas en Londres como esta —aseguró la casera, conduciéndola a una cocina de madera oscura bastante fea. Allí dio por concluida la inspección—. ¿Te apetece una copa de vino?

—Me encantaría —se apresuró a responder Josefina, que estaba muerta de hambre y con pocas ganas de beber. Rosalind la tomó del brazo y la arrastró a una silla, frente a una enorme copa de vino tinto.

Los vapores seguían bullendo en la cazuela, mientras la temperatura del apartamento aumentaba cada vez más a causa del vino, la charla incesante de Rosalind y la extrañeza de Josefina al encontrarse de repente viviendo en aquella casa londinense, que no sabía muy bien en qué barrio estaba, charlando en inglés con una mujercita que ya la trataba como si fueran viejas amigas. El calor se colaba por sus poros y la iba ablandando por dentro, como si ella fuera un pedazo de carne dentro de la olla y Rosalind la cocinera que removía el guiso.

—Qué maravilla que por fin hayas llegado —dijo la casera rellenándole la copa—. ¡Venir a Londres tú sola con casi cuarenta años!

—Bueno, tengo treinta y cinco. Y no soy valiente. Lo que pasa es que necesitaba cambiar de aires. —Esa frase se había convertido en su mantra. Cada vez que alguien (en el barrio, en la charcutería, en las tardes de cañas con los damnificados de la empresa, en el ascensor del edificio de sus padres) le preguntaba por qué demonios se iba a Londres, Josefina respondía lo mismo. «Necesito cambiar de aires». Era una frase que lo decía todo y no decía nada. Y también la había ensayado para decirla en inglés. *«I need a change of air»*. Era un poco difícil de pronunciar, pero Rosalind parecía entenderla perfectamente cuando hablaba y eso la ruborizaba de alegría.

—No te lo había contado, pero yo viví en España hace poco. Me mudé a Marbella para dar clases en un pequeño colegio privado. Arte, Historia del Arte. —Se levantó para bajar el fuego. Josefina se preguntaba qué era lo que estaba cocinando y cuándo estaría listo. Aunque sus tripas rugían, le pareció que no era muy correcto preguntar—. Pero había algo raro allí. Mafia rusa, terroristas, que sé yo. La gente daba un poco de miedo.

—Es que Marbella no es la típica ciudad española, Rosalind. Quizás si te hubieras ido a Sevilla o a Madrid...

—¡Me sentía muy infeliz! Claro que me gustaban el sol y la gente y la comida y todo eso, pero la verdad es que un día dejé de ir a la playa y ya no fui más. «Mañana iré», decía. Cuando tienes cerca lo que te gusta, dejas de apreciarlo.

—*Yes, yes* —repetía Josefina, entre entusiasmada y cohibida. Tenía ganas de lanzarse a hablar, de contarlo todo, pero su lengua aún no sabía cómo darle una forma nueva a las palabras que cruzaban por su mente. En realidad, de tanto leer revistas y traducir canciones en la adolescencia, su inglés era bastante bueno y entendía casi todo lo que le decían, pero aún le daba vergüenza enfrascarse en conversaciones largas, como cuando era jovencita. «*Really?*», respondía constantemente durante su primera estancia en Londres cuando le contaban alguna cosa. Y después, «*yeah, oh yeah*» y «*sure*» y «*ok*» y «*of course*». Con Rosalind le resultaba fácil hablar porque se esforzaba en vocalizar y hablarle muy clarito, como si ella fuera uno de sus alumnos de primaria.

El vino fue hundiéndola en un agradable sopor, y sus dóciles asentimientos («*yeah, oh yeah!, really?*») se sucedían como si hubiera encendido el piloto automático, para deleite de Rosalind. Cuando al fin sirvió el guiso, que era una mezcla de carne, vegetales y patatas mucho más sabrosa que aquella bazofia de Mrs. Browning, le contó que en realidad solo llevaba de vuelta en Londres ocho meses.

—Yo pensaba que me quedaría a vivir en España para siempre. ¿Quién podría imaginar un lugar mejor, con esa comida deliciosa? Y los horarios. Los españoles no tienen prisa. ¡Saben disfrutar de la vida! Pero no pude. No pude. Echaba espantosamente de menos a mi madre, y eso que murió hace siete años. No aguantarás aquí mucho tiempo, ya lo verás. Este no es un país para vivir.

—Pero yo adoro Inglaterra —replicó entusiasmada Josefina, que había recobrado energías gracias a la comida—. Siempre quise vivir en Londres. Es una ciudad tan especial… Aquí puedes hacer lo que te dé la gana.

Recordó la primera vez que subió al metro, cuando tenía diecisiete años. Había una abuelita sentada frente a ella, con sus rizos blancos y su bolso pulcramente apoyado sobre el traje de *tweed*. Y de pie entre las dos, un tipo con la cabeza rapada y una cresta de colores. ¡Llevaba falda y tacones! ¡Y la anciana no le hizo ni caso! Josefina se quedó fascinada mientras la viejita miraba al frente, impasible.

—Eso es Londres para mí, ¿sabes, Rosalind? La ciudad de la libertad.

Pero Rosalind tenía la mirada perdida y no respondió. Llenó de nuevo las copas, dejó escapar un largo suspiro y le confesó a su huésped que ella en realidad ya no debía estar en Londres, sino viviendo en la campiña, en Yorkshire. Pero Jérôme, su prometido, la había abandonado. Lo conoció tras volver de Marbella. Era medio francés y tenía una tienda de antigüedades. La cosa había sido muy rápida. A los dos les apasionaba Egipto, ver películas y jugar al golf. Él era un viudo sin ataduras. Y con la misma ligereza con que le pidió matrimonio, desapareció de la vida de Rosalind una mañana cualquiera. Desde entonces, ella se pasaba las noches preguntándose qué había hecho mal...

—En fin, ahora nosotras dos vamos a ser buenas amigas. Tú eres española, Josefina, y por eso te he elegido a ti de entre todos los candidatos que me ofreció la agencia.

Su presencia, le confió Rosalind, le recordaba a aquellos días en Marbella. No es que hubieran sido felices pero ahora, cuando los miraba en la distancia, le parecía que sí.

—Yo ahora tendría que estar casada —repitió, y en ese momento sus miradas se cruzaron y Rosalind explotó en una risa estrepitosa. Josefina se rio también, sin saber por qué. Estaba muy cansada y había bebido demasiado vino. *«Yeah, yeah»*, dijo cuando Rosalind por fin le preguntó si quería irse a dormir. Aprovechando un silencio de la casera, le dio las gracias por la cena, recogió su plato y se deslizó hacia su nuevo dormitorio. Ni siquiera abrió los cajones o inspeccionó el armario. La cama parecía tan cómoda... Tiró los cojines al suelo, se acurrucó bajo las sábanas y miró el móvil. Había tres llamadas perdidas de su casa.

Y además, allí estaba el mensaje que llevaba todo el día esperando:

Welcome to London, senorita!

2

Aquella primera noche en Inglaterra fue también la primera en muchos meses que Josefina durmió de un tirón. Despertó sintiéndose flotar entre las sábanas... «¡Estoy viviendo en Londres!»

Desperezándose, aspiró el silencio que la rodeaba. Seguro que Rosalind ya se había ido a trabajar. Tenía mucha hambre. Se levantó de un salto y, tras asegurarse de que estaba sola, le cogió a su casera un poco de leche, mantequilla, mermelada, pan y azúcar. Preparó café y lo llevó todo al pequeño jardín comunitario en una tintineante vajilla de porcelana con ribetes dorados. Hacía un día espléndido, bañado por el mismo sol que no calentaba del todo, la misma luz implacable del día anterior que olía a nuevo, a limpio, a beso inesperado.

Desayunó mientras le lanzaba pan a una ardilla, que se acercaba confiada y tontorrona como las palomas de Madrid. Qué delicia tener el jardín para ella sola. Todo el mundo debía de estar trabajando. Claro, era un miércoles de finales de primavera. Ninguno de sus vecinos compartía con ella la dicha de estar celebrando el primer día de su nueva vida. Y además eran ingleses. Difícilmente saldrían al jardín a pasar el rato con la vecina extranjera recién llegada, aunque fuera para conversar sobre el tiempo.

Con el sol acariciando sus párpados, Josefina saboreó las tostadas, deliciosas con aquella mantequilla salada que llevaba tantos años sin probar y la mermelada de naranja amarga. Luego regresó a la cocina, fregó los cacharros y lo colocó todo en su sitio para que Rosalind no se diera cuenta de que había abusado un poquito de su hospitalidad. Ya iría más tarde al súper para reponer lo que había tomado prestado. Al terminar se dio una vuelta por toda la casa. La noche anterior apenas se había fijado en nada, por culpa de su excitación y de la rapidez con que se movía su *landlady*. A ver, estaban la cocina fea de madera oscura y el salón con muebles de Ikea y exceso de cojines. Y un cuarto de aseo sin bidé pero con bañera y (gracias a Dios) mango de ducha. Se rio al recordar la primera vez que fue a usar el baño en casa de Mrs. Browning. Se volvió loca intentando encontrar el interruptor de la luz y el enchufe para el secador, y tuvo que hacer sus necesidades a oscuras durante días, hasta que el ruso de la habitación de enfrente le explicó que debía tirar de un raquítico cordoncillo para encender la luz y le prestó un adaptador para usar los enchufes en su habitación. Por no mencionar que las cisternas inglesas no tenían la misma capacidad de arrastre que las españolas…

La habitación de Rosalind, que escondía su propio baño, olía a cerrado y a perfume de vieja. La cama asomaba bajo varias capas de lazos, puntillas, cojines y edredones, y parecía el doble de grande que la de Josefina. La mesilla estaba sembrada de revistas, papeles y servilletas sucias. Había un platito con migas y una taza vacía. Sobre el cabecero, fotos de ella con un joven larguirucho y con gafas que debía de ser su hijo. Y en un extremo de la cómoda, otra en la que también salía una rubia flaca con cara de antipática.

Josefina se duchó y salió de casa. ¡Se moría por pisar las calles de Londres! El sol se deslizaba entre los árboles, irradiando hilos de luz que se trenzaban sobre su rostro. La casa de Rosalind estaba en una zona residencial donde no había más que otros edificios similares. «Lo que la mujer llama pisos de lujo y que en Madrid consideraríamos simples bloques de apartamentos para familias de clase media», se dijo Josefina. Pasó también por muchas casas parecidas a la de Mrs. Browning, con sus ladrillos rojos y sus ventanas de guillotina; con sus patios delanteros abarrotados de bolsas de basura y, seguro, jardines traseros floridos e íntimos. Tuvo que bajar por una larga avenida y después torcer por otra más que desembocaba en una callecita donde comenzaba a brotar el colorido de las tiendas de alimentación, los pubs, algún restaurante hindú y la estación de metro. Ealing Broadway. Estaba a casi veinte minutos caminando desde la casa, pero no le importó porque había sido un paseo precioso.

Compró su tarjeta Oyster y la cargó para usar el transporte público durante una semana. Casi treinta libras, y eso solo para moverse por el centro. Tendría que tener mucho cuidado con los gastos… En cuanto se sumergió en las escaleras del metro le asaltó el recuerdo de tantas otras veces que lo había cogido a los diecisiete años para regresar a casa de Mrs. Browning después de alguna de aquellas espantosas fiestas de salsa y sangría. Sonrió al volver a escuchar la voz que advertía: «*Mind the gap between the train and the platform*», y ascendió muy nerviosa por las escaleras de Piccadilly Circus. Ah, sí, se subía por la derecha aunque los londinenses caminaban igual que conducían, por la izquierda. Y allí seguían todos aquellos anuncios luminosos que le guiñaban el ojo, radiantes de felicidad después de tantos años sin verla.

Lo primero que Josefina quería contemplar era la estatuilla de Eros. Se colocó delante de la figura y cerró los ojos, rogando al pequeño dios del amor que clavara su flecha en lo más profundo de su ser. Hasta que un grupo de turistas se chocó con ella y rompió la magia con sus gritos y aspavientos. Abrió los ojos avergonzada, pero nadie la miraba. La gente iba y venía de un lado a otro como hormigas atareadas, tejiendo un zumbido de excitación a su alrededor. Fue caminando hasta Trafalgar Square y entró en la National Gallery. Quería visitar su cuadro favorito. Enseguida lo encontró. Sala cuarenta y uno. *The execution of Lady Jane Grey*, de Paul Delaroche. Lo había descubierto por casualidad en su primer viaje a Londres. Fue una tarde que se escabulló del grupito de españoles, que empezaba a resultarle demasiado pegajoso, y pasó horas vagando por el centro de la ciudad como una gata callejera, saltando de un autobús a otro. «Pobre Lady Jane, reina de Inglaterra durante nueve días, ejecutada en la Torre de Londres a los diecisiete años. Tiene los ojos vendados y parece un ángel a punto de ser sacrificado. Su cuerpo lanza un grito de terror porque sabe que está a punto de desvanecerse, pero es como si su carne ya hubiera trascendido y el pintor nos mostrara la luz de su alma...»

Después entró en St Martin In The Fields, la iglesia que estaba muy cerca del museo. Aquel día de verano en su juventud también se había enamorado de ese lugar. Nunca antes Josefina había entrado en una iglesia donde no había santos con los ojos vueltos, ni vírgenes engalanadas, ni cristos de llagas abiertas. Le impactó su sobriedad, la espiritualidad limpia que emanaba de la ausencia de iconos. Y sí, ahí estaba, el mismo corcho de tantos años atrás, rebosante de papelitos donde los visitantes escribían sus anhelos para luego dejarlos allí colgando como brotes de primavera, al cuidado de la compasión ajena y las plegarias de los desconocidos. Miró a su alrededor y se sintió más tranquila al comprobar que estaba casi sola. Tan solo una mujer que rezaba y un vagabundo maloliente dormitando en un banco. Cogió su papelito y escribió aquello que tanto deseaba. Después encendió una vela, cerró los ojos y rogó a Dios, a la Virgen María y a todos los santos que por favor, por favor, le concedieran lo que había pedido. Bajó al café de la cripta. Era ya la una de la tarde. Hora de comer en Londres. Algo ligero. Pidió un capuchino tamaño *large* y una enorme galleta con pepitas de chocolate. En cuanto lo hubo pagado se arrepintió de aquella elección tan absurda, pero entonces sonó su móvil y el hambre se esfumó de repente.

Cenamos este viernes?

Era un mensaje de Dick. Dick Rochester. La verdadera razón que, en el fondo, había impulsado a Josefina a instalarse en Londres. Dick, y no los cambios de aires, ni el paro, ni la crisis, ni siquiera el abandono de su ex. Aunque no tenía que haber sido así. Aunque realmente Josefina había querido deshacerse de todo lo viejo y empezar de nuevo ella sola en la ciudad de sus sueños. Reinventarse tras la crisis, como ahora decían los sociólogos en las tertulias de la radio, y convertirse en una mujer nueva e independiente.

Pero, en esas, había aparecido Dick Rochester. Treinta y nueve años, licenciado en Economía por la mismísima Universidad de Oxford y con un par de másters, uno en Banca y Finanzas y otro en Administración y Dirección de Empresas. Dick era gestor de comercio exterior en una empresa de la City y estaba soltero. Soltero de verdad; no divorciado ni separado. Soltero de nunca casado. Soltero sin hijos. Y ahora Dick quería cenar con ella y Josefina no sabía cómo iba a poder esperar dos días más para verle por fin en persona. Aunque ya se estaba volviendo loca sabiendo lo cerca que estaban el uno del otro. Dick vivía en un *penthouse* de dos plantas al borde del río, a cinco paradas de metro de la casa de Rosalind. Si esta había elegido a Josefina por ser española, ella había optado por Rosalind porque su edificio se encontraba estratégicamente situado respecto a la casa donde ella de verdad quería instalarse.

Dick y Josefina se habían conocido en una página de ligue en internet. No era nada original ni romántico, pero ¿en qué otro lugar podrían haber coincidido dos personas tan distintas? Ella abrió un perfil poco después de que su novio se marchara del piso que compartían. En los últimos tiempos de su relación había acabado harta de cenar en silencio a su lado, pero durante esos primeros días de soltería las noches le resultaban lentas y espesas, un poco amenazantes. Ligar en internet era prosaico, vulgar, algo vergonzoso, sí, sí, vale, pero también era entretenido. Cuando Dick cayó en su perfil, le costó creerse que pudiera tener tanta suerte.

Llevaban ya muchas semanas escribiéndose a todas horas. Pronto, él había empezado a llamarla. Conversaban por las noches, de todo y de nada. Primero desde el sofá de su piso; después, cuando ella y su ex lo pusieron en venta, desde la casa de sus padres. Josefina cerraba los ojos y volaba al *penthouse*. Dick llegaba a casa después de otro enloquecido día de trabajo, se quitaba la chaqueta y se aflojaba la corbata. Y entonces abría una botella de vino y ponía música clásica, mientras sonreía mirando alguna foto que ella le había enviado. Dick se recostaba con su camisa blanca y los pies en alto en el sofá de su salón con cocina americana y muebles blancos iluminados por una luz acaramelada procedente de una lámpara aquí, una vela perfumada allá. Lo sabía porque él le había enviado fotos de su casa. Dick le hablaba en español intercalando palabras en inglés, un español exótico y deliciosamente erótico que había aprendido de una *nanny* portorriqueña y de los tres años que había vivido en España en su juventud, pues era hijo de un diplomático inglés y una sofisticada millonaria brasileña. Londres, Montreal, Buenos Aires, Copenhague... «Cuando llegó a Madrid a los quince ya había recorrido más países que yo en mis treinta y cinco años de vida», calculó Josefina. Ella era española y eso fue lo que le había llamado la atención. Había algo vivo en sus ojos y en su sonrisa, le dijo en un correo...

Of course, my dear!, contestó Josefina.

¿Es que había otra respuesta posible? Ya no tenía ganas de sentarse a comer. ¡Era miércoles y no tenía nada que ponerse! Salió del café con la galleta en la mano y tomó un autobús en Regent Street que tardó una eternidad en atravesar la masa formada por aquellas moles que albergaban las tiendas de lujo, los coches, los turistas, los demás autobuses. Pero Josefina ya no veía nada de lo que tenía delante. Solo sonreía a su propio reflejo en la ventanilla e imaginaba cómo sería su encuentro con Dick, el momento exacto en que sus ojos se cruzarían y brotaría de sus labios la primera palabra, la primera sonrisa.

Bajó del autobús en Oxford Street y caminó sorteando gente hasta llegar a su destino: el Primark de Marble Arch. Advirtiendo con deleite que no cerraba hasta las diez de la noche, se adentró en el laberinto de pasillos abarrotados y un poco malolientes, que por un momento le recordaron al almacén de la charcutería de sus padres cuando llegaban nuevos pedidos, y se lanzó a mirar, toquetear, rebuscar, comparar, probar, cambiar, desechar, combinar. Seguro que entre tanto trapo barato, si le echaba paciencia y se olvidaba del reloj, encontraría un conjunto que podría pasar por uno de Topshop.

Cuando salió del metro y enfiló el camino de vuelta a su nueva casa, esta vez al atardecer y cuesta arriba, los pies le dolían como si llevara atados sacos de cemento, pero agarraba feliz sus bolsas con un nuevo conjunto de ropa interior y un *little black dress* de poliéster. Cinco y trece libras, respectivamente. Arrancaría las etiquetas y Dick nunca sabría dónde los había comprado.

Abrió la puerta de la casa y Rosalind se asomó al recibidor, casi chocando su cabeza con la suya.

—¿Dónde estabas? —dijo, sin apartarse para dejarla pasar. Llevaba una taza de té en una mano y una magdalena mordisqueada en la otra—. Es tardísimo. ¿Has cenado? En España siempre se me indigestaba la cena. ¡Las diez de la noche y aún no te habían servido!

—De compras. —Josefina se apresuró a guardar las bolsas en su habitación. Le daba un poco de vergüenza que Rosalind viera que eran del Primark. La casera se quedó mirando cómo metía las bolsas en el armario, pero no dijo nada. Le dio un mordisco a la magdalena y regresó al salón. Entonces Josefina se dio cuenta de que no había comido nada en toda la tarde. Ya era de noche. El supermercado todavía estaría abierto. Le había sorprendido fijarse, aquella misma mañana, en que cerraban a las once de la noche. Pero estaba agotada. De ningún modo iba a volver otra vez a caminar veinte minutos para comprar comida. Esperaría a que Rosalind se acostara y volvería a tomarle prestada alguna cosilla.

Tras ponerse el pijama, salió de su cuarto en dirección al baño y de nuevo se topó con la pesada figura de la casera. Sonrió, tratando de ocultar el susto y la irritación. Esta vez se fijó en que Rosalind llevaba un viejo pantalón de chándal y una bata anudada a la cintura que le hacía parecer un tronco de árbol. ¿Cómo podía preocuparle lo que pensara sobre su ropa? ¡Bah!

—¿Te apetece una copa de vino? —dijo Rosalind, interrumpiendo sus pensamientos.

Aceptó con un entusiasmo exagerado, porque se sentía un poco violenta. Además, quizás la invitaría a cenar de nuevo. Y si no, al menos se achisparía lo suficiente para calmar el hambre, y supuso que Rosalind no tardaría en retirarse. Entonces podría cogerle algo de la nevera. Aunque la única cena que le importaba era la que iba a degustar con Dick dos noches después. En algún sitio caro y elegante lleno de gente con glamur de la que salía en las revistas. «Quizás coincidamos con algún famoso», pensaba Josefina mientras Rosalind le narraba su primer y único viaje a Egipto con su ex prometido y ella respondía con grandes asentimientos de cabeza. *Of course, yeah, oh yeah!*

—¿Sabes lo que más me gustaba hacer con él? —dijo Rosalind, animada por las sonrisas extasiadas de Josefina—. Cuando cogíamos el tren y nos íbamos a pasar el día a París. Yo le obligaba a mirar hacia arriba y le explicaba el significado de las caras de las gárgolas y las inscripciones en latín. ¡El pobre Jérôme acababa con tortícolis! Y luego siempre tenía el detalle de decirme que adoraba mis masajes. ¿A ti te gustan los masajes?

Esa noche, Rosalind no comió nada ni le ofreció ningún guiso. Cuando se retiró, media botella de vino más tarde, Josefina abrió la nevera con mucho cuidado y comprobó que los dos estantes de la casera (a ella le había cedido solo uno) estaban casi vacíos. ¿Se lo habría comido todo aquella noche? En la alacena encontró un paquete de galletas de chocolate iguales que la que había mordisqueado al mediodía, solo que más pequeñas. Engulló cuatro y sintió tal pesadez que se quedó dormida al poco de tumbarse en la cama, después de comprobar que no había nuevos mensajes en su móvil. Qué extraño…

Seguramente, Dick trabajaba demasiado.

3

El viernes, Josefina no pudo mantener los ojos cerrados más allá del amanecer. De todos modos era difícil dormir hasta tarde en una habitación sin persianas, pues el cielo madrugaba muchísimo. A las cinco, la luz del sol ya bañaba su habitación, invitándola a levantarse para explorar el nuevo día. Y ella obedecía de mil amores. Pero aquella mañana, Josefina no estaba sola. Desde la ventana vio a Rosalind esperándola en el jardín, con su pijama de ositos y sus piernas lechosas columpiándose al sol. Sorbía una taza de té mientras alzaba el rostro con las mejillas encendidas. ¿Por qué...? Entonces, Josefina recordó que la casera no trabajaba los viernes. Y ahí estaba, como una cerdita bien cebada y satisfecha, quizás no tanto por efecto del buen tiempo como por la felicidad de librarse durante tres días seguidos de los niños pijos a los que enseñaba y sus insoportables padres.

—¡Buenos días! —dijo en español en cuanto vio a Josefina caminar por el salón. Dando unos golpecitos en la silla contigua, la invitó a sentarse a su lado—. Te estaba esperando para desayunar juntas. Hoy podemos charlar sin prisas.

Josefina llevaba dos días disfrutando de las mañanas en soledad, haciendo suya la casa a fuerza de inventar pequeñas rutinas. Ah, qué placer sentía al desperezarse a sus anchas, sola en la cama, y levantarse sin tropezar con la ropa tirada de su ex. Mejor aún, sin chocarse con su padre y su madre, con sus batines y sus pastillas, con su retahíla de preguntas («¿Has dormido bien?», «¿No te duchas?», «¿A qué hora vas a salir?») que se superponía al ruido de la radio eternamente encendida, escupiendo catástrofes sobre la mesa de la cocina. Josefina se había sentido una intrusa en casa de sus padres. No tenía derecho a irrumpir en su rutina, a volver a reclamarles cobijo y comida y mucho menos a criticarles; lo sabía, se avergonzaba de haberse convertido en una mujer adulta que amanecía junto a papá y mamá, y para calmar esa angustia se decía a sí misma que tenía mucha suerte de que ellos estuvieran ahí y debía aprovechar el tiempo porque un día ya no muy lejano desaparecerían de su lado. Pero durante las semanas que le tocó volver a convivir con ellos antes de volar a Londres no pudo evitar, mañana tras mañana, la irritación que sentía cada vez que abría la puerta de su habitación y se topaba con sus torpes figuras arrastrando las zapatillas por el pasillo.

—¿Te gustan los dulces? —La voz estridente de Rosalind la trajo de vuelta al presente—. He comprado un *cake* de limón. También hay té. Aunque bueno, supongo que tú prefieres el café. ¿Lo quieres con leche?

Josefina se encerró en el baño a pensar. No tenía ganas de desayunar con Rosalind, pero no sabía cómo negarse. Le dijo que no se molestara en prepararle el café y se metió en la cocina. La tarde anterior había visitado por fin el Tesco. Ah, cómo le gustaban esos supermercados ingleses con sus treinta variedades de cereales para el desayuno. Recorrió los pasillos como si de un museo se tratara, deleitándose con la abundancia de salsas exóticas, hileras de cajitas de té, bandejas de verduras en miniatura, chocolates de mil tamaños y texturas… Hasta que se puso a tiritar por culpa del aire acondicionado. Pero lo que más le gustaba de los supermercados de Londres era que también vendían flores. Compró un ramo vistoso y barato de unas amarillas cuyo nombre en español desconocía y se prometió que, mientras viviera en aquella ciudad, se regalaría a sí misma un ramo de flores todas las semanas.

Por ahora, sus desayunos eran iguales a los que preparaba en Madrid. Aunque uno de sus nuevos propósitos consistía en comer muchas frutas y vegetales (orgánicos, a ser posible), sus ojos habían pasado de largo ante los sofisticados e insulsos paquetes de copos de avena, cebada y quinoa, para aterrizar en una crujiente y calentita chapata. Ya tendría tiempo de experimentar. Así que su menú matutino por el momento consistía en café con leche y tostadas con aceite, tomate y jamón. Ahora los supermercados en Londres vendían aceite de oliva. Y también tenían jamón, lomo, salchichón y sobre todo mucho chorizo. Chorizo en ristras y en lonchas, paella con chorizo, pizza de chorizo, tapas de lo-que-fuera con chorizo. Y vino de Rioja. Y algo que quería ser tortilla de patatas. Josefina se limitó a comprar aceite, que en realidad era italiano, y jamón, que no era serrano sino *prosciutto*. Tenía que reconocer que la comida era una de esas cosas por las que ella comprendía que la gente dijera eso de «como en España no se vive en ningún sitio».

El rostro de Rosalind se iluminó cuando la vio aparecer con la bandeja repleta de tostadas con aceite y jamón y dos trocitos de *cake* de limón. A Josefina le dio un poco de pena verla allí sentada con aquel pijama tan ridículo, sorbiendo té en su tacita de porcelana, ansiosa por conversar. Suspirando, se sentó a su lado y sonrió. Desayunaron juntas en la mesa de hierro forjado, rodeadas de flores y ardillas como si fueran la reina Isabel y la reina madre; sin prisas, bebiéndose el sol y limpiando con una servilleta las gotas de aceite que resbalaban por sus barbillas.

—¿Y qué vas a hacer el fin de semana? —preguntó Rosalind mientras se quitaba un trozo de jamón de una muela. Josefina apartó la mirada de los huecos que tenía en la boca—. Hace muy buen tiempo. Tienes que ir al parque. ¿Conoces Regent's Park? Podemos ir el domingo.

Se esforzó por parecer lo más desapasionada posible:

—Bueno, voy a quedar a cenar con un amigo esta noche.

—Ah, ¿pero es que ya tienes amigos? —Rosalind estaba boquiabierta— ¡Qué rápida! Yo pasé al menos dos meses sola hasta que encontré a alguien en Marbella con quien ir a tomar una copa de vino. Dos mujeres que vivían juntas. Una era escocesa y la otra alemana. Yo sospechaba que pertenecían a alguna sociedad secreta o a una secta...

—Sí, pero Londres es distinto. La verdad es que tengo muchos conocidos que viven aquí —la interrumpió Josefina, con toda la soltura de la que fue capaz. Era mentira, pero qué más daba. Aunque, bueno, en realidad sí sabía de otra gente que se había mudado a Londres. Amigos de amigos. Ex compañeros de trabajo. Primos terceros. Pero no tenía necesidad de llamar a nadie ni de correr a buscar compañía. No le gustaba inspirar pena—. Y de todos modos la gente va y viene. Es fácil hacer amistades, ¿no?

—Ten cuidado —respondió Rosalind mordiendo su segunda tostada—. Hay mucha gente extraña aquí. No se te ocurra volver a casa caminando por la noche. Tú me llamas cuando salgas del metro y te voy a buscar en coche. Yo no voy a salir. ¿A qué hora volverás?

Pero Josefina no pensaba regresar a casa esa noche. De hecho, no tenía intención de volver hasta el domingo. Con suerte, el lunes por la mañana.

Tras el desayuno, Rosalind se marchó a algún pueblo de las afueras a visitar a no sé qué sobrina o ahijada, no sin antes invitar a su inquilina a acompañarla. Ella contuvo su entusiasmo hasta que la vio desaparecer dentro de su coche. Entonces corrió a la habitación y miró su móvil. Eran las once de la mañana y tenía cinco mensajes.

Buenos días, senorita. Preparada para una noche especial?

Hummm, no me contestas. Durmiendo todavía, lazy girl? Acaso estás reservando tus fuerzas?

Frankfurt. Vip lounge. Esperando para coger el avión de vuelta a Londres. Cuéntame algo.

Espero que te gusten las ostras. Sigo esperando. Me tienes insoportablemente aburrido.

Embarcando. Soy ese ejecutivo que se ha quitado la corbata y tiene cara de tonto. Los demás pasajeros se preguntan en qué bella dama estará pensando el muy idiota.

Con el corazón explotando de alegría, puso un cedé de Amy Winehouse a todo volumen, se quitó las zapatillas y empezó a bailar hasta que le temblaron las piernas. Él ya debía de estar en el avión. Mejor. No quería que pensara que era una maleducada, pero le gustaba no haber visto antes sus mensajes, porque no habría sido capaz de resistirse a contestar inmediatamente. No quería que se diera cuenta de que no podía hacer otra cosa que pensar en él.

Rosalind le había dicho que no volvería hasta la noche, así que tenía la casa entera para ella sola y todo el día para arreglarse. Salió a dar un paseo para calmar su nerviosismo y, tras devorar un sándwich en dos bocados, comenzó a desplegar su ritual. Primero abrió el grifo de la bañera y vertió en el agua calentita un chorro de gel con olor a rosas y un puñado de sales (procedentes del aseo de Rosalind). Echó también unas gotas de su aceite de oliva italiano. Había leído en una revista que era lo mejor para suavizar la piel. Mientras el agua corría, abrió su neceser y sacó todos los potingues que había traído de Madrid, temiendo no poder permitírselos en Londres. Se frotó la cara con una limpiadora exfoliante con micropartículas de hueso de aguacate. Después se untó una mascarilla nutritiva a base de arcilla y chocolate. Con el rostro ennegrecido y el cabello sujeto en un moño, se sumergió en la bañera espumosa. Se lavó el pelo masajeándolo delicadamente y lo untó con mascarilla hidratante de yogur. Mientras la dejaba actuar, cerró los ojos para visualizar su cita con Dick. Trató de relajarse contando sus respiraciones, pero no fue capaz de llegar a siete. ¡Tenía tanto por hacer! Se frotó la piel con un guante de crin untado con exfoliante corporal, este con partículas de olor a menta. Para los pies utilizó una piedra pómez que le dejó los talones suaves y blanditos. Entonces se pasó una cuchilla por las axilas y las piernas. Haciendo patéticos equilibrios, se depiló las ingles, los labios mayores y el trasero, pasando varias veces la mano para comprobar que quedaba completamente libre de pelos. En Madrid se había depilado el pubis por completo con cera, pero ya hacía dos semanas y no podía descuidarse. Luego se frotó con una esponja y más gel de baño para eliminar los restos de vello y de exfoliante, y se quitó las mascarillas del pelo y de la cara.

Salió de la bañera, se cortó las uñas de los pies y las pintó (de rojo). Mientras esperaba a que se secaran, limó y pintó las de las manos (color *nude*). Con mucho cuidado tomó un espejo de aumento y retiró con una pinza todos los pelos superfluos de las cejas y alguno que brotaba rebelde por su barbilla. Puso un poco de crema depilatoria en el bigote y esperó cuatro minutos antes de retirarla con una toallita húmeda. Tras palmearse la cara con las manos empapadas en agua fría, la impregnó de tónico facial con ayuda de un algodón y extendió por todo el cutis una ampolla revitalizante.

A continuación se desenredó el pelo, pulverizando sobre las puntas un poco de suavizante sin aclarado. Recogió su melena con una pinza y untó todo su cuerpo con una leche hidratante de avena, excepto los muslos, los glúteos y la tripa, donde insistió con una crema anticelulítica dando masajes. En las ingles, la vulva y el culo se puso gel de aloe vera para curar los cortecitos que se había hecho con la cuchilla. Se masajeó también los pechos con una crema reafirmante, trazando círculos en ambos sentidos. Desodorante en las axilas. En la cara, unas gotas de sérum. Mientras su cutis lo absorbía, puso una nuez de espuma en su melena y la recogió con cuatro grandes rulos. Un poco de hidratante facial y un toque de contorno de ojos.

En su habitación se embutió en el nuevo conjunto de tanga y sujetador a juego, que era negro con detalles fucsias. Medias finas (las había metido antes en la nevera para que no se les hicieran carreras) con liga elástica. Luego regresó al cuarto de baño y comenzó con el maquillaje. Antiojeras, base, iluminador. Sombra de ojos marrón oscuro en el párpado superior, y un leve toque de blanco bajo las cejas y junto al lagrimal. *Eyeliner* y dos capas de rímel. Un golpe de polvos mate en frente, nariz y barbilla. Colorete. Una fina lluvia de polvos iluminadores en el escote y en los hombros. Se lavó los dientes, frotando también los labios y la lengua. Un poquito de bálsamo labial. Un ligero delineado de los labios para después rellenarlos con pincel. Se quitó los rulos y sacudió la cabeza como un perro después del baño. Con el secador y el cepillo, marcó cuidadosamente sus ondas. Peinándose cabeza abajo, pulverizó una pizca de laca alrededor de su cabeza y, cuando alzó el rostro y se encontró consigo misma en el espejo, sus facciones resplandecían como rosas salpicadas de rocío.

Se puso el vestido nuevo y unos pendientes de brillantes que en su día le había regalado el novio número dos. El vestido le estaba un poco estrecho, pero su talle lucía más esbelto que nunca. Lanzó unas gotas de perfume al aire y avanzó hacia ellas con la solemnidad de una novia caminando hacia el altar.

Por último, preparó el bolso: monedero, Oyster, móvil, cargador, llaves, clínex, otro tanga, cepillo de dientes y pasta, una bolsita con la base de maquillaje, polvos mate, rímel, lápiz de labios y bálsamo labial. Bueno, y tres condones. Mejor cinco. Cerró la cremallera y se puso sus mejores zapatos de tacón. No eran nuevos y resultaban pasablemente cómodos. Tenía que caminar sobre ellos veinte minutos hasta el metro, pero qué importaba. Por supuesto, Dick se había ofrecido a recogerla en la puerta de su casa, pero ella insistió: se verían en un bar de la City. Escribió una nota para Rosalind asegurándole que era muy amable, pero no hacía falta que fuera a recogerla e incluso resultaba del todo innecesario que la esperara. Se puso una chaquetita estilo Chanel (del chino de su barrio), aplicó un último toque de polvos mate en frente y nariz, se regaló la mejor de sus sonrisas y salió a la calle.

Eran las ocho de la tarde y el sol aún calentaba la piel. Josefina no sabía hasta ese momento que los atardeceres en Londres podían ser tan dorados y tan resplandecientes. O quizás el cielo solo reflejaba el color del que ella veía la vida desde que había aterrizado en aquella maravillosa ciudad.

4

«No tengo ni idea de qué se hace en una cita a ciegas», pensaba Josefina mientras descendía por aquella avenida sembrada de casitas de ladrillo rojo, camino al metro, al ruido y al alboroto; camino al escenario donde se iba a encontrar con el hombre que llevaba semanas volviéndola loca sin tan siquiera haberse visto las caras. Y entonces se dio cuenta de que solo en Londres ella era capaz de hacer una cosa así. En su barrio, ni siquiera se habría atrevido a ir vestida de aquel modo para coger el transporte público. La gente la miraría. «Dónde irá la Fina tan puesta. Al cine con el novio seguro que no. ¿No sabes que la ha dejado tirada? Dicen que se la estaba pegando con otra desde hace seis meses y la muy pánfila ni se había enterado. Mírala, ha engordado con el disgusto, menudo culo»… Y después, al pasar por delante de ellas (las vecinas que no compraban en la charcutería de sus padres, las compañeras del colegio que nunca la invitaron a su cumpleaños), le habrían preguntado a dónde iba, y le habrían dicho que estaba estupenda y que tenían que quedar sin falta a tomar un café.

Pero allí, en Londres, ni siquiera le importaba caminar una eternidad incrustada en una falda de tubo y unos tacones como cuchillos para meterse en el metro. Nadie la conocía ni la miraba. Bien podría haberse puesto un

pavo real con todo su plumaje desplegado sobre la cabeza, que la gente seguiría impertérrita a su paso. Un dos, un dos, su trote era ligero y decidido. Un dos, un dos, allá voy, pisando fuerte sobre los cimientos de mi nueva vida. En Londres nadie la iba a criticar. Su madre no la llamaría cuatro horas más tarde para decirle que la Pepi y la Vane la habían visto por ahí muy emperifollada ella sola, dando vueltas alrededor de la pregunta que verdaderamente querría hacerle pero que no llegaría a salir de sus labios.
Se había aprendido de memoria el primer correo de Dick Rochester.

Hello! Me llamo Dick, tengo treinta y nueve anos y no he podido evitar escribirte al leer la palabra «Espana». Me trae a la imaginación mujeres bellas, placeres sensuales, aromas de delicias culinarias. Pimentón, olivas, azafrán. Ah, vosotros sí que sabéis vivir. Créeme, algo sé sobre ello. Pasé una época increíble en Madrid a finales de los ochenta. Ahora mi vida es mucho más gris. Me encanta Londres, pero esto es otro mundo. ¡Aquí no hay sol! Viajo continuamente, vuelo en business y tengo un chófer que me lleva y me trae, pero desgraciadamente no son viajes de placer. Esperando con deleite que me escriba, senorita, y comparta conmigo el motivo por el que el sol ha elegido sus ojos para brillar. Hugs, Dick.

En el tercer correo le envió fotos del *penthouse*, ubicado a la orilla oeste del Támesis, en un viejo edificio victoriano reconvertido en apartamentos de lujo. De día, el sol atravesaba los cristales impolutos, creando una hipnótica sensación de simetría al rebotar sobre las paredes, la ropa de cama, el sofá, la orquídea sobre la cómoda, todo blanco inmaculado como una tarta de bodas. De noche, lámparas y velas sabiamente esparcidas aquí y allá iluminaban el espacio con la calidez de un fuego invernal, enmarcado por las luces de Londres al fondo, tras los ventanales. Josefina deseó ardientemente cerrar los ojos y penetrar en aquella hermosa postal. Imaginarlo le daba fuerzas para levantarse cada mañana y soportar su imagen ante el espejo. Porque cuando se miraba en la intimidad de su habitación de niña, lo que veía era una mujer sola, treintañera y sin trabajo que había vuelto a casa de sus padres. Y ellos, cuando creían que no se daba cuenta, la miraban con una mezcla de lástima e impaciencia. Como pensando «y esta pobre adónde va a ir ahora».

Ella pensaba lo mismo. No sabía qué camino seguir. Contestaba a los anuncios de trabajo en internet y se apuntaba a ofertas donde había cientos de personas que habían corrido más que ella. Enviaba correos, hacía llamadas a los pocos colegas que habrían podido ayudarla, pero todo lo que recibía eran vagos «voy a ver qué puedo hacer» o frases de cortesía rematadas con un «¡la cosa está fatal!» En el fondo se alegraba; ella ya no quería volver a consumirse en una triste oficina. El descanso forzoso había devuelto el color a su vida, como si hubiera abierto una vieja caja de recuerdos y desempolvado los tesoros de su infancia. Cuentos, lápices, helados, muñecas, caramelos, recortables... Risas, ligereza, despreocupación, esperanza. Las largas tardes de soledad en el sofá, ya sin novio y sin trabajo, le habían hecho reflexionar. La vida tenía que ser algo más. Recordó que hubo un tiempo en el que ella vivía dentro de las historias que devoraba en sus libros, que perdía la noción del tiempo coloreando las ilustraciones de sus favoritos.

Y después, sus días se habían vuelto tan insulsos que una mañana se cansó de mirar las páginas de ofertas de empleo y entró en las de ligue. Dick apareció enseguida. Como si Josefina lo hubiera conjurado, lanzándole un grito de socorro desde sus entrañas. Sintió que él surgía de la nada y la abrazaba bien fuerte, sujetando sus muñecas mientras los dedos de ella ataban los cabos que unían sus sueños de adolescencia con el futuro que la aguardaba. Londres la esperaba. Allí sería feliz. Siempre lo había sabido, solo que se le había olvidado.

Y desde aquel tercer correo, cada vez que él le escribía, Josefina se recreaba en la misma historia, con tanto detalle que habría podido colorearla con sus lápices de colegiala. Dick desperezándose en su inmensa cama de soltero, abandonando las sábanas de hilo calentitas para enfrentarse al asfalto de Londres (pero lo haría con una sonrisa y al ritmo de la música de su iPhone). Dick enjabonándose el cabello en su ducha de pizarra con vistas al exterior... mientras ella preparaba café en su cocina abierta al salón y se daba la vuelta para ajustarle el nudo de la corbata cuando él aparecía por detrás y la besaba en la nuca. Él partía de viaje, Berlín, Hong Kong, Atenas, Budapest, y ella aspiraba el olor de su colonia de verbena y madera sobre su cuello moreno al darle un abrazo de bienvenida. Y cada mañana él le susurraba: «Hasta la noche, señorita» y besaba su mano y la dejaba sola en casa con una sonrisa de felicidad que casi llegaba a dolerle porque no se le caía nunca de las mejillas.

Así era como Josefina sobrevivía a aquel limbo y lo mismo le daba estar en casa de sus padres, haciendo cola en la oficina del paro o atravesando el campo visual de las arpías de su barrio. Porque ella en realidad ya no estaba ahí. Estaba en Londres, en la casa de Dick, y cada noche saltaba al ordenador en cuanto oía el ding-dong con el que él se conectaba al Messenger. Era como cuando las luces del cine se apagaban y comenzaba la película. Dick le enviaba fotos, le contaba historias, y ella reía. Al principio, tapándose la boca para que no la oyeran sus padres. Después, sin importarle ya qué hora era ni si ellos estaban despiertos o dormidos. Dick le escribía desde su terraza con vistas al río, le mostraba el rincón donde los regatistas de Oxford y Cambridge se batían cada primavera, le servía una copa de vino blanco de la Toscana. Ella, encerrada en su cuarto con vistas a un patio interior mientras sus padres veían la tele, se decía «cuidado, cuidado, no le conoces de nada».

Pero un día le contó que su novio la había dejado, la empresa la había despedido y no sabía qué hacer con su vida. Y él le preguntó: «¿Confías en mí?» y dijo: «Cierra los ojos, Josefina, coge mi mano y agárrate fuerte, vamos a sobrevolar la ciudad, ten cuidado que salimos por la ventana. Fíjate, estamos encima del Retiro, ahora Madrid es solo un puntito minúsculo. Está mucho más cerca de Londres de lo que parece, pero mira, mira hacia arriba, más allá de las estrellas, mírala... Cuando estoy triste vengo aquí, me siento en el lado oscuro de la luna y le cuento mis penas. Y esta noche te he traído conmigo para que ella también te acaricie el rostro mientras yo sostengo tu mano».

Y aquella fue la noche en que Josefina supo que se marcharía a Londres. Así, sin más. La certeza emergió de su interior limpia de dudas y de lucha. Viviría en Londres, para conocer a Dick y para empezar una nueva vida. Esa era la verdadera razón de su exilio, la que estaba debajo del «necesito cambiar de aires» con que despachaba la curiosidad de los demás.

Le había pedido que se encontraran en Coq d' Argent, un bar de la City que por supuesto no había pisado en su vida. Lo encontró semanas atrás, cuando todavía estaba en Madrid, buscando en Google «mejores bares de Londres». Estaba frente al edificio de la Bolsa y tenía restaurante, terraza y bar en la azotea. Aquel lugar tan glamuroso estaría, seguro, repleto de banqueros, ejecutivos y gente bien vestida, y por eso Josefina creyó que en semejante escenario se pondría menos nerviosa esperando a su caballero, sorteando gente y copas de vino hasta chocarse con sus ojos negros. Los había contemplado mil veces en la pantalla, pues Dick le enviaba montones de fotos, tantas que casi era como si ya le conociera. Pero a veces las repasaba en el ordenador, ampliándolas, paseando sobre sus rasgos para aprendérselos bien, y se asustaba.

¿Y si en persona no se parecía al de las fotos? ¿Y si no tenían nada que decirse?

5

Cuando llegó al metro, los pies le dolían tanto que se quitó los zapatos nada más sentarse en el tren. Total, aquello era Londres. Viajó hasta la parada de Bank. Al emerger, el sol vespertino cegó sus ojos y tuvo que parpadear varias veces para orientarse entre el enjambre de hombres y mujeres vestidos de gris que caminaban en todas direcciones, trazando un zigzag, una figura geométrica y vibrante en cuyo interior parecía residir un secreto para iniciados. «Sorry», dijo uno al pasar por su lado. ¿Sorry por qué? Todo daba la impresión de ir más rápido allí, de ser más importante y un poco secreto.

Josefina miró el reloj y se dio cuenta de que era demasiado pronto... Pasearía un poco para calmar los nervios. Se acercó al edificio de la Bolsa. Su mirada caminaba por las columnas rumbo al friso que las coronaba cuando oyó una voz.

—Es imponente, ¿eh? La Bolsa de Londres. ¡El centro del poder! ¿Es la primera vez?

No estaba segura de que aquellas palabras en inglés se dirigieran a ella, pero cuando sus ojos descendieron se toparon con otros ojos verdes que le sonreían.

—Me llamo Victor —dijo el hombre, tendiéndole la mano. Sus dedos apretaban sin llegar a molestar—. ¿Italiana? ¿Francesa?

—¡Española! —Josefina sonrió. Se sentía un poco halagada—. Soy de Madrid.

—Ah, qué maravilla, Madrid. Te he visto paseando por aquí y he pensado que eres perfecta para mi proyecto —dijo él, mientras le tendía una tarjeta de visita—. ¿Cómo te llamas?

Josefina miró la tarjeta. *Victor Kapur, Human Relationships Consultant / Headhunter of Love.*

¿En serio? ¿Consultor de relaciones humanas? ¿Cazatalentos del amor?

Volvió a mirarlo. Su piel brillaba como chocolate fundido bajo la luz del atardecer. Por su apellido, debía de ser de origen indio.

—Estoy emprendiendo un negocio que va a revolucionar internet —explicó, sonriente. Seguro que estaba acostumbrado a las caras de perplejidad, y hasta daba la impresión de que le encantaba lidiar con ellas—. Y necesito colaboradores. Gente extranjera con clase, como tú. No sirve cualquiera. Te he visto pasear y no he podido evitar acercarme. ¿Estás disponible?

—Pues... No lo sé. Depende. —Se sentía entre prudente y divertida. ¿De verdad le estaba ofreciendo un trabajo? El tipo olía a colonia cara e iba muy bien vestido, con traje mil rayas y chaleco. Una corbata naranja iluminaba sus ojos sorprendentemente claros. No parecía un loco ni un acosador.

—No me conoces de nada. Es normal que desconfíes. Piénsalo y llámame. Tomamos un café y te lo cuento todo, ¿ok? —dijo, al percibir que Josefina vacilaba.

Cuando volvió a estrechar su mano, una corriente de optimismo inundó a Josefina por sorpresa. Victor se marchó tras exclamar «hasta la vista» en español, y ella miró el reloj. ¡Era casi la hora de encontrarse con Dick! Caminó decidida y sin miedo. Aquel extraño encuentro le había insuflado la confianza en sí misma que tanto necesitaba en ese momento. «Gente extranjera con clase, como tú»...

Al torcer la esquina de la calle que debía conducirla al bar, un hombre con una mochila a cuestas la sorteó con un «*sorry*». ¿Pero por qué le pedían perdón?

Encontró el bar consultando las indicaciones que había apuntado en un papelito. Un portero uniformado la condujo al ascensor y, como aquel taxista que le había dado la bienvenida a Londres, la llamó *madame*. Mientras subían a la azotea ensayó una sonrisa, pero sus labios temblaban. Cuando se abrió la puerta tenía la boca seca y ganas de echar a correr y no parar hasta acurrucarse bajo las sábanas de su cama; pero no la de la casa de Rosalind, sino la de sus padres.

Miró alrededor, aturdida. Veía a todo el mundo sin detenerse en nadie. Pero entonces Dick surgió de quién sabe dónde, rozando su piel con una suavidad que la desarmó, liberándola del temor a tener que intercambiar miradas tensas o inventar algo ingenioso que decir durante los segundos que habrían tardado en acercarse el uno al otro.

—Hola, señorita —dijo, con una sonrisa encantadora. Simplemente, de pronto estaba a su lado. La tomó de la cintura, se acercó, le dio dos besos, hola, ven por aquí, estás preciosa, qué bien hueles, cuidado no te tropieces. Y antes de poder reaccionar, Josefina se encontró sentada frente a él en un rincón de la azotea, sosteniendo una copa de vino blanco. Todo tan natural y tan fácil como en la película de su imaginación.

—Siento no haber podido enviarte a mi chófer al aeropuerto. —Su voz sonó encantadora al disculparse—. Y siento no haber podido ir a recogerte esta tarde con un ramo de flores.

—Oh, bueno, no hacía falta. He venido en metro —corrió a explicar—. No está tan lejos. Bueno, sí lo está pero no he tenido que hacer trasbordo. Central Line desde mi casa —dijo, aunque le dio un poco de vergüenza decir *Central Line* en inglés. Por suerte, con Dick podía hablar en su idioma. «¡Qué guapo!», pensaba. «¡Qué alivio!» Y allí estaba ella, Josefina Gándara González, con su copa de vino sudafricano tamaño *large* en un bar precioso de la City de Londres, acompañada por un soltero rico y arrebatador. Y además, otro tipo la había abordado en plena calle para pedirle que trabajara con él. Madre mía. Ojalá la hubieran visto su madre y su hermana, y todas aquellas catetas del barrio con las que un día compartiera pupitre y que después le había tocado encontrarse en la panadería, en el bar, en la calle, olvidada ya la inocente camaradería de la infancia, guarnecidas bajo sus mantos de prejuicios y convenciones, lanzándole miradas de extrañeza y sonrisas asépticas. Ojalá la hubiera visto el novio número tres. Pero en el fondo le daba igual. Ella ya había roto con todo aquello.

—¿Brindamos por tu nueva vida en Londres? —propuso Dick, como si estuviera leyéndole la mente.

Y sin que ella supiera cómo, un camarero apareció ante ellos con una botella de Moët & Chandon, dos copas y una bandeja de ostras. Saludó a Dick por su nombre y les sirvió el champán, deseándoles que pasaran una feliz velada. Así que Dick conocía perfectamente aquel sitio. Claro, de qué se extrañaba…

—¡Por mi nueva vida en Londres! —Chocó su copa con la de él demasiado fuerte—. Y porque al fin nos conocemos.

El champán le hizo cosquillas en los labios y resbaló por su garganta como una cascada de felicidad. Él sonrió mostrando unos dientes perfectos y dijo: «¡Salud, señorita!» Cogiendo una de las ostras, abrió mucho la boca y se la tragó con fruición. Josefina sudaba sin poder evitarlo. Su piel ardía bajo la dulce brisa del atardecer.

Mientras le rellenaba la copa, Dick le habló de sus continuos viajes y le explicó que trabajaba tan duro porque quería ascender a director de su compañía. Se estaba haciendo de noche y, de nuevo, el cielo regalaba a los londinenses un atardecer rosado, etéreo. Josefina sintió ganas de gritarle al mundo lo feliz que se sentía. En lugar de eso, sacó su cámara y le hizo una foto a Dick. Se dio cuenta de que se le formaban hoyitos al reír y de que todas las mujeres que estaban a su alrededor se lo comían con los ojos. Era alto, decidido, llevaba un traje a medida. Como casi todos los hombres que estaban allí. Pero en él había algo diferente. Dick era inglés, pero no del todo. Brasil, su infancia viajera, Madrid, la rapidez con que sabía acomodarse a otras culturas, el encanto que brotaba de sus maneras ágiles y mundanas. Todo se reflejaba en su sonrisa, en su piel dorada, en la forma que tenía de relajar los hombros mientras otros a su alrededor se mantenían tensos, pálidos, inmovilizados bajo sus fundas de corrección y apariencia.

Pero, sobre todo, Dick era diferente de todos los demás porque solo tenía ojos para ella.

6

Cuando ya estaba encajada en el asiento del copiloto, Josefina se dio cuenta de que ni siquiera se había fijado en la marca del coche de Dick. Solo en que era sobrio y elegante, que tenía los asientos de cuero blanco y que allí dentro se sentía confortable y calentita, aunque resultaba extraño ir sentada en el lado izquierdo. Sin el volante frente a ella se sentía como desnuda. Dick conducía en silencio mientras Josefina le miraba de reojo. Iba muy concentrado en el tráfico, con una mirada de águila que escaneaba todos los detalles y que hacía que ella se sintiera segura; pero también era como si Dick estuviera en un lugar muy lejano. Incapaz de encontrar algo que decir, Josefina también calló y miró a su alrededor, mientras atravesaban el alboroto que envolvía a Piccadilly Circus. Al detenerse en los semáforos se fijaba en la gente que esperaba el autobús, de pie, guardando colas interminables. Como ella misma había hecho hasta esa noche. Ah, qué felicidad, pensar que ya no tendría que coger más autobuses.

Tímidamente regresó con la mirada al interior del coche, sonrió y se topó con los ojos de Dick.

—*A penny for your thoughts* —dijo él, guiñándole un ojo.

—¿Cómo?

—Dime qué piensas tan calladita.

—Oh, no, no estaba pensando nada en particular —se sintió estúpida en cuanto lo dijo.

—¿Tienes hambre, señorita?

Sí, tenía mucha hambre y también una cierta sensación de debilidad. Estaba medio borracha, un poco mareada, flotando dentro de aquel coche propio de una *lady*. Tenía hambre, pero sobre todo tenía un ansia que la comida no podría calmar. Se la despertaba el olor a cuero y a colonia masculina, las ganas que tenía de que aquellos brazos morenos la atrajeran hacia sí y sentir los labios calientes del hombre que conducía a su lado aplastando los suyos.

Dick la llevó a un restaurante asiático en Mayfair. Paredes negras, techos altísimos, parecía que allí dentro una no pudiera evitar moverse con la elegancia de una gata. Estaba tan oscuro que Josefina se supo sexi, su vaivén al conducirse de la puerta a la mesa reflejado en las miradas de aquellas personas hermosas y mundanas que ambientaban el local. Se sintió radiante cuando Dick le apartó la silla y después se acomodó frente a ella, atravesándola con la mirada, e hizo un gesto con la mano para avisar a un camarero que, de nuevo, se materializó en un suspiro.

—Y ahora me vas a contar bien despacio qué es lo que te ha traído a Londres, *baby* —dijo, mientras le servía una copa del vino blanco que había elegido. Uno australiano, ponía en la etiqueta. A Josefina le supo delicioso, aunque esperó que Dick no le preguntara por qué (porque estaba frío, porque sabía a uvas dulces, porque lo estaba disfrutando con él).

Ya no estaba tan nerviosa. Ahora simplemente se sentía feliz. Tenía muchas ganas de hablar con Dick, de conocerle, de que se dijeran en persona todo eso que ya se habían contado antes de poder mirarse a los ojos. Porque, de algún modo, hasta entonces no había sido real. Saber que con él sí podía ser sincera le alegraba el corazón.

—Pues... Tú ya lo sabes. En España, a todo el mundo le decía que necesitaba cambiar de aires. Y es la verdad, pero no es solo eso. Tenía que alejarme de lo de siempre. No creo que nadie lo entendiera salvo tú, porque enseguida me preguntaban cuánto tiempo voy a estar aquí. Y no lo sé, pero tampoco tengo intención de volver a Madrid en breve. Creo que aquella etapa de mi vida está cerrada.

Dick la escuchaba atentamente mientras esperaban que llegara la comida. Ella le había dicho, de la forma más casual que supo, que pidiera por los dos. La carta estaba escrita en francés e inglés, y los únicos términos que Josefina entendía claramente eran *salad, chicken, salmon* y *tuna*.

—Eres muy valiente. No conozco muchas mujeres españolas capaces de romper con su vida y empezar de cero a tu edad. Mejor dicho, no conozco ninguna. Pero dime, ¿qué esperas de Londres?

Ella quiso contestar: «¿Es que no lo sabes ya? Casarme contigo, tener unos niños preciosos y vivir en una casita con la fachada pintada de rosa en Notting Hill», pero supo que no debía hacerlo, ni siquiera en tono de broma. Quizás porque en sus oídos aún resonaba ese «a tu edad» que Dick había lanzado al aire.

—Venga, cuéntame, ¿cuál es tu sueño? —insistió él—. ¿Por qué estás aquí realmente?

Abrió la boca para responder, pero entonces una chica alta y pelirroja se acercó con paso firme y les puso delante sendos platos de langosta. Josefina supo que ella también era española. Algo en sus ojos, durante el instante que se cruzaron con los suyos, se lo dijo. Como si todos los códigos comunes, las memorias compartidas, las sensaciones que no podían describir en un idioma extranjero, todos los secretos, los recuerdos y anhelos del pasado vivieran encogidos en sus respectivas pupilas tras una puerta que solo se abría al compartir una mirada.

Josefina intentó ganar tiempo antes de tener que pelar la langosta:

—Mi sueño... Pues ser feliz. Encontrar mi camino. No sé. Estaba harta de vivir en el mismo barrio de siempre. Con mi familia siempre encima. —Apoyó los codos en la barra y miró hacia arriba como si la comida que aguardaba en el plato no le importara nada—. Tú no sabes cómo son las madres españolas. Que cuándo te vas a casar, que por qué no me llamas, que me duele todo y nadie me hace caso... Es una pesadilla. ¿A ti te parece normal que los españoles sigan viviendo con los padres a los treinta años?

Dick sonrió, se encogió de hombros y atacó su langosta. Ella se fijó disimuladamente en sus movimientos y siguió hablando.

—A mí siempre me han dado mucha envidia los guiris que se van de casa a los dieciocho. Luego hacen su vida y visitan a los padres un par de veces al año. En Navidad, en verano. ¡Lo normal! Lo que no es normal es lo de las familias españolas, y que haya que reunirse cada domingo porque sí a ponerse ciegos de comida y a pasar la tarde todos amontonados hablando de política y viendo el fútbol.

—No grites tanto —susurró Dick, con expresión divertida.

—¿Qué?

—Van a pensar que eres española.

Josefina se echó a reír. Tenía razón. Captó de nuevo la mirada de la camarera, que parecía vigilarla con sus ojos grandes y despiertos. Sí, seguro que ella también era española y sin duda sabía de qué estaba hablando.

—¿No tienes hambre?

Josefina cogió las pinzas y trató de imitar a Dick, aunque solo logró sufrir intentando que la langosta no saliera disparada. Con toda naturalidad, él se las arrebató para partirle dos trozos grandes mientras hacía un comentario banal, y ella se los comió con ganas y dejó el resto en el plato, fingiendo que no tenía más hambre. Dick devoró entera la suya, partiéndola sin apenas mirarla, sin mancharse ni trabarse al hablar. Cuando la camarera se llevó los platos, Josefina creyó captar en sus pupilas un gesto de desaprobación.

La española volvió con unos rollitos de carne rodeados de verduras minúsculas y algo que parecía paja. Por fin un plato que podía comer de forma airosa.

—Cuando hablábamos por el Messenger no pensé que serías capaz de dejarlo todo y venirte a este país de locos —dijo Dick—. *Really*, creí que al final te quedarías en casa de tus padres y que nunca llegaría a conocerte. He de reconocer que te admiro. Llegar a Londres supone compartir casa con extraños. Pagar cinco libras por una copa de vino... Ahora el clima todavía es agradable, pero ¿tú sabes el frío que hace aquí en invierno?

No, no lo sabía. Ella solo había estado en Londres en verano. Pero no podía ser para tanto. Aquello no era Groenlandia. Y además, ya le había contado sus planes y sus intenciones un sinfín de veces. Le había abierto su corazón cuando chateaban, cuando hablaban por teléfono. ¿Por qué ahora lo ponía todo en duda?

—Pero es una ciudad maravillosa. Aquí hay oportunidades. ¡La gente está viva! No tienes ni idea de lo mal que está España... Se lo están cargando todo. Ya no hay trabajo, y cuando aparece uno resulta que pretenden pagarte menos que cuando empezabas. Quieren becarios hasta la jubilación. Y nada cambia porque la gente no hace más que quejarse.

—Josie, Londres es una ciudad muy dura —la interrumpió Dick—. Créeme, la conozco bien. Y la adoro, pero es como una amante cruel. Si yo pudiera, viviría en España. Los españoles tenéis razón, como en vuestro país no se vive en ningún sitio. ¡Yo me compraría un ático con vistas a la Giralda y me haría viejo allí, oliendo el azahar en una hamaca y bebiendo gazpacho!

Josefina se desinfló un poco. Acababa de llegar y no quería que Dick le hablara de España. Quería que se alegrara mucho de que ahora ella estuviera en Londres. Con él.

—Pero yo tengo la suerte de que cuando salgo de la oficina cojo mi Mercedes y me refugio en mi maravilloso *penthouse* —prosiguió Dick—. Los paga la empresa. Ambos. Yo no podría permitírmelos, ni siquiera con las diez horas diarias que trabajo. Si está nevando fuera me da igual, porque en mi casa el calor brota del suelo y yo camino descalzo. Abro una botella del vino más caro que puedas encontrar en Harrod's y me la bebo. Y si me siento solo, pongo la tele. Es tan grande que parece una pantalla de cine y tiene más canales de los que soy capaz de ver. De todos modos, trabajo tanto que apenas tengo tiempo para pensar. Eso lo hace llevadero... —Y de repente sonrió de nuevo, iluminando el corazón de Josefina—. Pero tienes razón. Londres es terriblemente excitante. Tenemos que ir al Royal Opera House. A Greenwich. Subir a la Torre. ¡Te lo enseñaré todo! Conozco todos los secretos del Soho, aquí donde me ves.

Ella recuperó la alegría. Qué sincero era Dick. No le importaba reconocer que se sentía solo. Ningún hombre le había regalado jamás una confesión semejante en la primera cita. Sintió una oleada de ternura al imaginarlo volviendo a casa en las noches de invierno, agotado y hambriento, sin una familia que le esperara con la cena calentita, sin nadie a quien abrazar bajo las sábanas y llenar de besos a la luz de la luna.

—De hecho, no todo el mundo sabe apreciar la belleza de Londres. —Dick carraspeó—. Porque no es una belleza evidente. Hay que penetrar en ella. A las mujeres suele gustarles más París. Pero yo te descubriré los encantos de Londres.

Y entonces levantó su copa.

—Por ti, *Lady London.* —Dick se llevó la copa a los labios y la miró largamente sin hablar.

Josefina sintió que él podía leer sus pensamientos, sus deseos, sus secretos. *¡Lady London!* Dick le clavaba sus ojos negros mientras bebía, con tal intensidad que no pudo sostenerle la mirada. Sin saber qué decir, se disculpó para ir al baño. Él sacó la cartera y pidió la cuenta.

Se estaba perfilando los labios cuando entró la camarera. Volvió a posar en Josefina una mirada severa, esta vez a través del espejo. Pero ella le sonrió.

—Eres española, ¿verdad?

—De Madrid. ¿Y tú? —dijo la muchacha, con una voz un tanto áspera.

—¡También! Soy Josefina. Me acabo de mudar. No conozco a nadie. Bueno, a él. A mi... es mi novio. Mi amigo. Bueno, yo que sé. —El vino y la sonrisa de Dick le habían sacudido el pudor de encima.

—Ah. Yo soy Lola. Sí, ya me parecía que eras española. Dame tu móvil si quieres y nos pegamos un toque algún día, ¿no?

Un poco sorprendida, Josefina le dio su número de teléfono. No le apetecía demasiado, pero no supo cómo negarse. Lola dijo que le haría una llamada perdida y, sin más, regresó a sus obligaciones. Ella sacó la polvera y sus pensamientos volvieron junto a Dick. ¿Qué tendría planeado hacer ahora?

Enseguida vio que la esperaba de pie en la puerta y la tomó de la mano como por casualidad, sin mirarla, sin pedir permiso. Simplemente la tomó de la mano y la

condujo a su coche. Ella parecía tranquila por fuera pero, bajo la ropa, su cuerpo vibraba de tal modo que habría podido levitar. Ah, el placer de dejarse llevar...
Esta vez, Dick condujo de forma pausada. Estaba más relajado, casi suave. Tal vez era por el vino. Josefina comprendió que se dirigían a su casa, aunque ninguno de los dos dijo nada. Se moría de excitación pero, por alguna razón, no lograba sacar fuera sus sentimientos. Atravesaban de nuevo todas aquellas calles del centro de Londres que tanto le gustaban, y decía por dentro: «¡Dick, mira, un *rickshaw* en medio de Oxford Street!» o: «¡Cuántos restaurantes *thai*!» o: «¿Te has dado cuenta de que la luz de Londres es distinta?» Y decía: «¡Tú eres mi sueño! ¡Tú eres la razón por la que estoy aquí realmente!». Pero luego las palabras no se atrevían a salir de su boca. Pensó que era extraño estar metida en un coche con el hombre con el que se iba a acostar dentro de un rato y sentirse incapaz de ser ni la mitad de espontánea que en aquellas conversaciones de madrugada, cuando les separaban miles de kilómetros y la pantalla del ordenador.

7

—¿Te apetece una copa en mi casa? —Dick se detuvo en un semáforo y la atravesó de nuevo con aquella mirada que era negra y resplandeciente a la vez, como una piedra de turmalina que Josefina guardaba en la mesilla porque había leído en un libro que tenía la propiedad de ahuyentar las energías negativas. Sin embargo, su voz hablaba con dulzura. Estuvo a punto de sentirse conmovida por aquel tono de inocencia, pero su cuerpo se tensó. Ahora que escuchaba aquellas palabras tan anheladas, le parecía captar un matiz de ansiedad emergiendo de los labios de Dick como un aliento frío. Y pensó que tal vez Rosalind tenía razón. «Ten cuidado, *Lady London*», creyó escuchar en su interior…

«Rápido, rápido, habla para romper el hechizo», se dijo.

—Sí, claro, por qué no —respondió en el mismo tono meloso. Como si estuviera tranquila. Como si no lo hubiera anhelado durante toda la cena. Como si no se le hubiera secado la la boca al comprobar que Dick tomaba el camino que llevaba al *penthouse*, y que ella había estudiado en Google Maps varias veces antes de la cita. Sabía que él también la deseaba y por eso aquella aparente indiferencia suya la estaba volviendo loca. Le molestaba que no se hubiera abalanzado sobre ella en cuanto entraron en el coche. Por favor, ¿dónde estaba el fuego latino? Pero, por otro lado, Josefina agradecía aquella caballerosidad que le resultaba tan ajena. Si Dick hubiera sido español ya se habría puesto a manosearla. Sería un torpe, un patán, un *manolo* como los de su barrio. Pero no, él sacaba a pasear al *gentleman* inglés y escenificaba todo aquel paripé de invitarla a cenar, abrirle la puerta del coche, preguntar si la temperatura de la calefacción era de su agrado y si se encontraba cómoda. Y con cada movimiento suyo, Josefina se iba derritiendo de expectación, de exasperación, de excitación.

Cuando Dick anunció que habían llegado a su casa, el corazón le retumbaba en los oídos. Entró allí como Lady Di atravesando por primera vez la verja de Buckingham Palace. Dick seguía sin decir nada, causándole un desconcierto absoluto. Decidió relajarse, pues quizás era cierto que solo quería invitarla a una copa. Y quizás fuera mejor así. Después la llevaría a casa o llamaría a un taxi. Al fin y al cabo era viernes, él había regresado esa misma mañana de Amsterdam, trabajaba de sol a sol, tenía que estar agotado.

Subieron en el ascensor. Tampoco ahí la tocó, limitándose a lanzarle una media sonrisa que le erizó el vello. Avanzaron por un pasillo silencioso con el suelo cubierto por una moqueta grisácea. Solo que, a diferencia de las de que se veían en los pubs y las casas viejas, aquella tenía pinta de ser nueva. El edificio parecía un hotel de lujo y olía a madera. Como sus muebles de Ikea, pero más intenso; como si aquella madera proviniera de un bosque finlandés alimentado con abono ecológico y hubiera sido pulida con la cera más delicada.

Dick abrió la puerta de su casa y entonces al olor a madera se le sumó un aroma a colonia, a nuevo, a hombre, a tabaco, a él. Le hizo a Josefina una cómica reverencia y ella avanzó sin poder evitar que las piernas se le pusieran rígidas como cartón. Mientras Dick soltaba las llaves y la cartera en un pequeño recibidor, ella se fijó en un largo pasillo que se abría ante sus ojos. Pero... ¿qué era aquello? Estaba oscuro, hacía frío y esa casa no se parecía al *penthouse* de las fotos. Desconcertada, subió la escalera tras él. ¡Ah, claro, había otro piso! Y entonces sí. Ante ella se desplegó el salón blanco que tantas veces había visitado en su imaginación y que pisó con reverencia, como si fuera un decorado que no debía estropear. La luna llena bañaba la estancia y les sonreía desde el cielo, con su carita feliz y rechoncha. Entonces sintió el calor de Dick en su nuca, susurrándole al oído: «Dame tu bolso». Con mucha parsimonia, lo colocó en una silla. Después regresó hacia ella y, cuando Josefina creía que iba a besarla, le lanzó una de sus medias sonrisas y se desvió para sacar dos copas de champán de un aparador en la zona de la cocina. Luego abrió una enorme nevera de acero gris. Josefina pudo ver que estaba repleta de botellas y lo que parecía una caja de bombones.

—Chocolate belga para la señorita. —Se le acercó con la caja en las manos. Sacó uno y se lo dio, besándola en la frente—. Recién elegidos en el aeropuerto para usted, *Lady London.*

Después pulsó un mando a distancia y de las paredes empezó a brotar una voz celestial (¿Maria Callas?) que Josefina no sabía de dónde procedía, pues no veía el equipo de música. Apenas había muebles, en realidad. Un enorme sofá con *chaise longue,* una butaca de diseño, un baúl antiguo y una mesa de comedor con cuatro sillas. Todo blanco. Nada más. Si Dick leía, veía películas o jugaba a videojuegos, tal vez todo lo necesario estaba oculto tras algún panel, o utilizaba la inmensa pantalla de televisión que estaba frente al sofá. Un sofá sin mantitas ni cojines. Claro que quizás no leía ni veía la tele, y ni siquiera comía. Quizás cuando llegaba a casa simplemente se recostaba y languidecía mientras la luz de la luna lo acariciaba, insuflándole aquella belleza magnética que dejaba sin aliento a Josefina.

«Bésame, bésame...»

Dick descorchó una botella de champán y le llenó la copa.

—Por esta noche. ¿Tienes frío? —dijo, y se quitó la chaqueta.

—Estoy bien —murmuró ella, sin saber qué iba a continuación. No habría sabido explicarle que estaba helada por dentro, pero también ardiendo sin remedio.

—Ven, vamos a la terraza.

Se dejó llevar hasta un espacio con dos tumbonas de madera, una mesita con dos sillas y muchas velas blancas. El frío de la noche prendió en sus mejillas y, sin embargo, sintió aún más calor que dentro de la casa. Flotaba dentro de su propia piel. Ante ellos se dibujaba un pedacito de río y, tras él, las sombras de los edificios del oeste de Londres. Al fondo, el hermoso puente de Hammersmith. Dick sacó un paquete de tabaco y le ofreció un cigarrillo. No imaginaba que él también fumara. Josefina llevaba un par de semanas sin hacerlo y se había propuesto seriamente no comprar tabaco en Londres (por su salud, pero sobre todo por el precio). Pero el acto de fumar con un hombre atractivo le resultaba irremediablemente sexi. No podía evitarlo aunque sabía que, en realidad, no era más un hábito asqueroso. Cogió uno, Dick se lo encendió y después prendió otro para él. Se acodó en la barra y en su rostro brotó aquella mirada ausente que, ella ya se había dado cuenta, ponía cuando creía que nadie lo miraba. Solo que ahora Josefina no podía dejar de comérselo con los ojos. Sin chaqueta, con la corbata suelta, la manera tan masculina que tenía de coger el cigarrillo y expulsar el humo, se le fruncía el ceño al hacerlo y parecía un chiquillo rebelde. Ella quería agarrarlo del pelo y traerlo hasta su pecho...

—Bueno, dime, ¿qué te parece mi choza? ¿Quieres que te alquile una *single room* o no podrías pagarla? —dijo

Dick, lanzando la colilla a la calle. Luego chocó su copa contra la de Josefina para hacerle ver que era una broma. Pero ella no supo qué responder. Estaba un poco aturdida por el vino, el champán, el olor de Dick, su deseo—. Aunque seguro que prefieres tu casa con jardín. Ealing es una zona excelente. Has elegido de maravilla. Esto es muy ruidoso. Yo trato de imaginarme que es el zumbido de las olas, pero cuando salgo a la terraza y veo los coches me dan ganas de coger el primer vuelo a Canarias.

Josefina seguía sin reírse. Era como si estuviera a punto de caer. Y entonces sintió la mano de Dick abrasando su cintura. Igual que cuando se encontraron por primera vez en el bar, él se acercó de tal modo que su piel se fundió con la suya como si no pudiera ser de otra manera, como si formara parte de ella... Le acarició la mejilla y la obligó a alzar el rostro. Mirándola a los ojos, al fin la besó. Era como lamer algodón dulce y Josefina agradeció que la hubiera tomado por la cintura, pues los huesos que la sostenían parecían a punto de licuarse. Apoyó las manos en sus hombros, deslizándolas hasta posar los dedos en su cuello, y no pudo contenerse más. Le clavó las uñas en el pelo y pegó su cabeza contra la suya, besándole hasta quedarse sin aire. Él la tomó de la mano y sin decir palabra la condujo hasta su dormitorio. La luz de la luna se derramaba sobre la cama blanca como leche tibia. Le daba vueltas la cabeza, ay, las copas de vino en Londres eran exageradamente grandes y ella aún no había aprendido a medir sus fuerzas. Cerró los ojos y ya solo estaban los brazos de Dick, el vello de su pecho, su olor, su lengua. Todo él la envolvía.

8

¿Sería porque se encontraba en aquella casa tan confortable como desconocida o porque no quería moverse y perder así la sensación de tener a Dick enroscado en su cintura y roncando suavemente en su nuca? El caso era que Josefina pasó la noche sin lograr ensamblar una hora de sueño con otra. Y cuando él se soltaba y se daba la vuelta, entonces era ella quien se pegaba a su pecho, embriagándose de su calor. La luz de la luna se filtraba bajo un delicado panel japonés, tan distinto de las horrendas cortinas negras de su cuarto en casa de Rosalind. Pero fue una noche muy corta porque a las cuatro de la mañana ya apuntaba el nuevo día. Era la primera vez que veía amanecer en Londres. Era la primera vez que veía amanecer en Londres junto a Dick. Aunque estuviera dormido. Qué bonito sonaba su apellido junto al de sus futuros hijos. Lily Josephine Rochester. Edward William Rochester. Sonaba tan distinto de su vulgar Gándara González. Sonaba a música celestial.

Si todo iba bien, pensaba mientras se distraía con el ir y venir de las sombras que se dibujaban en la pared, tratando una vez más de conciliar el sueño, ella no tendría que buscar trabajo en Londres. Se quedaría en el *penthouse* leyendo revistas, tendida al sol en la terraza, cocinando ingentes cantidades de guisos españoles para conquistar a Dick por el estómago cada noche, cuando apareciera como los maridos de las películas americanas, soltando el maletín y besándola para sentarse en la mesa sin quitarse el traje, asombrado por el modo en que ella había traído el calor de hogar a su perfecto y frío piso de soltero...

«Pero no, no», pensaba después, «nunca un hombre me ha mantenido, no podría permitir que Dick se deslomara a trabajar mientras yo me dedico a tomar el sol». Porque no era eso exactamente lo que quería. Necesitaba tranquilidad y silencio para dedicarse a encontrar su talento y regalárselo al mundo. El *penthouse* sería un remanso de paz, una oportunidad de dedicarse a escribir, a pintar, a hacer fotografías, a... ¿A qué? Deseaba alumbrar algo bello, algo único, que naciera de su corazón. Quería exhalar alegría y belleza. Hacía tiempo que ansiaba dedicarse a hacer algo creativo y solo allí, en Londres, en aquel hermoso nido blanco que era la casa de Dick, comenzaba a verlo como algo que de verdad era posible.

Y entonces se acordó de lo que había dicho su hermana cuando comprendió que lo de irse a Londres iba en serio, haciendo que su pequeña fantasía se desplomara como un castillo de arena arrasado por las olas. «Hombre, ya está Antoñita la fantástica siempre haciendo lo que le viene en gana. Espabila, hija. Londres está lleno de españolitas en paro buscándose la vida. A ver si te crees que tú eres diferente. Como mucho, te veo de camarera en un Burger King».

Bueno, ¿y por qué no iba ella a ser diferente?

El trinar de los pájaros logró al fin detener su mente y, exhausta, Josefina cayó en un sueño profundo. Despertó con brusquedad, sin saber dónde estaba y con una extraña sensación de alerta. La luz del día inundaba ya la habitación. Dick dormía aún y ella aprovechó para ir al baño sin hacer ruido. Se lavó la cara con agua fría para quitarse los restos del maquillaje y las legañas mezcladas con rímel reseco. Raspó los dientes contra su lengua y luego se puso un poco de pasta en la punta del dedo y se frotó las encías. Tenía el cepillo de dientes en el bolso, pero no quería ir al salón a buscarlo y arriesgarse a despertar a Dick. Aprovechó para echar un vistazo al armario que se ocultaba tras el espejo. Estaba lleno de tarritos con nombres de hoteles y también había dos perfumes masculinos, una caja de tampones y muchos cepillos de dientes. Regresó a la cama con el mismo sigilo y se tumbó sin rozar a Dick. Estaba cansada y hambrienta. ¿Por qué había una caja de tampones? Los ojos le pesaban y empezaba a dormirse otra vez cuando oyó un gran bostezo a sus espaldas. Dick acababa de despertar. Se giró y lo vio mirando al techo con aire distraído, acariciándose las sienes con los dedos. Cuando notó que ella le estaba contemplando, cambió de expresión y le regaló una sonrisa fresca como una rosa.

—*Good morning*, dormilona. ¿Vamos arriba?

Miró la hora en el reloj de su mesilla. Aún no eran las ocho.

—Pero si es sábado —Josefina no pudo disimular su sorpresa.

Dick lanzó una carcajada y sin previo aviso se dejó caer sobre ella, mordiéndole el hombro, el vientre, un pecho. Hicieron el amor y, por segunda vez, Josefina disfrutó de su ardor. Pero, igual que la noche anterior, fingió el orgasmo. Dick se entregaba al placer, la miraba a los ojos y ella no podía excitarse más. Aunque… llevaba un *piercing* en el pene y eso, que se suponía que era sexi, le parecía un poco repulsivo. Además, resultaba que tenía la incómoda costumbre de tomar fotos mientras hacían el amor. Así que Josefina no creyó que fuera grave exagerar un poquito. No quería que él pensara que necesitaba demasiada atención, sobre todo sabiendo que él trabajaba duro y estaba falto de sueño.

Después de que Dick se tumbara de nuevo a su lado, satisfecho y aliviado, Josefina creyó que podía relajarse un poco. Recostada sobre su rostro, le acarició el pelo y llenó su rostro de besitos livianos. Ah, qué ternura... Eso era lo que le importaba, no unos gemidos de más o de menos. Y aquella felicidad no habría podido fingirla.

—Me parece que tú tienes mucha hambre —dijo él, abriendo los ojos de repente. Tomó impulso de nuevo, se zafó de sus caricias y de un salto desapareció rumbo a la cocina—. *Breakfast time!* Te espero en el salón.

Al quedarse sola se sintió un poco triste. Había hecho trampa, vale, pero de todos modos creía sinceramente que la gente le daba demasiada importancia al tema del orgasmo. Lo que a ella le procuraba verdadero placer era verse a sí misma amaneciendo junto a Dick por primera vez, rodeada por sus brazos, dentro de aquellas sábanas esponjosas, ajena al bullicio de Londres. Lejos de la casa de Rosalind, que no sentía como suya, de sus preguntas que a veces se parecían demasiado a las preguntas de su madre. Y sobre todo lejos de su barrio de Madrid y de la urbanización donde había comprado aquel piso tan ordinario con el novio número tres. Pensar en ello desde la cama de Dick era como rememorar una vida anterior o tragarse uno de aquellos telefilmes que veía en la tele los domingos por la tarde, tumbada en su sofá de polipiel con vistas a las obras del edificio de enfrente.

Se levantó sin saber con qué cubrirse. La idea de envolverse en la sábana le resultaba ridícula. Al fin y al cabo, aquello no era una película. ¡Era mejor! Su ropa de la noche anterior estaba tirada en el suelo. El espejo marcaba sus ojeras y hacía que sus muslos se vieran flácidos y amarillentos. Desnuda, caminó hasta la cocina sin saber dónde esconder su turbación. Dick, descalzo y enfundado en unos pantalones tailandeses blancos, estaba insoportablemente sexi. En la mesa, unos enormes vasos de zumo recién exprimido. Y olía a café. Qué maravilla...

—Lleva esto, cariño. —Le puso unas tazas de porcelana con sus platitos a juego en las manos. Ella se dio la vuelta temerosa de que se fijara en su desnudez, resaltada por aquella despiadada luz inglesa. Pero Dick trajinaba con naturalidad, tarareando una canción en portugués. Josefina echó a andar con una taza en cada mano, cerró los ojos y esperó un comentario por su parte que no llegó. Entonces se relajó un poco más. Probablemente, Dick ni la había mirado. O ella tenía un culo bonito, después de todo. Él siguió sirviendo cosas en la barra de la cocina y Josefina, obediente, las llevaba a la mesa. El café y el zumo (que resultó ser de pomelo), dos grandes boles llenos de fruta, una jarra de leche de soja y copos de avena. Pensó en los desayunos en la terraza de Rosalind y sus mañanas rebosantes de harina, mantequilla y glotonería.

—Todo listo para la señorita —dijo Dick, mientras se limpiaba las manos con un trapo—. Y coge una camiseta de mi armario, *my godness!* —añadió, dándole una palmada en las nalgas que la hizo ruborizarse y correr en busca de algo con lo que cubrirse.

A Josefina no le gustaba el zumo de pomelo. Los copos de avena le resultaron insípidos, y el café mezclado con leche de soja (y encima fría) perdía toda la gracia. Pero la ensalada de frutas era fresca, sensual, apetitosa. Igual que los labios de Dick, que le lanzaban sonrisas coquetas entre bocado y bocado, aunque no hablaban demasiado, concentrados en devorar su bol de copos de avena con leche de soja fría. Estaba casi relajada del todo cuando él miró el reloj y se puso muy serio.

—Bueno, ya son las diez. Dentro de media hora me tengo que ir, señorita.

¿Irse, dónde?

—Es algo complicado de explicar —dijo, ante su mirada de estupefacción—. ¿Quieres una copa de champán?

Ella asintió con la cabeza, por hacer algo, y Dick sacó de la nevera la botella de la noche anterior. No había perdido fuerza ni sabor. Pero Josefina sí. Se había desinflado y no quería beber champán, sino protestar. ¿Es que la iba a dejar tirada en su primer sábado juntos para irse a una reunión de trabajo? Tomándola de la mano, él la condujo a la terraza. Empezaba a caer una lluvia pálida que parecía resbalar sobre la piel sin llegar a mojarla. Encendió un cigarrillo para cada uno y fumaron en silencio. Incapaz de contener una lágrima, Josefina se asomó a la barandilla para que él no la viera, pero Dick la abrazó por detrás y hundió la cabeza en el hueco entre su hombro y su cuello.

—*A penny for your thoughts* —susurró.

La pena le impidió responder.

Dick comenzó a hablar con un tono suave y monótono, muy despacio, como si solo así ella pudiera comprender:

—Josie, me están esperando en Wimbledon para pasar el fin de semana. Es una larga historia. Algo que estaba planeado antes de que tú llegaras. Resumiendo mucho, el caso es que ayudé a los parientes de una exnovia a hacer el papeleo para poder quedarse en Inglaterra, y ahora su madre me lo quiere agradecer. Son del Este. No tienen la suerte de poder entrar en el país enseñando su documento de identidad y quedarse todo el tiempo que les dé la gana, como tú. Y por eso la madre de Irina me ha invitado a pasar este fin de semana en su casa. Es viuda. He conseguido que pueda vivir en Londres legalmente con su hermano y su cuñada, y quiere que conozca a toda la familia. Lleva semanas preparándolo todo.

Ella tardó un rato en reaccionar. ¿Irina? ¡Quién demonios era Irina y por qué Dick había aceptado pasar su primer fin de semana en Londres con la madre de Irina! Recordó las veces que habían fantaseado a través del Messenger, imaginando cómo sería su primera cita juntos. Dick se enfurruñaba cada vez que ella mencionaba al novio número tres. Cuando le contó que la había dejado de un día para otro, incluso se empeñó en que Josefina seguía enamorada de él y se puso tan celoso que dejó de comunicarse con ella durante cinco días. ¿Y ahora que Josefina por fin estaba en Londres, medio desnuda en su propia casa, se iba a tomar el té con una ex procedente de alguna dictadura comunista cutre del Este y su mamá? *Excuse me?*

—Es un compromiso. Entiéndelo.

Pero ella no decía nada. Entonces Dick alzó su barbilla con un dedo y la miró a los ojos.

—Soy un hombre de palabra, Josie.

Asintió sin hablar. Ya no estaba tan enfadada. «Un hombre de palabra...» Y de repente dejó de parecerle tan importante que Dick se ausentara un día. Lo último que quería era darle motivos para pensar que era una de esas mujeres con las que haces el amor un par de veces y después, en lugar de despedirte de ellas, tienes que despegártelas de la piel. Debía de estar harto de ese tipo de ligues. Además, Dick tenía una vida antes de conocerla. Probablemente, cuando aceptó pasar aquellos dos días en el sofá de la madre de Irina (seguro que había tapetes de ganchillo y una mesa camilla con brasero) aún no sabía que coincidiría con el primer fin de semana de Josefina en Londres. Pero había muchos otros por delante. Toda una vida. ¿Qué más daba? En realidad, aquello le estaba diciendo que Dick era un tipo en el que se podía confiar.

Un hombre de palabra.

—Claro que sí. No pasa nada. Iré a ver un museo, o a dar un paseo por el río. Todavía no he hecho turismo en condiciones —aseguró, dibujando en su cara la sonrisa más alegre que pudo.

Josefina encendió un cigarrillo y comprendió que volvía a sentirse feliz. Tenía un motivo muy importante. Ahora había un lugar en Londres donde ella había hecho el amor. Ya no era una intrusa en la ciudad.

9

A plena luz del día y bajo la lluvia que los acompañaba de regreso al coche, Josefina se moría por deshacerse del vestido ajustado, las medias con ligas y los tacones. Tenía frío, el tipo de frío que le hacía desear meterse bajo las sábanas en dulce compañía y acurrucarse sin necesidad de hablar. En cambio, Dick parecía satisfecho, con ese aire del hombre que va por la vida convencido de estar haciendo lo correcto. En los semáforos le ponía la mano en la rodilla y a ella le encantaba aquel gesto que decía: «Esta mujer es mía. Me he acostado con ella y pienso volver a hacerlo. No olvidemos que yo soy un hombre de palabra».

Detuvo el coche frente a la parada de metro de Earl's Court.

—Bueno, señorita, ahora te toca seguir sola. —Le dio un beso en la punta de la nariz—. Línea verde, y estate bien atenta porque tienes que hacer transbordo —añadió al ver que Josefina miraba la entrada de la estación sin moverse.

—¿Pero no me llevas a casa? —dijo ella, arrepintiéndose en cuanto se escuchó a sí misma.

—¡No sabes la pereza que me da tener que recorrer medio Londres en coche ahora mismo! Pero no puedo llevarte, *honey*, llegaría a Wimbledon a la hora de cenar.

¿Wimbledon, donde el tenis...? Josefina, un tanto aturdida, acertó a bajar las escaleras del metro sin torcerse los tobillos y subió al tren, solo para tener que bajarse dos paradas después sin comprender por qué. Resultó que el servicio estaba cortado. La taquillera se lo explicó con aire condescendiente, como si ella fuera la enésima pueblerina recién llegada que no sabía viajar en metro. Obras. Montones de obras para terminar las instalaciones del Londres olímpico. Buena parte de las estaciones estaban cortadas los fines de semana. Pues vaya. Caminó tres manzanas hasta dar con un autobús que le pareció que pasaba relativamente cerca de su casa. Llovía con más fuerza y los tacones la torturaban. Tuvo que hacer el trayecto apretada contra otros pasajeros. Olía a perro mojado. Y allí estaba, otra vez de pie en un autobús, rodeada de extraños. Ah, la vida era un camino en espiral...

Bajó en la que supuso que era la parada más cercana a su casa. Ya no llovía, pero el cielo seguía teñido de gris. Caminó media hora hasta que por fin, con los pies entumecidos, entró en su portal y se quitó los zapatos. Eran las dos de la tarde. Seguramente Rosalind no estaría en casa...

Se dio de bruces con ella nada más abrir la puerta. Llevaba pijama y zapatillas con orejas de conejo. Tenía una taza de té en una mano y un paquete de galletas en la otra. La tele sonaba a todo volumen. Josefina dedujo que estaba viendo una película y había aprovechado la pausa de los anuncios para asaltar la cocina. Se quedaron mirando como dos desconocidas. A Josefina le pareció percibir sorpresa en su mirada, y después una pizca de fastidio que sabía que Rosalind no confesaría. Lo reconoció porque era el mismo que sentía ella cuando se la encontraba así, de sopetón, en medio de la cocina o de camino al cuarto de baño. Ninguna de las dos esperaba tropezarse con la otra en casa aquel sábado. Aun así, Rosalind corrió a preguntarle si había disfrutado de su cita. Porque era inglesa y no podía evitar mostrarse correcta... y también porque era una redomada cotilla. Pues muy bien, se la contaría.

—Fue estupendo. Dick, mi amigo, me llevó a cenar a Hakkasan —dijo, dejándose caer en el sofá. Se tapó los pies con la manta y un montón de migas cayeron al suelo.

—¡Oh! ¡Pero ese sitio es increíble! He leído en el periódico que hay que reservar con semanas de antelación. ¿Cómo ha logrado conseguir una mesa?

No pudo evitar una sonrisa de orgullo. Entonces Dick la había llevado a un restaurante de moda. Para impresionarla. Porque ella le gustaba de verdad. Quizás había llamado para reservar hacía semanas. ¿Habría tenido que sobornar al chef? Se acomodó entre los cojines y siguió hablando, sin importarle que Rosalind se quedara sin ver la película.

—Bueno, la verdad es que todavía no lo conozco muy bien. Ha sido una cita a ciegas. Contactamos por internet cuando estaba en España.

—¡Pero tú estás loca, Josefina! —Rosalind soltó la taza de té y la agarró del brazo—. ¿Por qué no me dijiste nada? En Londres todas las precauciones son pocas. Oh, pero cuéntame más. Toma, ¿quieres una galleta?

Josefina no se hizo de rogar. Zafándose de la mano de su casera, cogió la galleta, se abrazó a un cojín y le contó todo lo que habían cenado. Y le dijo que Dick vivía en un maravilloso edificio victoriano en Hammersmith, al borde del río (Rosalind abrió mucho los ojos y dijo que las casas en aquella zona costaban un millón de libras). Le confesó su noche de amor y añadió que Dick había cocinado para ella un *brunch* delicioso. Rosalind se quedó mirándola un buen rato.

—Pero entonces... ¿qué haces aquí un sábado a las dos de la tarde? ¿Por qué no te has quedado con él todo el fin de semana?

Josefina se ruborizó antes de improvisar una respuesta:

—Ah, bueno, es que estoy muy cansada. Hoy me apetecía pasar la tarde tranquila en casa —dijo, sin mirarla a los ojos.

Rosalind asintió con la cabeza y dijo: *«Oh, sure, sure»* sin mirarla a los ojos. Era tan evidente que su inquilina se moría por pasar el fin de semana en el *penthouse*... La vanidad impidió a Josefina hablar de la tal Irina y su madre. En realidad, aquellas dos no existían si no las mencionaba, y no pensaba volver a hacerlo. Seguía disgustada, pero en aquel momento le bastaba con saber que Dick era un hombre de palabra. Y con la compasión de Rosalind, que tuvo la bondad de no añadir ningún comentario hiriente.

—Bueno, voy a cambiarme —murmuró. Ya no tenía más que contar.

Rosalind asintió con ímpetu y corrió a coger el mando para subir el volumen de la tele. Parecía encantada de librarse de la compañía de Josefina, que había irrumpido en el sofá para molestarla en uno de esos momentos en los que la pobre mujer conseguía olvidarse de su propio fracaso sentimental hipnotizándose a base de culebrones y azúcar. Sin duda no quería que la española le estropeara el momento recordándole lo desgraciados que podían ser los hombres. Y Josefina, la verdad, tampoco quería profundizar en el tema.

Volvió al cuarto de baño donde la noche anterior se había lavado, pulido, retocado y acicalado hasta la extenuación. Esta vez emprendió la tarea inversa, aunque con mucho menos brío. Se desabrochó el vestido y se quitó las medias, que le oprimían. Con el pijama puesto y la cara lavada, se miró al espejo. Bueno, ¿y ahora qué? Como no tenía ganas de pensar, apagó el móvil y se metió en la cama, deseando caer inconsciente hasta la mañana siguiente. Pero solo logró dormitar. Aburrida, una hora más tarde abrió las cortinas. Ya no llovía. Seguía oyendo el zumbido de la tele. No tenía ganas de volver a hablar con Rosalind. Solo eran las cinco de la tarde. ¿Qué podría hacer? Le había dicho a Dick que iría a visitar algún museo, pero estaban a punto de cerrar. ¡Aquellos absurdos horarios ingleses! Aunque la Tate Modern abría hasta las diez de la noche los sábados. Podría ir dando un largo paseo a la vera del río. O podría volver en metro al centro, comprar un libro y tomar algo en un café. Podría pasear por el parque o irse de tiendas a Oxford Street. Y veinte minutos más tarde seguía mirando la pared de enfrente.

Encendió de nuevo el teléfono y enseguida sonó, sobresaltándola. «¡Dick, que ha conseguido escaquearse! Está en casa y quiere que duerma con él esta noche y pasemos el domingo haciendo el amor y riéndonos de la espantosa familia polaca que quería secuestrarlo...»

Era su madre. Quería saber qué estaba comiendo.

—Lo mismo que en Madrid, mamá. Esto no es Etiopía. Hay de todo.

—¿Cómo está el tiempo? ¿Llueve mucho?

—Pues no tanto. ¿No sabías que aquí también existe el verano? ¡Hasta sale el sol! —Trató de reír, pero le salió una especie de rebuzno.

—Hoy ha venido tu hermana a casa. Ya se han ido con los niños al cine. Estoy muy disgustada porque no os habéis llamado. ¿Qué es eso de dos hermanas separadas y sin hablar? El domingo que viene te va a llamar en cuanto terminemos de comer, así que ya puedes estarte bien atenta.

Colgó lo más rápido posible y se quedó mirando por la ventana. Desde luego, si había algo de España que no echaba de menos era a su hermana, con la que apenas había compartido algún mensaje de texto desde su marcha. Toñi, con sus labios gordos pintados de rojo chorizo y su forma de seguirla con la mirada, ahogándola en una nube de censura...

El sol se filtraba a través de las nubes al otro lado de su ventana, arrancando reflejos dorados a las hojas de los árboles. Era una tarde preciosa. Preciosa para dar un paseo con tu novio. Para ponerte guapa y correr hacia su casa y cenar juntos y reír por nada... Sintió una punzada en el vientre y la urgencia de moverse para dejar atrás aquella inquietud que la paralizaba. ¿Pero qué hacer? ¿Dónde podía ir? Se miró al espejo y estiró los brazos por encima de la cabeza. Por suerte, oyó que Rosalind acababa de exiliarse a su dormitorio y respiró con alivio. A menudo, la mujer se encerraba a media tarde y Josefina la oía hablar por teléfono o ver la pequeña tele que tenía encima de la cómoda. Era deprimente meterse en la cama en pleno día como una solterona inglesa, y se propuso no volver a hacer lo mismo que su casera.

Y entonces se acordó del tipo de la City. Victor *nosequé*. Buscó la tarjeta en el bolso y, aunque le daba mucha vergüenza hablar inglés por teléfono, cualquier cosa era mejor que seguir allí encerrada.

10

Los ojos se le escapaban tras el bamboleo de las mujeres que les rodeaban, vestidas con faldas ajustadas y tacones imposibles. Josefina se arrepintió un poco de haber acudido a la cita en vaqueros. Quería ser como ellas. Como ella misma la noche que cenó con Dick. Femenina, relajada, capaz de lucir los brazos al aire y las piernas desnudas aunque hiciera frío. Muchas en Londres se arreglaban así para tomar una copa o ir a cenar. Incluso para ir a la oficina. Aunque lo más asombroso era el contraste entre aquellos estilismos tan sensuales y lo que observaba en sus paseos, cuando se cruzaba con hileras de mujeres ataviadas con prendas que ni combinaban entre sí ni tenían gracia alguna. Nunca sabía si envidiarlas por vestirse como les daba la gana o compadecerlas por su falta de estilo.

—Estoy creando una plataforma online para ayudar a la gente a encontrar pareja —comenzó Victor—. Será como una red social. Voy a ser el cupido que conecte a ingleses y extranjeros. Mira, Jo, hay ocho millones de personas en Londres, y pronto la mitad de ellas serán inmigrantes. ¡Y muchos están solteros! Aquí la gente está casada con su trabajo, pero todo el mundo necesita compañía. Y los que vienen de fuera se mueren por conocer a alguien interesante. El problema es que cuando trabajas diez horas al día no puedes dedicar tus noches a las citas. Por eso estoy yo aquí. Nos vamos a comer a Facebook.

Habría jurado que Victor se creía de verdad su propio discurso. Incluso ella estaba tentada de hacerlo. Con sus extraños ojos verdes y el aplomo que emanaba de su fachada impecable, no se parecía nada a los tipos de mediana edad trajeados que veía por la calle en España, con aquel aire de comerciales de inmobiliaria de barrio.

—Necesito información de primera mano para saber qué les gusta a los nativos de cada país. Así, el algoritmo podrá acertar cuando les ofrezca un candidato a mis clientes —prosiguió Victor, mientras saboreaba una copa de vino blanco—. Quiero que tú seas mi asesora. Cuéntame cómo sois los españoles. Pregunta a tus amigos. Confiésame tus más oscuros deseos. ¡Os voy a hacer muy felices!

Eso sí, le dejó claro que no podía pagarle. No se trataba de un trabajo de verdad, sino de «un proyecto a largo plazo». Pero cuando diera beneficios, *oh yeah*, entonces se iban a comer el mundo. A Josefina le habría gustado que le ofreciera un empleo en condiciones, pero de todos modos aquello le intrigaba. Podía ser divertido jugar a ser «asesora del amor». Especialmente si las reuniones de trabajo eran siempre en bares tan fabulosos como aquel, en pleno centro de Londres.

—Los españoles son bastante convencionales para las cosas del amor, Victor, eso ya te lo puedo decir… Pero oye, ¿y tú qué? ¿Tienes pareja? —Josefina se sentía audaz. Victor le insuflaba aquella confianza en sí misma que la volvía atrevida. Estaba deseando escaparse al Primark para comprarse una falda nueva y una blusa de seda. Bueno, de poliéster. En España pensaba que las blusas de seda eran para las abuelas, pero allí era diferente. Como todo lo demás.

Victor soltó una carcajada.

—Yo no necesito pareja, amiga mía. Piensa que soy un padre divorciado. ¡Mis hijos lo son todo! Me siento orgulloso de decir que mi vida está llena de amor. Tengo muchos amigos. Pero... ¿una novia? Eso significa dedicar al menos treinta minutos por noche a satisfacerla. ¡No puedo regalarle tanto tiempo a una sola persona! Mi negocio me da más alegrías.

Madre mía... ¿Era así como pensaban los hombres de Londres? Tal vez Victor le estaba haciendo el regalo de su vida al desvelarle algo que no habría llegado a comprender por sí sola. A lo mejor, antes de salir con una mujer, los londinenses se sentaban a decidir si el esfuerzo les compensaba. Una hora para llegar al lugar de la cita y otra para para volver a casa. Cien libras para la cena. Treinta minutos en conseguirle un orgasmo. ¿Dick también sería así? ¿Habría hecho todos esos números antes de invitarla a cenar en aquel restaurante al que todo el mundo quería ir? Pero entonces, algo veía en ella que le había animado a dar el paso.

Decididamente, colaboraría con Victor. Nadie como él le mostraría el camino para llegar al corazón de un hombre como Dick. Se moría de ganas de hablarle de él y contarle que ellos dos también se habían conocido en internet, pero pensó que sería mejor esperar un poco.

—Yo te contaré lo que quieren los españoles, y a cambio espero que tú me enseñes cómo funcionan los hombres en esta ciudad. ¿Trato?

Se estaban estrechando la mano cuando una figura femenina se deslizó junto a ellos. Victor exclamó «¡Olga!» y se puso de pie. Una mujer muy delgada se giró en su dirección. Lucía un moño de bailarina y un vestido negro que caía vaporoso hasta sus tobillos.

—¿Cómo estás? Mira, ven, te presento a Josefina. Olga también es española. Tengo el honor de ser su vecino.

Ellas se dieron dos besos y se sonrieron con cortesía. Olga, en un inglés que a Josefina le pareció excelente, le dijo a Victor que estaba allí celebrando el cumpleaños de un conocido. Era la hora de soplar las velas, se disculpó, desapareciendo en dirección a un grupo que la reclamaba. Dejó en el aire una estela de perfume a lavanda.

—Una muchacha especial. No tiene suerte en el amor, pero siempre está dispuesta a compartir una buena taza de té. Espero que le encontremos un buen chico. ¿Un guapo francés? —Victor estalló en una carcajada y, sin poder evitarlo, Josefina se rio también.

El buen humor seguía burbujeando en su interior mientras caminaban hacia Oxford Circus. Eran casi las nueve de la noche cuando se despidieron y la calle ardía de agitación. Aún no tenía ganas de encerrarse en casa. Se sentó en un bordillo junto al metro y se puso a contemplar a la gente. ¡Qué variedad tan asombrosa de seres humanos llenaban de vida la ciudad! Cada uno diferente del de al lado, y todos luciendo orgullosos su individualidad. En el cielo color añil colgaba la misma luna llena que había sido testigo de su noche de amor con Dick. Josefina le sonrió y tuvo ganas de llorar de dicha. ¡Londres iba a ser la aventura de su vida!

Al regresar a casa corrió a prepararse un sándwich y una cerveza. Llevó la cena al sofá en una vieja bandeja de latón y se sentó en el hueco que Rosalind había dejado aún caliente. Puso la tele y empezó a zapear sin interesarse por nada. No entendía bien lo que decían ni tenía paciencia para tratar de descifrarlo. Se quedó con un capítulo de *Sexo en Nueva York* que ya había visto muchas veces en Madrid.

Entonces le llegó un mensaje. Al abalanzarse sobre el móvil tiró la bandeja al suelo.

Qué me das que no puedo dejar de pensar en ti, senorita? Besos desde Wimbledon!

¿Entonces por qué no estás conmigo?, contestó antes de correr a por papel de cocina para secar la alfombra llena de cerveza.

La respuesta llegó cinco exasperantes minutos después.

Sabes que tenía un compromiso. Pero no puedo esperar a volver a estar contigo.

Josefina consiguió aguantar dieciocho minutos antes de responder, durante los cuales siguió mirando la televisión sin retener nada, concentrada en leer el mensaje una y otra vez. Recordó las palabras de Victor. «Sí, por supuesto. El amor en Londres es una transacción. Hay que analizar a fondo el mercado antes de arriesgar tus activos. Mi querida Jo, una cuenta corriente saneada es un factor que a todos los candidatos les resulta muy sexi, pero quien posee ese bien tan codiciado debe asegurarse de obtener suficientes beneficios a cambio de su inversión».

Yo también tengo muchas ganas de verte. Como sé que eres un hombre de palabra, espero tu mensaje. Pásalo muy bien en Wimbledon. Besos a Irina y a su madre.

Esa última frase le pareció grotesca dos segundos después de lanzarla al aire, pero no había podido evitar el arrebato de entusiasmo. Sí, se moría de ganas de que las cosas funcionaran. Haría lo que fuera para conseguirlo. La pasión de Victor había prendido en su ánimo, que ahora estaba despejado como el cielo de Londres al atardecer. Viendo que Dick no le contestaba más, abrió un paquete de *muffins* que había escondido para no tentar a la glotonería de Rosalind y los devoró tumbada en su cama.

11

Lo primero que hizo al despertar el domingo por la mañana fue mirar el móvil. ¡Había un mensaje nuevo!

Soy Lola, la camarera del restaurante. ¿Te apetece dar una vuelta por Camden y comer juntas?

Decepcionada, se lo pensó unos minutos antes de contestar. ¿Y si aceptaba y después Dick llamaba para decirle que ya había vuelto de Wimbledon y quería verla? Pero tampoco podía esperar. Eran solo las nueve de la mañana y Rosalind ya andaba trajinando por la casa. No veía forma de evitarla. Tarde o temprano, tendría que aparecer por el salón. En realidad, Rosalind pasaba mucho tiempo en su habitación y a menudo Josefina tenía el resto de la casa para ella sola. Aunque al principio creyó que lo hacía por consideración, pronto observó que la mujer prefería recogerse bajo las sábanas, como si solo dentro de su cama se sintiera segura. Pero cuando salía de su refugio era como si llenara toda la casa con su presencia, incluidas las habitaciones en las que no estaba. Parecía incapaz de hacer una cosa durante mucho tiempo seguido, y saltaba de una actividad a otra en un orden impredecible. Iba a la cocina a preparar café y volvía a por él media hora más tarde, después de encerrarse en el cuarto a llamar a su hijo. Entonces le daba un sorbo y, como se había quedado frío y sus tazas de porcelana con ribetes dorados no se podían meter en el microondas, las soltaba junto a la cucharilla sucia en la encimera. Luego desaparecía un rato en algún rincón del jardín, entraba en el salón para encender la tele y volvía a la cocina a prepararse un sándwich. Pasaba los días picoteando de aquí y de allá, como un pajarito hambriento que no llegaba a posarse en ningún sitio. Las tazas y las cucharillas se iban acumulando en el fregadero con sus platillos dorados a juego, para irritación de Josefina.

Y además Rosalind siempre andaba buscando el momento de abrir una botella de vino y consumirla en su compañía. Lo malo era que aquellas conversaciones con la casera tardaban dos copas en volverse un monólogo en el que Rosalind divagaba y su inquilina asentía, *yeah oh yeah*. Y a la tercera copa, la voz de la inglesa ya solo era un lamento y la de Josefina incapaz de producir otra cosa que onomatopeyas. *Aha, mmm, wow!* Su error había sido mostrarse demasiado amable la primera noche, aceptando el papel de la españolita dispuesta a convertirse en depositaria de las confidencias y el mal de amores de su *landlady*.

En fin, era domingo, no tenía noticias de Dick y no quería agobiarlo con más mensajes ni pasarse el día aguardando los suyos. Y puesto que las alternativas consistían en pasarse el día en casa jugando al escondite con Rosalind o visitar algún museo sin enterarse de nada porque estaría mirando la pantalla del móvil, le dijo que sí a Lola.

Se encontraron en la parada de metro de Camden Town. Lola la esperaba mascando chicle. Llevaba una camiseta ancha, pantalones vaqueros muy ajustados y zapatillas de deporte. Levantó un brazo para llamar su atención.

—¿Cómo estás? —La saludó dándole dos besos rápidos. Como si fueran amigas de toda la vida.

—Muy bien. ¡Fenomenal! —respondió Josefina, con aquel entusiasmo exagerado que desplegaba ante los desconocidos sin poderlo evitar—. ¿Y tú?

—Uf, yo he dormido de pena a pesar de que estaba reventada de no librar en cinco días —dijo Lola, muy seria, mientras echaba a andar—. Venga, ven, vamos a dar una vuelta. Estoy muerta de hambre, tía. He desayunado una coca cola.

Josefina todavía no la había visto sonreír. Le intimidaba la gente demasiado seria, y no sabía muy bien qué contestarle o si era buena idea compadecerla por trabajar tantos días seguidos. Pero Lola enseguida se abrió paso a codazos entre turistas y repartidores de folletos y enfiló Camden High Street con sus pasos grandes. Había tanta gente que tenían que caminar una delante de la otra, lo cual era una buena excusa para no tener que esforzarse en hablar. Josefina se abstrajo contemplando aquellos locales tan extravagantes que en su primer viaje a Londres le habían parecido el colmo de la modernidad. Pasaron por delante de varias tiendas que vendían abrigos viejos de segunda mano. Como el que se compró a los diecisiete años, uno de cuero negro y largo hasta los pies que se ponía para ir a trabajar a la charcutería y que su madre odiaba porque decía que olía a desinfectante de la posguerra.

Lola la condujo a los puestos de comida para llevar, donde compraron dos raciones de *noodles* con gambas. Se sentaron en el césped junto al canal, rodeadas de cientos de personas que habían tenido la misma idea. La comida estaba buenísima, exótica y picante, y Josefina se alegró de tener una nueva amiga. Además, todo aquello la entretenía mientras esperaba a que llegara la noche y Dick se liberara de las garras de Irina y su mamá, que sin duda andarían envolviéndolo en halagos, pastosos guisos de cerdo y malas artes para evitar que Dick, el apuesto Dick de Josefina, se les escapara de las manos.

—Mira que Londres es feo, ¿eh? —dijo de repente Lola, mirando al infinito con su tartera de aluminio en la mano.

Estaban sentadas en la hierba, lucía el sol, olía a especias y a marihuana. Algunos barquitos de madera pintados de colores navegaban por el canal. ¿Qué tenía de feo todo aquello? Si siguiera en Madrid, en ese momento estaría sentada en la mesa con su familia y el telediario a todo volumen, atiborrándose de comida. En cambio, allí se sentía en la gloria. Sobre todo durante los escasos momentos en que lograba no pensar en Dick.

—Llevo mil años aquí y no me acostumbro, tía —siguió Lola—. Te podría contar historias para no dormir de todos los restaurantes. Los baratos y los pijos. No te creas que por dentro son tan diferentes. Todas las cocinas están plagadas de cucarachas. Y los que prepararon tu cena de doscientas libras la otra noche ni siquiera hablan inglés.

Josefina no supo qué decir. La cena había estado riquísima. Qué importaba quién la hubiera preparado.

—¿Tú por qué viniste a Londres? —quiso saber.

Lola se encogió de hombros y calló durante unos segundos.

—Porque quería ir a mi rollo —dijo, sin mirar a Josefina a los ojos—. En Madrid me asfixiaba. Mis padres se empeñaron en que tenía que estudiar una carrera. Pero después de acabar Turismo solo encontraba trabajo en agencias de viaje, y me dolía el culo de tirarme todo el día sentada buscando billetes de avión para otros. Londres me parecía guay, y aquí nunca me ha faltado el curro.

—Cómo te entiendo. Lo de los padres españoles es increíble. A mí me pasaba lo mismo. —Josefina vio la oportunidad de crear un lazo de complicidad entre ellas. Sabía, por supuesto, que Lola había tenido otros motivos para exiliarse y que, al igual que ella, no se los iba a desvelar a una extraña.

—Sí, bueno. Yo soy la oveja negra de la familia. Pero aquí estoy bien —dijo Lola, sonriendo por fin—. ¡Ya llevo nueve años! Bueno, ¿y tú qué? —¿Nueve años en Londres? ¿Pero no dices que no te gusta? —Casi se arrepintió de preguntar, porque la cara de Lola se contrajo como si acabara de tragarse una guindilla.

—No, no me gusta porque aquí nadie te conoce ni te quiere conocer. Todo es supercaro y el clima es una mierda a la que no te acostumbras nunca. Y además la ciudad está construida sin ton ni son. Los edificios son monstruosos. Con los *councils* por todas partes. Parecen cárceles, joder. Yo vivo en uno, pero bueno.

¿Qué edificios? Josefina pensó en las casitas de fachadas de ladrillo y ventanas de guillotina que tanto le gustaban. Siempre le maravillaba que Londres fuera, a pesar de su magnitud, una ciudad horizontal y verde, sin rastro de aquellas espantosas torres de pisos del extrarradio de Madrid que veía cuando iba a trabajar. Ni siquiera sabía qué era eso que Lola decía que estaba por todas partes. Pero pensó que no merecía la pena hacer el esfuerzo de convencerla.

—Bueno, ¿y tú qué? ¿Ya tienes curro? —dijo Lola, tumbándose en el césped. Tenía la piel mate y cubierta de pequeñas marcas rojas. Algunas parecían infectadas y a Josefina le dieron ganas de decirle que necesitaba una buena crema hidratante—. Porque en el restaurante siempre necesitan gente. Si quieres hablo con el mánager.

—Yo no estoy buscando trabajo. Me despidieron hace poco y cobro el paro. Aún tengo hasta finales de año.

—¡Hostias! —Lola se sentó de un salto—. ¿Y si no curras, qué pintas aquí? ¿Has venido a estudiar inglés?

—No… Digamos que quería cambiar de aires. Yo también sentía claustrofobia en Madrid. Primero me echaron del trabajo y luego lo dejé con mi novio. Y aquí estoy. Siempre había querido vivir un tiempo en Londres.

—Pues lo dicho... Dentro de dos días ya tenemos una nueva camarera española en Londres. ¡Bienvenida al club!

Lola lanzó una carcajada y volvió a tumbarse, pero a Josefina no le gustaron sus palabras. La tensión se coló entre las dos, incapaces de romper el hielo con algún comentario que sirviera de puente entre sus respectivos mundos. Terminaron de comer en silencio. Hacía un poco de frío. El sol se ocultaba caprichoso entre las nubes, sin decidirse a brillar del todo. Eran las cuatro de la tarde y de repente se apoderó de ella un arrebato de nostalgia. Se acordó del sofá de su piso, donde se acurrucaba los domingos después de comer mientras el novio número tres se echaba la siesta y luego desaparecía para ir a ver el fútbol en un bar con sus colegas. Qué a gusto se quedaba ella con su mantita, su periódico y aquellas películas sensiblonas que entre anuncio y anuncio la adormecían. Y después, todo aquello se borró y se vio a sí misma en el sofá de Dick, dándose besos con sabor a champán, viendo alguna tonta comedia romántica. Pero se apresuró a atajar ese pensamiento.

—¿Damos un paseo? —le propuso a Lola, quien asintió rápidamente, quizás tan aliviada de regresar al presente como ella.

Deambularon un rato entre las tiendas de baratijas sin comprar nada, y luego echaron a andar en dirección a la estación de St. Pancras. La verdad era que aquella parte de Londres era bastante fea. Árida y desangelada.

—¿Lo ves? —dijo Lola—. Los edificios amontonados de cualquier manera. Fíjate en esos mamotretos grises. ¡Uf, donde esté París! ¿Has estado?

—Pues a mí París me parece un poco postal. Es todo como demasiado perfecto. No sé muy bien por qué, pero a mí siempre me ha gustado más Londres —confesó Josefina—. Es más interesante.

A Lola debió de hacerle gracia su opinión y la cogió del brazo. Sorprendida, Josefina se dejó hacer. Era un alivio ver sonreír a aquella muchacha. Caminaron como dos señoritas antiguas, riendo juntas cada vez que no sabían a qué lado mirar antes de cruzar la calle en los semáforos. Lola era más alta que ella y caminaba a zancadas, pero sus pasos se acoplaron con naturalidad mientras se agarraban con fuerza la una a la otra. Josefina empezaba a comprender que las amistades en un país extranjero se forjaban muy deprisa, saltándose las barreras y las formalidades. Tejidas por el ansia de calor, de entrelazar las ramas que se habían aventurado a extenderse tan lejos de sus raíces, de mantener un ojo puesto en lo conocido. Aquella necesidad que había visto dibujada en la mirada de Lola durante la cena en el restaurante, y que sin duda reflejaba la suya propia.

—Bueno, venga, larga. ¿Quién era el tío ese tan pijo de la otra noche?

Josefina le contó algo parecido a lo que le había dicho a Rosalind, aunque con Lola resultaba más fácil. Necesitaba hablar de Dick en su propio idioma. Si le contaba a alguien su noche de amor con palabras en español, entonces se aseguraría de que había sucedido de verdad.

—Yo creo que es el hombre de mi vida —confesó—. Que el destino nos ha puesto juntos. Es que todavía no me lo creo. Hace poco más de tres meses estaba hundida en la miseria. ¡Tuve que volver a casa de mis padres! Y de repente decido venirme a Londres y aparece Dick. No me digas que no es por algo.

Lola no dijo más que «ya» y «no te sé decir, no creo mucho en esas cosas», y Josefina comprendió que la camarera no iba a ser la persona con la que podría sincerarse. Era evidente que no tenían gran cosa en común. Un poco avergonzada, le preguntó si ella tenía pareja.

—Qué va. Bueno, me enrollo de vez en cuando con alguien pero nada serio. En esta ciudad es imposible tener pareja.

—¿Imposible por qué? —Josefina estaba perpleja.

—Pues porque aquí todo va muy rápido y es muy fácil. Tú conoces a un tío, te lo follas una noche y al día siguiente no lo vuelves a ver porque vive en la otra punta de Londres y además es que ya se está tirando a la siguiente. Vete acostumbrando.

Una vez más, Josefina no insistió. No quería saber a qué se refería Lola. De aquella chica emanaba un aura de solidez que que le hacía querer confiar en ella. Pero en el momento más inesperado se cubría con una capa de cemento que golpeaba a quien se encontrara a su lado, alejándolo de ella.

—Vente a casa, van a venir unos colegas a cenar —dijo Lola—. Nos juntamos todos los domingos y pedimos unas pizzas. Así se pasa más rápido.

Pero Josefina estaba deseando quedarse sola de nuevo. Se despidieron junto a la estación de tren. Eran solo las seis de la tarde y, encantada de haber perdido de vista a Lola, se detuvo a curiosear. St. Pancras era imponente, con su trasiego de viajeros continentales, sus cafés engalanados, sus puestos de flores. Se compró una espuma de baño en Marks & Spencer y un par de revistas de cotilleos. Eso la distraería durante lo que quedaba de fin de semana. Después tomó el metro, pero a mitad de camino decidió bajarse. No tenía ganas de volver a casa de Rosalind y tal vez el bullicio externo lograra calmarla por dentro.

Bajó en Piccadilly Circus. El pequeño Eros complacía sin rechistar a las hordas de turistas que rivalizaban por inmortalizarse bajo su cuerpecillo. Paseó sin rumbo, fijándose en los detalles de los escaparates. Una colección de libros de cocina con apetitosas letras en tonos pastel. Un bodegón de frutas exóticas trenzadas con la gracia de una escultura. Un cuaderno de anillas doradas en el que daban ganas de escribir una carta de amor. Mirase a donde mirase, Josefina encontraba pedacitos de belleza que parecían estar esperándola. Aquello la reconfortó, pues el encuentro con Lola le había dejado una sensación agridulce. Le recordaba un poco a todos aquellos ex compañeros de Madrid, que cuando quedaba con ellos a tomar unas cañas no hacían más que quejarse de lo mal que les había tratado la empresa.

Sus ojos se detuvieron en un escaparate aun más exuberante que los anteriores. Y junto a ese había otro, y otro más. Cestas de picnic repletas de flores frescas y botellas de perfume, graciosas pirámides hechas con figuritas de chocolate y pañuelos de seda, juguetes antiguos, vajillas pintadas a mano. Todo rematado por un alegre marco color turquesa. Miró hacia arriba y se fijó en la fachada. «Fortnum & Mason, 1707». Sus pies la condujeron al interior, donde no pudo contener un suspiro de admiración. Paseó de un lado a otro, atraída por el colorido y la delicadeza de cada objeto, hasta perder la noción del tiempo. ¡Qué preciosidad de almacenes! Todo era bellísimo... pero ay, tan caro. No tenía sentido que se comprara una bola para el árbol de Navidad por diez libras (y eso que estaba rebajada en un estante bajo un cartel de «*sales*») ni podía permitirse unos guantes de piel que costaban noventa. Pero bueno, sí podía llevarse una cajita de té.

Estaba tratando de decidirse entre uno especiado y otro de rosas e hinojo cuando, de tanto toquetear, una torre de cajas se tambaleó y estuvo a punto de caer al suelo. Una ágil mano de dedos largos apareció para impedirlo. Josefina miró al frente y ante ella brotaron unos ojos de color azul grisáceo. Y en ese momento, los almacenes y todas sus bellezas se esfumaron. Se vio transportada al mar de sus vacaciones en España. Olió la sal y la brisa. Sintió el sol en su pecho y la luz de agosto ablandándole las piernas. Él también la miraba sin pestañear.

—*Sorry* —dijo Josefina cuando logró reaccionar.

—No te preocupes. Es difícil pasear por aquí sin que se caiga nada. Yo todos los días estoy a punto de tirar media tienda —dijo él, en español—. El truco consiste en no dejar que tanto lujo te intimide.

No le preguntó cómo había averiguado que era española. Lo sabía, igual que ella. Sus ojos se lo habían dicho.

—Tengo que irme. Hora de cenar en Londres. Soy camarero ahí arriba. Toma, este es el mejor. —Le tendió un paquete de té de jengibre con trocitos de cáscara de naranja—. Vuelve pronto a por otro. Tienes que probarlos todos.

Josefina no reaccionó a tiempo para darle las gracias. Con el paquete de té en la mano, le siguió con la mirada mientras el chico subía unas escaleras donde un tipo encorbatado, sin duda su jefe, reclamaba atención haciendo aspavientos con las manos. Él respondió con otro gesto que parecía decir «tranquilo hombre, ya voy» y que hizo sonreír a Josefina. Era alto y se movía sorteando sin esfuerzo el gentío que lo rodeaba.

Cuando llegó a casa se sentía un poco melancólica. Rosalind se había encerrado en su cuarto a ver la tele, y lo agradeció. Entró en el suyo procurando no hacer ruido, para que a la casera no le diera por levantarse y querer comentar el fin de semana con una botella de vino. Qué tonta, tenía que haber subido al restaurante de los almacenes y regalarse una cena deliciosa y absurdamente cara. Con suerte la habría atendido el camarero español de los ojos azules. Ahora se arrepentía de haber regresado tan temprano…

Al encender la luz se quedó boquiabierta. Una orquídea dentro de una preciosa jarra de cristal tallado la esperaba sobre la cómoda. Al lado, una nota de Dick: *Misión cumplida. Gracias por ser tan comprensiva. I can't wait to see you again, my lovely Lady London.* Incapaz de encerrar su alegría en aquel minúsculo cuarto, se puso a recorrer el pasillo dando saltitos de coneja inquieta, como hacía Rosalind. Necesitaba soltar una bocanada de felicidad, y salió al jardín sin hacer ruido. Encontró una botella de vino abierta sobre la mesa y se bebió a morro lo que quedaba. También fumó un cigarrillo (había comprado un paquete, con intención de que fuera el primero y el único). Incapaz de reprimir su alegría, llamó a Dick, que respondió muy animado. Le dijo que estaba de vuelta en casa, «afortunadamente», y que no hiciera planes para el viernes siguiente, aunque no quiso explicarle por qué. Después se despidió porque tenía que coger un vuelo de madrugada a Roma. ¡Roma, qué delicia!

Dando una calada al segundo cigarrillo, se quedó un buen rato contemplando aquel manto de luz dorada con el que Londres se cubría al atardecer solo para quienes detenían su paso y se molestaban en mirar al cielo. Y se dijo que no quería estar en ningún otro lugar del mundo.

12

Aquel lunes, Josefina despertó con el aroma de la orquídea danzando en el aire, tan dulce como si un hada la hubiera visitado dejándole su magia como regalo. Acarició los pétalos mientras se preguntaba qué sorpresa le había preparado Dick para el viernes. De momento tenía toda la semana por delante y poca cosa que hacer, salvo empezar a interpretar su papel de asesora del amor. Y bueno, también repasar su depilado y ponerse cremas para estar guapa el viernes. Aunque técnicamente no era más que una extranjera en paro, Josefina se sentía la mismísima reina de Inglaterra. *Lady London*...

Decidió que era un día tan bueno como cualquier otro para ir a conocer la oficina de Victor, que resultó estar en un viejo edificio a dos minutos de la estación de metro de Edwgare Road. Él la esperaba en la calle, con su sonrisa inagotable y una mochila negra a la espalda. Entraron en un portal minúsculo y subieron tres pisos a pie por una escalera tan estrecha que temió quedarse encajada a mitad de camino.

—¡Bienvenida al centro de operaciones! —dijo, abriendo la puerta con orgullo.

La oficina no era más que un despacho mohoso en el que malvivían dos mesas de plástico con sus respectivas sillas, un ordenador y una estantería con dos carpetas vacías. La única ventana daba a un edificio de ladrillo gris que seguramente se podía tocar alargando bien el brazo. Pero a Josefina todo eso le daba igual. El paseo desde su casa, con su falda de tubo y su blusa que parecía de seda, le había resultado tan agradable que nada más le importaba. «Soy la novia de un ejecutivo de la City», se decía mientras atravesaba los túneles del metro, rodeada de gente con cara de zombi. Le entraban ganas de explicarles a las demás mujeres, con sus trajes de chaqueta y sus grandes bolsos a cuestas, que Dick y ella tenían un *penthouse* precioso a la orilla del río, en el West End naturalmente, y que salían a cenar en un cochazo que les hablaba con voz tranquilizadora porque siempre sabía qué camino tomar.

—Esto es muy pequeño pero lo importante no es el espacio físico, sino las ideas. Y esas florecen en cualquier parte. A mí me gusta trabajar en los bares. Pero si tú lo prefieres, siéntete libre de venir aquí cuando quieras —dijo Victor, tendiéndole una llave—. Es posible que alguna vez te encuentres a otros de mis colaboradores. Pero a mí me verás muy poco. Siempre estoy reunido buscando patrocinadores. Cuando se te ocurra algo interesante llámame o mándame un correo, ¿de acuerdo?

A Josefina le encantó la perspectiva de pasar algún tiempo allí sola. Cuando Dick estuviera trabajando o se hartara de soportar a Rosalind, siempre podía darse un paseíto hasta el despacho para pensar cosas nuevas o investigar. ¡Qué bien sonaba eso de tener su propia oficina en Londres!

—Estaré bien —le dijo a Victor—. Espero que se me ocurra algo interesante.

—¡Fantástico! Vamos a hacer algo increíble. Ya lo verás. Ten fe, amiga mía. Todo es posible cuando un corazón valeroso guía nuestros pasos.

En cuanto Victor se marchó, Josefina encendió el ordenador decidida a buscar inspiración. Aunque, siendo sincera, ¿qué podía ella aportar a aquel proyecto que aún no era más que un sueño en el aire? ¿Qué querían los españoles? ¿Y las españolas? Ella estaba convencida de que no buscaban nada distinto de los noruegos o las argentinas. Todo el mundo necesitaba alguien a quien amar, un refugio en quien poder descansar, despojados de máscaras y discursos. El físico, los hábitos, las costumbres, el idioma, eso sí variaba, pero era lo de menos.

Entró en la página de ligue donde había conocido a Dick. Llevaba siglos sin visitarla. Tenía algunos mensajes nuevos y los leyó por encima. Hombres de Madrid que querían conocerla...

Después miró el perfil de Dick. Para su sorpresa, seguía activo. *Financiero de lunes a viernes, trotamundos de alma nómada cada día. 39 años. Londinense de madre brasileña. Anhelando encontrar a mi perfecta compañera de viaje.*

Contempló su foto de perfil, recordando cómo se había emocionado al verla por primera vez. Dick, frente al Tower Bridge, sonriendo con descaro a la vida. Lo primero que Josefina se preguntaba al ver la foto de un hombre nuevo era si podría llegar a convertirse en el padre de sus futuros hijos. Con Dick no fue una pregunta, sino una certeza. Aunque aún no se lo había contado a nadie. Sus mensajes dulcemente irónicos hacían palidecer todos los *Hola k buscas* o *¿Te atreves a quedar conmigo esta noche, preciosa?* o *Si me regalas una oportunidad te invito a cenar, te confieso que soy así de anticuado jejeje* que llenaban su bandeja de entrada. Eran tan insulsos y ridículos como la vida de niña buena que había dejado en España.

Madrileña, 35 años, con ganas de empezar una nueva etapa en buena compañía. Así se había definido ella en su perfil. Tenía que admitir que no decía gran cosa. Ahora que leía sus propias palabras, allí en Londres, se daba cuenta de que, hasta ahora, nunca había arriesgado nada. España la volvía cobarde...

Salió al pasillo para buscar el cuarto de baño, que era compartido con otros despachos. Por el pasillo se cruzó con una mujer en pijama que caminaba mirando al suelo. Dijo: «*Sorry*» y se encerró tras una puerta con un cartel donde ponía «*WC*». Mientras esperaba fuera, Josefina se dio cuenta de que se trataba de Olga, la española que Victor le había presentado en el bar.

Cuando salió del baño decidió saludarla. Seguía en pijama, pero ahora llevaba el pelo mojado y una toalla en las manos.

—¿Te acuerdas de mí?

Olga la miró con recelo durante unos segundos, pero pronto relajó el gesto.

—Ahora sí, perdona. Te llamabas Josefina, ¿verdad? Lo siento, procuro pasar siempre muy rápido por aquí. No me gusta cruzarme con nadie cuando me acabo de levantar.

—O sea, que vives en este edificio. Pensaba que solo había despachos.

—Sí, esto es una mezcla de estudios y oficinas. Y los baños son compartidos, como ves. Pero entra, estabas esperando, ¿no? —dijo, apartándose de la puerta.

«¡Dios mío, menudo zulo!», pensó Josefina al tirar del cordoncillo de la luz y encontrarse en un cubículo mal iluminado. Hizo pis sin sentarse ni tocar la cortina mugrienta del plato de ducha, pero tuvo que renunciar a lavarse las manos porque la pastilla de jabón estaba llena de pelos. Sin embargo, olía muy bien. Era el rastro de Olga. Josefina siempre había admirado aquella extraña capacidad que tenían algunas mujeres de salir de un baño público dejando tras ellas un olor a flores.

Cuando regresó al pasillo, deseando charlar un rato con ella, Olga ya no estaba.

Pasó el resto de la semana yendo al despacho cada mañana, pero lo único que hacía era divagar en internet. Buscó el nombre de Dick, como ya había hecho mil veces en Madrid. No había nada nuevo ni la red desvelaba gran cosa sobre él. Su currículo en LinkedIn, muy serio y profesional, y un perfil abandonado de Facebook donde se acumulaban las felicitaciones de cumpleaños sin responder. Tampoco el Facebook de Josefina era especialmente interesante, eso tenía que reconocerlo. Pensó que debería empezar a publicar fotos sobre su nueva vida en Londres, pero la verdad era que no tenía ganas. Debería estar encantada de poder presumir pero, por alguna razón, no quería exponer su nueva vida a las miradas cotillas de sus conocidos españoles. Y también tenía que escribir a Carmen y ponerla al día de sus andanzas. Aunque siempre lo dejaba para otro momento.

Pronto, estar encerrada en aquel despacho tan feo comenzó a parecerle un aburrimiento. Tenía ganas de volver a encontrarse a Olga. El miércoles, al fin, se cruzó de nuevo con ella camino del baño. Esta vez, Olga la saludó con lo que parecía alegría sincera.

—Oye, perdona, el otro día ni me despedí. Ya te dije que no me gusta pasearme por el pasillo en pijama. Ven, que te enseño mi casa.

La condujo hasta una puerta al final del pasillo, junto a otra de la que salía una música estridente.

—Una pareja japonesa —explicó Olga con gesto de irritación mientras abría la puerta—. Solo salen por la noche.

El estudio de Olga era apenas un poco más grande que su habitación en casa de Rosalind. Una cama pegada a la pared con una bonita colcha de flores. Un minúsculo escritorio con un ordenador junto a un armario de madera. En un rincón de la pared, una pila de cajas de plástico se alzaba peligrosamente hasta el techo. Al fondo había una cocina diminuta y una mesita junto a una ventana. ¿Cómo podía caber una casa entera en un espacio tan reducido? Y sin embargo, todo estaba impecable.

—No hay mucho que ver, como puedes comprobar. Pero en fin, esta es mi guarida. ¿Te apetece un té?

Se sentaron en dos sillas plegables frente a la mesita, donde descansaba una maceta con un rosal.

—Entonces estás trabajando con Victor, ¿no? Es un buen tipo... No es que le conozca mucho, solo de vernos por aquí, pero hace un mes tuve la gripe y vino todos los días a traerme sopa y darme un poco de conversación.

Josefina se preguntó qué se sentiría al estar sola y enferma en un sitio como aquel, pero no dijo nada. Se fijó en los detalles que la rodeaban. Una hilera de banderines de colores, tazas de porcelana sobre una repisa, las cortinas de gasa color lila... No eran nada del otro mundo, y sin embargo tenían el don de dulcificar aquel espacio tan crudo.

—Yo comparto piso en Ealing Broadway con una profesora. Es un poco pesada, pero el sitio no está mal. Bueno, por ahora. Llevo aquí muy poco tiempo. Me quedé en paro y me vine a Londres...

Olga la escuchaba con atención. Le habría encantado charlar durante un buen rato, pero en cuanto vaciaron las tazas Olga se levantó y le dijo que tenía un poco de prisa.

—Entro a trabajar dentro de una hora. Y ya sabes lo que se tarda en llegar a cualquier parte aquí. Trabajo en Topshop de Oxford Street. Mis turnos son bastante cambiantes, pero ya sabes dónde vivo. Pásate por aquí cuando quieras, ¿vale?

Al regresar a la calle se sintió un poco triste. A veces se le olvidaba que estaba viviendo en Londres, y cuando tomaba consciencia de su nueva realidad experimentaba un vértigo momentáneo. Pero no llegaba a pesarle porque corría a casa a abrir su ordenador y leer los mensajes que Dick le escribía entre reuniones y cenas de negocios.

Buenos días, senorita! He dormido fatal y no se debe al jet lag. Este alto ejecutivo le informa de que le tiene usted sorbido el seso y confía que su jefe no se dé cuenta de que su productividad ha decaído escandalosamente.

Le contaba que estaba cenando con un jefe borracho que le hablaba de su amante mientras él fingía escuchar y miraba de reojo el móvil, buscando las respuestas de Josefina a sus mensajes. O le confesaba que solo quería volver a la habitación del hotel, meterse en la cama y contemplar las fotos de ella en el teléfono hasta quedarse dormido.

Mientras tanto, Josefina pensaba si debía apuntarse a clases de inglés. En aquel verano de su adolescencia se había divertido mucho yendo a la academia. Pero ahora tendría quince años más que los otros alumnos, como poco. Había tiempo por delante para perfeccionar el idioma. Practicaría con los amigos de Dick en las fiestas. Con ingleses de verdad, adultos y sofisticados, y no con extranjeros desubicados. No tenía ganas de responder continuamente a las mismas preguntas. Aquellos insufribles: *«What do you think about bullfighting?»* o: *«Do you prefer Madrid or Barcelona?»*

Otras preguntas no podía evitarlas tan fácilmente. «¿No vas a buscar un trabajo?», le había soltado ya dos veces Rosalind. Debía de preocuparle que Josefina no renovara el alquiler de la habitación. Ella le repetía que por el momento no necesitaba trabajar, y la casera fingía comprender. Pero sus ojos decían: «Niña estúpida, asegúrate el futuro antes de que sea demasiado tarde». Josefina, entonces, fingía no saber interpretar sus miradas. Su vida inglesa acababa de empezar, y pronto Rosalind no sería más que un punto en el recuerdo.

13

El viernes por la mañana, mientras mataba el tiempo consultando páginas de restaurantes en el despacho de Victor, recibió el mensaje que tanto anhelaba.

Nos vemos en Marble Arch a las cuatro. Ponte bien guapa: falda, pero no te pases. Asegúrate de poder andar.

¡¡Por fin!!

Decidió estrenar un vestido de flores que había comprado por un precio ridículo en otra de sus visitas al Primark. Era blanco, sin mangas, el talle ajustado y una falda acampanada con grandes amapolas estampadas. Dudó si peinarse con dos trenzas, y finalmente decidió que sí. ¡Qué narices, aquello era Londres! Mientras esperaba a Dick en la calle se sintió un poco ridícula, pero su inseguridad se esfumó cuando lo vio aparecer exactamente a la hora indicada. Parecía un joven Hugh Grant. Llevaba una camisa azul con las mangas dobladas y un pantalón de traje gris, y cargaba con una mochila de ejecutivo a la espalda y dos bicicletas de alquiler cuyas cestas contenían grandes bolsas de papel con el logo de Harrod's.

Cuando la abrazó, Josefina sintió que su cuerpo entero se disolvía dentro de la piel cálida y un poquito áspera que había añorado ferozmente durante toda la semana.

—*Lady London*, está usted radiante —le susurró al oído.

—¿He elegido el vestido apropiado, caballero?

—Perfecto. Femenino, pero práctico. Christian Dior, seguro —dijo, dándole una pícara palmadita en el culo. Luego le pasó una de las bicis y se montó en la otra. Josefina se apresuró a seguirlo. Llevaba años sin subirse a una bicicleta y al principio se sintió zozobrar. El vestido le apretaba al estirar las manos para agarrar el manillar. Pero Dick ni siquiera se giró a mirarla, seguro de que ella le seguía. Poco a poco encontró el equilibrio fijando la mirada en la espalda de él.

Pedalearon en línea recta por entre los senderos del jardín italiano hasta rodear la estatua de Peter Pan, y luego enfilaron los caminos de tierra con sus cestas de picnic a cuestas, como dos universitarios de Oxford paseando entre flores de colores. Al llegar al estanque de Kensington Gardens, Dick se detuvo y Josefina lo imitó. Jadeante, bajó de la bici mientras él extendía un mantel de cuadros rojos sobre el césped y empezaba a sacar cosas de las bolsas. Una botella de champán con dos copas de cristal. Canapés y caviar iraní. Quesos franceses y una cestita de frutos del bosque. Se sentaron al borde del estanque, sus siluetas enmarcadas por el palacio donde había vivido Lady Di… Era como estar dentro de un cuadro. Hacía una tarde deliciosa de verano, tenían todo el fin de semana por delante (o eso esperaba ella) y se sentía tan dichosa que le parecía que las flores de su vestido iban a estallar de gozo de un momento a otro.

—Juanita, mi *nanny*, me traía aquí cada viernes y me dejaba atiborrarme de chocolate. Era nuestro pequeño secreto —sonrió Dick—. Algún día vendré con mis hijos y pienso hacer lo mismo.

—Qué recuerdo tan maravilloso. ¿Verdad que Londres es la ciudad más bonita del mundo? —dijo Josefina, sin poder contener su entusiasmo.

—Sobre todo desde que tú estás en ella —respondió Dick dándole un beso en la sien que le causó un placer casi insoportable.

Algo turbada, Josefina cambió de tema:

—¿Sabes con quién estuve ayer? ¿Te acuerdas de la camarera del restaurante? La española que nos trajo la langosta...

—La verdad, no me fijé en la camarera. No debía de ser muy guapa. Y tú, ¿vas por la vida haciéndote amiga de la primera que te sirve la comida?

—Me dio su teléfono. Como el domingo no tenía nada que hacer, quedé con ella —explicó, tratando de sonar lo más natural posible.

—Vaya, qué sociable. ¿Y? ¿Hicisteis algo interesante?

—Bueno, fuimos a comer a Camden. Estuvo bien. Pero no sé, a ella no le gusta Londres. Dice que los edificios son muy feos. Los *touncils* o *pouncils* o no sé qué.

Dick estalló en una carcajada.

—Desde luego los *councils* no son el paradigma de la belleza, eso hay que reconocerlo.

—¿Pero qué son?

—Ah, edificios para pobres. La gente que vive de los *benefits*. Lo que pasa es que están repartidos por toda la ciudad. No querían que se formaran guetos, así que no hay forma de huir de ellos. Ninguno trabaja porque resulta que en esta ciudad te pagan por estar parado o ser madre soltera.

Ella empezó a entender por qué durante sus paseos ociosos en autobús le sorprendía tanto pasar por zonas lujosas, como Notting Hill, y de repente, al doblar una esquina, ver cómo el paisaje urbano cambiaba por completo. De las rubias atléticas que recorrían las boutiques en minifalda a los ramilletes de mujeres morenas cubiertas con trapos negros. De las lindas casitas con ventanas de guillotina a esos monstruosos edificios grises. Los *councils*.

—Recuerda que la belleza de Londres no es evidente, Josie. —La contempló fijamente—. Es como... digamos que es como Kate Moss. No es la más guapa, de hecho tiene multitud de defectos. Hay que mirarla dos veces, o tres, o cinco. Pero cuando te atrapa, *wow*, entonces ya no te suelta. Desde ese momento no cambiarías su belleza magnética por la de ninguna rubia de medidas perfectas.

La risa de Dick volvió a sonar, atronadora y fresca. Parecía feliz de estar en su compañía, y también parecía aliviado. ¿Sería porque ya era fin de semana y no tenía que viajar ni reunirse? ¿O porque estaban juntos y se había librado de Irina y su hospitalaria mamá? No le preguntó por ellas. No se sentía con fuerzas para escuchar el nombre de otra mujer en los labios del hombre que ya casi amaba.

Dick le pasó un brazo por el talle, jugando a hacerle cosquillas como un crío. Después la atrajo hacia él y, apoyados en el tronco de un roble, comieron frambuesas y bebieron champán. Recostada en su pecho, Josefina cerró los ojos y respiró profundamente, como si así pudiera tragarse aquel momento y guardarlo para siempre en su interior. Cuando los abrió de nuevo, el sol se reflejaba en el estanque trazando destellos que se deshacían con el grácil pasar de los cisnes. Al fondo, el palacio los contemplaba, solemne.

—Pobre Lady Di... —dijo Josefina.

—¿Recuerdas el día que murió?

—¡Claro! Estaba en casa de mis padres, desayunando. —Josefina lo recordaba como si hubiera ocurrido el día anterior—. Encendí la radio y dieron la noticia. Se me pusieron los pelos de punta, como si hubiera muerto alguien de mi familia.

—Yo también estaba desayunando en Madrid. Andaba de visita en casa de una amiga de mi madre. 1997. Fue un verano increíble aquel. Primero en Mallorca y luego en Madrid. Me encantaba bajar al bar de la esquina a desayunar chocolate con churros cada mañana.

Lo miró asombrada.

—Nunca lo habrías imaginado, ¿verdad? Pues es lo que más me gusta de Madrid, la vida de barrio. Cuando era joven vivíamos en El Viso, pero mis padres viajaban todo el rato y yo me escapaba a casa de nuestra criada. Se llamaba Luciana. Vivía en una corrala sin baño propio y me encantaba ir al mercado con ella llevándole el carrito.

«Vaya», pensó ella, «si en aquel momento me hubieran dicho que el hombre de mi vida estaba en mi ciudad, desayunando a la vez que yo, consternado por la misma noticia, y que aún tardaríamos trece años en encontrarnos...» Aunque a saber quién sería esa amiga de su madre con la que estaba pasando un verano tan increíble. En agosto de 1997 Josefina tenía veintiún años y salía con el novio número uno, un futuro informático que la llevaba a escuchar conferencias científicas los viernes por la tarde y luego la invitaba a cenar en un mesón de barrio con vino de la casa y manteles de papel.

—*A penny for your thoughts...*

Ella se echó a reír. No podía confesarle lo que realmente estaba pensando. Que no lograba imaginarse a Dick yendo a comprar el pan en Lavapiés y que de hecho prefería no hacerlo porque, a él, Londres le sentaba mucho mejor. Que estaba celosa de aquella desconocida que le había hecho disfrutar tanto de Madrid. Y que se sentía como una princesa. *Lady London* perdidamente enamorada de él, su *Lord Rochester*. El faro luminoso que la guiaba en puerto desconocido.

—¿Damos otro paseíto? —sugirió Dick, poniéndose de pie.

Aunque lo último que quería era despegarse de su pecho, se levantó con todo el entusiasmo que pudo y

123

volvieron a recorrer el parque sobre dos ruedas. Él delante, marcando el camino, y Josefina detrás, rodando sobre sus huellas. De vez en cuando, Dick se giraba para regalarle una sonrisa o le guiñaba el ojo o le sacaba la lengua. Rodearon la Serpentine, sorteando a los turistas, los patinadores y los chiquillos con sus helados. Finalmente aparcaron las bicicletas y salieron del parque. A su alrededor flotaba un aire de alegría, con la gente saliendo de las oficinas, hambrientos del sol de verano, despidiéndose de sus colegas, rumbo al fin de semana. Oxford Street bullía de animación. Josefina miró la enorme fachada del Primark, donde compraba sus vestidos en secreto, y le pareció que un rayo se reflejaba en el cristal del escaparate, trazando un arcoíris que desplegaba ante ella sus infinitos caminos de color.

14

El calor comenzaba a desvanecerse cuando Dick tomó a Josefina de la mano y la condujo Park Lane abajo. Apresurando el paso más de lo que a ella le habría gustado, le señaló los carteles de las agencias inmobiliarias, que exhibían pisos alicatados de mármol y oro con precios obscenos. «Todos para los árabes y los rusos», le explicó. Ante ellos se sucedían escaparates rebosantes de coches de lujo. *Halls* de hoteles que dejaban entrever imponentes salones forrados de rojo escarlata. Tipos trajeados de rostros morenos que se cruzaban con ellos, veloces como ráfagas de viento, ajenos al paso lento y mundano del resto de los mortales.

—En Londres hay mucho dinero, Josie. Y mucho poder. Aquí es donde se controla todo —Dick apretó su mano y ella no supo qué contestar. Victor le había dicho algo parecido la primera vez que se encontraron...

Empezaba a refrescar y sintió un escalofrío. Sin que ella supiera cómo, la dulzura del picnic en el parque se había esfumado, engullida por la ostentación de aquella fría avenida que los coches cruzaban cortando el aire. Incluso la mano de Dick parecía haberse puesto rígida. Un silencio tenso cayó entre los dos. La verdad era que no tenía interés en enfrascarse en una conversación acerca de cosas sobre las que sabía tan poco como el dinero y el poder, aunque le dio la sensación de que Dick esperaba una respuesta.

Tras caminar un rato sin hablar, él se detuvo ante un local.

¡Nobu! ¡La había llevado a Nobu! El restaurante donde Victoria y David Beckham celebraban sus aniversarios. Josefina vibraba de entusiasmo otra vez. Se daba cuenta de que sus trenzas y su vestido barato de niña grande no encajaban en aquel ambiente de elegancia sobria, pero estaba tan feliz... No sabía si era el paseo en bici, el baño de sol, la botella de vino o la mera presencia de Dick lo que la encendía por dentro, pero era como si el corazón se le hubiera escapado del pecho y lo iluminara todo, y ella fuera transparente como un espíritu, capaz de estar en todas partes sin que el capricho de otro ser humano la detuviera. Dick también parecía haberse relajado de nuevo.

Se acababan de sentar cuando su móvil sonó. Abrió el bolso para mirar discretamente. Un sms de Toñi.

Que sepas que te voy a llamar el domingo por no disgustar a la mama, pero que a mí me importa un comino lo que estés haciendo en Londres o en Alaska, Antoñita.

Contuvo las ganas de contestar porque no quería parecer maleducada, ya que Dick tenía el buen gusto de no sacar nunca su teléfono cuando estaba comiendo con ella. Se tragó a duras penas la rabia porque no pensaba permitir que su hermana le amargara la cena. Por suerte, Dick no se dio cuenta de nada.

—Mi hermana se moriría de envidia si supiera que estoy aquí. Bueno, ella ni sabe que existe Nobu, pero me refiero al lujo y al glamur.

—¿Ah, sí? ¿Es que tu hermana vive en un *council*? —dijo él, divertido.

—Vive en un piso de mierda con el plasta de su marido y dos niños gordos que la tienen esclavizada —soltó, sin lograr refinar su lenguaje—. Mira, yo a mis sobrinos los quiero, pero si fuera su madre los pondría firmes. Aunque afortunadamente no lo soy. O sea... que yo quiero tener hijos algún día, pero los míos serán diferentes. Un camarero interrumpió su monólogo. Dick pidió por los dos sin consultarle siquiera, cosa que Josefina agradeció, y siguió escuchándola con una media sonrisa.

—... Y no estarán todo el día viendo la tele y dando gritos. Claro que la culpa no es de ellos, pobres, sino de sus padres. Mi hermana va de víctima por la vida. No hay quien la soporte. Es igualita que mi madre y no se da ni cuenta. Pero en fin, en el fondo la entiendo. O la compadezco, mejor dicho. Se casó muy joven. No pudo ir a la universidad. Ahora no tiene pasta para divorciarse. Y aunque así fuera, no creo que tuviera valor.

—¿Te ha dicho a ti que quiere divorciarse? —dijo Dick, tras darle un sorbo a su copa de vino.

—No. No, a mí no me dice nada. No hablamos de eso. Bueno, en general no hablamos. Gritamos, decimos cosas, eso sí, con muchos aspavientos, pero no hablamos de verdad. A las familias como la mía lo que les gusta es juntarse y hacer mucho ruido. Pero luego cada uno lleva su drama por dentro.

—Bueno, es otra forma de ser, Josie. Los latinos, los españoles... —dijo Dick, mientras miraba alrededor como si estuviera escaneando el espacio.

Josefina comprendió que se estaba aburriendo y se apresuró a cambiar de tema. Les sirvieron una tempura crujiente y un sushi que se deshacía en la boca, y después un salmón delicioso. Pero, una vez más, bebió demasiado vino. Tal vez fuera eso lo que le desató la lengua sin remedio.

—El problema de los españoles es que son unos borregos —gruñó, blandiendo un trozo de sushi—. La gente no sabe estar sola. Todo el mundo se casa por el qué dirán. Pero luego solo pisan la iglesia en bodas, bautizos y comuniones. ¿Y los padres? ¡Expertos en chantaje emocional! Siempre lanzando dardos. Que si no venís a vernos, que cómo me haces esto hija mía, que qué sola estoy y tú viviendo tu vida... Ay, es insoportable. Te juro que estaba harta. Dick ya no sonreía. En su mirada había un gesto de impaciencia. El camarero les trajo unas toallitas. Josefina se puso nerviosa, como si hubiera cometido una falta.

—¿Por qué nos traen toallitas si no hemos terminado de comer?

Pero Dick no respondió y a ella se le encendió el rostro de vergüenza. Se las habían traído para que se limpiaran las manos antes de tomar el postre, evidentemente. No sabía por qué había dicho aquello, dándole a Dick la impresión de que jamás había cenado en un restaurante elegante, y de que su vida social se reducía a bodas, bautizos y comuniones de parientes gritones españoles. Se sintió abochornada. Estaba cenando en Nobu con un hombre encantador y en lugar de mantener una conversación estimulante se dedicaba a criticar a su familia, mostrando la misma falta de clase con que su hermana le hablaba a ella. Qué desastre...

—¿Qué quieres de postre? —Él ignoró su pregunta y se concentró en la carta. Josefina hizo lo mismo. Al rato, un sorbete de champán la ayudó a olvidar su metedura de pata.

—Lo siento —dijo, vacilante—. Perdóname, te estoy aburriendo con mis miserias familiares. Se ha enterado medio restaurante. Mi casera siempre me dice que hablo con las manos, como todos los españoles.

—También te tocas el pelo como las pijas de la calle Serrano en los ochenta. —Dick le guiñó un ojo—. ¡Pensé que ya no quedaban de esas!

La broma logró relajarlos a los dos. Menos mal que Dick no se lo había tomado a mal. Josefina se prometió a sí misma dejar de molestarle con sus historias del pasado. Tomaron la última copa en Claridge's. Él dijo que era el hotel en el que se alojaba su madre cuando iba a Londres. Su madre y la reina Sofía, según ella había leído en el *¡Hola!* El bar era íntimo y delicado como una copa de cristal tallada a mano. Pero Dick, tras darle dos sorbos a un elaborado *gintonic*, miró el reloj.

—Hemos tardado una eternidad en cenar. Claro, el pobre camarero estaba esperando que pusieras bien los cubiertos en el plato para poder retirarlos y traernos el postre. Tú no te has dado cuenta porque estabas hablando a voces como buena española. Cuando se termina de comer hay que poner el tenedor y el cuchillo paralelos en el plato. No cruzados —explicó, escenificándolo con unas pajitas y una servilleta—. ¿Ves?

Ella no supo qué decir. Así que no solo había metido la pata con lo de las toallitas. Era verdad que no sabía estar en los sitios elegantes. Y tampoco sabía comer con palillos y había tenido que pedir cubiertos para el sushi. Incapaz de disimular sus ganas de llorar, se retiró al tocador. Allí soltó un par de lágrimas y luego se deshizo las trenzas y recompuso su maquillaje. La verdad era que se encontraba guapa, con su cabello ondulado y rodeada de todos aquellos espejos que multiplicaban su figura. Al fin y al cabo, qué más daba que cometiera un error. Bueno, mira, sí, había parecido una paleta y una ordinaria. Pero ¿y qué? Ella no era una aristocrática damisela inglesa, y su familia estaba lejos de ser distinguida ni adinerada. Pero su espontaneidad y el hecho de ser española eran lo que había atraído a Dick. Todo el mundo hacía el ridículo alguna vez, ¿no? Así que salió de allí con la cabeza bien alta.

Sin darle la oportunidad de terminar su copa, él la tomó de la mano y le dijo: «Vámonos de aquí, nena, esto es un cementerio». Eran casi las once y en el cielo aún había luz. ¡Qué cortas eran las noches de verano en Londres! Entraron en un pub cercano y, sin soltarla, Dick la condujo al fondo del local. Abrió una puerta y se encontraron en un delicioso jardín cubierto de rosales, con mesitas de colores y velas encendidas. Tan solo había otra pareja, que se besaba en un rincón.

—Este es mi *secret garden* favorito, Josie. ¿Lo ves? Nunca habrías podido descubrirlo tú sola. A Londres tienes que decirle: «Déjame entrar». Igual que a los vampiros —dijo Dick muy serio, y después encendió un cigarrillo y aspiró el humo con parsimonia—. Pero tienes que estar atenta. Olvida España y a tu familia gritona. Pretendes haberte alejado, pero los llevas contigo a todas partes. Sí, resulta bastante aburrido oírte hablar de ellos, *darling*. Tú eres capaz de mucho más.

Parecía un *gentleman* de novela, con las piernas cruzadas y aquella manera tan elegante de fumar; un personaje sacado de una de las series de la BBC que ponían en la tele cuando era pequeña. A ella ya se le había pasado el disgusto. Ahora estaba demasiado ocupada tratando de entender por qué Dick era tan impredecible.

—Solo entonces Londres te mostrará sus encantos, *my dear* —prosiguió él, lanzándole una inquietante mirada tras la cortina de humo—. Debes prestar atención. Aprender a atravesar su lado yang. Entonces te recompensará regalándote una sorpresa en el rincón más inesperado. Esta ciudad solo exhibe su lado yin ante quienes demuestran ser lo bastante audaces para saber apreciar la auténtica belleza.

¿Yin, yang? ¿De qué demonios hablaba Dick y por qué siempre se quedaba con ganas de responderle algo inteligente, pero nunca se le ocurría nada? Le sonaba a algo relacionado con el yoga. Lo miraría en internet. Pero tenía razón. No dejaba de hablar de su familia. Los llevaba a cuestas en una mochila invisible y ni siquiera se daba cuenta.

Él permaneció un rato más fumando en silencio, saboreando su pinta de Guinness con la mirada perdida en la llama de la vela. Josefina no sabía qué decir. A veces era como si habitaran planetas distintos... Apenas le dio unos sorbos a su copa de vino, pues estaba mareada de tanto beber y cansada de ir de un sitio a otro. En uno de sus arrebatos, Dick terminó su cerveza de un trago y volvió a tomarla de la mano. Regresaron al coche. En un semáforo, la mirada de ambos se detuvo en la fachada de un restaurante español.

—¿Algún día me vas a cocinar una paella de verdad? Con azafrán y sin chorizo, por favor —pidió Dick—. Y con un buen Rioja. Estoy harto de vinos sudafricanos.

Josefina lo miró divertida, y percibió un atisbo de ternura en sus ojos. Como si se abriera de golpe una puerta dejando entrar la luz del día. Por un momento compartió con Dick la misma chispa de complicidad que se había encendido entre ella y Lola. Y comprendió que él también era un poco extranjero en Londres, y que se sentía solo. Como ella, como todos...

Contuvo la respiración hasta asegurarse de que sí, la conducía al *penthouse* y no a la casa de Rosalind. Casi tuvo un orgasmo de puro gusto cuando, después de hacer el amor, se acurrucó en la cama blanca, con el brazo de Dick alrededor de su cintura, él roncando plácidamente y ella por fin invitada a pasar el fin de semana entero en su casa. Tenía un poco de hambre... La cena había sido deliciosa, aunque escasa; pero por nada del mundo se iba a levantar para asaltar la nevera y arriesgarse a que él se diera la vuelta y dejara de abrazarla.

15

Cuando Josefina entró en la casa de Rosalind el lunes por la mañana, la visión del piso vacío la golpeó como una bofetada. La casera, afortunadamente, se había ido a trabajar, pero no sin dejar tras ella un rastro de ropa mojada. La colada estaba tendida en las sillas, en los radiadores, en los pomos de las puertas, en los brazos del sofá. Olía a su perfume, a polvo, a sucio, a cerrado. Por todas partes había tazas vacías, platos con migas y revistas abiertas. Siguiendo un impulso irrefrenable, Josefina corrió al bazar indio que estaba junto al metro y media hora más tarde regresó con una fregona, un cubo y un tendedero. Limpió la casa de arriba abajo y tendió la ropa en el jardín. El olor a limpio de las prendas secándose al sol la consoló un poco. Contemplar aquella ropa mojada esparcida por toda la casa como trapos viejos la ponía enferma.

Al terminar estaba terriblemente cansada. No se veía con fuerzas para pasar el día allí metida, sola, con la única perspectiva de esperar la llegada de Rosalind y sus ansias por compartir una botella de vino. ¡Después de un fin de semana perfecto con Dick! Todo había sido como ella soñaba. Comer, hacer el amor, dar un paseo a la vera del río, tomar una pinta en el pub y luego volver a casa y dormir la siesta y hacer el amor y comer otra vez, todas esas cosas ricas y sanas que él le preparaba, con el torso desnudo y su pantalón *thai,* mientras ella salía a la terraza con una copa de champán y un cigarrillo, sin prisa, viendo cómo los nubarrones grises se estrujaban unos contra otros sobre los tejados de Londres, cómo las gaviotas sobrevolaban el río bajo la luz fría del atardecer. Y se giraba y veía a Dick trajinando en la cocina, tras los impolutos ventanales, y su pecho se hinchaba de júbilo. Allí era donde quería estar, acurrucándose junto a él cada noche bajo el edredón de plumas que acariciaba sus senos, escuchando la lluvia con la piel bien pegada al corazón de Dick.

Pero él la había llevado de vuelta a casa de Rosalind bien temprano para comenzar su semana laboral. Trabajo, obligaciones, otro viaje, clientes, cena, hotel. Estaba tan guapo con su traje de Armani...

La despedida le había dejado un regusto amargo. Eran solo las ocho de la mañana cuando él se marchó, fresco y sonriente, dejándola plantada en Ealing sin saber qué hacer, viendo cómo el coche se alejaba hasta hacerse pequeñito. Al perder de vista a Dick volvió a revolotear en su cabeza la breve conversación que había mantenido con su hermana la tarde anterior. Toñi había obedecido a su madre, llamándola después de comer. «¿Cómo estás? ¿Ya tienes trabajo? Pues ya puedes empezar a buscar uno, no pretenderás que encima te mantengamos desde aquí».

Y después se habían puesto sus padres, muy rápido, como si la llamada internacional todavía fuera un acontecimiento excepcional y costara una fortuna. «¿Hace buen tiempo? Tu madre y yo bien, gracias a Dios». «Bueno, bueno, de bien nada, Paulino, yo tengo un dolor de cadera que un día de estos me van a tener que sentar en una silla de ruedas y ya no me levanto. Dale recuerdos a la señora de la pensión, dile que estamos muy agradecidos de que te tenga recogida».

Josefina Josefina había respondido la llamada desde la terraza de Dick, pero no llegó a hablarles de él. No todavía... En cuanto pudo cortar a su madre soltó el teléfono como si le quemara, olvidándose de ellos en el momento en que regresó al sofá de Dick y a la película que estaban viendo. Pero ahora mismo, rodeada por el silencio y el vacío de la casa de Rosalind, «la señora de la pensión», aquella conversación no dejaba de dar vueltas dentro de ella como un bulto que se moviera sin encontrar acomodo.

Se sentía incapaz de sumergirse de nuevo en la atmósfera asfixiante de aquel piso, así que se cambió de ropa y salió a la calle con la vaga idea de ir a pasar un rato en el despacho de Victor. Al final decidió ignorar la estación de metro y tomó el primer autobús que pasaba camino del centro. Se sentó en el piso de arriba, delante del todo, para no perderse detalle. Y al llegar a su destino cogió otro autobús, y otro más. Paseando por la ciudad, por las calles que conocía y las que aparecían ante sus ojos por primera vez, jugaba a un juego consigo misma. Los rascacielos, yang. Masculinos. Fuertes. Imponentes. El gran falo de la Tate Gallery, ¡yang! Hyde Park, yin. Terrenal. Femenino. Armonioso. Los puestos callejeros de flores, superyin. Los mercadillos, yin. El río, yin. ¿O era yang? Los hombres que recorrían a toda prisa la City, yang. Dick, yang; deliciosa, irresistible, excitantemente yang.

En momentos como aquel, Josefina saboreaba a conciencia el placer de ser extranjera. Lo miraba todo desde fuera e iba apartando las capas. Lo primero que se veía eran los turistas que se arremolinaban alrededor del Big Ben o el London Eye, locos por inmortalizar su paso por la ciudad. La segunda capa era la del Londres cotidiano, aquella que los viajeros solo veían de reojo. El metro abarrotado a la hora de ir a trabajar y los atascos y las colas para cualquier cosa. Hacer la compra en el supermercado a las diez de la noche o llevar la ropa a la lavandería una tarde de lluvia. Solo detrás de todo aquello emergía el Londres cuya rara belleza enamoraba. Como después de una mañana nublada de repente brotaba el atardecer incandescente. Sí, toda esa belleza solo era visible para quien sabía apreciarla, pensó asomada a la barandilla del puente de Waterloo, mientras se embebía de la luz dorada que rebotaba a lo lejos contra el Tower Bridge. ¡Y Dick también la veía! «Déjame entrar», susurró.

Aún era demasiado pronto para emprender el camino de vuelta. Rosalind ya estaría en casa, mirando de reojo la puerta y preguntándose por qué Josefina tardaba tanto. Entró en un enorme Sainsbury's y compró unos tapones para los oídos y también unos *nuggets* de pollo congelados. Tenía hambre y eran lo más parecido a las croquetas de su madre que podría encontrar. Le tenían sin cuidado los remilgos de Rosalind, que arrugaba la nariz y abría todas las ventanas cada vez que ella cocinaba fritos. Esa noche cenaría *nuggets* y patatas bien doradas en una sartén con aceite de oliva italiano, y luego se pondría los tapones para no oír los pasos de elefante de su casera. Recorrió los pasillos del supermercado para distraerse, acordándose de la primera vez que hizo la compra para ella sola cuando viajó a Londres a sus diecisiete años, feliz como una criatura en un parque de atracciones. «*Sorry*», dijo una enorme mujer negra al pasar por su lado. Ella se quedó mirándola, pero la otra estaba concentrada en examinar unas latas de sopa con sus gafas de cerca y no le prestaba la menor atención. Y de repente lo comprendió. ¡La gente en Londres se disculpaba por acercarse demasiado!

Cuando se cansó de deambular por el supermercado tomó el metro hasta la estación de Victoria y entró en un Costa. Los cafés de la calle cerraban demasiado pronto, a las seis o siete de la tarde, lo cual resultaba asombroso, sobre todo teniendo en cuenta que los supermercados permanecían abiertos hasta casi medianoche. Pidió un *latte* enorme y se sentó a beberlo en una butaca junto al ventanal. Si hubiera estado en Madrid se habría puesto a leer una revista o a juguetear con el móvil, haciendo ver a la gente de su alrededor que esperaba a alguien. Pero allí no era necesario. Se dedicó a mirar por la ventana tranquilamente, sin que nadie se fijara en ella o le diera un codazo a su acompañante diciendo «mira esa pobre mujer qué sola está».

La tarde fue avanzando bajo una luz limpia que subrayaba los contornos. Era como la mirada de una mujer enamorada para la cual el mundo es claro y luminoso. Solo podía pensar en Dick. Cada minuto que pasaba engordaba el ansia por volver a su lado. No le molestaban las llamadas de su familia, siempre cortas y angustiadas. Lo único que le entristecía era no poder respirar durante todas las horas del día el mismo aire que Dick.

Regresó cuando los pies le dolían demasiado para seguir vagando. Rosalind estaba encerrada en su cuarto, pero le lanzó un alegre: «¡Hola!» a través de las paredes en cuanto la escuchó entrar. Era otra costumbre suya que Josefina detestaba. Igual que cuando salía de casa y golpeaba con los nudillos en su puerta, tres o cuatro veces, para decir: *«See you later»* o: *«Have a nice day!»* No entendía por qué Rosalind se comportaba así; se suponía que los ingleses eran fríos y reservados, pero aquella mujer era como una bengala siempre buscando la llama que encendiera sus pequeños y ridículos fuegos artificiales.

El pasillo estaba a oscuras y tropezó con algo. Era el tendedero. La casera lo había dejado junto a la puerta de su habitación. ¿Pero qué coño...? Furiosa, lo devolvió al jardín y corrió a encerrarse antes de que Rosalind decidiera abrir su puerta para preguntarle por el fin de semana. Sin fuerzas para desvestirse, se echó sobre la cama y abrazó la almohada. Se imaginó a Dick saboreando una copa de Rioja en su sofá blanco, bajo la luz de las velas, escuchando música clásica. Cuando se quedó a oscuras, un sollozo escapó de su garganta sin que tuviera tiempo de acallarlo y, hundiendo la cabeza entre los almohadones, se rindió por fin, dejando que brotaran las lágrimas que llevaban todo el día luchando contra sus esfuerzos por apretarlas bien fuerte en el fondo de su pecho.

16

Dick no llamó al día siguiente ni tampoco al otro. El jueves, sin poder contenerse más, Josefina le envió un correo. Bueno, *Mr. Busy*, ¿cómo llevaba la semana? Él contestó en su mismo tono jovial de siempre.

Good Morning, my lovely Lady London! Pues sepa usted que mis días están siendo insufriblemente fructíferos. Volví de viaje el martes por la noche, pero era demasiado tarde para importunarte con una llamada. Y ahora no adivinarás dónde estoy... ¡Moscú! Acordándome mucho de ese abrigo de carísima lana inglesa que cuelga en mi armario. Volveré a casa la semana que viene, espero que con todos mis miembros intactos y en general no afectados por congelación.

La sonrisa que se le había dibujado al ver su nombre en la bandeja de entrada se desinfló como un globo. Moscú... Bueno, pues tendría que buscar algún plan para divertirse sola el fin de semana. Le vendría muy bien hacer turismo por Londres, pensó, esforzándose en imaginar la serenidad que experimentaría (que debería experimentar) al sentarse a leer un libro interesante bajo un árbol en Hampstead Heath o recorrer las sobrias plazas de Bloomsbury, pensando en cosas importantes como sin duda haría Virginia Woolf. Estaría bien entrar en algún museo y dedicar un rato a mirar las obras de arte. O sea, a contemplarlas de verdad, sin necesidad de pasarse la tarde consultando el móvil, angustiada porque las horas corrían y Dick no le proponía una cita. Era muy sencillo: su novio estaba fuera de la ciudad por motivos de trabajo y ella podía dedicar el fin de semana a sí misma. Sonaba apetecible y tranquilizador, pero la verdad era que la invadía el desasosiego. Era como un ruido dentro de su cabeza; aunque también era mejor que la frustración de saber que él podría estar en Londres el fin de semana y quizás no la llamaría.

Sin embargo, cuando llegó el viernes al atardecer, Josefina no sintió la necesidad de salir de casa. Había pasado la mañana en el despacho de Victor, divagando frente al ordenador sin que se le ocurriera ninguna idea genial con la que deslumbrar a su *jefe*. Y aunque tenía muchísimas ganas de volver a charlar con Olga, no se atrevió a molestarla llamando a su timbre. Al salir de la oficina, la tarde estaba ventosa y desapacible. Así que aquella noche no tenía ganas de pasear para evitar a Rosalind ni de esforzarse por encontrar algo que hacer fuera de casa. Se quedó tumbada en su cama, leyendo las revistas de cotilleos que había comprado en el Tesco y picoteando una bolsa de patatas fritas, mientras esperaba que la casera se fuera a su cuarto. No conocía a los famosos ingleses, aunque empezaba a comprender que una tal Jordan de labios inflados y piel anaranjada era una de las favoritas, pues no faltaba en ninguna portada. ¡Ella pensaba que las revistas allí sacarían a personajes más refinados! Tampoco entendía gran cosa de lo que leía, pero le gustaban aquellas revistillas porque con ellas aprendía palabras nuevas, como cuando era adolescente, y captaba la jerga que se hablaba en la calle. Pero no era fácil. *BFF, AKA, OMG...* ¿Qué demonios significaban todas aquellas siglas? Los ingleses parecían obsesionados por escribir en clave.

Cuando al fin oyó que Rosalind se recluía en su madriguera, después de obsequiarla con unos golpecitos en su puerta seguidos de un cantarín «*Good night, Josefina!*», salió del cuarto con cuidado de no hacer ruido y se estiró con ganas. En su habitación, bajo aquella triste bombilla que colgaba del techo como un ratón ahorcado, sentía que le faltaba el aire, y además detestaba leer en la cama; pero también era el único rincón en todo Londres donde podía estar tranquila y calentita pensando en sus cosas, hecha un ovillo entre los almohadones, sin que nadie (más o menos) la molestara.

Eran casi las diez de la noche. A Josefina le gustaba seguir cenando a la misma hora que en España, entre otros motivos porque estaba segura de que Rosalind dormiría y ella podría comer tranquilamente, sin tener que esforzarse por hablar inglés o seguir el hilo de las batallitas de la casera. Pegó la oreja en su puerta y comprobó que roncaba, así que puso rumbo a la cocina, bebió un vaso de agua para quitarse el sabor a sal y vinagre de las patatas fritas y se calentó un táper de pollo al curry del Tesco. Le daba demasiada pereza guisar en aquella cocina donde no se sentía a sus anchas. Y además estaba buenísimo, aunque prefería no fijarse en la lista de aditivos de la etiqueta.

Cenaba en la mesa de la cocina, perdida en sus pensamientos, cuando algo la sobresaltó. La figura de Rosalind había aparecido por sorpresa en la puerta, con el pelo revuelto, camisón largo, los ojos medio cerrados y una de sus tazas de porcelana en la mano. Incómoda, Josefina sonrió. Pensó en algo cordial que decir, pero la casera dejó la taza en la encimera y regresó a su cuarto sin abrir la boca. ¿Estaría ofendida porque no cenaba con ella? ¿O era sonámbula y no podía quedarse quieta ni siquiera por la noche? Qué mujer tan agotadora.

Al terminar la cena encendió la tele en el salón, pero enseguida comprobó que no le interesaba nada. No tenía sueño y le dolía la espalda después de pasar tanto rato tumbada en la cama. Como sin proponérselo, encendió su portátil y se conectó al Messenger con la vaga esperanza de encontrarse a Dick. La última vez que chatearon fue cuando ella todavía estaba en Madrid. Ahora que se habían conocido en persona, a Josefina aquellas charlas artificiales hechas de muñequitos sonrientes y palabras de colores le parecían más absurdas que nunca. Incluso cuando estaba en Madrid se había sentido aún más cría, más torpe, sentada en el minúsculo escritorio de su habitación de niña, tecleando sin descanso con los muslos pegados a una silla de plástico. Pero entonces era la única manera de estar cerca de Dick, y Josefina acababa conectándose noche tras noche, sin poder resistirse, por más que todas las tardes se decía: «Hoy leeré un libro» o: «Esta noche voy a ver una película». Encendía el ordenador y, mientras se ponía el pijama, lo miraba de reojo. Preparaba cualquier cosa para cenar en una bandeja, cerraba la puerta y entonces se sentaba y salía de su vida de fracasada y entraba en internet, y las palabras de Dick desfilando por la pantalla entre letras de colorines la sumían en un trance que la anestesiaba, que tiraba de sus brazos y de sus sueños conduciéndola hacia un futuro mejor...

Pero aquella noche, para su sorpresa, resultó que Dick también estaba conectado. Y, de nuevo, allí estaba ella al otro lado. Sentada en otra silla más cómoda, otra casa, otro país, escribiendo con los mismos signos de exclamación y las mismas tontas caritas; sumergida en el mismo trance que era como una droga, pues no pudo esperar ni medio minuto para saludarle.

Vaya, qué sorpresa, otra vez nos encontramos en el ciberespacio... comenzó, tratando de sonar divertida.

I can't believe it! Pero qué hace una linda senorita como tú chateando un viernes por la noche... Acaso andas conquistando pretendientes, mi traviesa?

¿Conquistando pretendientes?

Ya ves, esta noche nadie me ha llevado a cenar a un sitio elegante...

A mí sí. Por suerte acabo de escapar. Cena con los equipos ruso y polaco. He aprovechado el humo de los puros para desvanecerme cual Cinderella. Se han quedado en el restaurante con un cargamento de botellas de vodka y jugando al póker. O a la ruleta rusa, who knows!

Entonces estaba en el hotel...

¿Cómo es Moscú?

Buena pregunta, my lovely. Ya me gustaría saberlo! Pero te puedo describir el salón de convenciones del hotel. No lo creerás, pero tiene doce columnas de mármol con querubines en lo alto y el techo en forma de cúpula. Por un momento creí que me habían invitado a una boda.

Josefina volvía a sentirse hechizada por aquel Dick encantador que emergía de la pantalla del ordenador como el genio saliendo de la lámpara. Las ganas de verlo eran irresistibles.

Te echo de menos...

Anda, baby, sé buena y hazte una foto calentita solo para mí. Mira, aquí tienes una mía.

143

Abrió el archivo y allí estaba Dick, sonriendo de oreja a oreja con el torso desnudo en la cama de su hotel ruso. Un gran cabecero negro, sábanas blancas y aquella piel que resplandecía incluso en medio de la noche. Cuando se despidió de ella porque tenía que madrugar la dejó anhelante, insomne y excitada. Corrió a por su cámara de fotos y su lápiz de labios, y posó frente a un espejo para Dick: morritos hinchados, ceja alzada, mirada pícara, ropa interior negra. Para que ella fuera lo primero que viera cuando abriera los ojos.

Al día siguiente, un sms y el sol que se colaba por su ventana le infundieron ánimos para levantarse.

Good morning! Fabuloso despertar en Rusia más caliente de lo que esperaba! Have a nice weekend, my horny Lady London!!

Abrió las cortinas para dejar que el sol bañara su habitación y se fue a la ducha sin detenerse a comprobar si Rosalind estaba en casa. Qué más daba. ¡Tenía ganas de salir!

Sin embargo, al regresar a su cuarto envuelta en la toalla se le borró el entusiasmo. El cielo estaba encapotado y todo se veía gris. Pero ¿cómo era posible, si cinco minutos antes lucía un sol espléndido? Ah, el clima de Londres... Pero no importaba, saldría de todos modos. Se arregló, le dijo adiós a Rosalind desde lejos porque le pareció que la estaba esperando para desayunar juntas, tomó el metro (yang) y bajó en Notting Hill. Era sábado y el mercadillo (yin) estaba abarrotado de turistas. Curioseó entre los cachivaches antiguos y los souvenirs, hizo fotos a las lindas casitas de colores (¡yin!) y entró en García para desayunar un chocolate con churros (¿yin o yang?) Le supieron a gloria y le divirtió encontrarse de repente, solo por un rato, en un bar español. Tal vez fue por eso que se sintió un poco sola. Por primera vez desde que vivía en Londres se acordaba de sus amigos de Madrid. No de todo el mundo, claro. Al separarse había dejado de lado a todas las parejas con las que su novio y ella quedaban a cenar dos veces al mes. No lo lamentó porque nunca había intimado de verdad con aquella gente. De hecho, acabó harta de los diálogos que parecían partidos dobles de tenis, de las frases a dúo sembradas de huecos que le dejaban una sensación entre triste e irritante. Tampoco añoraba a sus compañeros de trabajo, que tras el despido se aferraron unos a otros jurándose una amistad eterna que había comenzado a desvanecerse apenas unas semanas después.

A la única que echaba realmente de menos era a Carmen, que llevaba tantos años viviendo en Estocolmo. Josefina todavía no le había hablado de su aventura inglesa, no sabía bien por qué... Quizás esperaba a tener una existencia tan perfecta como la suya antes de contárselo todo. Debía reconocer que siempre le había dado un poco de envidia la vida de ama de casa nórdica de Carmen, aunque no se habría cambiado por ella, y sobre todo le apenaba que ya no pudieran reunirse para las que llamaban «nuestras charlas de cocina». Horas y horas frente a una botella de lambrusco, un paquete de cigarrillos, algo de picar y las confidencias que caían sobre el mantel sin orden aparente, como olas que rompían en la orilla, soltando el peso hasta dejar en las dos amigas una sensación de mar en calma; y luego volvían a brotar allá dentro, en esa cueva profunda que solo mostraban la una a la otra, para volver a emerger con fuerza. Pero Carmen se había marchado con su amor sueco y Josefina terminó por acostumbrarse a las amistades superficiales que habían sobrevivido a la época de estudiante, a vivir sin vaciar su corazón ante otra mujer. Se escribían a menudo, a veces se llamaban, pero con el paso del tiempo Carmen se había distanciado de ella sin que supiera bien por qué. En realidad ya debían de llevar un año sin apenas escribirse.

Y ahora se daba cuenta de que se había alejado un poco de todo el mundo en los últimos meses. Antes de irse a Londres no hizo una fiesta de despedida y ni siquiera convocó a sus amigos para brindar por su nueva vida. Se limitó a mandar un correo exageradamente alegre a parientes, amistades y conocidos informándoles de su marcha («¡Necesito cambiar de aires!») y no se molestó en responder a los que contestaron para enviarle sus mejores deseos. Sí, se iba a Londres para cambiar, cortar, cerrar puertas. Eso era verdad, pero había algo más que no sabía poner en palabras. Y tampoco quería hacerlo.

Entonces se acordó de Lola, que era lo más parecido a una amiga que hasta el momento había encontrado, y le envió un mensaje:

¿Cómo andas? Si libras este finde y te apetece, podemos hacer algo.

Mientras esperaba la respuesta trató de interesarse por las boutiques de Portobello Road y las tranquilas callecitas de alrededor (¡superyin!) En vano, pues todo le parecía precioso pero también demasiado caro e innecesario. Siguió mirando el móvil, incapaz de dedicarse a disfrutar de sí misma como recomendaban las revistas que había leído la noche anterior; las mismas que dos páginas después lanzaban una ristra de consejos para encontrar novio. No le apetecía estar sola, aunque esperar la respuesta de Lola no era ni de lejos tan angustioso como estar anhelando que Dick le propusiera una cita. Ansiaba encontrar en la pantalla un mensaje suyo deseándole las buenas tardes desde Moscú, Varsovia o donde quiera que anduviera en ese momento.

Deambular sola en fin de semana por las calles de Londres estaba muy bien... para un rato. Cuando ya no se le ocurría nada más que mirar y estaba pensando en tomar el metro para regresar a casa, Lola la llamó. Libraba esa noche y la invitaba a un concierto de un grupo que Josefina no conocía, pero al parecer eran razonablemente famosos. Aceptó. No había salido ninguna noche en Londres sin Dick; sería divertido conocer gente.

17

Era la primera vez que pisaba el Este de Londres. Allí estaba, haciendo cola a la entrada de una sala de conciertos en Bethnal Green junto a Lola y un montón de veinteañeras con los pelos de colores. El grupo de amigas de Lola no paraba de crecer con la continua incorporación de chicas y más chicas cuyos nombres y nacionalidades eran tan variados que Josefina no retuvo casi ninguno. El alma de la pandilla era una tal Candy, una gótica alta y de carnes generosas originaria de Teruel que iba de unas a otras agarrando manos, repartiendo besos y dando sentidos abrazo. A Josefina le dedicó un: «Bienvenida a Londres y para cualquier cosa que quieras, llámame que yo llevo aquí mucho tiempo y sé cómo va esto». Y ella se emocionó sin poder evitarlo.

Una rubia bajita con la piel muy bronceada se le acercó:

—Hola, ¿a que eres española?

Al parecer, también ella lo llevaba escrito en la cara.

—Sí, de Madrid. Me llamo Josefina. Conozco a Lola de…

—¡De Madrid! Ay nena, me encanta. Yo soy Mariona, de Barcelona. Llevo aquí muy poquito —dijo, justo antes de que Candy se acercara a ella para envolverla en un abrazo de osa.

La mayoría de la gente que pululaba por allí era más joven que ella. Había mucho ruido y olía un poco a sudor, pero se propuso esforzarse en ser amable con aquellas desconocidas. Más aun cuando le contaron que no quedaban entradas para el concierto, pero Candy se había asegurado de que dejaran entrar gratis a Josefina y algunas otras agregadas de última hora, pues al parecer era amiga de la novia del productor del último disco del grupo.

Tras esperar en la cola durante una eternidad, Josefina entró en la sala pegada a una chica cuya melena rizadísima daba continuos coletazos contra su cara. Olía igual que en las discotecas de barrio a las que iba cuando era adolescente. Mariona la tomó de la mano y la arrastró a la barra. El grupo se había dispersado a pesar de los esfuerzos de Candy, que parecía una exótica mamá gallina, con su minifalda de cuero y sus zapatones negros. Josefina decidió dejarse llevar.

—¿Tú qué quieres? —preguntó Mariona—. ¿Qué te gusta?

—Pues no creo que tengan vino... No sé, ¿una pinta?

—¡Uy, una pinta, qué inglesa tú! No mira, pedimos coca cola, por eso. ¡Tengo una petaca con vodka! —dijo, levantándose un poco la camiseta para mostrarle la botella que asomaba junto a su ombligo decorado con un *piercing*.

—No me gusta mucho el vodka —respondió Josefina, pero la otra ya no la escuchaba, afanada en abrirse paso en la barra. Bueno, qué más daba; bebería vodka con coca cola y disfrutaría del concierto.

Mariona la agarró otra vez de la mano para llevarla a una zona despejada. De vez en cuando, algunas de las otras chicas pasaban por ahí y le decían algo a Mariona. La música no estaba mal, y Josefina se animó. Bailaron asegurándose de que nadie se colaba en el espacio entre las dos, y al rato se hacían confidencias a gritos acercándose mucho a la oreja de la otra. Mariona lucía una sonrisa permanente que no se le borraba ni siquiera cuando hablaba. Era una habilidad que Josefina solo había visto dominar a algunas famosas de la tele. Aunque la de Mariona era una sonrisa con menos glamur, de dientes grandes y toscos. Y el rubio era de bote.

Cuando la banda se retiró del escenario antes de los bises, Lola apareció entre las dos y Mariona se giró para fundirse con ella en un abrazo. Las dos empezaron a saltar como locas, muertas de risa, y Josefina se sintió obligada a dar unos botes para seguirles el ritmo. Pero ya estaba un poco cansada de todo aquello. El ruido y las multitudes la aturdían.

—¿Te ha molado? —le preguntó Lola a Josefina cuando por fin dejaron de saltar—. Uf, llevaba semanas deseando venir a verlos. Candy es una pasada. Ya la has conocido, ¿verdad? Luego nos vamos de copas para que puedas hablar con ella.

—Sí, sí, está muy bien —dijo, fingiendo entusiasmo. La verdad era que no le disgustaba todo aquello, pero nada más. Simplemente estaba allí pasando el rato. Y no pensaba quedarse más allá de medianoche ni tenía intención de intimar con la tal Candy y mucho menos con el resto de la pandilla. Se iría antes de que cerraran el metro.

—Es super maja esta chica, Lolilla —dijo Mariona—. ¡Nos vamos a llevar muy bien!

—Claro, tía, para eso estamos. Josefina necesita amigos aquí —aseguró—. Mariona también lleva poco tiempo en Londres, como tú. Podéis salir juntas.

Las dos chocaron sus copas con la de Lola. Luego se agarraron por la cintura, abrazándose como quinceañeras. Pero a Josefina, aquella repentina amistad fruto de la excitación y del alcohol estaba empezando a irritarle.

—Vente al baño y rellenamos la copa —le propuso Mariona, tomándola de la muñeca mientras le mostraba todos sus dientes.

—Mejor id vosotras, yo guardo el sitio. Todavía no me he bebido la otra, ¿ves? —Josefina se zafó de aquella mano sudada. En cuanto se quedó sola soltó el vaso con el cubata recalentado, que ni siquiera le gustaba, y miró el teléfono. Sin noticias de Dick. Los músicos habían vuelto al escenario, para regocijo general. Y eran las once y media pasadas. Hora de desaparecer. Ya le mandaría un mensaje a Lola.

¡Qué gozada salir de allí y respirar el frío de la noche! Corrió hacia la parada de metro, por suerte cercana, y dio gracias al cielo por encontrarlo abierto. El tren iba medio vacío. Mejor. Se sentó dispuesta a relajarse un rato pensando en sus cosas. Pero al bajarse para hacer transbordo, la megafonía anunció que el último metro ya había pasado y estaban a punto de cerrar. ¡Maldita sea! Pero si faltaban diez minutos según su reloj. ¿Y ahora qué? Comprendió que no tenía más remedio que salir a la calle para buscar la parada del bus nocturno. Tuvo que caminar por un pasillo inquietantemente vacío pero, por suerte, el metro la había dejado colgada en Oxford Street, de donde salían casi todos los *búhos*. El cartel luminoso anunció que el suyo pasaría dentro de treinta y cinco minutos, y el banquito de la parada estaba abarrotado de gente que esperaba. Toda esa gente con la que creía que ya no tendría que mezclarse más.

Resignada, se apoyó contra el escaparate de una tienda. Mató el tiempo contemplando a un grupito de adolescentes borrachos que también aguardaban su autobús (ojalá que no fuera el mismo) entre gritos y bromas, y a las inglesas que desfilaban frente a ella, partiéndose de risa con sus minifaldas minúsculas y aquellos tacones que parecían a punto de quebrar sus tobillos lechosos y desnudos. No entendía nada de lo que hablaban a su alrededor. Tenía frío y hambre. Y la boca pastosa por el alcohol y el tabaco. No había mensajes en su móvil.

¿Y por qué, cuando chatearon, Dick le preguntó si estaba conquistando pretendientes? Bromeando, como si no le importara que pudiera ser así. ¿Por qué no le decía que él también la echaba de menos?...

El bus tardó casi dos horas en llegar a Ealing Broadway. Casi tanto como un viaje en avión desde Madrid. Cuando por fin se dejó caer sobre su cama y lanzó los zapatos al suelo, Josefina se dijo que no volvería a ver a Lola ni a sus amigas. Eran absolutamente vulgares y deprimentes.

18

Dick regresó de Moscú y puso rumbo a Praga. Más tarde desapareció camino de Tokio, París y una ciudad eslava cuyo nombre Josefina no logró retener. Entre viaje y viaje tomaron el té en Selfridges, cenaron en un restaurante japonés de Mayfair y visitaron la colección de arte de la Tate Modern.

—Es maravillosa. Flotando en una felicidad perfecta —susurró Dick, con tono de reverencia. Se hallaban frente una urna que exhibía una oveja conservada en formol—. El silencio que la rodea es hipnótico. Mírala, mírala de verdad. ¿Ves? No necesita nada.

—No sé, a mí me parece muy tétrica. Está muerta, es un cadáver —Josefina no pudo evitar la irritación. ¡Qué demonios pintaba una oveja muerta en un museo y cómo era posible que Dick se quedara extasiado ante semejante adefesio!

Ella sí que estaba flotando de felicidad después de haberse visto frente al retrato de *Ofelia* que mil veces antes había admirado en fotos y libros de arte. La dulce joven muerta cuyas manos aún se aferran a unas flores recién cortadas, entregada al abrazo de la naturaleza, incapaz de soportar una existencia carente de belleza. Cómo le recordaba a las heroínas creadas por las hermanas Brönte. *Jane Eyre* batallando contra el fantasma, *Catherine* y su épica pena de amor... Bravas mujeres victorianas, pisando fuerte bajo sus pesadas faldas, plantando cara al viento que amenazaba con convertir sus vidas en un páramo de desolación. Había devorado aquellas novelas en su juventud, durante las tardes de invierno en la biblioteca de la universidad, cuando los libros de Enid Blyton ya hacía tiempo que cogían polvo en la estantería... ¿Y Dick se emocionaba mirando un cadáver de oveja?

—Lo bello es demasiado fácil. Cualquiera puede pintar un cuadro bonito, pero el verdadero arte tiene que dinamitar el suelo donde creemos que vamos a pisar firme. Se trata de cruzar un umbral, Josie —dijo, como si le leyera el pensamiento.

Josie... Le encantaba que Dick la llamara así. Aunque no tanto como cuando le decía *Lady London* y toda ella se derretía... Sonrió a su pesar, buscando la complicidad de él. Pero Dick seguía con las pupilas clavadas en la oveja. Tenían la misma mirada, más allá de todo, encerrados en su urna inmutable y perfecta.

El verano avanzó sin hacerse notar. Josefina tenía que mirar el calendario para asegurarse de que en verdad estaban atravesando el mes de agosto, porque la mayor parte de los días no le quedaba más remedio que cubrirse las piernas y los brazos. A veces se preguntaba si en el verano londinense de sus diecisiete años realmente había brillado el sol o era que su memoria había comprimido aquel mes de agosto entre todos los otros, etiquetándolo como un verano más, como un verano normal. No podía evitar sentir una nostalgia punzante cuando entraba en Facebook y veía aquellas fotos de sus amigos españoles: ojos sonrientes bajo las gafas de sol, niños descalzos con el torso desnudo, tinto de verano, arroz con marisco y calamares a la romana.

Dick subía y bajaba de un avión a otro mientras ella paseaba por Londres, camino del Primark, de un café bonito o del supermercado. A veces iba al despacho de Victor.

Solo tenía noticias de él a través de los correos que le enviaba, llenos de exclamaciones y mayúsculas. Tenía que reunirse con el informático. Había encontrado un publicista maravilloso. Y el proyecto siempre iba a tardar *«a bit more»* en arrancar. Pero a ella, en realidad, le daba igual. Menos mal que nunca se había creído que aquello iba a ser un trabajo de verdad. Lo que le hacía ilusión cuando iba a la oficina era perder de vista a Rosalind, ponerse sus conjuntos nuevos y tener un lugar al que dirigirse que no fuera una tienda o un bar. Entraba en el metro y se imaginaba que trabajaba en una oficina, sacando adelante un proyecto importante, con una pila de papeles esperándola en el escritorio. También le movía la ilusión de encontrarse a Olga y charlar un rato. Por desgracia, la española solía trabajar en el turno de la mañana y apenas se veían.

Al final, pensaba Josefina, el amor era el amor y no hacían falta tantas estrategias para encontrarlo. Victor tampoco parecía esperar gran cosa de ella, así que siempre acababa dedicando las horas a buscar en internet nuevos sitios que visitar. Recorría las calles sobre el mapa de Google asombrada por la manera en que Londres ocultaba una sorpresa en cada esquina. Ávida de empaparse de las delicias de aquella ciudad que, sospechaba, no podría abarcar del todo ni aunque viviera cien años en ella.

Después salía a la calle y caminaba un buen rato, haciendo planes mentalmente para su siguiente cita con Dick. Había tanto que ver, que conocer, que atesorar. Las tardes eran un poco más cortas y menos incandescentes. A menudo, el sol lucía al amanecer como si se hubiera propuesto no dejarse amilanar ese día por las nubes, la lluvia y el viento que irrumpían furiosos, ocupando todo el espacio, cuando el cielo se enrabietaba sin previo aviso. Y después brillaba un rayo otra vez y vuelta a empezar. Hacía frío y calor. Todos los climas en un solo día. Todos los países en una ciudad. Todas las posibilidades al alcance de su mano.

Sí, la ciudad era a veces gris, a veces fea, a veces caótica. Pero su gente, sus restaurantes, sus tiendas, sus escaparates, los sueños que flotaban en el aire inmunes a los vaivenes del clima, la pintaban de color.

Por fortuna, el sol brillaba para Josefina cada vez que Dick regresaba de uno de sus viajes o inundaba su teléfono de mensajes. Un día le hizo llegar un paquete. *Mi muy estimada Lady London, le ruego acepte este humilde obsequio para que corramos juntos con los nuevos tiempos*, decía la nota. Era un iPhone igual que el de él. A partir de entonces, los viajes de Dick se hicieron más llevaderos, pues Josefina sentía que caminaban de la mano mientras recorría la ciudad con su móvil nuevo conectado a internet y compartía con Dick los detalles de su día a día aunque fuera, de nuevo, a través de una pantalla. Sus mensajes la hacían reír tanto que hasta su relación con Rosalind había mejorado. Pero estaba empezando a cansarse de las rarezas de aquella mujer.

—No vuelvas a sacar nunca más el tendedero al jardín —le ordenó un día, con una seriedad que Josefina no había visto nunca en su cara.

—¿Por qué no? Es más limpio. Aquí en Londres la ropa huele a humedad porque la tendéis en cualquier parte.

—Ni hablar. Los vecinos no tienen por qué ver tus bragas. —La miró como con ganas de añadir un «guarda esa espantosa costumbre para cuando vuelvas a tu país».

Un domingo por la tarde, Lola la llamó.

—¿Qué haces? Vente a casa. Tenemos jamón y vino. Está aquí Mariona.

Llovía y Josefina dudó, pero tampoco tenía nada mejor que hacer. Ya se le había pasado un poco el enfado por haber tenido que volver a casa en autobús después del concierto. Al fin y al cabo, no era culpa de ellas que el metro cerrara tan pronto. Aceptó por la curiosidad de ver dónde vivía Lola. Además, así podrían hablar del amor y a lo mejor se le ocurría alguna idea que compartir con Victor. Tras casi una hora de viaje, llegó en metro al barrio de Tottenham. Llovía, y el olor a grasa frita que expulsaban los locales de comida rápida hizo rugir sus tripas. Las aceras estaban sembradas de bolsas de basura. ¡Qué zona tan espantosa! Parecía un barrio del Tercer Mundo. Un chico con la cabeza cubierta por una capucha y las manos en los bolsillos le dio un codazo al pasar por su lado, pero no dijo *«sorry»*. Salió de la avenida principal para recorrer tres monótonas calles de casas de ladrillo, hasta que se vio frente a un edificio viejo pintado de gris y naranja. ¡Allí era donde vivía Lola! Un *council*. Feo como una cárcel. Llamó al timbre y subió por una escalera mugrienta donde una adolescente mascando chicle ignoró su saludo. La puerta de la casa de Lola estaba abierta.

—¡Entra, tía! —La recibió tirando de su brazo hacia el interior—. ¡Venga, que estás chorreando!

Dejó su paraguas en el suelo de un minúsculo *hall* donde tropezó con un montón de zapatos. Una escalera enmoquetada se alzaba frente a ella. A la derecha había una pequeña cocina, y tras ella una habitación grande que, supuso, sería el salón. Hacía mucho calor.

—Ese es el cuarto de Jane. Es la dueña de la casa. Nos deja el alquiler tirado de precio. Está de puta madre —dijo Lola mientras Josefina curioseaba la habitación desde fuera. Entonces no era el salón. Vio un sofá lleno de coches de juguete, un tendedero como el suyo, una enorme televisión y al fondo una litera llena de ropa.

—¿Pero dónde está el salón?

—Si no hay. Aquí es supercomún. Aprovechan las casas al máximo.

Mientras subían las escaleras, Lola le contó algo más.

—Esto es como los pisos de protección oficial de España. Se lo dieron a Jane por ser madre soltera y ella nos alquila las habitaciones de extranjis porque no tiene curro fijo. Por eso pagamos poco. En teoría vive aquí con su hijo aunque casi siempre están donde la abuela. Este es el cuarto de Miguel, es otro chaval que trabaja de camarero —dijo al llegar al piso de arriba, señalando una puerta cerrada—. El baño y mis aposentos. Ya ves que todo es feo de cojones, pero es lo que hay. Y tenemos suerte. ¡Es un dúplex!

El cuarto de Lola era algo más grande que el suyo y tenía un viejo armario empotrado, un escritorio y unas baldas abarrotadas de papeles, pilas de ropa y zapatos. El techo se veía gris por las manchas de humedad. Pero la pared lucía alegre como la de una adolescente, tapizada de tarjetas, postales de ciudades y muchas fotos. En todas aparecía Lola entre amigos, Lola alzando una copa, Lola sonriendo, Lola en medio de la gente.

La cama, desecha, estaba pegada a la pared. Sentada sobre unas sábanas negras, Mariona jugueteaba con su móvil. Se levantó a darle dos besos como si fueran amigas de toda la vida. Josefina se tambaleó. Apenas había sitio para moverse.

—¿Cómo estás? ¡Qué alegría verte otra vez! —exclamó, haciéndole sitio en la cama. Josefina se sentó en el borde y Lola en la silla de su escritorio, que tenía el respaldo lleno de camisetas a medio secar. Bebía cerveza de un botellín y le ofreció otro a Josefina.

—¿Vivís las dos aquí juntas?

—No, yo comparto piso con otra gente. Bueno, por ahora. —Mariona le dedicó una sonrisa misteriosa.

—Esta trabaja de teleoperadora para una compañía telefónica de España. A lo mejor te puede echar una mano. No tendrías ni que hablar inglés.

—Bueno, Lola, ya te dije que yo no estoy buscando trabajo...

—Joder, pues qué suerte. Debes de ser la única española que no curra.

—Anda, ¿y por qué no curras? —Mariona la miraba con los ojos muy abiertos.

—A ver, todavía no me hace falta. Bueno, ahora estoy colaborando con un tipo que está montando un proyecto muy interesante. Una especie de red social para emparejar a gente que vive aquí con extranjeros recién llegados. Yo le estoy ayudando a conocer un poco mejor a los españoles para que sepa qué cosas nos gustan más en una pareja y tal. Es para desarrollar la estrategia de marketing y que pueda hacer no sé qué de los algoritmos.

—Coño, pues a cada uno le gustará una cosa diferente. Qué gilipollez —dijo Lola—. ¿A eso te dedicas?

—Ay nena, pues a mí me parece muy interesante. Venga, va, Lolilla, trae el jamón y charlamos.

Lola desapareció rumbo a la cocina y Mariona la agarró por el brazo.

—Ven, ponte cómoda, que te voy a contar mi historia.

Josefina se soltó disimuladamente y se sentó como pudo, con las piernas cruzadas sobre la cama y la espalda pegada a la ventana. Mariona estaba muy cerca de ella y percibió el olor a jabón y a colonia de su melena teñida. Llevaba una faldita de cuadros y un coqueto broche prendido en el pecho.

—Yo vine a Londres hace seis meses y espero quedarme aquí para siempre. No te lo vas a creer, pero en Barcelona conocí a un chico inglés que vino a hacer unas prácticas en mi empresa y enseguida nos liamos. Estábamos superenamorados y planeamos que él se quedara allí para irnos a vivir juntos. Pero yo no le gustaba a su familia porque son hindúes, y no pararon hasta conseguir que Tarik se volviera a Londres con ellos. Le comieron el coco y le amenazaron con que si se quedaba conmigo no volvería a verlos. Al final cedió porque tiene un hermano que es discapacitado y le quiere mucho, y no pudo aguantar la presión. Pero bueno, yo he venido aquí a recuperarlo y muy pronto lo conseguiré.

—¡Doña Romántica al ataque! —Lola reapareció con un plato de plástico repleto de jamón y queso español. A Josefina se le hizo la boca agua—. De pata negra, tía, recién traído de Huelva. Regalo de una colega del restaurante.

Lola se sentó en el suelo y ellas dos comieron en la cama. Josefina todavía estaba asombrada de que pudieran vivir en una casa sin salón. ¿Comerían siempre sentados en el suelo? Pero el jamón estaba delicioso y la historia de Mariona era interesante.

—¿Qué piensas hacer para que vuelva contigo? —le preguntó.

—Ah, yo nada. Solamente le he escrito un correo y le he dicho que estoy aquí, dónde trabajo y cuál es mi dirección. No le voy a perseguir, nena. Si me quiere, volverá.

—¿Y si no?

—Volverá. Me quiere. Yo lo sé.

—Sí, se lo ha transmitido por telepatía, porque el tío aún no ha dado señales de vida —se rio Lola.

Mariona la ignoró, sin perder la sonrisa.

—Pues mira, dile a tu amigo ese el del internet que las españolas somos unas guerreras que vamos a por lo que queremos. Y por supuesto, lo conseguimos. A ver si se enteran los ingleses —le dijo a Josefina.

Comenzaba a sentir simpatía por Mariona. Pensó que debía invitarla a tomar un café para hablar largo y tendido cuando lograran librarse de Lola y sus sarcasmos.

—Pues a mí los hombres que veo en Londres me gustan —se aventuró a confesar, mirando solo a Mariona—. Me encanta cuando los veo pasar con sus trajes y sus mochilas. Tienen como más glamur. Como cuando los tíos se suben a un escenario y empiezan a tocar un instrumento y no sé por qué pero se ponen muy sexis.

—Sí, un glamur que te cagas. Sobre todo los borrachos que me encuentro por la noche en el metro cuando salgo de currar. Te puedo traer a uno distinto cada día si quieres —dijo Lola.

—Pues a mí también me encantan —contestó Mariona—. Pero los ingleses estirados no. Los mestizos. ¡Vaya pedazo de negros que se ven por aquí! Y los indios, claro.

—Hombre, el tuyo está bueno, sí, pero hay cada guarro... —dijo Lola.

—¿Habláis de mí? Por lo de tío bueno digo...

Un chico había irrumpido en la habitación justo cuando Josefina estaba a punto de hablarle a Mariona sobre Dick. Su corazón latía muy fuerte y las palabras ardían en su boca, locas por salir. Pero tuvo que volver a tragárselas. El recién llegado era muy joven, delgado y casi calvo.

—Hola, soy Miguel —se presentó, dándole dos besos a Josefina. Cogió un trozo de jamón y se sentó en el suelo pasando un brazo por los hombros a Lola—. ¿Has venido a ver mi cuarto?

—Miguel se vuelve a España dentro de poco y deja la habitación libre. Igual te interesa —dijo Lola, compartiendo con su amigo su botellín de cerveza.

—¿A mí? No, no, yo ya tengo una. Y además... a lo mejor pronto me pasa como a Mariona. Bueno, como le va a pasar —se lanzó Josefina.

Todos se la quedaron mirando, expectantes.

—El tío del restaurante, ¿no? —dijo Lola.

—Pues sí. Bueno, estamos empezando, pero...

—Uf, otra igual.

Mariona la volvió a agarrar del brazo:

—¿Pero tú también tienes novio aquí? ¡Nena! ¡Y no me habías dicho nada! Tienes que contármelo todo.

—Sí, corre porque cuando termines de contárselo igual el tipo ya se ha escapado.

—Joder Lola, qué bruta eres. Tú no le hagas caso —dijo Miguel—. Ella es así, pero la queremos. Lo que pasa es que la vida la ha maltratado.

Lola le dio un codazo en las costillas.

—Bueno, no le conoces de nada, no sé por qué tienes que decir eso —dijo Josefina, poniéndose de pie. Se había hartado de los latigazos de Lola—. Mira, ya es tarde, yo me voy a ir.

—Venga tía, quédate, ahora vamos a sacar los cubatas. Va a venir Candy. ¡No te mosquees! —Lola también se levantó—. Yo solo te aviso de lo que hay. Joder, que esto es Londres. Que aquí no puedes vivir atontada esperando a que venga el príncipe azul a buscarte a tu habitación alquilada de mierda. Se lo digo a esta todos los días, pero no me hace ni puto caso.

Mariona también le pidió que se quedara pero Josefina empezaba a sentir claustrofobia. Mejor ya se verían ellas dos en otro momento. Miguel estaba fumando un porro y el cuarto olía fatal. Por suerte, los españoles no insistieron. Mariona prometió que la llamaría y Lola la acompañó abajo y le dio una bolsa con jamón y queso envueltos en papel de aluminio. Aprovechó para echarle un vistazo a la cocina. Los platos sucios se apilaban en el fregadero, y los fogones estaban cubiertos por un papel de aluminio lleno de grasa. Había una pequeña mesa plegada contra la pared, donde supuso que se sentarían a comer. Qué cutre era todo.

—Oye, que yo solo te lo digo por tu bien. Acabas de llegar y no sabes nada. ¡Que esto es una jungla, coño!

—Mira Lola, tú sí que no sabes nada de mi vida —explotó Josefina—. Si no te gusta Dick porque tiene pasta, pues lo siento mucho. ¡Me parece que tienes muchos prejuicios! Y además, no todo el mundo viene aquí a trabajar de camarero, ¿sabes?

—Justamente trabajando de camarera es como se conoce a tipos como el Dick ese. Los tengo calados. Los huelo en cuanto entran por la puerta. Pero bueno, venga, no me hagas mucho caso. —Y, sin previo aviso, la abrazó—. Soy una bocazas.

A su pesar, el enfado se le disolvió. Al final se despidieron amigablemente y Lola le pidió que volviera pronto. Echó a andar con ganas de alejarse de allí cuanto antes, pero al tratar de encontrar el camino de regreso al metro se despistó por completo. Todas las calles le parecían iguales y un poco más feas que cuando llegó. Atravesó aquellas fachadas grises y monótonas como filas de colegialas bien adoctrinadas hasta que logró llegar a la calle principal. Al pasar por delante de una tienda de licores, una rata pasó corriendo frente a ella. Incapaz de reprimir un chillido, Josefina corrió a la estación de metro, cuyo logotipo rojo y azul resaltaba al fondo de la calle como una luna bondadosa, y se sumergió en ella con un suspiro de alivio.

19

Dick llevaba más de dos semanas perdido en sus importantes asuntos cuando, una noche, le envió un mensaje a Josefina:

Back from NYC, baby. Exhausto! Mi chófer me ha recogido en el aeropuerto. Es muy feo, pero me he alegrado de verlo. Directo a casa... pero no sin antes desearte dulces suenos. Te imagino calentita en la cama y me dan ganas de enredarme en tu melena de nina pija madrilena.

Le bastó leerlo una vez para que las ganas de abrazarlo, de acogerlo, de consolarlo, se apoderaran de ella como un picor insoportable.

Déjame ir a dormir contigo. Cojo un taxi. No quiero que estés solo, escribió sin pensarlo dos veces.

Pero él no respondió hasta pasada una hora.

Imposible. Mi casa hoy es un escenario de guerra. Estoy poniendo orden. No hay sitio para dos.

Josefina se quedó perpleja. Eran las diez de la noche. Acababa de volver de América. ¿Y no decía que estaba agotado y se sentía solo? ¿Entonces?

Me da igual el desorden. Quiero estar contigo.

No insistas. Mira las fotos.

Josefina abrió los archivos. El suelo del *penthouse* era una alfombra de papeles, carpetas, archivadores, torres de libros. Las encimeras de la cocina habían desaparecido tras una pila de sartenes y bolsas de comida congelada. Y los zapatos, fuera de los armarios. ¡Por Dios! ¿De dónde había salido todo aquello?

Voy y te ayudo a ordenar. Así terminas antes y puedes descansar.

Pero Dick no respondió más, y ya era tarde. No tuvo valor para coger un taxi y presentarse en su casa sin avisar. Y de pronto, la noche se le hizo insoportable. Se acordó de cuando aún estaba en Madrid, poco después de que su novio se marchara del piso. Pasaba los días anhelando salir del trabajo para regresar a casa, cocinar algo delicioso escuchando música de jazz y luego sentarse en el sofá a ver una película o leer un libro interesante. Y cuando de verdad llegaba el momento de relajarse, solo le daban las ganas para hacerse un bocadillo con lo que tuviera en la nevera y saltar de un programa de televisión a otro. Pero al menos estaba en su propia casa. Sola, sí, pero también tranquila porque no esperaba nada.

Por suerte sabía que su casera dormía a pierna suelta, pues sus ronquidos retumbaban en el pasillo. Se escabulló al jardín y encendió un cigarrillo. Cuando viviera con Dick, las cosas se harían a su manera. No tendría que aguantar a una desconocida marcando las normas y encima tener que pagarle un alquiler... La muy estúpida de Rosalind arrugaba la nariz cuando pasaba cerca del tendedero y le había obligado a guardarlo dentro de su cuarto cuando no lo usaba. Josefina lo sacaba al jardín cada vez que hacía la colada y la casera volvía a dejárselo junto a su puerta.

Se imaginó cómo transcurrirían sus días en el *penthouse*. Sería como refugiarse en un capullo de seda. Podría empezar a pintar o quizás escribir un libro mientras Dick viajaba. Cuando era pequeña siempre disfrutaba inventándose las redacciones del colegio. Era un momento perfecto para descubrir cuál era su pasión, su talento, su contribución al mundo. Solo necesitaba salir cuanto antes de la casa de Rosalind.

Hacía fresco y regresó al salón. Se moría por escribir de nuevo a Dick. Pero no quería ser pesada... Echó un vistazo a las estanterías. Hasta ahora apenas se había fijado en los libros de Rosalind. Había guías de viaje, libros de arte y algunas novelas románticas con bonitas portadas de colores. Hojeó algunas que parecían divertidas, pero le daba demasiada pereza tratar de seguir el argumento en inglés.

Un título llamó su atención. *The Rules. Las reglas del juego.* Se lo llevó al sofá y leyó la contracubierta. *Las mujeres ya han demostrado que pueden ser profesionales eficientes y talentosas, que pueden competir con los hombres en los puestos más importantes y hasta desplazarlos: ahora quieren reconquistarlos y casarse con ellos.*

¿Cómo? ¿De verdad se escribían libros enseñando a las mujeres cómo cazar marido en pleno siglo XXI?

Pues parecía que sí. *Un código de conducta sencillo y realista que convierte a las mujeres en seres irresistibles. Irresistibles para los hombres con quienes desean casarse*, ponía. Josefina se sentó a leer hasta quedar absorbida por aquellas palabras, sin importarle que estuvieran escritas en inglés. Y leyó que debía ser distinta a las demás. Que nunca tenía que abordar a los hombres ni mirarlos siquiera en público; mucho menos marcar su número de teléfono. Nada de encontrarse a mitad de camino ni de pagar su parte durante una cita, y jamás quedar con él un sábado si no la llamaba antes del miércoles. Siempre tenía que ser la primera en despedirse, y restringir el placer de su compañía a una o dos veces por semana. Por supuesto, era impensable entregar el tesoro de su sexualidad en la primera cita. Como mucho, un beso. Su papel era ser sincera y auténtica, pero conservando siempre eso que se llama «un halo de misterio». Ni hablar de irse a vivir con él y ni siquiera dejar pertenencias suyas en su casa. Todo ello sin dejar de mostrarse como una mujer que nunca jamás le decía a un hombre lo que tenía que hacer y con la que resultaba facilísimo convivir.

No pudo terminarlo entero porque los ojos se le cerraban. Lo dejó en el sofá y se fue a la cama. Durmió profundamente por primera vez en muchos días. A la mañana siguiente retomó la lectura mientras esperaba que Dick la llamara, pero fue en vano. Pasó el día remoloneando, tratando en vano de soltar aquella ridícula sarta de instrucciones para atrapar a un hombre que se le había quedado pegada a las manos. Por la tarde, cuando regresó de trabajar, una sonriente Rosalind le propuso tomarse un vino. Josefina, agotada, aceptó. Llevaba todo el día sola, inquieta y aburrida. Cualquier cosa era preferible a seguir dando vueltas en la cabeza al mismo tema.

—Veo que has leído *The Rules* —dijo, dándole un codazo amistoso—. Lo encontré esta mañana en el sofá.

—Sí, bueno, le eché un vistazo…

Ahora que Rosalind sacaba el tema, se daba cuenta de que tenía unas ganas locas de hablar con alguien sobre Dick. Vale, Rosalind y ella no eran amigas, pero la casera era inglesa y seguro que podía ayudarla a entender mejor la mentalidad de los hombres de su país. Ya que Victor no había llegado a aclararle nada, lo intentaría con ella.

—Oh Josefina, no te avergüences —dijo Rosalind con una sonrisa que quería ser cómplice mientras descorchaba una botella de vino—. Yo compré ese libro después de que mi prometido me dejara. Y sabes, ojalá lo hubiera leído antes. Soy una mujer divorciada con edad para ser abuela y resulta que no tengo ni idea de tratar a los hombres. Estoy segura de que ahora seguiríamos juntos.

—La verdad es que dice cosas que me han hecho pensar, pero se supone que no tendríamos que comportarnos así, ¿no? Como si fuéramos tontas. Haciéndonos las misteriosas y dejando que ellos se crean brillantes. ¡Todo eso ya está superado!

—Al final, Josefina, los hombres son hombres. —Rosalind alzó su copa de vino con aires de mujer mundana—. Quieren cuidarnos. Quieren sentirse valiosos. Ser importantes para nosotras. Y yo creo que las mujeres hemos olvidado cómo tratarlos. Fingimos que no los necesitamos, y ellos pierden el interés. Si yo no hubiera ido tan deprisa, Jérôme no habría salido corriendo.

—¿Cómo lo sabes? —Josefina se levantó de la silla y se puso a caminar por la cocina, como un ratón dando vueltas en la rueda de su minúscula jaula—. Yo pienso que si un hombre te ama querrá estar contigo desde el primer día. Me parece patético fingir indiferencia o tender trampas. ¡Jérôme y tú ya no erais ningunos adolescentes!

Josefina creía en sus palabras, pero también sentía que algo se le escapaba. Que había un poquito de verdad en aquel libro que, incluso en Londres, le habría dado vergüenza leer en el metro. Todos esos trucos baratos para atrapar un marido resultaban ofensivos. Y sin embargo… pensaba en esas mujeres preciosas que veía en Londres, con sus vestidos entallados, cenando en restaurantes íntimos con sus hombres, elegantísimos en traje y corbata. Había algo en aquella feminidad, en la sensualidad con que cruzaban las piernas bajo sus medias de seda, en la seguridad con que se mostraban ante ellos, que Josefina no había visto antes. Era como si en Londres aún hubiera espacio para todo ese cortejo como de película en blanco y negro en el que era posible que floreciera el amor para toda la vida. Aunque tal vez aquellas escenas de seducción también sucedían en Madrid. Solo que ella nunca se había fijado porque andaba demasiado ocupada con su trabajo, sus pantalones vaqueros y las cenas en pizzerías de barrio con los colegas de su novio.

—¿Cómo te va con tu amigo? —dijo Rosalind, con suavidad—. Pasas mucho tiempo en casa, parece que no lo ves demasiado.

—Viaja constantemente, es imposible que nos veamos mucho —se apresuró a contestar—. Pero… bueno, la verdad es que estoy confusa. Creo que le gusto mucho, pero se comporta de una forma un poco extraña. Mis amigas españolas dicen que en Londres es muy difícil tener pareja y que los hombres se escapan. ¿Tú crees que es verdad?

—Yo soy de otra generación, querida. Y al final estoy tan perdida como tú —suspiró—. Pero es verdad que en Londres hay demasiada oferta. Millones de solteras con ganas de pasarlo bien. Lo que se consigue demasiado fácilmente no se valora. Eso es cierto aquí y en tu país. ¿Por qué no intentas ser un poco más dura? No corras a quedar con él cuando quiere. Haz tu vida. Descubre Londres, Josefina. Esta ciudad está llena de posibilidades para una mujer independiente. Aprovecha la ocasión. Busca un trabajo interesante. No pongas todas tus ilusiones en él. Deja que se dé cuenta de lo que vales y él solo vendrá a ti. Te lo digo yo, que no hice otra cosa que complacer a mi prometido y estar pendiente de su bienestar desde que lo conocí —dijo amargamente—. Y no digamos con mi marido. Lo más revolucionario que hice cuando vivía con él fue apuntarme a una excursión de amas de casa a Brighton.

Al día siguiente no dejó de llover. Rosalind libraba, y habitualmente Josefina se echaba a la calle con cualquier excusa en esos días para no coincidir con ella. Pero ahora, por primera vez desde que vivía con su casera, no tenía ganas de hacer el esfuerzo de empaparse inútilmente con tal de evitarla. Para su sorpresa, Rosalind no la atosigó. Cada una pasó el rato en su habitación, haciéndose compañía sin hablar. Josefina leía y releía. *Regla veintisiete: Cumple las reglas aunque tus amistades y tus padres te tomen por estúpida...*

Ya no podía evitar tener relaciones sexuales en la primera cita. Tampoco tenía que esforzarse en decir «no» si Dick la llamaba el jueves para quedar el sábado, pues en realidad ni siquiera la llamaba. Solo se enviaban mensajes. Lo que sí podía hacer era no contestarle tan rápido, e incluso dejar de responder alguna vez. Y no ser casi siempre la primera en escribirle. Por ejemplo, podía dejar de mandarle un mensajito de buenos días cada mañana. Siempre intentaba esperar a ver si él se lo enviaba primero. Pero luego no podía contenerse. Y al final se arrepentía de llevar la iniciativa. *Regla diecinueve: No te descubras demasiado pronto...*

La verdad era que, con semejante tiempo de perros, no se estaba mal tirada en la cama, aun con aquella miserable luz de probador que colgaba del techo. Logró pasar la tarde entera sin escribir a Dick y sin huir de Rosalind (aunque se ponía los tapones de cera cuando las idas y venidas de la casera por el piso le resultaban enervantes). Y se sorprendió al darse cuenta de que hallaba cierta paz. Por la noche, cuando estuvo segura de que Rosalind dormía, se levantó a calentarse un plato de pasta a la carbonara del Tesco. No era gran cosa, pero le apetecía sentarse a la mesa como si fuera una cena especial. Una velada consigo misma, ¿por qué no?

Encendió una vela, puso el mantel blanco que Rosalind sacaba de la cómoda de vez en cuando y se sirvió una copa de vino tinto. Sin querer, le dio un manotazo y la derramó entera. Corrió a pasar una bayeta, pero la mancha no se fue. Enfadada por su propia torpeza, cenó rápidamente y se bebió el vino en un vaso de cristal. Luego guardó el mantel en su habitación con intención de lavarlo al día siguiente.

20

Cuando despertó tenía la cabeza embotada. Había dormido fatal, entre desvelos y pesadillas que aún recordaba. Se esforzó por levantarse de la cama, pero sus ojos se cerraban... Durmió dos horas más, aunque el dolor de cabeza no se esfumó. Se estaba preparando un café cuando Rosalind irrumpió en la cocina, alegre como un perro faldero.

—¡Buenos días, perezosa! ¿Has visto las noticias? Los terroristas de ETA se han rendido. ¡Acaban de contarlo en la BBC!

—Ah, ¿sí? Qué buena noticia —dijo, poco entusiasmada.

Josefina apenas seguía los telediarios. No le interesaban mucho las noticias de España. De hecho, lo que le apetecía era precisamente desconectar de la maldita crisis, el paro, la corrupción, las olas de calor y todo aquello que había dejado atrás. Nada podía apetecerle menos que hablar de política en ese preciso instante. Cuando estaba así, cansada por la falta de sueño o demasiado estresada, le costaba muchísimo tratar de expresarse en inglés. No podía ni siquiera pensar en ese idioma. Era como si se cerrara la puerta que comunicaba su garganta y su cerebro, dejándola tan aislada como aliviada.

—¿Qué consecuencias políticas puede tener para tu país? ¿Cómo crees que reaccionará el gobierno? —insistió

Rosalind, sentándose a la mesa. Josefina la sintió detrás suyo, con los ojos clavados en su espalda, esperando su respuesta, y sintió una irritación incontenible.

—No lo sé, Rosalind. No entiendo tanto de política.

—¿Cómo que no? Eres española y es una noticia importantísima. Deberías tener un criterio propio sobre un problema tan grave como el terrorismo.

—Pues no veo las noticias y no tengo ninguna opinión, ¿vale? —gritó. Luego se dio la vuelta y siguió preparando su café.

La casera se levantó apartando la silla de golpe, murmuró algo de lo que Josefina solo entendió la palabra *rude* y se marchó de la casa dando un portazo. Por lo visto le había sentado fatal su respuesta. A Josefina aquella mujer la tenía agotada. Claro, después de compartir algunas intimidades la tarde anterior había vuelto a pensar que eran amigas íntimas y que podía darle la plasta cuando le apeteciera con su verborrea y sus ansias de compañía.

Puso la lavadora, pero la mancha del mantel no desapareció. De todos modos, lo tendió en la terraza. Le pareció que Rosalind le había dicho que esa mañana la pasaría en casa de su prima, así que se secaría a tiempo. Mientras, decidió acercarse al Primark a comprarle otro. Solo era un mantel blanco, cualquiera serviría. Podría comprarle también una vela o una taza. Se disculparía por la mancha y así harían las paces. No porque buscara su amistad, sino para evitar el mal ambiente.

Pero cuando Josefina regresó a casa, Rosalind salió a su encuentro en el pasillo hecha una furia.

—¿Qué le has hecho a mi mantel?

—Se me cayó una copa de vino. Pero mira, acabo de comprarte otro. Lo siento mucho…

Rosalind no la dejó terminar.

—Era un mantel de mi madre y lo has arruinado. ¿Te crees que puedes reemplazarlo con una mierda del

Primark? Era un tesoro que no tenía precio, pero tú me lo vas a pagar. ¡Y te dicho que no saques fuera el jodido tendedero! ¡Estúpida española! —gritó desencajada, antes de desaparecer en su habitación.

Josefina se sintió encoger, como una niña temerosa del castigo. Se sentó en su cama sin saber qué hacer a continuación. A los pocos minutos, Rosalind salió del cuarto y le pidió cien libras por el mantel. Le dijo que no las tenía y la otra volvió a encerrarse de un portazo.

Durante unos días convivieron sin hablarse. Rosalind suspiraba a su paso, dejando bien claro lo indignada que estaba. Una tarde, Josefina se dirigía al cuarto de baño cuando vio a la casera sentada en el salón, de espaldas a ella, con el ordenador encendido. Reconoció la página web donde meses atrás Rosalind había publicado su anuncio ofreciendo el alquiler de la habitación. Al regresar a su cuarto entró en la página y comprobó que acababa de actualizar la oferta, aunque aún faltaba medio mes para que finalizara el contrato que habían acordado. ¡Qué cabrona! Era seis de septiembre y el anuncio decía que la habitación quedaría libre el día quince. La describía como «magnífica habitación individual en casa de lujo a compartir con afable dueña. Soy profesora de Historia y busco una compañera de piso amistosa, educada y que sepa convivir. Nacionalidades francesa y egipcia serán muy bienvenidas».

Eso significaba que Josefina tenía una semana para encontrar otro sitio donde vivir.

Indignada, escribió a Dick.

La vacaburra me echa de casa.

Wow! ¿Qué ha pasado?

Le he estropeado un mantel viejo y se ha puesto como una fiera. Lo que le jode es que no me he convertido en su dama de compañía. Ella esperaba ser una segunda madre para mí, pero la españolita le ha salido rebelde.

Josefina trataba de sonar irónica y desenvuelta. Pero el siguiente mensaje de Dick le congeló la sonrisa:

Suerte en tu búsqueda, mi valerosa. ¡No quisiera estar en tu pellejo! Y te dejo. Empieza una soporífera reunión y acabo de darme cuenta de que la tengo que dirigir yo.

Se quedó mirando el teléfono sin saber qué responder. Bah, lo mejor era no decir nada. Tenía hambre y decidió cocinarse unos huevos fritos con patatas y chistorra para molestar a Rosalind. ¡Cómo tenía la caradura de echarla de la casa antes de tiempo! ¡Y sin decirle nada! Lo primero que pensó fue denunciarla ante la agencia que había hecho de intermediaria para el alquiler. Pero, qué coño, ella ya estaba harta de vivir allí, soportando a aquella pesada. Se iría a otro sitio antes del día quince. Sin despedirse. Y le dejaría el tendedero, la fregona y de paso una escobilla del váter junto con una nota animándola a que aprendiera a usarlos.

Por la noche, sin embargo, se sintió algo triste. No estaba a gusto con Rosalind, eso era evidente, pero resultaba muy desagradable que la casera se deshiciera de ella de esa manera... Ya estaba a punto de dormirse cuando el teléfono sonó. Lo miró con los ojos entornados.

Lady London, deje ahora mismo de leer anuncios buscando habitación a cual más deprimente con bathroom a compartir con desconocidos de desagradables costumbres. Tengo algo que proponerle.

El corazón se le subió a la garganta. ¿Iba a decirle que...?

...El lunes por la manana vuelo a Edimburgo. He pensado que quizás quieras acompanarme. Tengo una reunión a las diez y una cena de trabajo. Ya sabes, todo el teatro de siempre. Pero entre acto y acto podríamos pasar la tarde juntos (y la noche, en five stars hotel, of course). Volveremos a Londres el martes temprano.

Edimburgo. ¡Juntos! Se moría de ganas de aceptar. Pero... ¿Una tarde solo? ¿Qué iban a ver en una tarde? Y ni siquiera mencionaba que podía acompañarle a la cena. ¿Por qué no le proponía que se fueran sin prisas el viernes, para pasar el fin de semana allí antes de la reunión del lunes? ¿Por qué Dick siempre tenía tanta prisa y la hacía caminar tras él, tirando del hilo de sus ilusiones como si ella fuera un títere?

Hizo un gran esfuerzo para no contestar. Recordó «las reglas»... ¿Y si resultaba que tenían razón? Volvió a la estantería. *Regla treinta y tres: Cumple las reglas y vivirás feliz.*

Y de repente se vio a sí misma tal y como se estaba mostrando ante Dick: una pobre extranjera sin trabajo y hambrienta de amor, deslumbrada por esa cuenta corriente que desfilaba ante sus ojos como una zanahoria colgando de un palo; una chica sola de la que podía disponer cuándo y cómo le diera la gana, pues no tenía nada mejor que hacer que esperar sus llamadas. Bueno, sus mensajes. ¿Y si en el fondo ella no era tan distinta de Rosalind? Recorrió ansiosa la casa como hacía la casera, tratando de encontrar las palabras correctas. Encontró el mantel nuevo tirado en la basura y lo rescató con el ticket. Lo cambiaría por un vestido.

Al final le respondió con toda la ligereza de la que fue capaz.

Sorry, no puedo! Te recuerdo que tengo que buscar un sitio donde vivir. No está entre mis planes inmediatos convertirme en homeless.

El corazón le latía muy fuerte cuando pulsó la tecla de «enviar». Una mezcla de euforia y vértigo, de satisfacción y arrepentimiento, daba vueltas en su estómago provocándole náuseas... Pero tenía que creer que habría otras oportunidades. Serían mejores si ahora decía que no. Se imaginó la cara de sorpresa que pondría Dick al leer la respuesta y lo descolocado que se quedaría. ¡Mejor! Ahora empezaría a verla con otros ojos. Y esa noche se quedó dormida rogando encontrar la forma de pedirle a Dick «déjame entrar» sin tener que decirle *«sorry»* por acercarse demasiado.

21

Sentada en un banco de St James Square, un viernes de septiembre a las cinco de la tarde, Josefina esperaba entregada al mero placer de esperar. Tan solo sintiendo el abrazo de las flores en su espalda, el aire fresco que caía por su garganta hasta alojarse en cada rincón de su cuerpo, aplacando el ardor que la agitaba por dentro, como cuando era pequeña y tenía fiebre y su madre le cambiaba las sábanas sudadas por otras que olían a jabón. Parecía mentira que se encontrara a escasos metros del jaleo de Piccadilly. Ah, aquellos remansos de paz que Londres regalaba cuando una se decidía a aventurarse más allá de la calle principal... Era una placita deliciosa, resguardada de las prisas y el ruido del metro, sostenida por el arcoíris que componían todas aquellas plantas de contornos radiantes. En momentos como ese, Josefina comprendía que se hallaba en el lugar adecuado por mucho que fuera, ella, una flor trasplantada lejos de su hábitat. Pero así era como Londres se había convertido en un jardín hermoso y exótico trenzado de flores raras.

Llevaba las uñas pintadas de fucsia y un vestido amarillo sin mangas, ajustado al cuerpo, que había comprado en el Primark cuando fue a devolver el mantel. Siempre quiso tener un vestido así, como los de Jackie Kennedy, pero hasta ese momento no había encontrado la ocasión adecuada para lucir uno. Y aquel era el día perfecto. Dick le había propuesto encontrarse en aquel lugar tan romántico, a la salida del trabajo. Parecía que rechazar su propuesta de viajar juntos y no responder a sus mensajes durante un par de días le había hecho reaccionar. ¡Solo ella sabía lo mucho que le había costado negarse a acompañarlo a Edimburgo! Cuando pasaron aquellos dos días sin mensajes empezó, para su sorpresa, a sentirse más ligera. Pero después regresó la ansiedad de la espera...

Y por eso, cuando Dick le propuso verse aquella tarde no pudo seguir resistiéndose.

Tengo algo que pedirte, había escrito él.

Pero ahora estaba tardando demasiado.
Ya llevaba casi una hora esperándolo.
A las seis menos cuarto, su móvil sonó.

Lo siento muchísimo. No puedo ir.

Las lágrimas subieron sin avisar desde su pecho, agolpándose bajo los poros de su piel. Le ardía el rostro, pero no podía dejarlas salir. Su cuerpo entero se había quedado clavado al banco donde estaba sentada.

Irina tiene malas noticias. Me ha pedido que la acompañe al médico urgentemente. Algo no marcha bien. Sorry. Hablamos...

¿Cómo? ¿Otra vez? No era posible... Josefina no había vuelto a preguntarle por ella ni Dick la había mencionado, pero al parecer la tal Irina seguía necesitando la ayuda de su novio. Si le había pedido que la acompañara al médico sería porque él sin duda era una presencia habitual en su vida. ¿Por qué no la acompañaba su madre, esa mujer que había conseguido quedarse en Inglaterra gracias a Dick?

Volvió a contemplar las flores, incapaz de moverse, pero ya solo veía borrones de colores bajo las lágrimas que, desobedientes, corrían sin freno hasta romper en su falda. Sacó su paquete de cigarrillos y se fumó uno tras otro, sin poder parar. Cuando lo dejó vacío y ya no sabía qué hacer con las manos, se dio cuenta de que las tenía heladas. Oscurecía, y se obligó a levantarse. Con las piernas entumecidas echó a andar sin rumbo como una patética aprendiz de *Mrs. Dalloway*, hasta que llegó a Piccadilly y ante ella apareció la fachada mágica de Fortnum & Mason. Entró para no echarse a llorar otra vez. Pasear entre cosas bonitas la consolaría.

Se acercó hasta la sección de los tés y miró hacia el restaurante donde trabajaba el español que le había hablado la otra vez. ¿Y si subía a tomarse algo y lo saludaba? Así mataría el tiempo. Pero había demasiada gente y ella no quería que nadie la mirara y sintiera lástima al ver la decepción que llevaba pintada en la cara. Aunque sabía que, en realidad, nadie iba a reparar en su pena. Y entonces, el camarero español apareció cruzando el restaurante y se detuvo bruscamente a mitad de camino. Llevaba una bandeja con una tetera y, como si ella lo hubiera llamado a gritos, se giró hacia el punto exacto en el que se encontraba Josefina y la miró. Pero, cuando ella estaba a punto de saludarle con la mano, echó a andar de nuevo sin hacerle ningún gesto. Seguramente lo reclamaban. Esperó un rato, pero él parecía haberse esfumado.

Cohibida, decidió que era mejor pasear por la tienda. Subió las escaleras y se dedicó a vagar por los pasillos. Acarició unos preciosos cuadernos de dibujo decorados con paisajes pintados a la acuarela. Olió perfumes que le recordaron a los polvos que usaba su abuela. Imaginó que llenaba de vida la cocina de Dick con una preciosa vajilla pintada a mano. Se probó una chaqueta de piel fina como la seda y finalmente se compró aquella bola de Navidad absurdamente cara que había visto en su visita anterior y que seguía en el estante de los saldos que, al parecer, nadie quería tocar. Ahora *solo* costaba cinco libras.

Al bajar la escalera con su bolsa en la mano se sintió un poquito mejor. Pero ahora tendría que salir a la calle, tomar el metro, volver a casa con Rosalind y...

Miraba la moqueta distraídamente cuando unos pies se detuvieron ante ella. Alzó la mirada y ahí estaba otra vez. El español de los ojos azules.

—A ti te he visto antes —sonrió.

Josefina sonrió también, sin saber qué decir. Llevaba tanto rato vagando entre sus pensamientos que las palabras se le habían quedado atragantadas.

—Ya veo que has picado —dijo él, señalando la bolsa—. Si me lo hubieras dicho antes, te habría pasado mi tarjeta. Nos hacen descuento.

—Ah, no es nada. Una tontería... Una bola de Navidad. —La sacó de la bolsa para enseñársela, porque no sabía qué más decir.

—Muy bonita. Pero recuerda, no te dejes deslumbrar por el brillo. Ahora voy al almacén a por más vino. Si tú supieras cómo está la parte que no veis los clientes. Y las oficinas se caen a trozos. ¡No te llevo conmigo porque no puedo quitarle la ilusión a una chica que se compra una bola de Navidad en pleno septiembre!

Josefina soltó una carcajada y él se acercó a darle dos besos.

—Soy Pedro. Vente un día a tomar el té. No podré sentarme contigo, pero te invitaré a probar los mejores *scones* del mundo. Y me voy, que ya oigo los bufidos de mi jefe en rumano.

Pedro desapareció por el hueco de la escalera y Josefina se dio cuenta de que se había puesto de buen humor. A veces solo hacía falta una sonrisa o unas palabras amables para soltar todo el peso en un instante. Y si estabas en un país extraño y esas palabras te las decían en tu idioma, ah, entonces eran como el abrazo de un viejo amigo.

22

Cuando salió de la tienda ya no tenía frío y la calle estaba muy animada. Le llamó la atención un mercadillo de artesanía en un patio cercano a los almacenes. Resultó que pertenecía a una iglesia y entró a conocerla. St James's Church Piccadilly, leyó. En el altar había un coro a punto de empezar a cantar, pues el director estaba dando instrucciones. En un tablón de anuncios, un cartel invitaba a apuntarse a clases de yoga y zumba. ¡Qué distintas eran las iglesias en Londres! Abiertas, vivas, acogedoras. Si en España fueran así, seguro que no estarían solitarias como tumbas. Sonrió al ver un corcho abarrotado de plegarias, iluminado por un manto de velas encendidas, como aquel de St Martin In The Fields donde todavía debía de colgar su papelillo. Tomó uno nuevo y se sentó en un banco, sin saber exactamente qué escribir.

Entonces, una dulce voz comenzó a cantar *Adeste Fidelis*, quizás ensayando para algún concierto de Navidad, y el resto del coro la arropó. Josefina levantó la cabeza, estremecida... Era la canción que cantaba con sus compañeras en la función de Navidad del colegio. Una de las pocas veces que veía a su madre emocionarse en su presencia. Y ahora, aquellas voces celestiales penetraban en su pecho, cubriendo sus ojos de lágrimas. Esta vez no les impidió salir. Las dejó rodar por su cara, acariciando su pena. Y entonces, inexplicablemente, se dio cuenta de que eran lágrimas de gozo. La dulzura que emanaba de la música fue aflojando las capas con las que Josefina había cubierto su corazón, aislándolo del amor. Y poco a poco, como si le estuvieran arrancando una venda de un miembro herido, se dejó ablandar. Soltó los hombros, las reglas y las exigencias; la decepción y el temor. Desnuda por dentro, comprendió que el verdadero motivo por el que estaba en Londres era el amor. Quería encontrarlo. Tenía que encontrarlo y no se marcharía de allí hasta haberlo logrado.

Se estaba enjuagando las lágrimas cuando su teléfono sonó. Era Dick... El corazón le latía muy fuerte mientras se levantaba y salía de la iglesia para no importunar al coro. Pero no contestó. Le bastaba con saber que era él. Se quedó mirando su nombre en la pantalla hasta verlo desaparecer. Tenía paja seca en la garganta. Necesitaba seguir moviéndose y echó a andar una vez más, hasta que vio aparecer el hotel Ritz como un palacio de cuento, destellando contra el cielo del atardecer. ¿Y si entraba a tomarse una copa de vino? Se quedó parada en la puerta, sin saber qué hacer con su cuerpo, hasta que encontró un poquito de valor para dar el primer paso. Mejor aún, pediría una copa de champán. Un portero uniformado le abrió la puerta y cruzó el *hall* pisando fuerte, la barbilla alta, obligando a sus piernas a avanzar aunque las caderas estaban rígidas, hasta encontrar un bar. Se sentó en una butaca y esperó, con las piernas cruzadas y una mano apoyada en la barbilla.

Los ojos chispeantes del camarero le recordaron a los de Victor cuando le sirvió el champán con una sonrisa:

—Disfrute su momento, *madame*.

Pues sí. Eso era exactamente lo que iba a hacer. Deshizo aquella postura forzada que no impresionaba a nadie y le dio el primer sorbo a su champán. La copa costaba veinte libras, pero estaba delicioso.

Sacó la bola de Navidad para contemplar el dibujo, que parecía pintado por una mano amorosa. Una familia ataviada con ropajes del siglo XIX sentada a la mesa frente a un enorme pavo asado; el árbol brillando junto a la chimenea encendida, la nieve cayendo tras una ventana. Qué tonto era que esa escena que nunca había vivido le resultara tan familiar como si fuera la imagen de cada una de sus navidades. Y mirando aquella idílica estampa decidió que sí, que ella también podía inventarse una nueva vida, pintarla del color que se le antojara, meterse dentro de ella y creerse de verdad que iba a ser feliz.

Sí podía vivir en Londres sola. Lo mejor que le había pasado era que Rosalind la echara de esa casa. Y se dio cuenta de que no necesitaba a Dick. Por primera vez estaba disfrutando del lujo y la belleza de Londres a solas.

Como había planeado al principio, como tenía que haber sido, antes de que él apareciera…

Y justo en ese momento Dick telefoneó de nuevo, pero esta vez Josefina cortó la llamada. Quería seguir disfrutando de aquel momento consigo misma. ¿Por qué había tardado tanto en atreverse a vivir en Londres? Perdiendo los mejores años de su juventud en un trabajo que la ensombrecía. Pasando de una relación a otra sin cuestionarse ni una vez que podía salirse de aquel camino que la atiborraba de monotonía, impidiéndole sentir el fuego que latía en sus entrañas. Pero para qué lamentarse del pasado. Ahora era su momento. Estaba en Londres, bebiendo champán en el hotel Ritz. Allí nadie la conocía. Podía inventarse y reinventarse a sí misma cuantas veces quisiera.

Estaba cansada de la ambigüedad de Dick, de los mensajes bonitos en la lejanía y las aristas que desplegaba en las distancias cortas. De repente, se alegró de que esa tarde no hubiera aparecido. Para confundirla otra vez, para ocupar todo el espacio en su pensamiento y luego correr a subirse a un avión. Comenzó a imaginar cómo sería su nueva vida en Londres. Cambiaría de barrio, eso lo primero. Bien lejos de la insoportable Rosalind y también de la casa de Dick. Mejor aún si era una zona que no conocía. Aunque quedaban pocos días para que tuviera que abandonar la habitación, estaba segura de que encontraría otra enseguida. ¡Había miles de anuncios! También en eso, la oferta en Londres era apabullante. Quizás lo mejor era buscar una casa grande compartida con mucha gente, así no habría nadie mendigando su compañía. Y en cuanto cerrara el trato le exigiría a Rosalind el dinero de los quince días que pretendía robarle. Si no se los daba, la denunciaría ante la agencia. Con ese dinero más el depósito que la casera debía devolverle se compraría ropa nueva y algunas cosas bonitas para amueblar la que sería su nueva habitación. Quería una colcha de flores y una lámpara de pie para leer por las noches sin deprimirse.

Terminó el champán a toda prisa, deseando llegar a casa y entrar en internet. Sus piernas flotaban mientras se dirigía al metro con un montón de ideas en la cabeza. ¿Viviría en el East o en el West? La casa tenía que ser con jardín, eso seguro. Y quería un escritorio con cajones... Al llegar a Ealing Broadway entró en el Tesco para comprarse un ramo de flores con las monedas que le quedaban. ¿Cómo había podido olvidar su propósito de comprarse flores cada semana? En casa, tiró la orquídea que le había regalado Dick, que llevaba tiempo ajada. Sí, las nuevas eran flores baratas, pero tenían bonitos colores y llenaban de alegría la habitación.

Se deshizo de los zapatos y el vestido. Tenía marcas rojas en la cintura y los muslos helados. Enfundada en su pijama, preparó un sándwich y un zumo y corrió a encerrarse en su cuarto. Estaba entusiasmada con la idea de vivir sola y feliz.

Acababa de sentarse en la cama con la bandeja de la cena y el ordenador encendido cuando le llegó un mensaje.

Sorry por el plantón. A veces es realmente cansado comportarse siempre como un caballero, pero no podía negarme a ayudar a una amiga. Al final no era nada grave. Entiendo que estés enfadada conmigo y no contestes a mis llamadas. Esto es lo que llevo toda la tarde intentando proponerte: Quiero que vengas a vivir conmigo. ¿Qué me dices, Lady London?

Parte 2

¡Pobre hija mía! La verdad es que en Londres todas las temporadas son malas. Nadie está sano en Londres ni nadie puede estarlo. ¡Es horrible que te veas obligada a vivir allí! ¡Tan lejos! ¡Y el aire es tan malo!

Ah! My poor dear child, the truth is, that in London it is always a sickly season. Nobody is healthy in London, nobody can be. It is a dreadful thing to have you forced to live there! So far off! And the air so bad.

Jane Austen, «Emma» (1815)

1

Los pies de Josefina flotaban sobre la hierba mientras se dejaba llevar por el sendero paralelo al río como una hoja al viento entregada al fluir invisible de la naturaleza. Regresaba del supermercado; pero no del Tesco, sino del Waitrose, donde todo era más caro y más exótico. ¡Y qué bonito era Chiswick, su nuevo barrio! Le encantaba deambular entre los comercios de la calle principal para luego perderse por las callecitas de lindas casas anticuadas. Pasó por una pequeña iglesia con su cementerio, que más bien parecía un primoroso jardín. Algún día iría a visitarlo. Pero ahora era demasiado feliz como para detenerse en semejante lugar.

Dick le había dado su tarjeta para que llenara la nevera a su gusto. Era una sensación extraña, como cuando en el colegio le tocaba ser la delegada y se ponía muy seria intentando estar a la altura de tamaña responsabilidad. Compró huevos de gallinas felices, leche fresca, salmón escocés, sandía española. ¿Le gustaría todo aquello a Dick? No lo sabía, pues aún no habían cocinado juntos, pero estaba a punto de descubrirlo.

Ahora avanzaba ingrávida, como si la sandía y los bricks de leche fueran pompas de jabón en sus manos. «Me lo merezco», se repetía en voz alta, y luego rebuscaba en su conciencia sin encontrar ninguna razón por la que no fuera así. A veces, en la vida, por fin llegaba el momento de saborear los sueños que al fin se ofrecían en el plato, y no había que darle más vueltas. «Es suerte», diría su hermana. Pero no. La fe, las ganas, el coraje de entregarse a lo desconocido… Sí, todo eso daba sus frutos al final si una sabía ser paciente y no perder de vista su objetivo. Sí, se merecía ir caminando un martes por la mañana bajo el pálido sol de otoño inglés, bordeando aquellas casitas por las que parecía que de un momento a otro se iba a escapar la protagonista de una novela de Jane Austen. Sin prisas, sin tener que ir a la oficina. ¡Por Dios, era millonaria, lo tenía todo!

Y se moría de ganas de contárselo a alguien.

¿A su familia? Le daba risa cuando imaginaba la cara que pondría Toñi. Mejor no. Era demasiado pronto. Seguro que Mariona era quien mejor la podría entender. Aunque tampoco había prisa. De momento quería disfrutar de la felicidad sencilla, del placer de hacer las cosas a su manera, libre, libre, libre, sin tener que seguir viviendo con aquella vaca ansiosa, sabiendo que Dick volvería a casa por las noches. Al menos los días que no viajaba…

—Espero que haya disfrutado su paseo… otra vez —dijo Nihal, el conserje, que como todos los días la saludó con una mezcla de familiaridad y respeto.

Era una tontería, pero aquellos breves intercambios de palabras hacían que se sintiera importante. Qué distinto se veía aquel hombre que la llamaba «señorita», con su uniforme impoluto y una sonrisa que se abría exactamente hasta donde tenía que abrirse, brillando sobre su piel morena, del portero cotilla de la casa de sus padres. El de Londres parecía un mayordomo real, orgulloso de servir a los inquilinos sin dejar de mirarles a la altura de los ojos. ¡Con qué desparpajo se desenvolvía! En cambio, los porteros españoles tenían complejo de pobres. Y si fueran solo los porteros…

Tomó el ascensor y al salir se deleitó con el aroma a madera del pasillo, que olía a promesa de felicidad. A su pesar, se acordó del día que fue con el novio número tres a comprar los muebles a Ikea... Le costó encajar la llave en la cerradura, porque era la primera vez que lo hacía sola. Y cuando por fin cerró la puerta tras ella, las mariposas saltaron de felicidad en su estómago. El aire estaba un poco cargado, porque no había ventilado antes de irse, pero también olía a él, al fresco de la mañana, a su aventura en común que recién empezaba. Qué sensación tan deliciosa. Así tenía que ser la vida. Todo cobraba otra luz, parecía más real, cuando una se rendía para atreverse a penetrar en su propio sueño, de día y con los ojos bien abiertos, en lugar de conformarse con fantasear un ratito cada noche antes de regresar a la rueda de las obligaciones y los compromisos.

Dick había ido a recogerla a casa de Rosalind un domingo por la mañana, dos días después de que Josefina respondiera «sí» a su propuesta. La casera se quedó pasmada al ver su cochazo, y cuando Dick salió de él y dijo: «Vamos, *milady*, la esperan en palacio. Su Majestad está impaciente», Rosalind abrió su gran bocaza mellada como si no le quedara otra que tragarse su propio asombro. Sin mirar atrás y soltando una carcajada, Josefina cerró la puerta mientras él arrastraba sin esfuerzo su única maleta. Perder de vista aquella casa fue como soltar una bolsa que llevaba demasiado tiempo clavándosele en las manos.

Ya en el *penthouse*, lo primero que hizo Dick fue conducirla al dormitorio y abrir un inmenso armario repleto de trajes con sus camisas ordenadas por colores. Luego le ofreció de al lado. Estaba vacío, salvo por un cinturón que colgaba solitario como un ahorcado, y una bolsa de papel con el logo de Burberry. Pero ya lo llenaría ella de ropa nueva. Elegiría cada prenda con detalle, todas elegantes y bien cortadas, a la altura de su nueva vida.

De momento se había vestido con sus mejores vaqueros y una blusa de flores. Era del Primark, pero le sentaba muy bien. Llevaba sandalias y tenía los pies fríos. Ya estaban a mediados de septiembre y pronto aquel verano raro y descafeinado se despediría del todo. Algunos días, al despertar, Josefina sentía un frío que la paralizaba. Pero entonces solo tenía que arrimarse mucho a Dick, cuya piel siempre estaba caliente.

Procurando no mancharse, comenzó a colocar la comida en la nevera, que era tan grande que siempre parecía vacía. No estaba acostumbrada a quedarse vestida con la ropa de salir, pero Dick no usaba prendas para estar en casa y ella no quería ponerse las mallas viejas con las que en el piso de Rosalind se había sentido tan cómoda. A los ojos implacables de los espejos del *penthouse*, parecían trapos de vagabunda. Cuando regresaba de la oficina, Dick se dejaba puesto el traje y los zapatos o como mucho se ponía unos vaqueros con una camisa bonita, o se enfundaba sus pantalones tailandeses y dejaba el torso al aire. Hasta sus pijamas eran tan bonitos que parecían conjuntos para ir a la playa. Y ella, que toda la vida había tenido ropa de estar en casa y ropa de salir a la calle, ahora se daba cuenta de que era una deprimente costumbre heredada de su madre y de su hermana.

Para ser tan meticuloso, la cocina de Dick dejaba mucho que desear. Tenía cereales caducados hacía años. Especias que ya no olían a nada. Espaguetis que parecían llevar ahí demasiado tiempo. Lo tiró todo y cambió de sitio los platos y las tazas. Había una vinoteca y un cajón lleno de rollos de plástico que no tocó. De todos modos no se apreciaba el cambio, pues también en la cocina todo estaba oculto tras impolutos estantes de color blanco.

Dick llevaba tres días en China y regresaba esa misma noche. A Josefina no dejaba de sorprenderle la naturalidad con la que cambiaba de continente sin que eso alterara su humor ni sus costumbres. Llevaban todo el día comunicándose con mensajes, y en ese momento recibió otro.

¿Cómo llevas tus labores domésticas? No he comido. Había un buffet pero creo que lo que parecían macarrones eran en realidad gusanos de seda. PD. No te olvides de mi paella.

¿Labores domésticas? Se acordó del colegio, cuando en la casilla de «profesión de la madre» las monjas le hacían escribir «sus labores». Ya no tenía prisa por contestarle. Al fin se había esfumado la incertidumbre constante, esa tortuosa sensación de andar flotando por encima de su vida diaria, incapaz de meterse de lleno en cada cosa que hacía porque una parte de ella siempre estaba más allá, con el pensamiento prendido de la esperanza de que Dick le escribiera, Dick le contestara, Dick apareciera, Dick no se marchara tan rápido, Dick la llamara el fin de semana.

Decidió almorzar un sándwich. No se había hecho todavía a esa costumbre de comer ligero a mediodía, pero quería comportarse como los ingleses. Ahora, al fin y al cabo, vivía con uno. Y era infinitamente mejor que la idea de compartir piso con una panda de desconocidos. Porque... Dick tenía razón. Londres no era una ciudad fácil para quien llegaba de fuera. Sí, vale, ella había tumbado sus planes de alquilar una nueva habitación en cuanto leyó aquel mensaje en el que le pedía que se fuera a vivir con él. No dudó ni un segundo. ¿Por qué fingir que quería estar sola? ¿Para qué jugar al gato y al ratón siguiendo unas reglas denigrantes? Era muy simple. Josefina estaba loca por Dick y él quería vivir con ella.

Prepararía una tortilla de patatas y una ensalada para cenar. Había tiempo de sobra. De hecho, solo era la una de la tarde. Qué felicidad poder tumbarse en el sofá sin escuchar el ruido que hacían los pies de Rosalind al arrastrar sus ridículas zapatillas, su cháchara constante, el zumbido de su ansiedad. ¡Estar sola! ¡Respirar el silencio! ¡Esperar a su hombre!

Salió a la terraza con una copa de vino blanco a leer una revista de decoración que había comprado en el supermercado. Le encantaba ese estilo que mezclaba madera, color blanco, estampados luminosos, flores por todas partes. *Shabby, boho chic.* Así lo llamaban. Las revistas volvían a enseñarle palabras nuevas, como cuando era jovencita. El salón de las fotos le recordaba a las fotos de la casa de Carmen en Estocolmo, y pensó en escribirle. Con ella no harían falta formalidades. «Ya sé que hemos estado algo distanciadas, pero quiero contarte que estoy viviendo en Londres con mi nueva pareja y soy muy feliz. Todo ha pasado muy deprisa, hace seis meses todavía estaba en Madrid. Mi novio me dejó... Para ser sincera, no sentí que perdiera gran cosa. Me di cuenta de que estaba a gusto con él, pero seguíamos juntos por costumbre. Y además me echaron del trabajo. Sentí que era mi momento de vivir en Londres, ¡por fin! ¿Recuerdas las de veces que te volví loca con ese tema? Y entonces apareció Dick. La vida a veces nos sorprende. Qué te voy a contar a ti, que has vivido la historia de amor más romántica que conozco». Sí, tenía que escribir a Carmen.

Contempló desde la tumbona el interior de la casa. De su casa. Se estremecía cuando pensaba que era ella la que habitaba ese espacio tan hermoso. Protegida por el orden y la simetría, por la huella de las manos de Dick acariciando sus dominios. Aunque, la verdad, si por ella fuera, pondría unas cortinas de gasa, y quizás una butaca junto a la terraza. Y la mesa pedía a gritos un mantel de colores... Pero aún no se sentía autorizada para cambiar nada.

Más tarde, se quedó adormilada en el sofá y despertó con frío. ¿Por qué Dick no tenía una mantita? ¡Por Dios, era un detalle imprescindible! Debería empezar a hacer una lista de todo lo que faltaba. Comenzaba a oscurecer y sintió un extraño desasosiego. Llevaba sola todo el día, únicamente había hablado con la cajera del supermercado y con el portero. Y de repente se dio cuenta de que ya llevaba muchos días así. Cada mañana después de desayunar, cuando él ya se había marchado a trabajar, Josefina salía a la terraza a fumar un cigarrillo. Adoraba contemplar los tejados, el río, el puente. Respirar el aire limpio de la mañana. «Me lo merezco, me lo merezco, me lo merezco...» Pero después se dejaba llevar por la pereza y apenas salía. Y entonces las horas se hacían demasiado largas. Sería bueno quedar con alguna amiga. ¿Y si se acercaba al despacho de Victor a ver si se encontraba a Olga?

Cuando miró el móvil, toda aquella desazón se esfumó.

Back in London! Creo que me he comido un plato de saltamontes en el avión. Parece que alguien se ha empeñado en que no salga de China sin catar las delicias locales. Y lo peor es que estaban buenísimos. Tardaré un poco. No creas que voy a asaltar el McDonald's! Debo pasar por la Vip room a hacer un videochat con mi jefe. Prometo no coquetear con él.

Entonces había tiempo de sobra. Encendió tres lámparas, corrió el panel japonés y encendió unas velas perfumadas de musgo blanco que Dick había comprado en Nueva York. El salón se había transformado en ese capullo de algodón que Josefina adoraba. Pero ella prefería el olor del incienso y encendió una varita de un paquete que guardaba en su armario. Se maquilló un poco, se puso unos tacones y esperó. Pasó una hora y él no llegaba. Encendió la tele y paseó por sus cientos de canales. Finalmente, oyó el ruido de la puerta en el piso de abajo. Se levantó del sofá como un resorte y apagó la televisión.

Dick subió las escaleras sonriendo y le dio un beso en la frente. Al llegar al salón torció la nariz mirando a su alrededor.

—¿Es incienso? ¿No sabes que el humo que suelta es más tóxico que el del tabaco?

—Ah, pues no tenía ni idea. A mí me encanta... Pero bueno, lo apago. Ya está. —Se apresuró a recoger discretamente con la mano las cenizas que habían caído al suelo—. ¿Cenamos? He hecho tortilla española. Aunque a lo mejor no tienes hambre después del atracón de bichos...

Dick miró la mesa del comedor, que ella había tratado de vestir igual que una de la revista de decoración. En vano, porque no encontró ni vajillas ni servilletas de colores. La tortilla reposaba en el centro de la mesa sobre un plato blanco, deslumbrante como un sol de verano.

—Uf, fritanga para cenar. ¡Estás loca, pequeña! La cocina española es demasiado pesada por la noche. No me extraña que las familias se tiren toda la tarde del domingo viendo la tele sin poder moverse del sofá.

Se acercó a la cocina sin quitarse siquiera la chaqueta del traje y se preparó un sándwich con el pan y el pavo que ella había comprado. No hizo ningún comentario acerca de su existencia, como si siempre hubieran estado en su nevera junto al champán, los bombones belgas y el caviar.

—Bueno, ¿qué has hecho hoy? Entretenme un poco con algo divertido, anda —dijo, sentándose en la barra con el sándwich en la mano y una lata de cerveza.

¿Divertido? Ir a la compra, dar un paseo, dormir la siesta, ordenar la cocina. Eso era lo que había hecho. A ella le habían parecido placeres deliciosos, pero no eran cosas exactamente divertidas. «Sus labores»... Trató de contárselas y hacer que sonaran interesantes pero, ay, aquella timidez que aún se apoderaba de ella en el momento más inesperado cuando estaba con él... Sin saber qué responder, cogió un trozo de tortilla y se lo comió de pie. Estaba tratando de encontrar alguna anécdota entretenida cuando Dick bajó de la barra, la agarró por la cintura y le mordió la oreja.

—A ti sí que te voy a devorar. Vengo harto de ver chinos con corbatas de poliéster. Mmmm, hueles a aceite de oliva. ¡Ven aquí!

—Pero la tortilla...

No pudo seguir hablando porque Dick la tomó en brazos y se la llevó al dormitorio. Cuando él se quedó dormido, corrió a por otro trozo de tortilla. ¡Estaba hambrienta! Dejó la mesa puesta. Ya la quitaría por la mañana cuando Dick se fuera a trabajar. Era mucho más importante regresar a la cama, abrazarse a su hombre, cerrar los ojos y rememorar que esa noche, ¡por fin!, había coronado junto a él las codiciadas, hermosas, vertiginosas cumbres del placer. Dick la había sorprendido con su voracidad. Definitivamente, la vida juntos iba a ser maravillosa.

2

Una preciosa melodía soplaba en sus oídos cuando Josefina despertó. Siguiendo el rastro, llegó hasta la cocina. Y ahí estaba él, completamente desnudo, canturreando mientras se comía un trozo de tortilla de patatas con las manos.

—Buenos días, *Lady London*.

Ay, esos momentos lo eran todo.

—¿No vas a trabajar? ¿Te quedas? —Se ilusionó con la idea de que podrían ir a dar un paseo juntos.

—Ya me gustaría a mí, señorita. Pero no puedo. Algunos tenemos que ganarnos la vida en esta ciudad despiadada... —dijo, abriendo mucho la boca para tragarse el último trozo de tortilla. Una ráfaga de deseo atravesó a Josefina al contemplarlo—. Bueno, ¿qué planes tienes para hoy? Haz algo excitante tú que puedes, anda.

—Debería ir al despacho de Victor. Llevo como dos semanas sin aparecer por allí. Claro que tampoco tengo noticias suyas. A lo mejor ya se ha olvidado de mí porque la verdad es que no le he propuesto nada todavía y no creo que esté esperando a que...

—Vete de *shopping*. Hoy solo para ti. Mi armario me ha dicho que le deprime tener un vecino tan mustio —la interrumpió, tendiéndole de nuevo su tarjeta. Josefina vaciló—. Venga, toma, cógela, no muerde. Supongo que te encantará ir a comprar ropa como a todas las mujeres. Además, hoy viene la asistenta. Mejor que no andes por aquí estorbando. Dick nunca le preguntaba por el proyecto de Victor. No lo tomaba en serio. Con razón, porque no lo era, pero estaría bien que se interesara por lo que ella hacía. Se había limitado a soltar una risa sarcástica cuando le dijo que iba a convertirse en «asesora de un *headhunter del amor*». Lo que no se esperaba era que se ofreciera a pagarle la ropa. ¿Era un regalo o una forma delicada de decirle que no le gustaba lo que llevaba? La verdad era que sus prendas no lucían mucho en el *penthouse*. Les había quitado la etiqueta a todas las que venían del Primark, pero seguían pareciendo trapos baratos asustados de vivir en aquel armario tan grande que, al igual que la nevera, siempre parecía vacío.

—En Harvey Nicols hay unos vestidos elegantísimos —dijo Dick, guiñándole el ojo antes de salir por la puerta con su mochila al hombro, dejando tras de sí una estela de olor a limpio.

Harvey Nicols… Una vez, cuando era jovencita, había entrado en esos almacenes. Se acordaba perfectamente, porque se sintió tan incómoda paseando entre aquella ropa tan cara, tocándola como quien toca un tesoro y al mismo tiempo esforzándose en poner cara de indiferencia, que no pudo aguantar mucho rato allí dentro. Pero no le apetecía nada volver al Primark. Si Dick estaba dispuesto a regalarle ropa bonita, no sería tan tonta de rechazarlo. Y sí, mejor sería irse antes de que llegara la asistenta, a la que aún no conocía. Solo sabía que se llamaba Anita y era filipina.

Decidió pasarse por Topshop para saludar a Olga. La encontró muy ocupada dirigiéndose a un grupo de dependientas que la miraban mascando chicle con cara de hastío. Su porte de amazona destacaba aun más entre aquella corte de ordinarias que apenas le prestaban atención. Cuando

Olga terminó de darles sus indicaciones se marcharon sin contestar, quejándose entre ellas en voz alta. Josefina había visto a muchas chicas así en sus visitas al Primark. Doblaban pilas de jerseys mientras comentaban en voz alta lo mal que les pagaban, ignorando olímpicamente a las clientas. Se acordó de cuando era pequeña y las dependientas de El Corte Inglés se acercaban a ofrecerle ayuda a su madre en cuanto tocaba una prenda. Aunque solo lo hicieran para llevarse la comisión.

Olga sonrió al verla y le dio dos besos.

—No te quiero entretener. He venido de compras por el centro pero estoy un poco perdida. Es que no sé muy bien qué me va...

—Tranquila, esto es siempre una locura. Estoy acostumbrada a trabajar así, ya ni oigo el ruido. A ver, déjame que te mire. —Olga la escaneó con ojos expertos—. A ti te pega el estilo de Monsoon. Hay una tienda aquí cerca.

Josefina le hizo caso. Los vestidos eran maravillosos. ¡Muy *boho chic*! Encontró uno largo de aire romántico que le había visto puesto a Shirlie Kemp en un reportaje en *Hello!* Le había encantado la entrevista con la mujer de su amor platónico de juventud. La de veces que había besado los labios de Martin Kemp, el *bombón* de Spandau Ballet, en el póster gigante de su cuarto... Shirlie era la chica mona que hacía los coros en Wham! y que al final había tenido la suerte de casarse con el más deseado. Y resultaba que, décadas después, aún eran un matrimonio feliz y él parecía adorar a aquella mujer que nunca había jugado a pretender ser una hembra despampanante o eternamente joven. En sus días de fan alocada, Josefina se ponía celosa al ver una foto de los dos juntos. Pero también le daba por pensar que ella podría enamorar, algún día, al más guapo. Bueno, no a Martin porque ya estaba *pillado*. Aunque quién sabía lo que podía pasar si lo conocía cuando se marchara a Londres.... Y así, mientras cortaba lonchas de jamón en la charcutería, Josefina soñaba con ser *groupie* o corista de un grupo muy famoso y hasta se creía de verdad que eso era a lo que quería dedicar su vida.

Finalmente se compró el vestido romántico y otro más. Al probárselos se sintió alegre como un campo de girasoles recién florecido.

—Muy bonitos. ¿Pero solo te has llevado dos? —dijo Dick por la noche, cuando ella se los mostró.

Al quitárselos dejó al descubierto un conjunto de lencería color champán con lazos de encaje negro. Lo hizo con aire falsamente descuidado, como si no se acordara de que lo llevaba puesto. Quería sorprender a Dick. Él se echó a reír y le lanzó una almohada.

—¡Eh! ¿Pero de dónde has sacado ese conjunto? ¿Es del Primark?

Sí... Era del Primark y a ella le parecía muy sexi. Pero ahora solo tenía ganas de arrancárselo y esconderlo en el fondo del armario. Se disponía a hacerlo cuando Dick se abalanzó sobre ella.

—Ven aquí, tonta —dijo, hundiendo la cabeza en su melena—. Aunque... Mejor no. Vamos a dejártelo puesto.

Después abrió un cajón de su mesilla, sacó una sofisticada cámara de fotos que Josefina no había visto nunca y la hizo posar, dirigiéndola con órdenes expertas. Ella pasó de la sorpresa a la incomodidad, y de ahí a la excitación. Tras dar por concluida la sesión, Dick pasó un buen rato examinando el resultado y borrando lo que no le satisfacía. Después le enseñó las fotos. Josefina se quedó boquiabierta. Nunca había imaginado que alguien pudiera extraer de ella semejante sensualidad.

—¿Te gustan?

Pero Josefina se acurrucó entre las almohadas y murmuró por toda respuesta. Sí, le gustaban mucho, pero no quería decirlo porque no tenía ganas de halagarle.

A veces no sabía si enfadarse con Dick. Quizás era solo que no entendía bien su sentido del humor. Al fin y al cabo, pertenecía a otro mundo aunque hubiera crecido hablando español con su *nanny* portorriqueña y vivido tres años en Madrid.

A la mañana siguiente, Lola la llamó. Josefina no tuvo ganas de contestar. En realidad ya era la tercera vez que la ignoraba. Escuchó el mensaje. «Nada, solo para saber cómo andas y si todo va bien. Vente otro domingo a casa, no seas orgullosa tía que aquí no merece la pena. Bueno, hasta pronto».

No era orgullo, sino desgana. Necesitaba proteger su aún frágil intimidad con Dick. Ya había pasado casi un mes desde que se mudó al *penthouse* y se sentía eufórica, pero también un poco aturdida ante lo fácil que estaba resultando todo. Se moría de ganas de hablar con una amiga sobre todo lo bueno que le estaba pasando. Pero no con Lola.

Un mediodía quedó a comer con Mariona a la salida de su trabajo, en los Docklands. Fueron a comprar un sándwich y un zumo entre hordas de oficinistas. Por un momento, a Josefina le entraron ganas de buscar un empleo y convertirse en una más. Podría conocer gente y tener con quién charlar. Le subiría la autoestima, el día a día sería más entretenido. Y, sobre todo, se aseguraría de no depender de Dick y que él no fuera a pensar que pretendía vivir de su dinero. Aunque, bueno, en realidad ya casi estaba viviendo de su dinero porque él pagaba todos los gastos de la casa. Pero Josefina aún cobraba el paro y no quería apresurarse. Todavía no necesitaba buscar trabajo. Y no quería cualquier trabajo...

El día estaba desapacible, pero Mariona la condujo a sentarse en unas escaleras al borde del río, entre edificios de cristal que multiplicaban la frialdad del cielo.

Con su minifalda y su lazo de ratita presumida, la chica emanaba una calidez que Josefina agradeció de corazón. Y además, quería que Josefina se lo contara todo.

—¡Nena, es genial que estés viviendo con él! ¿Lo ves? Los sueños se cumplen.

—Sí... Aún no me lo puedo creer, pero sí. ¿Y tú, tienes noticias de tu chico? —preguntó con todo el tacto que pudo.

—Bueno, todavía no ha reaccionado. Pero lo hará.

—¿Y cómo lo sabes? ¿Cómo puedes tenerlo tan claro? Se te ve tan tranquila. Jo, que te has venido a otro país y te lo has jugado todo.

—Es que yo sé que vamos a acabar juntos, por eso estoy tranquila. Bueno, a ver, me paso el día mirando el móvil, y me cago en todo cuando llega la noche y otra vez no ha aparecido. Pero es que yo sé que lo va a hacer. No te puedo explicar por qué. Sé que es el hombre de mi vida, solo que todavía falta un poco para que podamos estar juntos.

¿Cómo podía una mujer saber con esa seguridad tan aplastante que alguien era el hombre de su vida?

—Porque cuando le conocí me sentí en casa —reveló Mariona, con su mejor sonrisa—. Y esa sensación fue tan auténtica que sé que nos vamos a volver a encontrar. Esto de ahora solo es un obstáculo temporal.

Y ella, ¿se sentía en casa con Dick? Como si le hubiera leído el pensamiento, Mariona se lo preguntó.

—Pues... No lo sé. Es un poco raro. Me siento como si por fin estuviera acariciando con la punta de los dedos algo que siempre deseé, pero no me atrevía ni siquiera a soñar. ¿Entiendes?

—¡Pero claro que tienes que soñar! Yo lo tengo clarísimo y no voy a permitir que nadie me desvíe. —Las manos de Mariona volaban como palomas al viento—Tengo veintisiete años y quiero tener familia. Ya sé que ahora la gente se casa supermayor, pero es que yo ya he vivido todo ese rollo de salir hasta las tantas y ligar y cogerme la mochila y largarme de viaje. Es que ya quiero otra cosa. ¿Y te puedes creer que mi familia no lo entiende? Que no paran de decirme que vuelva a Barcelona y que haga unas oposiciones. ¡Que me deje de historias de amor! ¡Y lo dice mi madre, que se casó con veinte años!

Comprendió que había elegido a Mariona como confidente, aunque era bastante más joven que ella y no tenían gran cosa en común, porque necesitaba un espejo donde mirarse. Uno que le mostrara la Josefina que ella quería llegar a ser. Con la seguridad, la fe, la frescura que derrochaba su nueva amiga.

—Yo lo de casarme la verdad es que nunca lo había pensado en serio —confesó Josefina—. Eso de ir por ahí fijándote si los tíos llevan anillo, como les pasaba a mis amigas de Madrid, no iba conmigo. ¡Pero ahora me vuelvo loca imaginando que Dick me llama «mi mujer»! No te rías... —pidió, avergonzada.

—¡Que no me río, si es genial! ¡Nena, eso es el reloj biológico! ¿Tú cuántos años tienes? ¿Quieres tener hijos? Porque yo me muero de ganas, oye. Y no quiero ser una madre vieja.

—Pues será el reloj, pero es que me muero de amor con Dick. Vale, reconozco que también me encanta que tenga dinero. ¡El *penthouse* donde vivimos es un sueño! Pero me refiero a su forma de ser. Es decidido, romántico, sabe lo que quiere.... Joder, a mis ex había que rogarles que se pusieran corbata para ir a las bodas. Yo es que veo a los tíos caminar por aquí de otra manera. Orgullosos de ser hombres.

—¡Sí, sí, nena, a mí me pasa igual! —chilló Mariona—. Los españoles me parecen ya como descafeinaditos.

—¿A que sí? ¡Lo de los machos latinos es un mito! Las guiris se creen que en España son todos como Antonio Banderas. Y yo los veo más blandengues que Alfredo Landa.

Mariona aplaudió, muerta de risa.

—Pues ya está. Entonces lo tienes clarísimo tú también. Dick es el hombre de tu vida. —Mariona se sacudió las migas. Luego miró el reloj y dio un respingo—. ¡Ostras, ya es la hora! Tengo que volver. Repetimos la semana que viene.

—No te preocupes, corre, ve. Yo me quedo aquí un rato paseando.

Mariona la sofocó en su abrazo, susurrándole al oído que no tuviera miedo de dárselo todo a su hombre. A Josefina le costó despegarse de su sonrisa y su olor a colonia barata. ¡Qué ganas tenía de poder hablar de Dick y qué a gusto se había quedado! Cuando todos los oficinistas desaparecieron rumbo a sus cubículos, por un momento se estremeció al verse sola. «Claro que es el hombre de mi vida», le aseguró a sus ojos reflejados en un escaparate. Empezaba a llover y apretó el paso buscando el metro. Se alejó con ganas de aquellos mamotretos que, ahora que tenía la suerte de regresar al refugio que compartía con Dick, le parecían jaulas tristes para pájaros sin alas.

3

En el *hall* de casa la esperaba una bolsa con un lazo, unas letras en francés y una tarjeta con su nombre. La abrió antes de subir la escalera. Dentro de una caja de cartón satinado, envuelto en un papel crujiente, había un maravilloso conjunto negro de lencería. Seda y encaje. Y una nota: «*Lady London* no se merece menos».

Sonaba una música de jazz y subió las escaleras con su bolsa en la mano. Dick abría una botella de vino en la cocina, descalzo. Pero... si se suponía que tenía que estar en París hasta el día siguiente.

—Acabamos antes de tiempo. Tenía ganas de volver a tu lado.

Su calor, el hueco de su cuello, el olor de su pecho... Esos momentos la desarmaban. Nunca había sentido tanta atracción hacia nadie. Era como si se emborrachara al entrar en contacto con él...

—Gracias por el regalo, es precioso.

Dick despegó suavemente sus manos calientes de la cintura de Josefina, le sirvió una copa de vino y le pidió que se pusiera cómoda. ¿Entonces no quería que estrenara el conjunto? Bueno, pues ella tampoco iba a insistir. En realidad tenía ganas de ponerse el pijama y unos calcetines, aunque se limitó a quitarse los zapatos y aflojarse disimuladamente el cinturón de los vaqueros. ¡Qué limpio estaba todo! La tal Anita se esmeraba con «sus labores». Dick había traído sushi y se sentaron en el sofá para cenar.

—La próxima vez que vaya a París tienes que acompañarme. Hay ciudades que no son para ir solo. Te enseñaré Shakespeare and Company. Tú que eres un poco bohemia, seguro que te encantará. Es una librería donde parece que se ha detenido el tiempo.

Así que la encontraba «un poco bohemia»...

—Sería genial. Solo he estado una vez en París. En mi instituto había una chica francesa y yo quería ser como ella. Era muy atractiva aunque nunca se maquillaba. Admiro a las francesas, llevan el chic en la sangre. No necesitan tacones ni maquillaje. Aunque no sean guapas. Que en general las españolas son más guapas. Pero tienen un no sé qué...

—Nadie como las españolas —la cortó Dick—. Los mejores recuerdos de mi vida están en Madrid. Tú me recuerdas a esa época, *baby*. Lo que daría a veces por volver a los años de mi adolescencia...

Se recostó en el sofá con los ojos cerrados, se masajeó las sienes y la atrajo hacia él. Todavía olía a limpio como por la mañana.

—Cuando te miro y te oigo hablar, a veces creo que estoy de vuelta en Madrid. Echo de menos a Juanita. Se vino a vivir con nosotros aunque yo ya tenía quince años... Ella sí que era como una madre para mí. —La expresión de Dick se había dulcificado de tal modo que Josefina tuvo unas ganas locas de besarle el rostro—. La de verdad estaba demasiado interesada en mantener su figura y decorar casas. Una vez salió en una revista enseñando el piso. Bueno, el de su segundo marido. Ya va por el tercero. —Ahora su cara era un rictus de amargura—. Era horrendo. Coleccionaban arte moderno y había cuadros llenos de rayas y dibujos de colores fosforito por todas partes. Aquella casa me daba dolor de cabeza. Pero salía afuera a dar un paseo por el Retiro o a tomar cañas en Lavapiés y era feliz.

—¿Y por qué no volviste? Ahora todo es un desastre, pero hace unos años habrías encontrado trabajo fácilmente.

—Bueno, las cosas se complicaron. A veces no se puede tener todo, *my sweet Lady London*…

La contempló con tristeza y luego se recostó de nuevo, mirando al techo. A Josefina le dio la impresión de que una lágrima resbalaba por su piel morena. Impresionada por aquel inesperado lamento que escapaba de alguna grieta invisible en la perfecta figura de Dick, no supo qué decir. Casi no se atrevía a respirar.

—Soy patético, pequeña —soltó él, clavándole sus ojos negros—. Soy el tipo de hombre que si llega a casa y su novia no lo mira porque está viendo una peli de George Clooney, se enfada. Eso es lo que hay bajo mi fachada de ejecutivo, los trajes a medida, el chófer y todo ese rollo… A veces me siento como Richard Gere en *Pretty Woman*.

Ella no supo si debía sentirse como Julia Roberts.

4

El mes de octubre avanzaba y con él la rutina se fue instalando entre los dos, como un aliento cálido que sellaba los huecos que aún los separaban, acercándolos día a día. Dick viajaba casi todas las semanas. Cuando estaba en Londres se iba a la oficina a las ocho de la mañana y no era raro que regresara a las nueve de la noche. Josefina tenía todo el día para su entero uso y disfrute. Le gustaba escuchar cómo Dick se levantaba, se duchaba y se vestía mientras ella ronroneaba en la cama, voluptuosa y calentita bajo las plumas del edredón. Él la besaba al despedirse y le deseaba un buen día. Ese era otro lujo que no había conocido antes. Con su ex, tocaba levantarse a la misma hora y hacer turnos para usar el baño mientras el otro se tomaba un café de pie en la cocina, los dos arrastrando su mal despertar. En cambio, ahora cada mañana se sentía como un bombón que ella misma sacaba de una caja interminable para degustarlo con fruición.

Después se tomaba su tiempo para desperezarse, vestirse, decidir qué hacer con sus horas. Arropada por el silencio y la paz de su casa, respirando cada mañana el olor a vida nueva. La verdad era que su cuenta corriente iba menguando, pero lo que estaba viviendo no tenía precio. Ese era el verdadero lujo: no tener que madrugar ni correr a una oficina para aguantar a nadie. Dick no le había preguntado por sus planes laborales, aunque ella le había dejado claro que tenía su propio dinero y que, cuando se le acabara el paro, buscaría un trabajo. ¿Pero cuál? Bueno, no le faltarían oportunidades y esa certeza le daba tranquilidad.

De momento las horas se estiraban perezosas ante ella y Josefina se asomaba a la terraza a mirar el cielo, pensando cómo podría comenzar a hacer algo creativo. Pero ¿el qué? Por más que lo pensaba no se le ocurría nada. Quizás podría aprender fotografía. Londres regalaba tantas imágenes preciosas... Y Dick podría prestarle su equipo. Echó un vistazo en internet. Olga le había hablado de algunos cursos maravillosos en Central Saint Martins. La universidad de las artes. Pero... ¡Madre mía, qué precios! No podía pagar cinco mil libras por un curso de fotografía contemporánea.

Tendría que pedirle el dinero a Dick y no sabía si era una buena idea. No había vuelto a ofrecerle su tarjeta de crédito y a ella ni se le ocurría pedírsela. Había regresado a sus visitas (secretas) al Primark. La verdad era que no se sentía cómoda en tiendas como Harvey Nichols, y ni siquiera en Monsoon. Todo precioso, pero carísimo. Se había comprado dos jerseys gruesos, que eran acrílicos y de mala calidad, pero los necesitaba porque ahora siempre tenía frío, aun con el suelo radiante del *penthouse*. La humedad de Londres se le colaba dentro sin remedio... Y además no había logrado acostumbrarse a llevar encima la ropa de calle cuando estaba en casa. Los vaqueros y la goma de las medias se le clavaban en la cintura y le causaban dolor de barriga. Así que también se compró un chándal que se enfundaba en cuanto Dick salía por la puerta. Le parecía que el espejo del salón chasqueaba la lengua y ponía los ojos en blanco cuando la veía con aquella pinta. Pero en fin, una no podía gustarle a todo el mundo.

Y además de los jerseys y el chándal, también se trajo del Primark dos cojines muy *shabby chic* para el sofá. Llevaban un estampado de flores bordadas a punto de cruz formando la palabra «*home*» y eran preciosos. Como Dick no dijo nada, lo siguiente tenía que ser sin falta la mantita.

Una tarde de viernes especialmente fría, Josefina sintió añoranza de los guisos de su madre. Ese fin de semana sería el momento perfecto para cocinarle a Dick su paella. Y ya que no tenía nada mejor que hacer hasta que él saliera de la oficina, tomó el metro hacia Notting Hill y entró en García para comprar arroz y colorante. Los vendían en cualquier supermercado, pero ese día necesitaba rodearse de comida española. Ah, el Cola Cao, las galletas maría, la colonia Nenuco, el queso manchego curado. Aquello era cerrar los ojos y regresar a sus tardes de novelas y merienda en casa… En un arrebato, compró cuatro latas de fabada Litoral, que era la que más se parecía a la de su madre. Y un paquete de magdalenas redonditas. Y chorizo de verdad, de Cantimpalos, y no aquella birria del Tesco.

El viento le azotó la cara al salir de la tienda. ¡Qué tarde tan desapacible! Si al principio de vivir en Londres disfrutaba saliendo a la calle para respirar las tardes luminosas e interminables, ahora nada le daba más placer que regresar a su linda casita después de estar ahí afuera, zarandeada por el frío y las multitudes. Apretó el paso y, cuando llegó a casa con las mejillas heladas, Dick todavía no había regresado. Guardó la comida en un armario alto donde sabía que él no iba a mirar.

—Está deliciosa, pequeña —la felicitó el domingo, después de comerse hasta el último grano de arroz—. Me has llevado de vuelta a mis domingos en España. Ya ves, yo era feliz en casa de Luciana. Después de la paella nos sentábamos en el sofá y ella encendía el brasero. Nos pasábamos la tarde viendo películas y bebiendo anís.

Josefina no cabía en sí de gozo. Había cocinado la paella siguiendo las instrucciones que le dio su madre con gran extrañeza, pues era la primera vez que le pedía una receta. «¿Se la vas a cocinar a la señora de la pensión?», quiso saber. Ella tuvo que contenerse para no responder: «¡Es para mi novio!» ¿Por qué no se lo contaba ya? Creyó captar un matiz de orgullo en la voz de su madre a través del teléfono cuando le explicó cómo debía hacer para que no se le pasara el arroz. Desde luego, qué pocas veces le había pedido consejo a su madre o valorado las cosas que ella sabía hacer...

—Ah, qué suerte tienes de tener una madre que sabe cocinar —exclamó Dick—. La mía solo entraba en la cocina para preparar cócteles.

—¿Sabes qué? Algún día le diré que me apunte en un cuaderno sus recetas para que no se pierdan en el olvido. Y te cocinaré todas las que quieras.

Qué pena que Dick no tuviera recuerdos de su madre cocinando. Claro que de ese modo nunca la compararía con ella. Tenía muchas ganas de conocer a su nueva suegra, aunque Dick no había dicho ni una palabra al respecto. Se levantó a recoger los platos, pensando en cuál sería la siguiente receta. Luego se cambiaría de ropa, porque le entraba frío después de comer y llevaba una falda ajustada y un top sin mangas. Además, el arroz le había hinchado la barriga. Se desabrochó el botón de la falda cuando creía que él no miraba.

—No te aficiones demasiado a los fogones o pronto te vas a quedar sin cintura, *baby* —dijo Dick a sus espaldas, agarrándola de las caderas—. Afortunadamente, tu culo sigue siendo maravilloso. Anda ven, ayúdame.

Tomándola de la mano, la llevó hasta el cajón de los rollos de plástico.

—Venga, vamos a envolver lo que sobra.

¿Qué sobraba? Una ración de paella, media barra de chapata y algunas aceitunas del aperitivo que había comprado en una tienda marroquí. Ella pensaba tirarlo todo.

Mejor dicho, habría guardado la paella para comérsela cualquier otro día, pero Dick no tenía ni un táper. Y ahora estaba concentrado en cortar trozos de plástico con las tijeras y envolver meticulosamente las sobras. Josefina no daba crédito.

—¿Pero para qué guardas el pan? Si se va a poner duro. Mañana compro más.

—No soporto ver restos de comida y si los tiramos a la basura de cualquier manera van a oler mal. Toma, envuelve las aceitunas. Que no se salga el aceite.

Josefina soltó una risa irónica e ignoró su petición. Pero Dick no se dio ni cuenta, pues ya había terminado de envolver la paella y el pan y ahora estaba limpiando las migas y los restos de arroz con un gesto de repugnancia. ¿Pero qué demonios pensaba hacer con los paquetitos de restos de comida plastificada? Entonces abrió el cubo de basura y los lanzó dentro con cara de asco. Y luego, como si de repente se acordara de que ella también estaba en la habitación, la miró. Aún sujetaba el rollo de plástico en la mano. Sus ojos brillaban cuando se le acercó y comenzó a desabrocharle la blusa.

—Ahora tú…

—¿Qué? —Josefina se reía mientras él la desnudaba—. Sí hombre, yo como las aceitunas.

—No, tú como el delicioso manjar que eres.

Dick comenzó a enrollar el plástico por todo su cuerpo. Primero el pecho, luego la cintura, ahora los muslos. Cuando llegó a las rodillas y no podía andar, a Josefina le dio un ataque de risa nerviosa.

—¿Pero qué haces? Venga, suéltame.

—De eso nada. Ahora te voy a agarrar como si fueras una pata de jamón serrano.

Y se la llevó al dormitorio mientras ella seguía riendo como loca.

A la mañana siguiente, Dick salió de casa muy pronto tras anunciarle que no volvería hasta entrada la noche. Era lunes, diluviaba y Josefina se retorció de placer al pensar que no tenía otra cosa que hacer que disfrutar de su tiempo libre con la calefacción a tope. Se acordó de las fabadas que escondía en el armario. ¡Ya tenía menú del día! Con su chándal suavito, sus alubias y un par de revistas de cotilleos de lo más ordinarias (*Closer* y *Heath*), se sintió la mujer más feliz del mundo. Aunque el paquete de copos de avena de Dick torciera el gesto cuando su lata de fabada se colocó junto a él en la encimera.

Justo cuando estaba a punto de calentar la comida, oyó el ruido de las llaves en la cerradura. Se quedó petrificada. ¡Dick, que había acabado antes de trabajar y la iba a pillar con el chándal del Primark y las judías con chorizo!

Unos pasos hicieron retumbar la escalera. Cuando ya se oían muy fuertes, Josefina se acercó sonriendo, porque no podía hacer otra cosa que enfrentar la situación. Pero la sonrisa se le congeló en los labios. En lo alto de la escalera había aparecido otra mujer. Alta, rubia, muy delgada y con un aire caballuno. Las dos se quedaron de piedra al verse. Se acordó de Rosalind cuando aparecía de repente y no sabían qué decirse. Pero la rubia reaccionó enseguida.

—Jemima Goldsmith, encantada de conocerte —dijo en inglés, mientras se quitaba su gabardina y se la tendía a Josefina. Burberry, claro. Lucía un precioso vestido de aire retro, con las mangas abullonadas y una fina hebilla enmarcando su cintura minúscula.

Con la gabardina de aquella desconocida colgando del brazo, dio un paso en su dirección.

—Josefina… —dijo con voz vacilante. Pero la tal Jemima ya no la miraba. Asintió, inexpresiva, se dio la vuelta y se dirigió al salón. Josefina colgó la gabardina en un perchero con tanto cuidado como si fuera de cristal y volvió a la cocina arrastrando los pies. Menos mal que no le había tendido la mano. Se le habría quedado colgando en el aire.

—Sigue, sigue con lo tuyo, no pretendo molestarte.

¿Lo suyo? ¡Cómo se iba a calentar ahora la fabada y sentarse a ver las revistas con aquella mujer revoloteando por el salón! ¿Pero quién demonios era? ¿La dueña de la casa? ¿¿Una ex?? ¿Y qué narices buscaba, paseándose por allí con toda familiaridad? De reojo, la vio agarrar uno de sus cojines nuevos. Lo miró unos segundos, chasqueó la lengua y lo dejó caer en el sofá.

Josefina escondió el plato de fabada en el microondas y se puso a cambiar de sitio las cosas de la cocina, como si estuviera muy ocupada. Oía el ruido de los tacones de la otra, pero no se atrevía a darse la vuelta. Si la hubiera pillado en el retrete no habría sentido más vergüenza. Aunque… ¿Por qué se comportaba así? ¡Era su casa! ¿Por qué no iba, le preguntaba quién era y qué buscaba? Sin embargo, no podía. Algo en aquella mujer la intimidaba.

—¿Entonces a qué hora vuelve Richard? —oyó a sus espaldas, sobresaltándose.

—Oh, vendrá tarde, a las nueve de la noche. ¿Quieres que…?

—Demasiado tarde. No puedo esperar. Por favor, dile que he vuelto del viaje antes de lo previsto y me he pasado por aquí.

La mujer ya se había puesto la gabardina. Llevaba unas sandalias maravillosas de color cobre con plataforma y mucho tacón. Medias verde botella. Era como una actriz antigua. Aunque también parecía una duquesa. Demasiado flaca, eso sí.

—Ah, soy su hermana —dijo, esbozando un gesto que podría pasar por una media sonrisa. Con un golpe de melena se ajustó el cinturón haciendo un lazo encantador, se dio la vuelta, descendió la escalera y salió de la casa sin decir adiós.

Solo entonces Josefina comprendió que la había tomado por la asistenta. Claro, era por eso que se había sentido una intrusa en su propia casa. Jemima Goldsmith... Qué aristocrático sonaba. No tenía ni idea de que Dick tuviera una hermana. Apenas hablaba de su familia. Tampoco le había presentado a ningún amigo. Decía que trabajaba tanto que no le quedaban ganas de hacer vida social. Que le bastaba con estar con ella. Y Josefina no insistía. Solo llevaban viviendo juntos un mes y medio, y se veían tan poco que no tenía ninguna gana de salir a compartir a Dick con el resto del mundo. Aunque le habría gustado que le presentara a gente interesante. Bueno, todo llegaría.

5

—¿Esta mierda qué es?

¿Mierda? Dick casi nunca decía tacos. Debía de estar de mal humor, pensó Josefina, que se asomó de puntillas a la cocina sin que él se diera cuenta. Estaba hojeando sus revistas de cotilleos, que se había dejado olvidadas en la encimera, y las lanzó al suelo. Luego se tomó un café.

Josefina regresó a la habitación y se puso la camisa que Dick había llevado el día antes y que colgaba en el galán de noche, oliendo a él. Entró en la cocina con la mayor naturalidad. Ya se pondría cómoda cuando se quedara sola.

—Ah, esas revistas... Creo que las regalan en el supermercado.

—Serán de Anita. Tíralas si vas a salir, por favor. Y cuando la veas dile que no le pago para que pierda el tiempo leyendo basura.

—¿Cómo se presenta el día? —Josefina decidió que era mejor desviar la conversación.

—Bromeas, supongo. Encerrado en la oficina hasta que el resto de londinenses estén roncando como cerdos. *Exciting*. —Dick se colgó la mochila de mala gana y se despidió de ella con un beso en la frente—. Pásalo bien, tú que puedes.

Corrió a la ducha en cuanto él cerró la puerta. ¡Qué frío! Adoraba sumergirse bajo el agua hirviendo hasta que le picaba la piel. Al untarse el cuerpo de crema observó su cintura. Era verdad, estaba engordando... Menos mal que Dick no había encontrado las latas de fabada ni las magdalenas. ¡Odiaba el dulce! No podía ser que volviera a dejarse las revistas por ahí. Tenía que buscar un escondite mejor para sus cosas. ¿Pero dónde guardarlas? En el salón no había estanterías ni cajones.

Entonces se dio cuenta de que aún no había explorado el piso de abajo. Dick no lo usaba. Decía que era la zona de invitados, aunque nunca tenía ninguno. Y a ella no le llamaba la atención, pues era oscuro y frío. Se había acostumbrado a llegar a casa, encender la luz de la entrada y subir las escaleras rumbo al segundo piso, donde realmente vivían. Pero, al fin y al cabo, el otro piso también formaba parte de la casa y ya era hora de bajar a investigar. Quizás pudiera darle un uso interesante. Convertirlo en su estudio o algo así.

Ya sabía lo que Dick guardaba en el armario empotrado del *hall*. Sus abrigos, un casco de moto, raquetas de tenis, botas de esquí. Recorrió luego el corto pasillo que conducía a la habitación de invitados, junto a la cual había un pequeño cuarto de baño. Todo impoluto y frío como una suite de hotel sin huéspedes. El suelo crujía, incómodo, refunfuñando ante la osadía de aquella extraña que acudía a molestarle.

¿Dónde podría guardar sus cosas? Encendió todos los interruptores y el pasillo se iluminó gracias a unos pequeños focos halógenos en el techo que no había visto antes. Pasó la mano por la pared, y solo entonces se dio cuenta de que estaba recubierta de armarios empotrados. Los abrió. Había abrigos, maletas y montones de zapatillas blancas, las típicas de los hoteles. Todas meticulosamente guardadas en los bolsillos de un organizador de zapatos. También había tres albornoces colgando de sus perchas. ¿Pero por qué tenía Dick esa manía de llevarse cosas de los hoteles?

También encontró una gran bolsa azul de Ikea. Metió la mano esperando encontrar cuadros, o cojines, o cualquier objeto de decoración demasiado vulgar para concederle el honor de vivir en el salón. A lo mejor había una mantita... Pero sus dedos chocaron con algo frío y viscoso. Tiró de aquel objeto y al verlo se quedó boquiabierta. Era un pene de silicona negra. También había corsés de látex, dos látigos, unas esposas, medias con liguero y un montón de antifaces. Y lo más extraño de todo: máscaras con rostros de animales. Horrorizada, soltó todo aquello como si le quemara, lanzó la bolsa al armario y lo cerró de golpe.

Sin saber muy bien qué hacer, entró en el dormitorio. Nunca se había fijado bien en aquella habitación, que solía estar en penumbra porque la ventana daba a un patio oscuro. Encendió la luz y el cuarto cobró vida. Entonces reparó en las fotografías que colgaban de la pared. Eran imágenes en blanco y negro de mujeres con los mismos corsés, medias y antifaces que había en el armario. A ninguna se le veía la cara, pero el cuerpo se mostraba en todo su esplendor. Varias de ellas estaban atadas o esposadas. Sintió un latigazo en el corazón. Ya había visto suficiente.

No supo ni cómo encontró el valor para preguntarle aquella noche a Dick, mientras cenaban el sushi que había traído, de qué iba todo aquello.

—Son fotos de mis ex —dijo, tan tranquilo.

—¿Y por qué las tienes colgadas en casa?

—¿Cómo que por qué? Porque las he hecho yo y me gustan. ¡Es arte! Adoro la fotografía, ya lo sabes. El hecho de que tú no me veas disfrutar de mis *hobbies* no significa que no los tenga. Sino que, a diferencia de ti, no me sobra el tiempo.

—Y lo del armario... ¿Eso también es de tus ex? —Su corazón le retumbaba en los oídos, pero Dick no se inmutó.

—Ah, bueno, ¿es que tú nunca te has disfrazado cuando eras pequeña? —preguntó, guiñándole un ojo.

Luego calló. Ni explicaciones, ni turbación ni vergüenza. Ella no supo qué responder. De repente se sentía muy cansada. Tenía unas ganas enormes de estar sola. Y de hacer cosas normales, como sentarse en el sofá en pijama a ver la tele tapada con una mantita. Y decidió hacerlo. Aunque tuviera que taparse con el edredón.

Por primera vez desde que vivían juntos, Josefina se puso el pijama antes de meterse en la cama y se preparó una infusión bien caliente. Luego se acomodó en el sofá con su portátil. Dick, aún en traje y zapatos, la miraba sin decir nada desde la mesa.

—Voy a ver una serie española. Se llama *Cuéntame*. ¿No la conoces? Es sobre una familia que va viviendo la historia de España desde los años setenta. Ya van por los ochenta. ¿Quieres verlo conmigo? Te traerá recuerdos de Madrid.

—Preferiría algo más excitante. ¿No te apetece jugar un poquito con los disfraces del piso de abajo? Vamos, *naugthy girl* —dijo él, acercándose por detrás. Le apartó el pelo para besarle el cuello y la oreja—. *Come on, baby...* Están todos esperándote. Quiero ver el látex cubriendo tu preciosa carne... ¿Qué me dices? *A penny for your thoughts...*

Josefina se estremeció, pero no supo si fue de placer o de temor. Y dijo que no.

Él la miró con fastidio, pero no trató de convencerla.

—Estoy cansado. Y detesto la televisión. Me voy al cuarto a relajarme mirando la luna, es más interesante. Allí te espero.

—Pues ya puedes esperar... —murmuró Josefina al quedarse sola.

La verdad era que se sentía aliviada. Cada vez estaba más harta de todo aquel teatro de exfoliarse, depilarse, maquillarse a todas horas, la ropa interior conjuntada y los zapatos para estar en casa.

Y ahora un corsé de látex después de cenar... ¡Lo que le faltaba!

Se recogió el pelo con una goma y se puso a ver la serie. Le habría encantado que él regresara a su lado, y de paso se trajera el edredón. Sí, sería genial cenar de vez en cuando un bocata grasiento en el sofá. Ver juntos una peli española, sabiendo que Dick entendería los diálogos y ella podría explicarle los detalles que se le escaparan. Por un momento añoró aquellos viernes por la noche de series, pizza y cerveza con su ex, los dos demasiado cansados para salir, disfrutando de ver un capítulo tras otro hasta que se les cerraban los ojos y se arrastraban a la cama, con el placer de recordar que al día siguiente era sábado y no tenían que madrugar. Y la añoranza de Madrid se coló dentro de ella como un duende travieso haciéndole cosquillas que dolían un poco.

6

Al día siguiente, Dick llegó a casa más temprano de lo habitual. Subió la escalera a zancadas y soltó su mochila en el sofá. Luego abrió una botella de vino con una gran sonrisa... ¿Le iba a proponer que salieran a cenar?

—Tenemos visita, Josie —anunció, tendiéndole una copa de vino—. Ponte guapa, ¿quieres?

Ella lo miró sorprendida. Una visita, qué raro. ¿Y qué quería decir con ese «ponte guapa»? Suerte que acababa de regresar de un paseo y la había pillado en vaqueros y no en chándal. Ya estaba un poco aburrida de no hacer nada, y salir a caminar la despejaba por dentro y le recordaba que seguía en Londres. Paseando volvía a respirar ese olor a vida nueva que despertaba las mariposas de su vientre... Además, estaba contenta porque esa misma mañana Victor le había anunciado que pronto tendrían una reunión para perfilar los últimos detalles del proyecto.

—Jemima y Anthony vienen a cenar. He traído *dim sum*. Vamos a buscar una botella de champán.

«Horror, otra vez comida oriental», pensó Josefina mientras él examinaba su vinoteca. Cada dos por tres traía sushi, *makis*, *noodles*, *dim sum*, sopa de miso, tofu o ensaladas de algas para cenar... A Josefina no le disgustaban, pero le parecían comidas para hacer de vez en cuando y solo en verano. Menos mal que a mediodía se calentaba sus guisos de lata y llegaba a la noche con poca hambre y el estómago reconfortado. Cambió la camiseta que llevaba por una blusa de seda y subió la temperatura de la calefacción.

Ya sabía algo más sobre la tal Jemima Goldsmith. Era la hermanastra de Dick por parte de madre. Tres años mayor que él y casada con un banquero medio iraní. Se dedicaba a decorar interiores y era madre de un niño de cinco años llamado Anthony que esa tarde también iría a visitarlos. Le hacía ilusión conocer a su nuevo sobrinito... Sería bonito tener un pequeñajo llenando de alegría la casa.

Aparecieron a las seis de la tarde acompañados de una joven vivaracha con el pelo muy rizado. Esta vez, Jemima fue directa hacia ella. La saludó con un apretón de manos firme como el de un sargento. Tenía la mano helada y Josefina notó todos sus huesos.

—Hola, soy Andrea —se presentó la chica dándole dos besos. Hablaba con un leve acento gallego—. La *au pair* de Anthony.

Josefina se quedó de piedra cuando vio que Andrea le estaba desenganchando al niño un arnés que lo sujetaba como a un perro. ¿Lo habría cogido de la bolsa del armario del *tito* Dick?

—Así que tú eres Anthony —dijo Josefina en inglés, agachándose para ponerse a su altura. Era un niño pecoso y muy guapo, con su pelo ondulado y sus pantalones cortos. Tenía la piel muy clara y con pequitas. ¿Pero el padre no era medio iraní? Le pasó la mano por los rizos, pero el pequeño miraba hacia el suelo y apartó la cara.

—No le está permitido el contacto físico con extraños —explicó Andrea—. No lo tomes como algo personal.

—Ah bueno, entonces tendremos que aprender a conocernos. ¿Te gusta el zumo? ¿Quieres uno?

—Anthony no consume azúcar —escuchó a sus espaldas justo cuando el niño la miraba con los ojos muy abiertos. Su boca se cerró antes de poder pronunciar un «sí».

—*Pas de sucre*. Es la norma, ya lo sabes. Puedes tomar agua —le dijo su madre.

—Lo siento, debería haberte preguntado a ti —se disculpó Josefina. Pero Jemima no contestó. Estaba en el salón con Dick, que le servía una copa de vino y se reía de algo que ella le contaba al oído. Luego, él reparó en Josefina y la invitó a acercarse. Los observó discretamente. No parecían hermanos. Jemima era más alta que Dick; su cara caballuna y lechosa hacía destacar aún más la piel dorada de él. De repente se giró hacia ella y le sonrió con unos dientes enormes.

—¿Cómo te va la vida en Londres? —preguntó en español.

Josefina, atrapada bajo una sonrisa dócil, dejó caer un tópico tras otro mientras la otra la miraba desde arriba, asintiendo con la cabeza. Pero era obvio que no la estaba escuchando. Parecía una reina concediendo un minuto de gloria a una plebeya cualquiera. Pronto desvió su atención hacia Anthony para regañarlo por ponerse de pie en el sofá. Josefina aprovechó para alejarse y se unió al pequeño y su niñera, que se habían sentado en el suelo a jugar con un cochecito. Se fijó en que Andrea le daba agua en un vaso de cristal. A la *au pair* no le habían ofrecido vino. Tampoco había nada para picar.

Jemima y Dick se sentaron en el sofá y se pusieron a charlar. Josefina los miraba de reojo mientras trataba de hablar naderías con el pequeño. Pero los hermanos conversaban en inglés y no entendía nada. Nunca había oído a Dick hablar largo y tendido en su idioma y era curioso, porque parecía otra persona. De hecho, era la primera vez que lo veía charlar relajadamente con alguien. Ahora se daba cuenta de que siempre estaban los dos solos. Para su sorpresa, la pareja también la observaba a ella cuando pensaban que estaba distraída.

—*Mamam, je veux pipi* —dijo el pequeño.

—Ven, te llevo el baño —respondió Josefina.

Pero Andrea se levantó y el niño agarró su mano.

—Ya sabemos dónde está.

Anthony y Andrea desaparecieron rumbo a la escalera. El pequeño bajó corriendo, deslizando su camión por la barandilla. ¡Entonces iban al baño de abajo! Esperaba que a Anthony no le diera por abrir el armario y querer jugar a los disfraces.

—Bueno… Pues vamos a llevar este vaso de agua a la cocina para que no se caiga —dijo Josefina, aunque nadie la escuchó. Quiso preguntarles a Jemima y a Dick si tenían hambre. Sacar unas aceitunas, unas patatas fritas… o al menos unos cacahuetes. Por Dios, un poco de alegría. Pero no se sintió con permiso para hacerlo. Con Andrea y Anthony fuera de la habitación, se sentía aún más fuera de lugar—. Voy a ver qué hacen —murmuró.

Los otros dos seguían enfrascados en sus confidencias y no le respondieron. Ella bajó las escaleras tratando de hacer ruido para que Andrea advirtiera su presencia.

Los encontró en el dormitorio. Anthony saltaba sobre la cama con los zapatos puestos, riendo como loco.

—No se lo digas a mamá —Andrea le guiñó un ojo—. Este *rapaz* necesita movimiento.

Josefina miró las fotos de la pared y Andrea la miró a ella, pero no dijo nada.

—Llevas poco tiempo aquí, ¿no?

—Vivo con Dick desde hace dos meses. —Josefina sacó pecho. El tono descarado de Andrea le molestaba. ¿Por qué suponía que Anthony podía saltar en la cama delante de ella y que no se lo iba a decir a su madre?

Pero a través de la joven se enteró de algunas cosas interesantes. La madre de Dick también estaba casada ahora con un banquero. De hecho, el marido banquero de la madre era algo así como el tío segundo del marido banquero de Jemima. Todos eran la mar de pijos y estirados y un poco *barallocas*. El niño asistía a una escuela Montessori donde al parecer ya había una plaza reservada para el futuro hijo de William y Kate.

Anthony bajó de la cama dando un salto y se lanzó a correr pasillo arriba y abajo. Josefina aprovechó para seguir indagando. Supo que era el momento para descubrir algo más sobre Dick. Y debía aprovecharlo. Al fin y al cabo, solo tenía su propia versión de la historia.

—¿Hace mucho que conoces a Dick?

—Ha venido a casa montones de veces. Le tiene cariño a Anthony. Nunca se pierde las cenas de Jemima. No organiza muchas, porque el marido siempre anda de viaje. Y bueno, ella también. ¡Pero cuando las hace son antológicas, *carallo*! Siempre viene algún famoso. Cuando Madonna vivía aquí se hicieron medio amigas. ¡Te lo juro!

—Ah... Pues yo no sabía nada sobre ella ni sobre esas cenas...

—¿No dices que llevas poco tiempo con él? Jemima ha estado tres meses en India. Dice que es imprescindible ir allí para comprar telas. —Puso los ojos en blanco—. Esa es su vida. Mientras, yo le limpio los mocos a Anthony y le sirvo de *housemaid* sin paga extra. Pero bueno, en vacaciones me lleva con ellos a *resorts* en islas privadas. Ella sola con el niño no sabría qué hacer. Ya te veré en alguna fiesta, ¿no? Bueno, te veré desde lo alto de la escalera. A Anthony y a mí nos encanta espiar a los invitados. Él está *enamoradiño* de Irina.

Josefina se sobresaltó al oír de nuevo aquel nombre.

—¿De quién?

—La ex de Dick. ¿No sabes quién es? Es espectacular... Siempre la más guapa de la noche. Aunque viniera Victoria Beckham, todo el mundo miraba a Irina. Pero

235

Dick siempre acaba juntándose con Jemima. Parecen enamorados en vez de hermanastros. No se criaron juntos, cada uno tiene un padre bien distinto. ¡Pero no pongas esa cara de estupor, criatura! Ahora tú eres la novia, ¿no?

Escucharon la voz cortante de Jemima ordenando al niño que regresara, y los tres volvieron al piso de arriba sin rechistar. La mesa estaba puesta. Jemima sacó un iPad del bolso, buscó unos dibujos en francés y se lo plantó delante a su hijo, que protestó porque los quería en inglés.

—Oh, estoy exhausta —murmuró Jemima.

—Anthony, ¿no ves que estás disgustando a mamá? —intervino Dick—. ¿Quieres hacerla llorar como el otro día?

Ella temió que el niño explotara en una rabieta, como había visto hacer mil veces a sus sobrinos. Pero el pequeño se limitó a suspirar ante los dibujos en francés. Enseguida se quedó hipnotizado ante la pantalla y su madre pareció relajarse. Dick sirvió los *dim sum* y, para asombro de Josefina, Anthony los devoró sin protestar.

Le tocó responder una vez más a las preguntas de Jemima, que incluso sentada frente a ella parecía más flaca y más alta. Sí, era de Madrid. Sí, había estado en Granada y ella también pensaba que la puesta de sol sobre la Alhambra era única. Sí, era una auténtica pena que Barcelona estuviera invadida por los turistas. No, todavía no tenía trabajo en Londres.

Por suerte, la cena no duró mucho. No hubo postre ni café ni, por supuesto, dulces. Los invitados se fueron muy pronto. Al parecer, Anthony debía acostarse a las siete y media sin excepción, también los fines de semana.

Sí, los niños necesitaban disciplina y orden. *Yeah, yeah, sure.* Oh, y había descubierto su truco: parecía más alta porque se sentaba sin apoyar la espalda ni los codos.

Dick los llevó a su casa en coche. Habían venido en taxi, pues resultó que a Jemima no le gustaba conducir y su chófer tenía el día libre. Josefina se quedó en casa y respiró, al fin, a sus anchas. Se deshizo de los zapatos y lanzó su cuerpo al sofá... Pero ¿dónde estaba su cojín *shabby chic* del Primark? ¡Había desparecido! Se bebió dos copas de vino y luego se asomó a la terraza a fumar un cigarrillo bajo el aire frío.

Ella había creído que siendo pareja de Dick se le abrirían las puertas de un círculo social en el que haría su entrada triunfal como una reina. Y la realidad era que cada vez estaba más sola. Qué sensación tan amarga le había dejado aquella visita... Dick era como la lluvia de Londres, que caía deslizándose sobre la piel como una caricia demasiado breve, sin llegar a penetrar en la carne. Sus abrazos no calentaban. Y cuando no llevaba colonia, su piel no olía a nada. No quería caer en pensamientos deprimentes, pero tenía tanto tiempo libre que empezaba a ser desesperante. Regresó al salón y se dejó caer en el sofá. Tenía ganas de encontrarse con Victor... Le había prometido que iban a organizar algo genial los dos juntos y ella estaba deseando saber qué era. Porque Victor era diferente. En su sonrisa despreocupada, en su manera de soñar sin barreras, vibraba el nervio creativo de Londres que tan profundamente hacía latir el corazón de Josefina.

Cuando Dick regresó, a ella le daba vueltas la cabeza por efecto del vino. Lo oyó refunfuñar porque había migas en la cocina. Abrió el cajón de los rollos de plástico, sacó uno y se puso a envolver los restos de *dim sum*, concentrado como un cirujano a punto de extirpar un tumor maligno.

—He visto una hormiga —gruñó.

Ella no contestó. Tenía sueño y también tenía gases por culpa del vino espumoso. Le pasaba a menudo, pero era impensable tirarse un pedo delante de Dick. La verdad era que solo podía ir al baño a gusto cuando él se marchaba por las mañanas.

—Me voy a dormir, tengo mucho sueño.

—¿No me ayudas a recoger los restos?

Josefina se marchó al cuarto de baño, haciendo como que no había oído la pregunta. Pero no pudo evitar escucharle responderse a sí mismo:

—Por cierto, la próxima vez puedes sentarte con Jemi y conmigo en el sofá si no quieres que te vuelvan a tomar por la criada.

7

Ya era finales de octubre y la atmósfera de Londres cada vez se palpaba más densa. Llegaban las tres, la hora de sentarse a comer frente al telediario en España, y el cielo comenzaba a emborronarse. Tarde tras tarde, Josefina sentía un desasosiego frío, como si supiera que iba a perder la batalla contra una noche plagada de sombras. Y entonces la casa de Dick se abría ante ella como un refugio mágico. Se recordaba a sí misma que tenía novio. Era guapo, cosmopolita y exitoso. Le llevaba regalos caros, la mimaba, la sorprendía. La llamaba Josie y *Lady London*. Él sabía ver a la Josefina que vivía dentro de ella, la que había tenido el valor de dejar España con una maleta y sus sueños a cuestas. Para todos los demás seguía siendo Josefina, la que acababa de llegar a Londres. Peor aún, para su familia era «la Fina». Y ella ya no quería responder cuando la llamaban por esos nombres.

Tampoco quería salir ahí afuera como Lola, Olga y todos aquellos miles de españoles que se habían visto obligados a emigrar. Ella estaba convencida de que no sabría servir mesas ni cobrar a los clientes, ni responder en inglés, ni moverse con la velocidad necesaria para ir más rápido que el que venía detrás dispuesto a recoger los restos de la mesa, de tu empleo y de tu dignidad. Tenía la inmensa suerte de no necesitar ponerse a trabajar inmediatamente para subsistir y de sentirse segura con Dick. ¿O es que Lola, Olga o Mariona no habrían soñado con estar en su situación? ¿Acaso se habrían puesto a trabajar de camareras, dependientas y telefonistas si no necesitaran el dinero?   Pues ella tampoco. Y por eso pensaba aprovechar el tiempo.

Últimamente le rondaba la idea de apuntarse a algún curso de marketing y proponerle a Victor que se convirtieran en socios de verdad. Si aquello que su amigo se traía entre manos tenía éxito, los beneficios serían para los dos. Y Victor, con su contagiosa aura de entusiasmo, era la persona ideal para trabajar juntos. Pero primero tendría que formarse. Había encontrado varias clases online que parecían excelentes, aunque no eran precisamente baratas. Ella podría encargarse de manejar las redes sociales de Victor, escribir un blog y hasta organizar fiestas. ¡Había mil cosas interesantes que hacer!

Lo de las fiestas era una idea reciente que estaba deseando contarle a Victor. Serían encuentros semanales a los que él mismo podría asistir para charlar con sus clientes. Cara a cara, sin pantallas de por medio. Con la labia que tenía, los encandilaría a todos. Fiestas internacionales en bares sofisticados donde todo el mundo llevaría un cartelito con su nombre, la bandera de su país y un número. Y cada número correspondería a un papel en el que todos habrían escrito sus preferencias a la hora de encontrar pareja. Nacionalidad favorita, gustos, aficiones, manías… Y cada quién podría ir a una mesa donde estarían todos los papeles y leer el del chico o chica que le gustara para poder pegar la hebra. «Eh, número siete, soy ucraniana de pura cepa y me vuelven loca los hombres españoles. He leído que te encanta jugar al fútbol en pelotas y que todos los domingos te pones ciego de paella y de tortilla de patatas y luego te plantas una corbata con la bandera de España y te vas a la plaza de toros a pasar la tarde fumando puros. ¿Qué tal si me invitas a una corrida, machote?» ¡Qué ganas tenía de hacer algo divertido, loco, distinto, tonto, excitante! Ojalá la llamara pronto Victor. Con él sí que se entendía.

Un domingo, mientras Dick y ella cenaban en casa una torre de algo llamado *dumplings*, puso sus planes sobre la mesa.

—Me parece estupendo —dijo Dick—. Pero primero necesitas tener un plan financiero. Es la base de cualquier proyecto empresarial, por cierto. ¿Ya sabes cómo piensas costear tu idea y cuáles son tus objetivos para los próximos tres años?

Ella se quedó muda.

—Bueno, todavía me dura el paro.

—Podrías trabajar en Zara —soltó él—. No hace falta que domines el inglés.

A Josefina se le atragantó el *dumpling* que tenía en la boca.

—Te estoy diciendo que no necesito trabajar por ahora. Y cuando busque un empleo no será en Zara. Te recuerdo que soy economista. Igual que tú.

Él lanzó una risa irónica.

—Bueno, has estudiado Económicas. No es lo mismo que ser economista. Y para ser como yo creo que te falta algún que otro máster y bastantes años de rodaje. De todos modos, solo pretendo ayudarte, Josie —dijo, clavándole una de sus sonrisas encantadoras—. No quiero que pases apuros.

¿Eso qué significaba? ¿Qué la estaba invitando a trabajar para ganar su propio dinero o que le condecía el honor de financiarle los estudios? Dick ganaba una cantidad exorbitada cada mes y no pagaba alquiler ni coche. Ella era su novia. ¿Tan terrible era esperar que le echara una mano para ayudarla a mejorar su futuro? Pero no se atrevió a pedírselo directamente. Igual que no se atrevió a decirle que en realidad, en lo más profundo de su corazón, y aunque también quería trabajar, lo que de verdad deseaba era formar una familia con él y crear un hogar. Pero seguramente lo llevaba escrito en la cara. Los dos lo veían, solo que, cada uno por una razón bien distinta, no hablaban de ello.

—Supongo que sabías que oficialmente no puedes cobrar el paro español si vives en Londres. Pero, en fin, hay cien mil españoles como tú. Gritas: «Olé» en un bar y aparecen diez. Y además, ¿tienes cuenta bancaria inglesa? ¿Médico, papeles?

—No… —reconoció ella ante el estupor de Dick. La verdad era que siempre iba dejando todo aquello para otro momento—. No me gusta el papeleo, aún no me he puesto.

—¿Y cómo pretendes establecer un negocio siendo una «sin papeles»? Espabila, Josefina, hay cosas que nadie puede hacer por ti. Lo primero que necesitas es el NIN.

—¿El qué?

—*My God*, ni siquiera sabes lo que es. Pues ya puedes ir informándote. Si te pones enferma y yo estoy de viaje, ¿ni siquiera sabes dónde está tu *GP*?... Tu médico de cabecera —aclaró mientras negaba con la cabeza, asombrado ante la ignorancia de ella.

Todo aquello le sonaba… Había leído cosas en internet pero no le había parecido tan urgente ocuparse de ello puesto que aún no trabajaba y nunca se ponía enferma. ¿Qué prisa había por abrir una cuenta bancaria? En cuanto al paro, tenía una cierta idea de que era ilegal cobrarlo en el extranjero, pero no había querido enterarse bien del tema. Ahora, ante la insistencia de Dick, no le iba a quedar más remedio que informarse sobre todos esos aburridos asuntos.

8

Tres mañanas más tarde, Josefina hacía cola en una oficina para solicitar el NIN, que ahora ya sabía que era el equivalente a su número de la Seguridad Social. Apenas había podido dormir aquella noche a causa de los nervios. Además, Dick estaba en Madrid de viaje de trabajo y no había podido recurrir a él para calmar su inquietud. Esperó sentada en una silla, lanzando miradas furtivas a su alrededor. Paredes sucias, carteles informativos… Se parecía a la oficina de su barrio madrileño donde había ido a pedir el paro. Era igual de inhóspita, solo que aquí ella era una extranjera. ¿Y si no entendía al funcionario? ¿Y si le denegaban su petición?

Le tocó enseguida con un tipo que aparentaba más o menos su edad y rellenaba un formulario a mano mientras le ofrecía a Josefina un panorama completo de la cortinilla de pelo que cruzaba su cabeza, incapaz de tapar el brillo de su calva. Miró su pasaporte, muy serio. Ella estaba en el borde de la silla, tiesa como un palo.

—Así que eres española —arrancó, con una voz sorprendentemente cálida—. ¿Barcelona? ¿Ibiza?

—No, no, ¡Madrid! —se apresuró a contestar con una enorme sonrisa. Ahí estaba de nuevo la Josefina complaciente…

Al tipo se le iluminó el rostro.

—¡Madrid es fantástico! Yo *tuví* una novia allí. ¡Increíbles bares, danzando toda noche! —exclamó. Josefina se vio sacudida por una oleada de agradecimiento que quebró la rigidez de sus hombros. Porque el tipo tramitó su petición sin poner pegas, porque no le soltó una regañina por no buscar trabajo después de tres meses en Londres, porque no la deportó ni la metió en una cárcel para extranjeras vagas y despistadas. Porque ya podía volver a casa. Antes de salir de la oficina vio a dos mujeres con velo sentadas en la sala de espera. La más joven consolaba a la otra, que lloraba sin disimulo. Josefina apretó el paso. No necesitaba saber...

En el banco fue aun más fácil. Un gestor personal con cara de chino la atendió como si ella fuera una princesa árabe dispuesta a depositar su fortuna manchada de petróleo en su mejor caja fuerte. Le pidieron una cantidad ingente de datos, comprobaron que vivía donde decía vivir y pasaron un rato demasiado largo alabando la zona en la que estaba el *penthouse* de Dick. Asombrada por tanta pompa y circunstancia para abrir una simple cuenta bancaria, esta vez Josefina se marchó con rabia. Antes de ir se había informado sobre lo difícil que era abrir una cuenta en un banco inglés si no tenías trabajo o una dirección estable. ¿Y qué pasaba con los que acababan de llegar? ¿Con todos los españoles que tenían que tragarse sus doctorados y sus títulos y sobrevivir en una habitación de mierda, suplicando que alguien les diera la oportunidad de pasar ocho horas al día de pie sirviendo hamburguesas? ¿Es que no merecían el mismo trato que ella, que vivía en una zona rica?

Cuando llegó al centro de salud, ni siquiera estaba nerviosa. Le asignaron una doctora de nombre impronunciable y no se alteró cuando tuvo que hablar con la mujer del mostrador y rellenar un montón de papeles.

Al terminar las gestiones se sentó en el banco de un parque, exhausta y satisfecha. Bueno, al fin lo había hecho y no le había costado tanto. Ya tenía NIN, cuenta bancaria y *GP*. Había entendido a todo el mundo y se había hecho entender. La burocracia no era agradable en ningún lugar o circunstancia, pero todos habían sido amables con ella. Y se dio cuenta de que podía desenvolverse sola mejor de lo que pensaba. A lo mejor sí sería capaz de servir mesas o despachar ropa, como Lola y Olga. ¿Por qué no? Todo era cuestión de práctica. Miles de españoles lo hacían, y muchos de ellos eran gente que, como ella, antes de llegar a Londres solo habían utilizado las manos para teclear en el ordenador de una oficina. Y luego les había tocado tragarse su orgullo y su miedo y exiliarse a Londres para ser ellos los extranjeros, invisibles bajo el uniforme o el delantal a los ojos de aquellos a quienes servían.

Podría buscar un trabajo de media jornada, uno que fuera fácil y llevadero. Y se daría cuenta de que sí podía, y ganaría dinero para pagarse los estudios y reinventarse sin ayuda de nadie. Y sobre todo, sin depender de su pareja. Al fin y al cabo, Dick trabajaba muy duro. ¿Por qué no iba a hacerlo ella?

Regresó a casa paseando por el camino del río, con el anochecer a punto de cerrarse sobre su cabeza... Pero la oscuridad no logró deprimirla aquella tarde. Al revés, el exterior era un dulce calmante. Pasear siempre la ayudaba a pensar, mucho más que cuando lo intentaba en casa. A veces, aquellas paredes impolutas del *penthouse* parecían páginas en las que ella no sabía qué escribir y que le recordaban con demasiada crudeza que su nueva vida aún era prácticamente un lienzo en blanco.

Le llegó un mensaje al móvil. Vaya, Dick había vuelto de Madrid y tenía muchas ganas de verla. Un escalofrío la recorrió entera. Ay, pasear estaba muy bien pero, cuando anochecía en Londres, lo único que una deseaba era refugiarse en el calor de otra alma. ¡Y Dick la esperaba! En cuanto subió las escaleras y lo vio abriendo una cerveza en la cocina, se dio cuenta de que era verdad. Tenía muchas ganas de estar con ella. Esa noche hicieron el amor con una dulzura que a Josefina le alegró el corazón. Luego se abrazaron bajo la luz sonrosada de la lámpara de noche. Él no tenía sueño y ella se sentía feliz.

—Hacía muchos años que no pisaba Madrid, Josie... Pero me alegro de que el trabajo me haya obligado a ir. Tienes razón, el aire huele diferente. Y prefiero mil veces el de allí. Aunque haga frío, es un frío que te alegra la sangre. Aquí te hiela el culo. Me emocioné mucho cuando el taxi me llevó al centro. Esa vista de la Puerta de Alcalá, la Cibeles, el ángel en lo alto del edificio al principio de la Gran Vía... Nunca me cansaré de mirarlo.

Se quedó callado mirando al techo. Ella lo miró para animarle a continuar, temerosa de romper aquel hilo del que Dick tiraba al fin. Le acarició el cabello con mucha suavidad. Las sienes le palpitaban. Tras un largo silencio, él siguió hablando.

—Un día, mi madre llegó por sorpresa al piso de Lavapiés donde yo pasaba casi todo el tiempo aunque a ella le horrorizaba. Todo el mundo la miraba. Parecía una actriz que hubiera escapado del teatro. Tenía una mirada extraña que me aterró. Me dijo que mi padre acababa de morir de un infarto. Pero lo peor fue lo que me dijo después. Me lo soltó allí mismo, en el sofá de Luciana, con los pañitos de ganchillo... Me dijo que James no era mi verdadero padre y que, ahora que había muerto, ella no tenía por qué seguir soportando el peso de aquel secreto. Que mi padre era un pintor brasileño, un mierda de pintor de casas. De brocha gorda se dice, ¿no?... Creo que lo recuerdo de verlo cuando era muy pequeño, pintando las paredes de esos colores chillones que le gustaban a mi madre. Un tipo gordo que olía a sudor, siempre se estaba riendo y venía a agarrarme de los mofletes. Odiaba que me tocara. En cambio, James... Yo lo idolatraba. Lo veía muy poco, entre viaje y viaje, pero era la luz de mi vida. El hombre más elegante del mundo. Siempre tenía tiempo para estar conmigo... Era el único que me hablaba como si yo fuera una persona de verdad.

Josefina al fin comprendía el porqué de la piel dorada y los ojos negros de Dick. Y creyó entender también por qué las paredes del *penthouse* eran tan blancas y desnudas, por qué hacía tanto frío en aquella casa donde los objetos que servían para la vida permanecían ocultos. Tenía que decir algo... Tenía que consolarlo. Mostrarle que comprendía...

—Duele mucho perder a alguien de forma inesperada —comenzó, casi susurrando—. Mi abuela paterna también murió de repente. Cuando me lo dijeron creí que era una broma. Tenía siete años y mi padre lloraba al teléfono y yo quería hacerle reír...

—Ya nadie podrá hacerme daño —la interrumpió Dick, pasándole muy fuerte el brazo alrededor del cuello. Tan fuerte que ella sintió que le faltaba el aire, aunque no se atrevió a soltarse. Dick la apretaba contra su cuerpo y ella sintió su pena, el corazón sangrando bajo su disfraz de ejecutivo. Pero sobre todo sintió sus manos, grandes y poderosas, aferradas a ella.

Quiso decir «te quiero», pero las palabras se quedaron atascadas en algún lugar entre su corazón y sus labios.

9

La cita con Victor era a la una de la tarde en un bar cerca del despacho y Josefina se le había ocurrido invitar a Olga a unirse a ellos. Era el día libre de su amiga, que aceptó encantada.

Ambas esperaban en la azotea de un bar cercano a Oxford Street, acopladas a unos taburetes desde los que podían deleitarse con las idas y venidas del personal. Josefina estaba muy contenta. Siempre le animaba ponerse unos tacones, pintarse los labios y pedir un cóctel en un local bonito. Aunque últimamente apenas pisaba ninguno con Dick.

Pidieron una copa de vino que resultó ser enorme. Ay, un día de estos tenía que aprender a medir los tamaños de las copas de vino inglesas. Un grupo de chicas pasaron como una tromba por delante de ellas riendo a carcajadas. Todas iban con los hombros al aire y llevaban sandalias de tacón sin medias.

—¿No tendrán nunca frío? —se preguntó Josefina.

—El alcohol las inmuniza, hija.

Se miraron sonriendo.

—Las inglesas están un poco locas. Hablan como pajarillos, pero se comportan como vikingos borrachos. No les hagas mucho caso. —Olga le guiñó el ojo y luego saludó con la mano a Victor, que se acercaba sonriente con traje azul marino y corbata naranja. Una combinación que en otro habría resultado vulgar, pero que hacía resplandecer sus ojos verdes. Pidió una botella de champán y colocó un taburete entre las dos amigas.

—Qué afortunado soy por tan grata compañía —exclamó, justo antes de brindar con ellas.

A Josefina le costaba lanzarse y Olga le hizo un gesto con la cabeza. Le había estado hablando de sus ganas de hacer algo interesante con Victor y ella la había animado.

—Victor... Sabes, he estado pensando. Creo que como asesora del amor no soy demasiado buena. La verdad es que no se me ocurren muchas ideas para ayudarte a emparejar a la gente. En realidad, no se me ocurre ninguna... Pero me gustaría crear una campaña de marketing contigo. Voy a hacer un curso online. Tengo un montón de ideas que creo que le darían muy buena publicidad a tu proyecto. Y bueno, ya sería el proyecto de los dos. De eso también te quería hablar.

—¡Fantástico! Me alegro de que te lo tomes tan en serio, Jo. Pero escúchame primero. —La detuvo con un suave toque en el brazo y no le quedó más remedio que obedecer—. El proyecto va a ser mucho más grande de lo que habíamos planeado. Por eso quería hablar contigo. ¿Sabes qué? ¡Olvídate de las citas! Hemos hecho un estudio de mercado. No va a funcionar.

—Ah... —Josefina se había quedado con la palabra en la boca.

—¡Pero claro que podremos hacer cosas increíbles juntos! El proyecto solo cambia de rumbo para tomar otro mejor. ¡Ahora será imparable!

Con los ojos de las dos amigas interrogándolo, Victor hizo una pausa, se puso muy serio y se acercó a Josefina para preguntarle:

—¿Sabes lo que son las *escorts*?

—¿Las qué? Ni idea...

—Bueno, Londres es una ciudad donde hay mucho poder, ¿recuerdas que ya te lo dije? Y mucho dinero. Cantidades obscenas, escandalosas, de dinero. Y ya que lo mencionamos, también hay mucha lujuria. La combinación de esos tres factores es sencillamente explosiva. Sí, recordaba lo del poder porque Dick también se lo decía con frecuencia. ¿Pero a dónde quería ir a parar Victor?

—Aquí hay demasiados hombres que no tienen tiempo de buscar una mujer con la que mantener una relación. Y muchas mujeres que necesitan dinero para salir adelante en esta ciudad tan cara. Por supuesto, también funciona al revés, aunque no es tan frecuente. Demasiadas damas poderosas se sienten solas. ¿Entiendes?

—¿Vas a montar un negocio de prostitución? —intervino Olga, hasta entonces callada.

—¡Oh no, no, querida! Prostitución es una palabra muy fea —sonrió Victor—. Solo vamos a actuar como intermediarios entre personas que tienen dinero y medios con otras que pueden ofrecer encanto y compañía. Nosotros les ayudaremos a encontrar una joven o un muchacho con quien ir a cenar, asistir a una fiesta, conversar... ¡o ir de viaje a una isla maravillosa en avión privado!

—¿Conversar? —saltó Olga— Victor, por favor, ¿a quién pretendes engañar? Josefina acaba de llegar, pero tú y yo ya sabemos lo que se cuece en Londres.

—Mi querida Olga, yo no sé lo que nuestros clientes van a hacer en la intimidad. Nuestro trabajo consistirá únicamente en ponerlos en contacto. Y, por supuesto, llevarnos una jugosa comisión por facilitarles el encuentro. Quién sabe cuántas historias de amor pueden surgir de ahí. ¿Qué me dices, Josefina?

Pero Josefina seguía sin palabras. Olga le dio un codazo.

—¿Y qué quieres que haga yo? —acertó a preguntar.

—Tú lo has dicho. ¡Marketing! Me dijiste que te gusta escribir. Tú te encargarás de las redes sociales. Ya llevas tiempo aquí. Cuéntale a la gente por qué no es fácil encontrar el amor en Londres y cómo podemos ayudarlos. Atrae su atención. Busca la manera de llegar a todas esas chicas bonitas y ambiciosas que sueñan con prosperar y vivir en un barrio caro. ¡Hay tanto por hacer! ¿Qué te parece? ¿Estás conmigo?

Victor le tendió la mano, pero su ilusión se había desinflado como las pocas burbujas de champán que quedaban en la botella. Sí, aquello apestaba a prostitución encubierta. ¡Cómo iba ella a participar en algo así! Pero Victor no parecía darse cuenta del efecto que habían causado sus pa-labras.

—¿Queréis más champán?

Las dos dijeron que no a la vez, y él se despidió. Como siempre, tenía que reunirse con alguien. Se quedaron sentadas, muy quietas, mirando al frente sin decir nada. Y ahora qué…

10

Olga fue la primera en romper el hielo.

—Josefina, así son en Londres. Primero te lo prometen todo y, cuando ya te han convencido, se lo llevan.

Recordó el estudio de Olga. Las caras de hastío de sus subordinadas en la tienda. El asqueroso cuarto de baño compartido con desconocidos.

—¿Y entonces tú por qué te has quedado aquí? Explícamelo, porque no lo entiendo.

—Porque quiero hacer algo que en Madrid no puedo. —Olga la miraba con serenidad—. Por cada diez *víctores* que te encuentras, aparece alguien que valora tu talento. Y por fin comprendes que el sacrificio que supone vivir en zulos, sentirte sola, andar por ahí con el frío metido en los huesos, harta de comer comida prefabricada a punto de caducar del Tesco, al final tiene su recompensa. Llega el día en que encuentras un buen trabajo, empiezas a hacer lo que te gusta, recibes el reconocimiento que mereces y ganas una pasta. Y eso en España es imposible.

—¿Pero cómo consigues sobrevivir aquí sola sin volverte loca? Perdóname, no nos conocemos mucho, no quiero ser indiscreta, pero es que me parece tan duro... A mí me daría miedo levantarme de la cama para ir al baño de tu edificio.

—A mí también me da miedo. Y asco. Pero no puedo volver atrás. Y prefiero vivir sola, aunque tenga que ser en un agujero como ese. Ya he compartido casa muchas veces y no me acostumbro. No encuentro el término medio en la convivencia. O vivía con unos que ni me saludaban o con gente que pensaba que compartir la casa era como convertirse de repente en hermanos. Sobre todo, los españoles.

—Ay sí, qué pesados. A mí también me gusta ir a mi rollo. Si no, ¿qué gracia tiene vivir en el extranjero?

Las dos sonrieron y Josefina se puso contenta porque Olga y ella comenzaban a crear un espacio invisible que podían amueblar con su incipiente amistad. Y aunque se moría por seguir preguntando, algo le decía que con Olga era mejor escuchar.

—Tú sabes lo que es sentirte atrapada por la familia, Josefina. A mí me pasa lo mismo cuando voy a España, aunque de otra manera que no es la tuya. Porque familia tengo poca. Mi madre murió hace mucho... —Los ojos de Olga se habían vuelto lánguidos, pesados, como si estuvieran a punto de arrastrarla al suelo y no permitirle que volviera a levantarse—. Pero sí tengo un padre que quiere con todas sus fuerzas que regrese para hacerle compañía. Aunque él nunca lo dice claramente, porque no sabe hablar de sentimientos. Pero me pide que vuelva para trabajar con él; tiene su propio negocio y me asegura que nunca me faltará trabajo. Ya no sé las veces que me he negado. Cuando voy a Madrid, es como si una mano me agarrara del cuello y no me dejara respirar, como una fuerza que me trae y me lleva pero siempre por un camino distinto al que quiero seguir. Al final acabo agotada, no me quedan fuerzas para pensar en mi vida. Aquí me siento viva pese a las dificultades. O quizás gracias a ellas.

Josefina entendía...

—¿Y no te gustaría tener pareja?

—Ahora no. No me va bien con ninguno. Estoy harta de ser *the one before the one*... ¿Sabes qué significa? Bueno, en realidad es el título de un libro. Algo así como «la chica que va antes de la definitiva». Esa a la que le prometen felicidad eterna, con la que hacen mil planes de futuro hasta que de repente un día se cansan y la dejan tirada. Y mientras aún estás lamiéndote las heridas, ellos ya han encontrado a la mujer de sus sueños, se casan con ella y tienen hijos antes de que tú hayas tenido tiempo de reaccionar. Victor tiene mucha razón. No es fácil encontrar pareja en Londres. Pero de ahí a trabajar de *escort*... Mira, eso sí que no. Y venga, no hablemos más de mí. ¿A ti cómo te va con Dick?

Josefina comprendía que era su turno de sincerarse, y sin embargo le pareció que el nombre de Dick enturbiaba ese oasis de confidencias entre amigas en el que al fin se había sumergido.

—Bueno, llevamos poco tiempo. Supongo que necesitamos conocernos mejor, crecer juntos... Pero yo sí creo que se puede encontrar el amor en Londres... ¿Por qué no? Tengo una conocida que se ha mudado aquí porque se enamoró de un inglés y ha venido a buscarlo —dijo, con ganas de desviar la conversación. Era extraño pero, ahora que se le presentaba la ocasión, no tenía ganas de hablar de Dick. En cambio, sentía curiosidad por conocer qué opinaba Olga sobre la historia de Mariona—. Está convencida de que van a acabar juntos.

—¿Ella ha venido a Londres a buscarlo a él?

—Es hindú. Vivía en Barcelona también, pero la familia le hizo chantaje y se asustó.

—¿Y tú crees que eso es amor? —exclamó Olga con los ojos muy abiertos.

—Deberías conocerla a ella. Está segura de que su chico volverá, tarde o temprano. Es que te lo dice con tal convicción que tú también te lo crees. Y ahí está, esperando. Pero escucha, que tengo otra historia mejor. —Josefina cruzó las piernas y se inclinó hacia Olga, deseando hablarle de su mejor amiga—. Carmen era la típica niña modosita. Buenas notas, obediente, aburrida, nada del otro mundo. Un verano nos fuimos todas las amigas a la playa y nos enamoramos como locas de unos suecos impresionantes que todos los días bajaban a hacer surf. Carmen vino porque no tenía ningún plan mejor. Pero se lio con uno de ellos, como todas. Por supuesto, en cuanto acabaron las vacaciones, los suecos desaparecieron. Yo me tiré hasta Navidad escribiéndole cartas ridículas al mío, soñando con que viniera a buscarme. Nunca me contestó a ninguna. Pero el de Carmen la llamaba todos los días. Y un domingo se plantó en casa de sus padres y dijo que venía a buscarla, que no podía vivir sin ella. ¡Carmen, que nunca había tenido novio! Se casaron en Madrid, se fue a Suecia a vivir con veintitantos años y allí sigue. Tienen dos hijos.

—Pues hija, me alegro mucho por todas vosotras, pero yo ahora mismo no quiero saber nada de relaciones. Por cierto, ¿no tienes frío?

Era obvio que Olga quería irse del bar. Pero a Josefina, el champán se le había subido a la cabeza y no podía dejar de hablar. Decidió contarle sus extraños encuentros con Jemima.

—Es tan sofisticada... Es que impone de solo mirarla. A mí me encantaría ser así. Una de esas mujeres que solo comen proteínas y batidos verdes y que siempre van perfectas, aunque lleven puesto un trapo sin forma, porque son delgadas, y no sonríen todo el rato como si fueran tontas. Una Kate Middleton. Una Audrey Hepburn. ¡Yo quisiera ser Holly Golightly... pero mi naturaleza tiende a Bridget Jones!

Olga soltó una carcajada.

—Nada que decir sobre Audrey, pero... ¿Kate Middleton? Por favor, si viste como mi abuela. Y esos pelos.

—Pero es guapa y delgada.

—Bueno, lleva ropa cara y se ha hecho los arreglos estéticos necesarios. Cualquiera puede lucir bien así. Mira, Josefina, todas podemos vernos radiantes. Sabes... Soy poco más que una dependienta en Topshop, aunque se supone que me encargo de coordinar a las recién llegadas. Pero de vez en cuando me dejan vestir algún escaparate y ¡soy tan feliz cuando pienso que alguien se puede sentir mejor al mirarlo desde la calle! Mi sueño es ser estilista personal. Te digo una cosa: todas merecemos belleza y todas podemos encontrarla en nuestro interior. Solo hay que saber rascar las capas, desprendernos de lo que sobra y encender la luz.

Los ojos de Olga brillaban. Qué suerte, ella sí tenía claro lo que quería en la vida. Y además se parecía a Audrey. Tenía algo. Ese *it* indefinible; tan londinense, tan magnético.

—Por eso tengo en mi cocina una macetita con un rosal y lo cuido cada día —prosiguió Olga—. Lo riego, lo acaricio y le digo palabras hermosas. Sobre todo los días grises o cuando más desanimada estoy. Para acordarme siempre de que la belleza hay que cultivarla desde el interior para que resplandezca por fuera. Aunque suene como el tópico más grande del mundo.

—Yo me compraba un ramo de flores al principio, cuando me instalé en Londres —recordó Josefina—. Tenía intención de hacerlo cada semana, pero luego se me olvida... Me pasa igual con la ropa, no sé dónde encontrar cosas que me vayan. Siempre acabo en el Primark. Tampoco tengo pasta para mucho más.

—Pues no se te puede olvidar. Debes regalarte belleza a ti misma. No lo hagas para nadie más. Y en cuanto a la ropa, aquí no hace falta estar forrada para ir bien. Sal del

Primark, hija, que huele a sudor. ¿Sabes dónde encuentro
auténticas joyas? ¡En las *charities*! Las tiendas benéficas
que venden cosas de segunda mano. Hay prendas maravillosas *vintage* o de marca como nuevas. Oye... ¿Por qué
nos vamos de compras? Hay una *charity* que me encanta
aquí cerca.

Ahora era Olga la que irradiaba entusiasmo y arrastró a Josefina sin mucho esfuerzo a la tienda. Entre los
burros repletos de ropa que olía a polvo y a naftalina, la
mirada de Olga resplandecía. Con su ojo experto avistó
varias blusas y faldas, las descolgó sin esfuerzo y empu-
jó a Josefina al probador. No era más que una sala común, cutre y con manchas de humedad, pero allí se sintió como una princesa porque Olga solo tenía ojos para
ella. Con manos hábiles le ajustó una pinza aquí, un do-
bladillo allá.

Y la transformó.

—Tienes que mezclar, no vayas tan conjuntada. Mira, así. Suéltate, Josefina, vístete para ti, sé espontánea.
En España las mujeres van tan aburridas... Deshazte ya
de los vaqueros y las camisetas, mujer.

Se miró al espejo. Olga le había puesto un jersey verde
con lunares rojos y una falda con estampado de flores. Jamás habría pensado que semejantes prendas pudieran
combinar y mucho menos realzar su atractivo, pero así era.

—Te van los estampados atrevidos y los escotes en
pico. Aquí no hay luz, pero en mi casa un día que haga
sol te voy a hacer el test de los colores con mis pañuelos.
Verás que unos tonos te iluminan y otros te apagan.
¡Todo es cuestión de luz, Josefina! —dijo, y estampó en
su mejilla un dulce beso con olor a lavanda antes de desaparecer calle abajo. Le tocaba turno de tarde y ya casi
era la hora.

Para su sorpresa, cuando volvió a mirarse en el ro-
ñoso y mal iluminado espejo, Josefina vio que sus meji-

llas lucían sonrosadas, la mirada chispeante, el gesto relajado. Estaba guapa y contenta. Su cara no se veía mortecina como en casa de Dick. Y qué bien le había sentado aquel rato de camaradería femenina. Sí, tal vez todo era cuestión de luz. Tal vez Londres con su grisura, sus ráfagas de viento y sus tardes oscuras era como una llave mágica que apagaba el brillo de lo externo para que no nos cegara, y nos obligaba a mirar adentro, entre los recovecos, hasta hallar el interruptor de nuestra propia luz. Y así se sentía ella ahora: valiente, encendida, luminosa. Se veía más guapa, más espontánea. Se propuso hacerle caso a Olga y comenzar a poner color y atrevimiento en su ropa sin que volviera a importarle el qué dirán. Ahora se daba cuenta de que aún lo llevaba por dentro como un luto, a pesar de haberse librado de las miradas escrutadoras de España.

De camino a casa, pensó en lo que habían hablado. Comprendía el motivo por el que Olga aguantaba en Londres, pero le parecía tan duro hacerlo sola... Le había contado que, cuando volvía de vacaciones a España, se sentía extranjera. Detestaba los horarios, las jornadas partidas y la cortedad de miras. Josefina la encontraba cautivadora, pero también la veía tan triste, tan esforzada... tan sola. Pensó en Lola, que llevaba aun más años buscándose la vida en Londres. Lola y Mariona eran de ese tipo de personas que necesitaban blindarse tras un escudo de gente, mientras que Olga se nutría de una fuerza que almacenaba en su interior.

Y ella, ¿qué era? No estaba segura, pero secretamente se alegraba tanto de no estar sola como sus nuevas amigas...

Estaba a punto de sumergirse en el metro cuando su móvil recibió un mensaje. *¡Tengo novedades! ¡Grandes noticias! ¿Cuándo nos vemos?* Mariona, qué casualidad... Bueno, ya le contestaría. Le daba un poco de pereza quedar con ella. Prefería pasear en su propia compañía. Era maravilloso caminar sin rumbo y sumergirse en la corriente, fundiéndose con el resto de almas que deambulaban absortas en su mundo interior, buscando su camino en aquel laberinto mágico llamado Londres.

11

En casa, mientras se preparaban para cenar una cantidad ingente de *makis* rellenos de algas y pescado, le resumió a Dick la conversación con Victor.

—¿Qué te parece? ¿Debería trabajar con él?

—¿Pero tú estás loca? ¿En serio pretendes involucrarte en el mundo de las putas de lujo? —dijo, tendiéndole un snack de algo viscoso que parecía gamba cruda y que Josefina se tragó entre arcadas—. ¡Menuda basura! Y además, no es tan fácil abrirse camino en ese ambiente. Dile a tu amigo que los millonarios babosos no confían en cualquier listillo recién llegado. Y desde luego, las chicas no necesitan intermediarios. Te aseguro que unos y otros saben perfectamente dónde encontrarse.

Dick le lanzó una mirada dura en la que Josefina quiso ver una sombra de celos que no le desagradaron del todo. Sí, la verdad era que no tenía sentido involucrarse en ese mundillo que debía de ser bien turbio. Al final, las promesas de Victor se habían diluido hasta convertirse en humo. Pero era previsible. No estaba enfadada con él. Nunca le ofreció un trabajo de verdad ni ella pretendió que lo hiciera. Solo que, ahora, sus caminos debían separarse. Josefina tenía que comenzar a moldear su propio proyecto. Y la pasión de su amigo la inspiraba, igual que la determinación de Olga. Ambos sabían lo que querían, mientras que ella seguía divagando sin encontrar aquello que hacía vibrar su alma. A lo mejor no era el marketing sino otra cosa. ¿Tal vez el diseño gráfico? Podría crear logotipos, páginas web, incluso cuadernos bonitos como los que veía en los escaparates. ¡Y hasta podría vender sus propios productos! Solo era cuestión de dedicar unas horas a aprender. Le sobraban tiempo y paciencia para estudiar.

El domingo por la tarde, como solían, sus padres la llamaron.

—Estamos aquí todos. Ya queda poco para la Navidad. ¿Cuándo vas a venir?

A bocajarro... Así era su madre. Faltaban dos meses y la verdad era que Josefina no sabía cuáles iban a ser sus planes navideños con Dick. Pero ir a Madrid a pasar la Nochebuena con su familia no iba a estar entre ellos. Afortunadamente, su padre logró interceptar el teléfono.

—¿Cómo está el tiempo, hija? ¿Mucho frío?

—Sí, papá, la verdad es que ahora hace un frío que corta el aliento. Pero no te preocupes, voy bien abrigada. En casa hace calor, las calefacciones aquí son muy potentes.

Con él era más fácil. Su padre era un lago en calma; podía estar segura de que la conversación nunca penetraría bajo la superficie. De todos los tópicos posibles, solo era capaz de abordar los del clima y la comida. Sabía que no lo escucharía preguntar si tenía trabajo o pareja. ¿Y si ella fuera sincera?

«Oye papá, hay algo muy importante que no os he contado todavía. Ya no estoy con la señora de la pensión, como la llamaba mamá. He conocido a un chico y estamos viviendo juntos. Es economista, trabaja en la City y es medio inglés, medio brasileño. Pero no te preocupes, que habla español perfectamente. Vivió en Madrid y le encanta, ¿sabes? Estoy muy feliz, no os preocupéis por mí, vivo en una casa maravillosa, él me cuida mucho, papá...»

Y entonces su madre ocupó el teléfono de nuevo.

—A tu sobrina la van a operar de vegetaciones. Ya te diré el día para que puedas venir a verla. Los dos preguntan mucho por ti. «¿Cuándo viene la tita? Tenemos muchas ganas de que vuelva y se quede con nosotros para siempre».

Aquella ridícula imitación de las voces de sus sobrinos le encendió un fuego por dentro. ¡Qué manera más ruin de intentar hacerle chantaje! Encima la tomaba por tonta, como si pudiera creerse que a aquellos dos mostrencos les importaba un carajo su tía Josefina. Probablemente ya ni se acordaban de su cara.

Logró calmarse, pero necesitaba cortar la llamada.

—Vale mamá, ya veré si puedo ir. Dales besos a los dos. Tengo que dejarte.

—No, de eso nada. Espérate que se va a poner tu hermana.

Josefina escuchó un golpe brusco y luego la voz de Toñi.

—¿A ver, cómo está su majestad? ¿Bien? ¿Muy ocupada tomando el té y pidiendo cita para la pedicura? Pues nada, siga usted haciendo la *gandinga*. Adiós.

Había colgado sin dejarla hablar siquiera... Nadie como su hermana tenía la capacidad de herirla sin necesitar otra arma que el tono de su voz. Abría la boca y era como si le clavara un cuchillo, y luego se marchaba bien protegida por aquella capa de sarcasmo que se había convertido en su segunda piel. Josefina se entristeció de repente. No podía, no podía contarles lo de Dick. Sus padres pondrían el grito en el cielo. No se querrían creer que ella había tenido la suerte de enamorar a un economista forrado de dinero, que era un tipo decente y la quería. Ni siquiera sabría cómo contarles que lo había conocido por internet y que todavía vivía con ellos en Madrid cuando comenzaron a intimar. Peor aun, se estaba dando cuenta de que su familia no quería saber nada de su vida en Londres. La llamaban y, en lugar de interesarse por cosas que de verdad importaban... Si estaba contenta, si la ciudad era tan bonita como ella recordaba y si había hecho amigos... Ellos corrían a contarle sus propios asuntos. Las mismas historias aburridas de siempre. La charcutería, los sobrinos, los dolores, si llovía o hacía sol.

¿Es que no les importaba lo que le pasaba? ¿No tenían curiosidad, al menos? ¡Que se había ido a vivir a Londres, joder!

Al colgar, sintió una tristeza viscosa que se le pegaba al alma, apretándola por dentro. Debía de ser el sentimiento de culpa... Culpa por no haberse quedado en la charcutería dejándose los dedos entre lomos y salchichones como Toñi. Culpa por no estar casada a los treinta y cinco para darle a su madre nietos de los que presumir ahora que los otros se hacían mayores. Culpa por no poder decirle a su padre que había encontrado un trabajo en Londres. Y lo más triste de todo era que se había sentido más cerca de Victor, de Olga o de Mariona que de ellos, su familia, las únicas personas en el mundo que la conocían desde su primer día de vida en el mundo.

El disgusto le duró hasta la mañana siguiente, pero se esfumó cuando Dick le propuso salir a cenar fuera. ¡Qué demonios, no merecía la pena sufrir por la mezquindad de su familia! Aceptó entusiasmada, y Dick también estaba especialmente contento. Aunque el buen humor solo le duró hasta que se vieron atrapados en un taxi en Piccadilly. Llovía, llevaban atascados cuarenta minutos y estaba ansioso.

—Vamos a bajarnos, no aguanto más esto, es como estar encerrado en el infierno. Odio el centro. *Holy shit*, para una tarde que salgo pronto de trabajar. ¿Dónde podemos tomar algo? Aquí no hay más que turistas.

Josefina no quería bajarse. En el taxi estaba calentita, no tenían prisa, le gustaba contemplar el exterior mientras pensaba en sus cosas. Pero Dick se revolvía como una lagartija y la estaba poniendo muy nerviosa. ¿Dónde podían tomar algo? ¿Y se lo preguntaba a ella? Miró a su alrededor... Ah, claro, podían ir al restaurante donde trabajaba el chico español.

En Fortnum & Mason reinaba la misma paz de siempre. Como si el sol brillara en exclusiva dentro de sus cuatro paredes, arrancando destellos de luz a todos aquellos objetos hermosos. Quiso decirle a Dick: «¿Te acuerdas de *Desayuno con diamantes*? ¿Cuando Audrey Hepburn está triste y se va a tomar un café y un cruasán frente al escaparate de Tiffany's porque piensa que en un lugar tan bello no puede pasarle nada malo? Pues así me siento yo cuando entro aquí». Pero no podía decírselo, porque le recordaba demasiado a la última vez que entró en aquellos almacenes. Fue la tarde en que él le dio plantón en St James Square, aunque aquella misma noche le pidió que se fuera a vivir con él, y no habían hablado jamás de lo ocurrido. Y porque nunca lograba decirle a Dick las cosas que la dejaban al borde de las lágrimas. Le daba miedo que él le respondiera con el mismo sarcasmo de su hermana.

Subiendo las escaleras que conducían al restaurante, que se llamaba The Gallery, dos personas se acercaron a Dick y lo saludaron muy efusivamente, ignorando a un camarero que se les había acercado. Dick se paró a hablar con ellos y Josefina le pidió al chico, que parecía muy agobiado, una mesa para dos. El local se veía lleno y había cola, pero Dick y sus amigos no se movían de las escaleras.

—Dick, el camarero dice que solo hay una mesa libre. Voy a cogerla, te espero allí.

Él asintió con la cabeza sin girarse hacia ella ni presentarle a sus amigos. Josefina fue a sentarse y los observó de lejos. Eran una mujer con una exuberante melena pelirroja y un tipo alto, repeinado, con aire de inglés antiguo, que tenía una mano puesta en el hombro de Dick. Pensó si dejar su abrigo en la mesa y acercarse a saludarlos... Bah, la verdad era que no le apetecía. De repente sintió que alguien la observaba. Miró al grupo, pero ni siquiera habían reparado en ella... Apartó la mirada de aquellos tres y se encontró con los ojos del camarero español. ¿Cómo se llamaba? Ah sí, Pedro. Se acercó a ella con una gran sonrisa y un trapo en la mano.

—¡Por fin has venido a que te invite a un té! —dijo, despejando la mesa para ella—. ¿O prefieres una copa?

Iba a contestarle cuando Dick se acercó dando grandes zancadas y se sentó con aire distraído. A Pedro se le heló la sonrisa en los labios. Se puso firme como un soldado y le preguntó en inglés a Dick qué quería. Él pidió un *gin tonic* sin mirarle siquiera.

—Té para mí —sonrió Josefina. Pero Pedro seguía muy serio. Cuando se dio la vuelta rumbo a la cocina, parecía algo abatido.

—Bueno, ¿quiénes eran aquellos dos?

—Oh, viejos conocidos. Son periodistas.

Josefina esperó a ver si le contaba algo más, pero Dick no se explayó. Enseguida llegaron las bebidas. El té de ella iba acompañado por un trozo de tarta de chocolate y un corazón de azúcar. Pedro le guiñó un ojo.

—Perdona, Josie, tengo que hacer una llamada.

Dick se levantó y se fue a un rincón con su móvil. Habló moviéndose en círculos, asintiendo con la cabeza, con muchos aspavientos. Parecía preocupado por algo. Ella se fijó en el ir y venir de Pedro por las mesas. Hablaba lo justo con los clientes, pero muchos sonreían cuando él les decía algo, como si supiera metérselos en el bolsillo sin resultar ni pesado ni servil. Josefina supuso que sería una táctica para lograr buenas propinas. Era interesante mirarlo. Le despertaba una curiosa sensación de familiaridad. Como cuando una se encuentra a un vecino entre una multitud de extraños, o cuando ve en persona a alguien muy famoso. Cada vez que le tocaba atender una mesa cercana a la de Josefina, Pedro la miraba con ojos contentos. Ella le mostró la tarta a medio comer e hizo un gesto de «está deliciosa». Él levantó el pulgar. Con manos hábiles depositaba y retiraba tazas, cucharillas, platos, pesadas teteras de plata que parecían espuma entre sus dedos. Al rato, Josefina le enseñó su plato vacío y cómo estaba a punto de comerse el corazón de azúcar. A él, que en ese momento estaba parado en medio de la sala, pareció ocurrírsele algo muy ingenioso que quería decirle, y echó a andar en dirección a su mesa. Josefina esperaba expectante. Pero, a mitad de camino, Pedro se detuvo en seco. Ella miró a su derecha. Dick había colgado y se dirigía de vuelta a la mesa, con cara de pocos amigos. El mal gesto se le disipó al dar el primer trago a su *gin tonic*.

—Bueno, *darling*, ¿qué tal si nos vamos al teatro? Este sitio es una horterada. ¿Has visto alguna vez un musical? Venga, vamos a improvisar. Necesito distraerme. Tú eliges.

¡Un musical! ¡Qué idea tan maravillosa! Dick pagó la cuenta y la tomó de la mano, casi arrastrándola hacia las escaleras. Josefina buscó a Pedro con la mirada para despedirse. Él le dijo adiós con la mano. Al salir a la calle sintió un cierto alivio. Sí, esa sensación de familiaridad había sido agradable. Un breve refugio en lo conocido. Una ráfaga de complicidad entre iguales. Estaba bien para un ratito, pero Josefina no quería sentirse como en casa. Para eso se había ido a Londres.

12

Una mañana de noviembre, Josefina veía en directo el anuncio del compromiso entre el príncipe William y Kate Middleton. Y por la tarde lo volvió a ver en bucle, saltando de un canal a otro y emocionándose a sus anchas cada vez que la parejita aparecía posando bien agarrada de la mano. Por favor, que no se le ocurriera a Jemima hacer otra visita sorpresa justo en ese momento…

Cuando Dick llegó a casa, todavía estaba pegada al sofá.

—¿Sabes que se fueron de vacaciones en helicóptero privado a una montaña rodeada de lagos en África y que él guardó el anillo durante días esperando el momento adecuado? —le explicó—. Era el anillo de su madre.

—Vaya, otras saldrían corriendo en dirección al lago… —Dick se dejó caer a su lado en el sofá y bostezó sin quitarse los zapatos.

—Bueno, estamos hablando de Lady Di. No creo que a Kate le importara tenerla como suegra. ¡Me encanta su historia de amor! Se conocieron en la universidad, eran compañeros de piso. Él cocinaba para ella. Madre mía, quién le habría dicho a Kate que llegaría a ser la sucesora de Diana.

—Eso está por ver, *baby*. —Dick soltó otro sonoro bostezo. Llevaba una semana de locos en el trabajo—.

Aunque dada la persistencia que ha demostrado, me quito el sombrero ante su ambición.

Sí, desde luego había que ser ambiciosa para creerse de verdad que una podía llegar a reina de Inglaterra siendo una chica normal y corriente. ¡Reina de Inglaterra! Tampoco es que le pareciera un puesto especialmente envidiable. Todo eso de carecer de intimidad, estar obligada a pasar las noches en cenas oficiales y los veranos en un castillo escocés con Isabel y compañía sonaba bastante deprimente. Pero su historia de amor era tan romántica... Es que era muy bonito encender la televisión y ver a una pareja enamorada hablando de sus planes de formar una familia, en lugar de los habituales sucesos, tragedias y asesinatos... Qué feliz parecía Kate con el anillo de su suegra y su vestido azul a juego. Aunque también era verdad que los dos compartían aquel aire inconfundiblemente rancio de la realeza británica, como de figuritas de cera cubiertas de polvo.

—¿Qué planes tienes para mañana por la tarde? —oyó decir a Dick.

Qué raro. Era la primera vez que él se interesaba por saber qué iba a hacer Josefina en su ausencia.

—Saldré antes de la oficina —añadió—. Jemima va a venir a casa, tenemos que hablar de algunos asuntos. Quizás sea demasiado aburrido para ti. Si quieres ir de compras, te dejaré la tarjeta.

Su tono era algo vacilante, tímido incluso. Josefina tuvo la certeza de que le ocultaba algo. Y entonces sus ojos se volvieron por enésima vez hacia la pantalla, donde la mano de Kate no se cansaba de mostrarle al mundo el flamante anillo de Lady Di. Luego miró a Dick, que trajinaba en la cocina con aspecto pensativo. Sí, definitivamente algo le pasaba. No era normal que le anunciara la visita de Jemima y mucho menos que quisiera asegurarse de que ella iba a salir. ¿Le estaría preparando una sorpresa con la complicidad de su hermana? ¿Una fiesta? ¿Una presentación en sociedad? ¿¡Una pedida de mano!? No, no, eso no. Eso mejor ni pensarlo, porque la sola idea la ponía nerviosa. O bueno, en realidad es que era demasiado bonito para imaginárselo. Claro que no debió de ser soñando en pequeño cómo Kate había llegado a embutir en su dedo el anillo de la mismísima Lady Di...

La tarde del día siguiente, fría y desapacible, cogió a Josefina con ganas de quedarse en el sofá leyendo una revista bajo la manta de peluche blanco que había comprado en una visita furtiva al Primark. Pero ese era el tipo de cosas que prefería hacer cuando se quedaba sola. Dick ya estaba en casa y ella prefirió fingir que tenía muchas cosas que hacer en la calle. Ya estaba lista para salir cuando sonó el timbre.

Anthony irrumpió en lo alto de la escalera, con Andrea detrás sujetando el arnés. Llevaba pantalones cortos y unos calcetines rojos que dejaban al aire unas piernecillas blanquísimas sin un solo moratón. Josefina le acarició el cabello, pero Anthony se apartó y se frotó con la mano por donde ella lo había tocado.

—A Anthony no se le acaricia —susurró Andrea poniendo los ojos en blanco.

Tras ella, Jemima ascendía por la escalera con el empaque de una reina. Llevaba un vestido color caramelo de cuello vuelto que le marcaba todas las aristas del cuerpo. Dick cerraba la comitiva cargando con los abrigos de su hermana y su sobrino.

Jemima le dio dos besos, apenas rozándola con su piel de melocotón. Olía a perfume caro, a riqueza, a lujo.

—¿No nos acompañas? —le preguntó, con una media sonrisa que era difícil interpretar. ¿Alivio, ironía, amabilidad, hipocresía?

—No, lo siento, me voy a hacer unas compras.

Todos la miraban y ella se sintió incómoda. Buscó a
Dick, tratando de encontrar una chispa de complicidad,
algo que dijera «sé que sabes que Jemi y yo te estamos
preparando algo especial y por eso no queremos que estés en casa, así que gracias por marcharte a la calle para
ponérnoslo fácil». Pero solo encontró unos ojos perfectamente fríos y amables. Acompañándola a la escalera,
la tomó del brazo para incitarla a descender.

—Pásalo bien. —Dick le dio un rápido beso en la mejilla—. Usa la tarjeta todo lo que quieras. *Treat yourself.*

Pero Josefina no fue de compras esa tarde. Irónicamente, ahora que Dick le ofrecía su tarjeta sin límites, ella
no tenía ganas de gastar. Prefería algo que la alimentara
por dentro. Llegó hasta el centro en metro y entró en la National Portrait Gallery para disfrutar de su colección de retratos. Se detuvo ante las fotos y los cuadros que tan bien
capturaban la esencia de Lady Di, desde que era una veinteañera con aire de florecilla temerosa de abrirse hasta las
últimas imágenes que mostraban su risa despreocupada y
su cabello libre de lacas y tiaras. ¿Cómo luciría ahora su
rostro al contemplar a su hijo mayor a punto de contraer
matrimonio? Cuando murió solo tenía dos años más que
ella ahora, pero a la joven Josefina le había parecido que
era una mujer madura, sofisticada y lejana.

Se acordó de una amiga de Toñi que siempre andaba quejándose de que se miraba al espejo y no reconocía
la imagen que este le devolvía, pues ella por dentro seguía sintiéndose como una quinceañera. Quizás ser adulta era eso. Verte cara a cara frente a un reflejo que no se
parece a ti. Y ella ya iba camino de los cuarenta. La verdad era que tenía ganas... ¿De qué, exactamente? ¿De
casarse con Dick? ¿De ser madre?

Se hacía tarde y el museo cerraba. Era hora de volver
a casa. La noche ya se había cerrado sobre el cielo de Londres y Josefina aligeró el paso. Tenía ganas de jugar con

Anthony un ratito. Si se apuraba, seguramente llegaría antes de que se marcharan. No se atrevía a comprar una pizza... Jemima podría fulminarla con la mirada, pero sí podía proponerles que pidieran una. Seguro que las había veganas, sin gluten, con algas o lo que el pobre crío estuviera obligado a comer. Podían sentarse en el sofá y ver una película todos juntos; hacía siglos que no veía ninguna de dibujos animados. Seguro que al pequeño le encantaba el plan. Además, era viernes, no había que madrugar. ¡Qué ganas le entraron de volver a casa! Cuando abrió la puerta del *penthouse*, el silencio reinaba en el piso de abajo. Ella había esperado encontrarse a Anthony correteando por el pasillo y saltando como loco en la cama de invitados, como la otra vez. Tampoco parecía que estuviera arriba, a no ser que su madre lo hubiera vuelto a silenciar plantándole delante una tablet. Se oyeron algunos ruidos amortiguados, como de risas contenidas, y luego le pareció que alguien pedía silencio. Algo inusual flotaba en el aire. Miró hacia lo alto de la escalera y vio que del piso de arriba emanaba una intensa luz roja. ¿Qué estaba pasando?

Ah, claro, ¡una fiesta sorpresa! Por eso Dick y Jemima habían querido que se fuera. Querían organizarlo todo sin que ella se enterara. Josefina les había seguido la corriente... sin sospechar que la fiesta iba a tener lugar aquella misma noche. La risita que se oía debía de pertenecer a Anthony. Seguro que su tío le estaba tapando la boca para que no estropeara la sorpresa. A lo mejor habían invitado al resto de la familia para que la conocieran. O Dick quería pedirle algo... Algo muy especial.

Mientras subía la escalera, sacudida por un pellizco de emoción, se sintió como una niña que corre a buscar los regalos que le han dejado los Reyes Magos. ¿Qué sería lo que la esperaba?

Estaba a punto de llegar arriba cuando una figura apareció en lo alto de la escalera, cortándole el paso. Era una mujer enfundada en un mono rojo completamente ajustado a su cuerpo. Llevaba una máscara negra que dejaba al descubierto una enorme boca pintarrajeada. Josefina se agarró a la barandilla, a punto de caerse de la impresión. La mujer hizo un tirabuzón con la mano y se apartó a un lado, señalando el salón. El suelo estaba cubierto de velas negras, cuyas llamas temblorosas se reflejaban en el techo como espectros danzantes. Entonces Josefina se dio cuenta de que sonaba una música inquietante. Su cabeza empezó a zumbar y creyó que estaba a punto de desmayarse. Buscó a Dick para comprender qué estaba pasando. Entonces lo vio en el centro del sofá. A su derecha, otra mujer embutida en su mono rojo, el rostro cubierto, la melena pelirroja. Sentada en el borde del sofá había una figura roja más. Alta y delgada, de piernas interminables, se parecía un poco a Jemima. Al otro lado de la pelirroja, un tipo trajeado mucho mayor que Dick la miraba sonriendo bajo su máscara. Josefina estaba paralizada. Miro a Dick, incrédula. Su rostro, el único que permanecía desnudo, parecía diferente; la boca inexpresiva, los ojos ardiendo. Todo el grupo permanecía en silencio, clavándole la mirada. Entonces notó una mano en su hombro que le erizó el vello. La mujer de la escalera le sonreía con su boca ridícula, invitándola a que la acompañara al sofá. Una oleada de miedo la zarandeó por dentro. Como cuando de niña veía una película de terror y luego se iba a dormir y al apagar la luz imaginaba que el monstruo acechaba en cualquier rincón, y necesitaba quedarse muy quieta para que no la devorara. Solo que ahora sí tenía que moverse. Debía huir. Era imperativo largarse de allí. Sin decir una palabra, se dio la vuelta, bajó los peldaños de dos en dos y salió a la calle corriendo a zancadas.

Caminó por calles desconocidas hasta estar segura de que nadie la seguía. Había llegado a un pequeño parque junto a una boca de metro y una tienda de alimentación. Miró a lo lejos, con la esperanza de ver asomarse a Dick corriendo en su búsqueda para explicarle qué demonios había sido aquello. Le diría que se trataba de una broma, la tomaría de la mano y la haría regresar, diciéndole que todos aquellos personajes grotescos ya se habían marchado. Pero Dick no apareció.

Al cabo de un buen rato, el ir y venir de la gente la tranquilizó un poco. Madres e hijos charlando de sus cosas, oficinistas que compraban la cena antes de regresar a casa, ancianos con las manos en los bolsillos. Paseó por el parque contemplando aquellos hermosos gestos cotidianos hasta que de repente comprendió que no tenía a dónde ir. Como quien vive solo y se olvida las llaves dentro de casa. No, peor aún porque ella ya no tenía casa. ¿Qué iba a hacer ahora? Era tarde, se moría de hambre y de frío. Tenía que reaccionar.

Un hotel… No, demasiado caro. Llamó a Lola, que no contestó. Debía de estar enfadada con ella por la cantidad de veces que había ignorado sus llamadas para saber si estaba bien. ¿A quién podía recurrir? Mariona vivía en el quinto pino… Estaba segura de que Olga la acogería, pero su cama era individual y no quería ponerla en una situación incómoda. ¡El despacho de Victor! Oh, pero… ya no tenía la llave. La última vez que había ido por allí se la había dejado en el escritorio con una nota de despedida.

Ensayó la conversación. «Espero no molestarte. Sé que lo que te voy a pedir es extraño, pero ¿podrías prestarme la llave del despacho para pasar la noche allí? Puedo dormir en la butaca». Cerró los ojos mientras rogaba que Victor descolgara.

13

Veinte minutos más tarde se encontraba sentada con Victor en un restaurante italiano que olía a orégano y harina. Al final sí iba a cenar pizza, solo que no en el sofá con Anthony... ¿Cómo habría podido imaginar que la noche tendría semejante final? Estaba hambrienta, aunque cada vez que pensaba en la escena que había dejado atrás se le revolvía el estómago.

—Querida, la oficina solo la alquilo durante unas horas al día. Es de un viejo conocido que me la deja muy barata. Por las noches la utilizan unos chavales con pinta de hackers. Puedes quedarte en mi estudio. No es gran cosa, pero tengo una cama cómoda y caliente. Yo puedo ir a casa de mi ex. Está de viaje durante una semana, ella lo agradecerá y mis hijos también.

—Gracias Victor, no sabes lo mucho que me estás ayudando... —Las lágrimas a punto de caer convirtieron la pizza en un borrón. No le había dado explicaciones a su amigo ni él se las había pedido.

¿Cómo iba a contárselo si ni siquiera sabía lo que había ocurrido?

Él puso su mano grande y cálida sobre la suya. Ahora sí que ya no podía parar de llorar. Se sintió como una niña pequeña consolada por papá.

—Ah, mi querida Jo, hay gente muy extraña en Londres... Debes tener cuidado.

—Todos dicen que Londres es peligrosa —sollozó, limpiándose los mocos con una servilleta manchada de tomate—. Pero habrá muchas personas normales, que trabajan, que buscan el amor, que quieren ser felices. ¿No? ¡Tú lo sabrás mejor que yo, que querías liarte a emparejar a la gente!

—Bueno, por algo he descubierto que es más rentable montar un negocio de *escorts*. Prostitución, dicen algunos... Bueno, yo no lo sé. Ya sé que sueno muy hipócrita. Espero que no me juzgues. Todos necesitamos sobrevivir, Jo. Yo también tengo un alquiler que pagar y debo pasar una pensión a mis hijos.

Victor la acompañó hasta un taxi, le dijo la dirección al conductor y le puso en la mano un billete de cincuenta libras. Agradecida por su bondad, le dio un abrazo de despedida que le proporcionó el calor suficiente para no llorar durante el trayecto. Por suerte, el taxista no intentó hablar con ella. Atravesaron lo que le pareció un laberinto de color gris hasta detenerse en una vieja casa victoriana en medio de una fila de casas iguales. Poco antes había visto una parada de metro donde ponía Elephant & Castle. Bueno, al menos sabía que estaba en una zona céntrica.

Abrió la puerta de la casa que Victor le había indicado y entró en un pequeño *hall* con el suelo sembrado de cartas que nadie parecía querer abrir y cubierto por una vieja moqueta que amortiguó sus pasos. Bajando unas escaleras se topó con dos puertas enfrentadas y enseguida encontró la que le correspondía a Victor. Se trataba de una habitación de tamaño mediano que contenía una cama para uno, un armario, una pequeña nevera, una cocina minúscula y un lavabo. La ventana, cubierta con cortinas negras, daba al suelo de un patio. Las cerró con todo cuidado para no ver el exterior, que parecía bastante sucio. El baño estaba fuera, compartido con quien fuera que viviera en la habitación de enfrente. Encendió la luz del techo y el cuarto se volvió blanquecino, pero al menos la calefacción estaba encendida y cerró la puerta sintiéndose reconfortada. Se fijó en que había un contador de monedas. Esperaba llevar dinero suelto en el bolso y no quedarse sin luz.

Así que ahí era donde vivía Victor... No era de extrañar que quisiera prosperar. Abrió el armario y encontró sus trajes perfectamente alineados, junto a una colección de corbatas de colores alegres. Recordó cómo Dick abrió de par en par su armario el día que ella se instaló en el *penthouse*. Le había parecido un gesto extraño y ahora le chocaba todavía más. A ningún otro hombre se le había ocurrido nunca tratar de impresionarla enseñándole su ropa. Qué poco elegante le parecía ahora aquella estúpida exhibición, como un niño mimado mostrando sus juguetes para poder decir: «Mira, tengo más que tú».

Cautelosa, entró en el cuarto de baño. Un váter, un lavabo y una ducha. Práctico y, por suerte, limpio. O eso parecía.

Se acostó vestida, pues solo ahora se daba cuenta de que no llevaba con ella nada más que su bolso. La cama estaba deshecha y arrugada. A Josefina siempre le había dado reparo dormir entre las sábanas de otra persona, pero ahora solo sentía agradecimiento hacia Victor, que le había dicho que podía quedarse unos días. La almohada era muy cómoda y olía a colonia de hombre, un aroma intenso y anticuado como el de su padre...

Pensaba que no sería capaz de relajarse, pero los ojos se le cerraban y, cediendo al placer de abandonarse, se entregó al sueño.

Cuando despertó a la mañana siguiente no sabía dónde estaba. Su mente se quedó en blanco unos segundos hasta que todo regresó como un nubarrón escupiendo la tormenta sobre su cabeza... La mujer en la escalera, los monos rojos, Dick en medio del sofá y toda aquella gente mirándola como cazadores al acecho... Pero la escena se dibujaba distorsionada en su memoria, como si todo hubiera sido una pesadilla. El apacible salón blanco del *penthouse* se había convertido en su recuerdo en una especie de jaula inhóspita y gigantesca. Y el sofá, que su mente había transformado en una llamarada de color rojo poblada por seres extraños que le lanzaban miradas diabólicas. Aquella expresión neutra de la cara de Dick era lo más terrorífico...

Corrió a mirar el móvil y se le aceleró el corazón al encontrar un mensaje. ¡Por fin! ¡Ahora se lo explicaría todo!

Tus cosas están en la conserjería. Puedes recogerlas de nueve a cinco que es cuando está el portero.

Lo leyó varias veces sin poder reaccionar. Después, indignada, lanzó el móvil contra el colchón y rompió a llorar entre hipidos escandalosos que no cedían. ¡El muy cabronazo no solo no se disculpaba, sino que la estaba echando del *penthouse*! Había sacado sus cosas como si fuera una leprosa. ¿¡Es que se creía que ella tenía intención de volver!? ¡Pero si pensaba en él y sentía náuseas! Pues claro que iría a por sus cosas. Iría ahora mismo para zanjar aquella nauseabunda historia cuanto antes.

Se puso en pie de un salto, se sacudió las lágrimas con el dorso de la mano y miró el reloj. Mierda. Aún eran las ocho de la mañana. Tenía que hacer tiempo. Se moriría si se encontrara a Dick al llegar, con su traje de pijo y aquella corte de malditas zorras con mono rojo, a punto de sentar el culo en su pretencioso coche. No se molestó en ducharse, ya que ni siquiera tenía unas bragas de repuesto. Y Victor, ¿tendría algo para desayunar? En la nevera encontró un trozo de queso cheddar mohoso y un tarro gigante de yogur a medio comer. Se los tomó con un té sin azúcar, sentada en la única silla de la habitación, que era bastante incómoda.

Se entretuvo mirando el cuarto, feo y destartalado. Los pies de la gente pasaban constantemente frente a la ventana, tras los restos de comida y los envases de plástico que nadie parecía querer retirar del suelo del patio.

¿Cómo haría Victor para animarse cada mañana al despertar en semejante lugar, solo, lejos de sus hijos? ¿Qué historia se contaría a sí mismo hasta reunir el ánimo necesario para ponerse una de aquellas corbatas de colores y salir de aquel espantoso semisótano a contagiarle su entusiasmo al mundo? Hacía falta tanto valor para afrontar el día a día... ¿Cómo lo harían Lola, Olga, Mariona? Ella, hasta ahora, se había sentido impulsada por la ilusión de lo nuevo. Otro país, otra casa, otro hombre. ¡Otra vida! Y ahora que eso se había terminado... ¿qué?

Pero no era momento de divagar. El capullo de Dick ya se habría marchado a incordiar a sus subordinados. Salió a la calle, descubriendo que incluso en aquellas patéticas circunstancias hallaba cierto consuelo en el hecho de caminar por las calles de Londres. Supo encontrar la estación de metro sin problemas y se encaminó hacia la parada más cercana al *penthouse.*

El conserje la recibió con su sonrisa habitual, pero tras la cortesía de siempre sus maneras eran frías y cortantes. Le acercó su maleta, cuidadosamente cerrada, y puso una caja de cartón sobre la mesa. Dentro había dos bolsas de basura llenas de cosas. Bolsas de basura... Qué prisa se había dado aquel imbécil en sacarla de su vida como quien saca la mierda...

—Eso es todo. —El hombre se la quedó mirando con insolencia. Josefina aún llevaba la llave en el bolso. No se había atrevido a confesárselo a sí misma, pero la verdad era que quería subir una vez más al *penthouse.*

Para comprobar que ninguna de sus pertenencias se había quedado atrás, o para despedirse en condiciones... O bueno, para verlo por última vez. Y ahora aquel tipo plantado frente a ella se lo impedía. Josefina hervía de rabia, pero un nuevo vistazo a las bolsas de basura la ayudó a contenerse. No les daría el gustazo de comportarse como una pobre histérica de la que uno podía desprenderse echando sus cosas a toda prisa en una bolsa de basura antes de que empezaran a apestar.

Josefina agarró la maleta y las bolsas, le dio una patada a la caja de cartón y se dio la vuelta con un cortante «*Goodbye*». Caminó hacia los jardines que rodeaban la casa. Apoyándose en un lugar de la fachada desde el que sabía que el conserje no podía verla ni siquiera a través de las cámaras de vigilancia, contempló la terraza de Dick, donde tantas veces habían compartido una copa de vino y un cigarrillo. La añoranza se le clavó como una estaca al tomar conciencia de que ya no volverían sus mañanas de dulce soledad en el precioso salón blanco que ahora permanecía oculto tras los cristales. Ay, su maravillosa casita. Ay, su dulce algodón de azúcar. Ya no tenía refugio... Un suspiro escapó de su pecho evaporándose en el aire, huérfano y desorientado. Apenas levantó la mirada del suelo mientras hacía el camino inverso, que esta vez le pareció muy largo, para regresar a la habitación de Victor.

Se detuvo en el torno del metro, agarrando las bolsas de basura con una mano y la Oyster con la otra, mientras empujaba torpemente la maleta con el pie. Un chico ataviado con gorro de lana y camiseta de manga corta tomó su maleta y la pasó al otro lado del torno. Llevaba unos cascos puestos y ni siquiera la miró. Josefina se alarmó, pensando que le estaban robando. Luego se dio cuenta de que el chico simplemente la había ayudado, sin esperar siquiera que le diera las gracias. Se quedó parada con todos sus bártulos en medio del pasillo, viendo cómo la escalera se tragaba a aquel muchacho, estorbando a las riadas de viajeros que iban y venían. «*Sorry*», dijo una cortés voz masculina tras darle un involuntario codazo por el lado derecho. Por el izquierdo escuchó a alguien que le gritaba. «*Fuck! Get out of here, stupid!*», escupió el desconocido después de tropezar con sus bolsas de basura.

Así era Londres. Una bofetada o una caricia siempre acechando a la vuelta de la esquina, sin que fuera posible saber cuál de las dos se presentaría a continuación.

14

A la mañana siguiente, el ruido de la lluvia rompiendo contra el suelo del patio la obligó a abrir los ojos de mala gana. Aquello sonaba como una tempestad a punto de inundar el cabecero de su cama, y descorrió la cortina para echar un vistazo. Se topó con una masa de pies, agua sucia y basura mojada. Horrorizada, volvió a cerrarla de golpe. Al menos, allí dentro no hacía frío. Fuera, tras los zapatos empapados de la gente, sus manos enguantadas luchaban por ajustarse gorros y bufandas y blandían los paraguas tratando en vano de ganarle la batalla al viento. Nadie dirigió la mirada a la ventana del estudio ni reparó en la insignificante figura de Josefina.

Bueno, ¿y ella qué iba a hacer? Miró el móvil. Mudo. Ya eran las diez de la mañana. Fue al baño y volvió a deslizarse entre las sábanas. Su maleta descansaba en el suelo, junto al pequeño armario de Victor. Y sus cosas seguían en las bolsas de basura. Debería estar ansiosa, pensó, pero la verdad era que sentía una calma dulzona. Como si aquel giro de los acontecimientos en el que estaba inmersa, aquel paréntesis que no sabía con qué aventuras iba a rellenar, la hiciera sentirse viva. Quizás era que se había acostumbrado a la excitación que le causaban los cambios, incluso los desagradables. Lo cierto era que una pequeña parte de ella se alegraba de encontrarse en una zona desconocida de la ciudad, sin saber qué venía a continuación...

No podía pasarse el día metida en aquel cuarto. Trató de tomar una decisión, pero los ojos le pesaban y hacía tanto frío... Los cerró con un placer voluptuoso, dejándose caer en la nada. Lo único urgente era descansar un poco más, aunque ahora se escuchaba bastante ruido al otro lado de las paredes. Los vecinos de enfrente entraban y salían del cuarto de baño a su habitación sin molestarse en cerrar la puerta. Hablaban a gritos en lo que le pareció que era italiano. Y ella, ¿había cerrado con llave? Tenía que comprobarlo. Más tarde...

Despertó a la una, con la cabeza embotada, muerta de hambre y de vergüenza. ¿Qué estaba haciendo ahí encerrada, durmiendo hasta el mediodía como una indigente o una millonaria, sin que nadie supiera dónde estaba? Era hora de espabilar.

Lo primero que debía hacer era pensar con frialdad. No tenía casa donde vivir ni podía encontrar una de un día para otro. Entonces se acordó de Lola y de la habitación de Miguel, que aún debía de seguir libre. Le serviría para pasar unos días. Solo mientras buscaba un sitio mejor. Una semana, como mucho. Después, las cosas se solucionarían.

Quizás ni siquiera tendría que buscar algo nuevo... Quizás había exagerado al escapar de la casa de Dick. Ahora que habían pasado dos días, se daba cuenta de que, quizás, él solo había querido organizarle una fiesta... diferente. Para introducirla en un círculo exclusivo y sofisticado al que no estaba acostumbrada. Y cuanto más lo pensaba, más le parecía que eso era lo que había ocurrido. ¿Por qué se había marchado tan apresuradamente...? Lo único que Dick había pretendido era sorprenderla, aunque no fuera exactamente del modo que ella esperaba. Pero ya no podía volver atrás. Era evidente que él estaba muy enfadado, tanto como para guardar sus cosas en bolsas de basura. Había que reconocer que la magnitud de su enojo era proporcional a la prisa que ella se había dado en salir corriendo del *penthouse* cual cenicienta mojigata, dejándolos a todos plantados con su fiesta sorpresa.

El caso era que, de momento, estaba sola y la única que podía ayudarla era Lola. Así que se tragó el orgullo, agarró el teléfono y le hizo un resumen de la situación en el que no consideró necesario incluir muchos detalles.

—No me digas que ya me lo advertiste, Lola, por favor te lo pido.

—Que no, joder, no soy tan cafre. Sí, la habitación de Miguel sigue libre. Para ti. Vente ahora mismo. ¿Has comido? Estoy haciendo pollo al curry. Bueno, es un táper del Tesco.

La idea de contar con un techo, un plato de comida calentita y compañía femenina le pareció tan maravillosa como no había podido imaginar.

Después de enviarle un mensaje a Victor dándole las gracias y esconder la llave en el hueco de la ventana que él le indicó, se marchó a Tottenham en autobús con su maleta y sus bolsas de basura. Aún llovía y el pelo sucio y mojado se le pegaba a la cara. Pero tenía tanta hambre y tantas ganas de darse una ducha que no pudo esperar a que la lluvia cesara.

Lola salió a recibirla y cargó con la maleta.

—Venga, corre, entra antes de que caduque el pollo —dijo, sin más.

La mesa de la cocina estaba preparada para dos. Tuvieron que sentarse una junto a otra, pues un extremo de la mesa estaba pegado a la pared y tampoco había sitio para sentarse en ángulo, ya que entonces la nevera no se podía abrir. De hecho, con la mesa abierta no quedaba espacio para entrar ni salir por la puerta de la cocina. Pero qué importaba. Estaban solas.

—Te puedes instalar ahora mismo, Jane te la alquila seguro y además superbarata —dijo Lola, refiriéndose a la habitación libre—. No te va a pedir fianza ni nada, con que seas amiga mía le basta. Y desde luego que no vas a encontrar nada en Londres por este precio… Hoy no sé si vendrá, muchas veces se queda donde su madre, pero tú ponte cómoda y en cuanto aparezca hablamos con ella.

—¿Pero no será ilegal? A ver si se va a presentar la policía aquí o algo así. ¿No me dijiste que esto era un *council* y que ella no puede alquilar las habitaciones?

—Poder puede, aunque no debe. Pero en este bloque la policía solo aparece cuando toca detener a algún camello… Bueno, tía, no me pongas esa cara. Tú no te metas en líos y no te pasará nada. Además, no estás sola. Jane va y viene con el niño, pero yo vivo aquí. Venga, quédate.

—Bueno, de momento me quedo unos días y luego ya veremos —murmuró Josefina comiéndose con los ojos el pollo al curry.

Después de almorzar subieron los bultos a la habitación. La parte alta de las paredes estaba recubierta de una hilera gris formada por la humedad, y el techo se veía sembrado de motitas oscuras, feas como marcas de viruela. Olía a cerrado y todo se caía de viejo. Una caja de cartón hacía las veces de mesilla junto a una cama sin cabecero pegada a la pared. Josefina evitó mirar el colchón desnudo. Seguro que estaba lleno de manchas.

—¿Tienes toallas, sábanas…?

—No. Usaba las de Rosalind y luego las de Dick…

—Sintió una punzada de dolor al recordar las maravillosas fundas nórdicas de hilo blanco.

Lola le trajo dos toallas rasposas y un juego de sábanas con un estampado de rayajos negros y grises, aún más feas que las de Victor.

—¿Me ayudas a hacer la cama?

—Venga, rápido, que me piro. Empiezo el turno a las cinco y tengo que pasar antes por la casa de un colega a ayudarle con unos papeleos. ¿Estás bien?

No, pero sería demasiado complicado de explicar y Lola no querría saber los detalles.

—Sí, sí, vete sin problemas. Gracias, Lola.

¿Qué otra cosa podía decir?

15

Josefina estaba deseando quedarse sola para explorar la casa a fondo y poder dejar de sonreír y de dar las gracias, cuando lo cierto era que casi sentía náuseas. En cuanto oyó que Lola cerraba la puerta comenzó a relajarse. Bueno, pues allí estaba. Y lo primero que iba a hacer era limpiar aquel zulo a fondo. Bajó a la cocina y encontró un pequeño armario empotrado con utensilios de limpieza. Había también un cubo de basura enorme y lleno hasta el borde. Se le había olvidado preguntarle a Lola cómo se organizaban Jane y ella para limpiar. Pero de momento iba a emplearse a fondo con la habitación. Armada con escoba, recogedor, trapo y un espray, regresó al piso de arriba. Sin pensárselo dos veces, barrió el suelo con todo el brío que pudo. No quiso mirar debajo de la cama, que había logrado hacer sin fijase en el colchón, pero al retirarla de la pared para pasar la escoba se quedó horrorizada. En una pequeña columna a la altura de la almohada, alguien había incrustado una especie de caja con un roedor dibujado. Dios mío, era una trampa para ratones...

Un sudor frío le empapó la espalda. Solo quería salir corriendo. Pero no podía hacerlo, otra vez. No le quedaba mucho dinero y no podía derrocharlo en una habitación de hotel sin saber cuánto tiempo tendría que pagarla. Así que terminó de barrer con manos temblorosas, mojó el trapo en el espray, que apestaba a lejía, y lo pasó furiosamente por todos los rincones, arrastrando telarañas a su paso.

Después examinó el asqueroso trozo de tela, que se había puesto negro. Junto a los restos de polvo se veían unas cositas pequeñas que se movían... ¡Eran bichos! Tiró el trapo al suelo con repugnancia. ¿De dónde salían? Quitó los cajones de la cómoda, los sacó al pasillo y luego los pulverizó con todas sus fuerzas hasta que chorrearon lejía. Aunque seguro que los bichos se iban a la moqueta y volvían a entrar en el cuarto. Al terminar bajó de nuevo a la cocina. Tenía la piel reseca y ahora le daba miedo meter la mano en cualquier hueco. Encontró una vieja aspiradora, pero una vez en la habitación no supo hacerla funcionar. Estaba sudando y le picaba todo. No era capaz de sentarse, así que fue a buscar el Tesco más cercano para hacer una compra. Las calles se veían lúgubres y silenciosas, y las entradas de las casas abarrotadas de bolsas de basura que nadie se molestaba en ocultar. Todavía le asombraba que en una ciudad como Londres solo se recogieran los desperdicios una vez a la semana.

Al regresar se hizo con un estante en la nevera, que de todos modos estaba medio vacía. Apiñó sus yogures, sus tarritos de hummus y sus lonchas de pavo, todos con la etiqueta amarilla que marcaba los productos a punto de caducar, hallando cierto consuelo en la certeza de que al menos tenía algo para comer y una cama donde dormir. Después subió las escaleras, devolvió los cajones ya secos a la cómoda y colgó su ropa en el armario no sin antes explorarlo a fondo utilizando la luz del móvil como linterna. No parecía que hubiera más bichos, aunque ahora el olor a humedad se había mezclado con la peste de la lejía. Su ropa lucía de lo más triste colgada en aquel viejo trozo de madera que parecía un ataúd.

Se acordó otra vez de su armario del *penthouse*...
Por Dios, qué exagerada había sido... ¿Cuánto tardaría Dick en calmarse y decidirse a llamarla? Estaba segura de que acabarían riéndose juntos de todo aquel disparatado episodio que se convertiría en una broma que solo ellos dos entenderían.

Bueno, de momento lo mejor que podía hacer era comer algo, darse una ducha y meterse en la cama antes de volverse loca y ceder al impulso de largarse de aquel antro. ¿Dónde podía cenar? No le apetecía nada sentarse sola en la mesa enana de la cocina. Lo mejor sería llevarse una bandeja al escritorio de la habitación. Y se le ocurrió que podría mirar habitaciones en las páginas de alquiler de casas mientras comía.

Se acordó de aquella otra noche que había hecho lo mismo en casa de Rosalind, decidida a largarse antes de que la otra la echara. Justo aquella noche en la que, para su sorpresa, Dick le había pedido que se fuera a vivir con él.

...Y esa noche, ¿también recibiría un mensaje suyo? Para pedirle perdón, para decirle que todo aquello solo había sido una fiesta de disfraces un poco demasiado loca y que la echaba de menos...

Claro que, en realidad, era mejor no esperar nada. Ya habían pasado dos días y Dick no se había preocupado por buscarla. Qué demonios, ella haría lo mismo. No pensaba volver a llamarlo nunca más. La casa de Jane era tan inmunda que daban ganas de llorar, pero al menos podía pagarla con su dinero y no le debía nada a nadie. Entró en internet mientras se comía un sándwich y miró algunas habitaciones que no estaban del todo mal. Después fue a cepillarse los dientes. El baño era estrecho y oscuro como el de la casa de Olga. Apenas un váter viejo, un lavabo que parecía de juguete y desde el que, calculó, al lavarse las manos le costaría no rozar su brazo con la cortina de la bañera, amarillenta y mohosa. Al ir a coger el papel higiénico se dio cuenta de que había un agujero en la pared, junto a la tubería. Madre mía, ni hacer pis iba a poder. Casi era mejor que hubiera poca luz. Tenía que comprar unas cortinas nuevas y unas chanclas para ducharse. Le daba mucho asco sentarse en el váter, pero más le daba poner sus pies en la alfombrilla grisácea. Antes de acostarse lo limpió todo, impregnando la habitación de olor a lejía que luego no se pudo desprender de sus dedos.

A la mañana siguiente se despertó algo desorientada. Enseguida, Lola la llamó desde la habitación de enfrente. Estaba tirada en la cama, escuchando música. A Josefina le alegró su presencia.

—¿Has dormido bien?

—No mucho —reconoció—. Me cuesta acostumbrarme a los sitios nuevos. Y lo de tener una trampa para ratones a la altura de mi cara no ayuda mucho. Oye, por cierto, ¿cómo os organizáis aquí para limpiar?

—Ah bueno, cada una hace su habitación. Y las zonas comunes, pues sobre la marcha. Vamos, que cuando ya se caen de mierda, la que esté menos cansada limpia un poco.

A Josefina le costó imaginarse a Lola con el espray y el trapo en la mano. Depositó sus esperanzas en Jane.

—Ya. Yo limpié ayer mi cuarto y el baño. Me pareció que había unos bichos —dejó caer, esperando la reacción de Lola.

—Bueno, sí, hay algunos bichillos en la moqueta, pero no te van a matar, hija.

Horror... Entonces no habían sido imaginaciones suyas.

—¿Pero qué son?

—Y yo qué sé. Tú imagínate que son hormigas y ya está. Y la trampa de ratones lleva ahí toda la vida. Tranquila, que forma parte de la decoración. Nunca hemos visto ninguno. Venga, vístete, que viene Jane. Tienes que conocerla. Es maja, aunque está un poco zumbada. Justo en ese momento escucharon el ruido de la puerta al cerrarse. Una voz cantarina llamó a Lola y bajaron juntas. Josefina no daba crédito ante la aparición que aguardaba en el *hall*. Jane era una joven blanquísima y carnosa, embutida en unas mallas muy ajustadas y una camiseta negra que le elevaba el pecho hasta la garganta, donde los cables de sus cascos se le fundían con el canalillo. No sabía si mirar el bamboleo de sus senos o las zapatillas de estar por casa que calzaba. Fucsias y con unicornios de peluche. Los ojos se le fueron al moño cardadísimo que se alzaba al menos veinte centímetros sobre la frente, como una especie de ola gigante amenazando con romper sobre su cara pintada y convertir su maquillaje en una lluvia de fuegos artificiales. Se parecía un poco a Adele, la cantante.

—Ah, Josefina, encantada de conocerte. Bienvenida —le ofreció una mano blanda y llena de uñas de colores. Esa costumbre inglesa de no saludar a los desconocidos con dos besos cada día le gustaba más.

Dentro de su boca rabiosamente roja, a Jane le faltaban una o dos muelas. Pero estaba claro que le daba exactamente igual. Josefina estaba fascinada, aunque trató de aparentar indiferencia.

—Entonces ¿te quedas con la habitación?

Fue lo único que Josefina entendió de la larga parrafada que soltó mientras mascaba chicle con la boca abierta. Qué acento tan extraño tenía. Menos mal que Lola le tradujo lo principal. No hacía falta firmar ningún papel, la habitación costaba trescientas libras y el pago era antes del día cinco del mes y al contado. Jane no puso muy buena cara cuando Josefina dijo que de momento se iba a quedar solo una semana y si no encontraba nada mejor le pagaría el mes entero, pero aceptó el trato con un segundo apretón de manos. Luego abrazó a Lola y se marchó como un torbellino.

—¿Ya está?

—Dice que tiene que recoger al niño del colegio. Ya lo conocerás. Se llama Ulises. Es un sol.

—¿En zapatillas?

—Su madre vive aquí al lado, supongo que viene de allí. Pero vamos, la he visto caminando descalza para ir a comprar cervezas. Esto es Londres, Josefina.

Descalza a por cervezas… ¡Ahora entendía lo de los bichos! Menos mal que Jane vivía en el piso de abajo y confiaba en que no subiera mucho al suyo. Lo de imaginársela con la escoba en la mano ya lo había desechado definitivamente.

Como si le leyera el pensamiento, Lola dijo:

—Es muy buena tía, no se mete en nada. Y no pongas esa cara que casi no te vas a cruzar con ella. Prácticamente vive donde su madre, y además hay un aseo con ducha dentro de su habitación. Pero a mí no me vas a poder evitar, así que ya te puedes ir acostumbrando.

—Lola, no lo tomes a mal —suspiró Josefina— Te estoy superagradecida por ayudarme. Lo que pasa es que esto ha sido tan repentino…

—Ya, si ya lo sé. Tú pensabas que ni Dios te iba a sacar ya del palacio del gili ese que habías tomado por príncipe azul, y de repente te toca volver a una mierda de chabola con las dos hermanastras feas. Pero ¿sabes qué te digo? Que al menos aquí nadie va a venir a comerte el coco con chorradas de cuentos de hadas para tontas del culo.

Sí, eso sí…

Y además la casa era cálida y silenciosa. Ya estaban a finales de noviembre y hacía un frío espantoso. A Josefina le agotaba sentir su cuerpo agarrotado cada vez que salía a la calle, y se esponjaba de placer cuando el calor de la calefacción la acogía al regresar. Descubrió un pequeño parque dos calles más atrás de su bloque y se proponía dar un paseo por las mañanas. Y algunas veces hasta lo conseguía, aunque su cuerpo solo quería quedarse grapado entre las sábanas. Ahora no podía ni soñar con hacer un curso en Saint Martins, pero sí podía comprarse revistas. Y cocinar. Le dio por cocinar en abundancia. No era tan fácil como en Madrid, pero las tiendas de los indios que abundaban en la calle principal eran generosas en hortalizas baratas, leche de coco, pastas y arroces de todo tipo o especias picantes que alegraban sus cenas.

Cuando Josefina ya llevaba seis días en la casa, Jane llamó a la puerta de su habitación. Al abrir se la encontró acompañada por un niño espigado y de ojos curiosos que, para su sorpresa, era negro. Debía de tener ocho o nueve años.

—Hey, Josefina, este es Ulises. Quiere darte las gracias por los espaguetis que dejaste la otra noche.

—Oh, de nada. Me encanta cocinar. Qué bien que te gusten. Cuando quieras te hago más cosas ricas. —Se agachó a la altura del pequeño y Ulises sonrió, mostrando una dentadura perfecta que iluminó su carita y el corazón de Josefina.

—Puedes venir a comer pizza con nosotros alguna noche —dijo con sus ojitos chispeantes, y a ella le entraron ganas de llorar de agradecimiento.

Solo cuando el pequeño se llevó su sonrisa escaleras abajo se dio cuenta de lo triste que se sentía. Se había obligado a dejar de pensar en Dick cada vez que su recuerdo afloraba, volviendo a empujarlo hacia dentro sin piedad, y ahora comprendía que necesitaba desesperadamente un poco de amabilidad.

16

Lola cambiaba de turno con frecuencia y salía constantemente, pero los momentos que pasaba en casa resultaron ser un bálsamo para Josefina. Aunque no tenían mucho en común, aprendió a agradecer su presencia al otro lado de la pared y a hacer encajar sus rutinas cotidianas. Saber que Lola estaba cerca la tranquilizaba. Sí, era caótica y muy bruta, se comía sus yogures y pasaba olímpicamente de limpiar. Pero, a diferencia de aquella agotadora Rosalind, no esperaba nada de ella. Jane y Ulises, tal y como había dicho Lola, no se dejaban ver demasiado. Josefina sabía cuándo estaban en casa porque siempre salían risas de su habitación. Era asombroso lo mucho que se reían aquellos dos. Pero aún no había bajado a compartir una pizza con ellos, quizás porque temía sentirse una extraña colándose en la intimidad de dos amigos del alma.

Un sábado por la tarde, Lola intentó convencerla para ir a cenar y a tomar copas a no sé qué restaurante caribeño en Brixton con un montón de gente nueva salida de otra fiesta a la que había ido la semana pasada en la casa de una compañera del restaurante en Shoreditch …

El plan no podía apetecerle menos.

—Pero vente con nosotras, tía. ¿Qué vas a hacer aquí sola? No me extraña que te deprima la casa, si no sales de ella.

—Es que no me apetece —insistió Josefina ante la mirada atónita de su compañera—. No soy tan sociable como tú. Prefiero ver alguna peli en el ordenador. De verdad, Lola, estoy bien.

No estaba bien, pero no mentía cuando decía que no le apetecía salir con ella ni con su grupo de amigos, conocidos y agregados, que se multiplicaba como la espuma cada día que pasaba. La idea de ponerse a entablar conversaciones con desconocidos, sujetando una copa entre las manos mientras miraba de reojo el reloj para calcular cuándo estaban a punto de cerrar el metro, le daba una pereza espantosa. Se había acostumbrado a su soledad compartida con Dick, que no hablaba demasiado.

Más tarde, desde su habitación, escuchó la voz de Mariona entrando por la puerta. Había ido a recoger a Lola. Mierda. De todos sus amigos, era a la que menos ganas tenía de ver. De hecho, llevaba semanas ignorando sus mensajes. Pero la puerta de su cuarto estaba abierta y era imposible esquivarla. Cuando apareció, taconeando envuelta en una nube con olor a maquillaje y perfume, Josefina se sentó en la cama y le sonrió de la forma más natural que pudo.

—Hombre, ¡a ti tenías ganas de verte! —soltó la catalana, con los brazos en jarras y un falso gesto de ofendida—. Me has tenido superpreocupada. Hay que ver que no me contestabas las llamadas. Y luego me he tenido que enterar por Lola de toda la movida con el Dick. Ay, lo siento mucho, nena —dijo, sentándose en la cama.

Antes de que pudiera pensar una respuesta, Mariona la envolvió en un abrazo que llevaba dentro el frío de la calle y el latido de su corazón. Y sin poder evitarlo, Josefina se abandonó en su pecho.

—Él no era para ti, bonita, está claro —dijo, acunándola—. Tienes que tomarlo como una señal del destino. Ya vendrá alguien mejor. Es que ni lo dudes.

Josefina asintió con la cabeza, acurrucada en su cuello, mientras Lola se asomaba a la puerta.

—Uf, ya estáis con vuestros dramones... Mira, yo me bajo a preparar algo. ¿Qué queréis beber?

—Ay, lo que sea, pero no nos cortes el rollo, Lola.

Venga, vete a la cocina —dijo Mariona, aún abrazando a Josefina.

En cuanto oyó las pisadas de Lola alejándose por la escalera, las lágrimas salieron disparadas de algún rincón de su cuerpo donde llevaban días escondidas. Estaban muy asustadas desde aquella última noche en casa de Dick. Y hasta ahora habían permanecido ocultas, temerosas de la burla y la crueldad ajenas. Pero el calor de las manos de Mariona les había dado valor para saltar la barrera tras la que Josefina se empeñaba en encerrarlas.

—Ay, nena, ay, cómo duele, ¿verdad? —La voz de Mariona sonaba tranquilizadora—. Y es peor porque estás aquí sola. Bueno, sola no, porque nos tienes a nosotras. Pero tú me entiendes. Cuando Tarik me dejó y se fue de Barcelona, al menos me quedaba el consuelo de mis amigas de toda la vida. O me iba a pasear por la Barceloneta. Pero esto, aquí en este Londres sin tu gente, yo sé lo que es. Llora, llora, déjalo que salga.

—¿Pero tú cómo lo aguantas? —dijo Josefina entre hipidos.

—Bueno... ¿No te acuerdas que te llamé hace unas semanas porque te quería contar algo? —Mariona se separó bruscamente y la miró a los ojos sonriendo de oreja a oreja—. ¡Tarik apareció! ¡Un día salí del curro y me estaba esperando con un ramo de flores! Te juro que cada vez que me acuerdo me saltan mariposas en el estómago. Estamos juntos otra vez. A ver, su familia sigue sin aceptarme, pero ya entrarán en razón. Todavía no me conocen.

—Es que si te rechazan es *pa* matarlos, vamos —dijo
Lola, que había reaparecido con tres cervezas y un paquete
de tabaco en la mano.

Josefina cogió una y encendió un cigarrillo. Lo hizo
sobre todo para zafarse de las manos de Mariona, que se
empeñaban otra vez en sujetarla, arroparla, sostenerla.
Pero es que de repente ya no quería su consuelo. Intentó
decirle que se alegraba mucho por ella, que le deseaba la
mayor felicidad, que tenía razón al decir que los sueños
se cumplen si creemos en ellos con todas nuestras fuerzas. Pero nada de eso salió de su boca. Porque la verdad
era que sentía una envidia espantosa. Supo que Mariona
se daba cuenta, pero estaba tan feliz que no le molestaba.
O quizás es que era mejor persona que ella.

—Tu amor aparecerá, Josefina, te lo juro —le dijo
limpiándole una lágrima que corría solitaria por su mejilla—. Pero tienes que creerlo.

Hizo un gran esfuerzo por no volver a llorar. No delante de Lola. En cuanto las vio desaparecer tras la ventana, después de convencerlas durante un buen rato de
que iba a estar bien, corrió a encender el ordenador para
buscar habitaciones. Dos horas después, se dio por vencida. Todo era deprimente. Las casas más asequibles estaban en zonas que solo significaban para ella el nombre
de una estación de metro en el extremo de una línea de
color. Y las habitaciones que sí se podría permitir eran
espantosamente feas, no conocían la luz del sol o se
caían de viejas.

Retomó la búsqueda al lunes siguiente, cuando Lola
se fue a trabajar. Los días pasaban y ya llevaba casi diez
en casa de Jane. Tenía que encontrar un lugar donde pudiera volver a sentirse bien. Y después buscaría trabajo.
Uno que le gustara de verdad. Pero el lunes tampoco encontró nada. Ni el martes, ni el miércoles. Tan solo miraba y remiraba la pantalla del ordenador, clavada en la

silla, buscando un poco más, incapaz de tomar una decisión. A todo le encontraba alguna pega. Y cuando por fin se conformaba con alguna oferta y se obligaba a agarrar el teléfono y concertar una cita para ver la habitación, resultaba que tenía que dejarlo porque ya eran las cinco de la tarde, se había hecho de noche, la gente salía en tromba de las oficinas para invadir el metro y la sola idea de salir de casa le daba frío. Además, en los últimos días había nevado. Era precioso asomarse a la ventana porque hasta aquellas espantosas calles feas cubiertas de basura se parecían un poquito a la estampa blanquísima dibujada en su bola navideña de Fortnum & Mason. Pero no quería patearse la ciudad bajo la nieve... Respiraba aliviada cuando Lola regresaba a casa echando pestes del restaurante, o cuando oía a Jane trasteando en el piso de abajo, hablando por teléfono con su voz cantarina o contagiándole las risas que compartía con Ulises, aunque Josefina siguiera sin entender ni dos palabras seguidas de las que salían por su boca.

17

El jueves, por fin, se decidió a visitar dos habitaciones. Para la primera bajó del metro en la estación de Wembley. Vio el estadio a lo lejos, emocionándose al imaginar a sus grupos favoritos tocando en el Live Aid de los años ochenta. Recordaba haber visto un trocito de la actuación de Wham! en una minúscula televisión en blanco y negro que había en el apartamento donde su familia veraneó aquel año en el que ella estaba asomando un pie en la adolescencia. No lo recordaba, pero quizás aquella había sido la primera vez que Josefina deseó vivir en Londres... A lo mejor ese recuerdo era un buen augurio y estaba a punto de encontrar su casa ideal.

Tuvo que andar una eternidad metiendo y sacando los pies de la nieve hasta llegar a una casa vieja flanqueada por dos cubos de basura. Un tipo de piel tostada y paso enérgico la condujo hasta una buhardilla empapelada en sombríos tonos marrones, donde una cama de madera y un armario marrón oscuro buscaban desesperadamente a alguien que los quisiera. Cuando Josefina estaba a punto de decirle que no era lo que buscaba, el hombre la condujo a la cocina y la entrevistó, tomando nota de sus respuestas como si aquel cuartucho fuera un puesto de trabajo codiciado por cientos de aspirantes. Josefina, asombrada, contestó sus preguntas lo más amablemente que pudo y se quedó sin palabras cuando el tipo le dijo que no podía adjudicarle la habitación porque su estilo de vida no congeniaba con el del resto de sus compañeros de casa. ¿O sea, que era así como funcionaba lo de compartir casa con mucha gente en Londres? ¿Los inquilinos elegían al nuevo candidato y no al revés? Lo que le faltaba por ver...

En la segunda casa no le fue mucho mejor. Se trataba de una pareja con una niña pequeña y dos perros. La vivienda tenía un aspecto agradable, pero estaba a una hora de distancia en tren desde el centro de Londres. De nuevo le ofrecieron la buhardilla, aunque esta era mucho más alegre. Una habitación grande de paredes empapeladas en tonos florales que enmarcaban con bastante gracia una composición de muebles blancos, vulgares pero acogedores. Esta vez sí superó la entrevista, pero fue ella quien no quiso quedarse. La pareja le dio a entender que, si cuidaba de la niña y limpiaba la casa, le rebajarían el precio del alquiler y además le dejarían un baño para ella sola. Algo le decía que estaban deseando echarle a la criatura en los brazos y que le iba a tocar presenciar muchas escenas domésticas incómodas. No, gracias. Se acordó de Andrea, que seguro odiaba a la estirada de Jemima, pero era evidente que sentía aprecio por Anthony... y por el lujo con que vivía la familia, aunque a ella solo le cayeran encima las migajas.

No. No podía aceptar. No era eso lo que Josefina esperaba de Londres.

¿Y qué era?, se preguntó mientras peregrinaba de vuelta al metro por una avenida vacía, cabizbaja, resignada a caminar con los pies empapados. Ya era noche cerrada aunque el reloj marcaba tan solo las seis de la tarde. De repente alzó la mirada y se le escapó un grito. Un gato gigante la miraba fijamente... ¡Oh, pero no era un gato, sino un zorro! Al verla chillar, el pobre animal desapareció en el horizonte con la cola entre las piernas.

Desde luego todo era posible en aquella ciudad, incluso toparse cara a cara con un zorro cobarde... Y morir de frío en una calle desierta de la zona cuatro. Por Dios, qué frío hacía.

Quizá solo tenía que cambiar la manera de buscar, se dijo al arroparse con el edredón aquella misma noche, antes de caer rendida sin importarle que su cabeza chocara con la trampa para ratones. Al día siguiente buceó un poco más a fondo en internet. Lo que ella anhelaba tenía que estar en algún sitio, solo necesitaba un poco más de paciencia. Primero entró en un foro de españoles en Londres, del que salió rápidamente antes de empezar a deprimirse. Aquello estaba lleno de españoles que se ofrecían a quedar el sábado con la noche con otros españoles recién llegados a la ciudad para tomar una copa, con tal de no estar solos. Españoles que ponían anuncios para compartir habitación con otros españoles (no el piso, no, ¡la habitación! ¡Compartida con un desconocido!) Españoles que vendían las cuatro cosas que tenían para regresar a España, ansiosos por perder de vista para siempre el pescado frito y los nubarrones color moqueta sucia.

Luego descubrió una página de anuncios llamada Gumtree donde las casas que se anunciaban parecían algo mejores de lo habitual. Entusiasmada, curioseó durante un buen rato. ¡Sí, seguro que ahí estaba lo que ella andaba buscando! Ya estaba harta de mirar habitaciones sombrías sin armario empotrado. Había algunos estudios y apartamentos enteros para ella sola, ¡y no eran nada caros! Miró tres y finalmente eligió uno que estaba en South Kensington, una de las zonas más elegantes de la ciudad. Era una preciosidad. Un saloncito con su típico ventanal inglés y un sofá cubierto de cojines de flores. Mesita de té y un coqueto rincón para comer, con su mesa y sus cuatro sillas. Estanterías llenas de libros. Alfombras en tonos pastel. El dormitorio, con una cama enorme que no tenía nada que envidiar a la de Dick. Una cocinita blanca con todos sus electrodomésticos. Y el aseo, con una bañera con patas y la pared pintada de rosa. Qué maravilla, era perfecto... Femenino, lindo, práctico. Pero lo más increíble era el precio. ¡Solo seiscientas libras al mes! ¡Menos de lo que le había pagado a Rosalind por aquella habitación vieja! Sin decirle nada a Lola, que trajinaba por la casa repartiendo ropa mojada entre radiadores y barandillas, escribió a la dirección de correo que aparecía en el anuncio con manos temblorosas de excitación.

La respuesta llegó enseguida. El piso pertenecía a una abogada inglesa que estaba a punto de trasladarse a Australia por motivos laborales. Le habían ofrecido el puesto con muy poca antelación, así que debía mudarse cuanto antes y quería estar bien segura de que su piso quedaba en buenas manos. Por eso lo alquilaba tan barato. Necesitaba a una mujer soltera y responsable que estuviera dispuesta a cuidar de su hogar como si fuera suyo. El perfil de Josefina, proseguía el correo, era perfecto. La abogada estaba segura de que sería la inquilina ideal. Pero tenía que confesarle que, lógicamente, le habían llovido las solicitudes desde que publicara el anuncio. Así que, si Josefina quería hacerse con el piso, tenía que ser la primera en ingresarle una fianza de dos mensualidades, más el importe del primer mes de alquiler, a través de algo llamado Western Union. Una vez comprobado que el traspaso se había hecho efectivo, la abogada le facilitaría a Josefina la dirección del apartamento y enviaría a una persona de su total confianza con el contrato listo para firmar y las llaves de la casa.

El corazón le retumbaba en los oídos mientras miraba la pantalla. Su ordenador le pedía que esperase a que realizara la transferencia, pero Josefina tenía pajarillos en las piernas. Corrió a vestirse y, mientras se ponía los zapatos, le llegó el mensaje de confirmación. El dinero estaba en poder de la casera. ¡Qué rápido! Era la una de la tarde; si la abogada le contestaba pronto, aún le daría tiempo de ir a ver la casa a plena luz del día y firmar los papeles. El segundo correo llegó a los pocos minutos. ¡Bingo! Apuntó la dirección en un papel y trató en vano de contener su entusiasmo cuando le dijo a Lola que se marchaba a hacer unos recados y corrió a la calle sin esperar respuesta.

La dirección que le habían dado resultó corresponder a una callecita que pasaba desapercibida a simple vista. Bueno, así la casa sería más tranquila. Y el ventanal del salón probablemente daría a la calle principal, porque se veía muy luminoso en las fotos. Caminó a buen trote hasta llegar al número indicado, donde se paró en seco. Allí lo que había era un restaurante chino que estaba cerrado a cal y canto. Enfrente vio una tintorería. Entró a preguntar. La atendió una mujer sudorosa cubierta con un velo que al parecer no hablaba inglés. «No, no, no», era lo único que sabía decir, haciendo aspavientos con las manos, lanzándole una extraña mirada de compasión. Allí dentro apestaba a productos químicos, y Josefina regresó al exterior. Caminó arriba y abajo para asegurarse de que estaba en la calle correcta. Comprobó todos los números y examinó cada portal. No eran muchos y a simple vista se veían todos iguales. La verdad era que ninguno se parecía a la entrada de la casa que aparecía en las fotos del anuncio. Releyó el correo. Sí, seguro, estaba en el lugar indicado. No se había equivocado. Tal vez podía llamar por teléfono. Pero solo ahora se daba cuenta de que no le habían dejado ningún número de contacto. Qué raro...

Y entonces lo comprendió. La casa no existía. La habían estafado.

18

Las luces de Navidad llevaban ya semanas haciendo relucir las calles de Londres al atardecer, como una vajilla desempolvada, pulida y lista para las fiestas. Y por primera vez desde que vivía allí, Josefina consideró que la idea de viajar unos días a Madrid, como le rogaba la voz de su madre al teléfono domingo tras domingo, no era tan descabellada. Solo por Nochebuena, solo unos pocos días y, por supuesto, solo si regresaba antes del día de Reyes. Sus razones no eran muy acordes con el espíritu navideño, a decir verdad. Básicamente quería distraerse para poder dejar de hacer dos cosas que habían llegado a obsesionarla: pensar en Dick y examinar cada noche sus sábanas a la luz de una linterna, para comprobar si había partículas en movimiento antes de meterse en la cama.

También quería evitar la soledad. Jane y Ulises estarían en casa de la abuela. Lola tenía planes fuera de Londres; la habían invitado a una cena en Escocia. Alguna amiga de una amiga de una compañera que tenía un primo que trabajaba en un hotel de Edimburgo, o algo así. Mariona viajaría a Barcelona, al parecer acompañada de Tarik. ¿Y Olga? Llevaba tiempo sin saber nada de ella. No había querido contarle la ruptura con Dick. Sabía que si se sentaba en la cocina de Olga, arropada por una taza de té y su mirada comprensiva, la única que conocía en Londres que de verdad sabía ver más allá de lo evidente, entonces Josefina tendría que poner lo sucedido en palabras y se escucharía a sí misma decir que todo había terminado. Le dolía solo de pensarlo... Además, Olga nunca la buscaba a ella. Siempre era Josefina quien le enviaba algún mensaje para preguntarle cómo estaba y tampoco insistía demasiado porque Olga, aunque era amable, no daba pie a estirar la conversación hasta convertirla en algo parecido a la amistad.

Pero quizás cuando Lola y Jane se marcharan, y si ella no encontraba un billete de avión para volar a Madrid a precio razonable, Olga podría venir a casa por Nochebuena y hasta quedarse unos días. A lo mejor le tocaba pasar la Navidad sola en su espantoso estudio. Sabía que mucha gente no podía volver a su país a pasar las fiestas porque los restaurantes o las tiendas, cegados por la avaricia ante la efervescencia de clientes, les negaban las vacaciones. Le envió un sms:

Hace mucho que no nos vemos. Tengo novedades que contarte (deprimentes, a mi pesar). ¿Quedamos para un té... o mejor un mulled wine?

Pasaron tres horas y Olga no contestó, así que decidió olvidarse del plan y dejarla en paz. No pensaba perseguir a nadie. Miró los vuelos en el ordenador... Como era de esperar, a esas alturas los precios estaban por las nubes. Y no quería pedir dinero a sus padres. Definitivamente tenía que ponerse a buscar un trabajo. Pero después de Navidad. Si no, la tendrían de pie ocho horas al día sirviendo copas de champán o envolviendo regalos hasta aborrecer los villancicos, el color rojo y hasta el turrón que ese año no iba a poder probar.

Olga respondió.

Perdona. Estoy muy liada... Me voy a España dentro de cinco días. Hablamos a la vuelta. ¡Pásalo bien!

Vaya... Qué fría y qué correcta. Entonces le iba a tocar pasar la Navidad sola en Londres. La primera Navidad blanca de su vida. Porque ahora sí era invierno de verdad. Y un día empezó a nevar como en las películas de Hollywood y ya no paró. En la esquina de su casa, Ulises y otros chiquillos levantaron un muñeco de nieve con su zanahoria y sus brazos de palo. Los días volaban y Londres, hermosa y caótica, resplandecía envuelta en el fulgor de los ángeles de luz y la pureza de la nieve. Cada día era más frío, el temporal arreció y el desconcierto se instaló en la ciudad como un invitado indeseable. El veinte de diciembre, la mayoría de los vuelos que tenían que salir de Londres habían sido cancelados. Josefina vio en internet las tristes estampas de los viajeros tirados en el suelo de los aeropuertos, negándose a rendirse, rogando que dejara de nevar, que su avión apareciera y, porque los milagros existían, los condujera al calor de sus países, a su mesa de Navidad, al regazo de sus madres.

Al menos se había librado de aquello...

El día antes de que Lola se marchara a Escocia, Ulises las invitó a las dos a comer pizza en su cuarto. Era la primera vez que Josefina entraba en aquella habitación destartalada. La litera estaba pegada a la pared y el sofá era negro, de polipiel, como los que había visto mil veces en fotos de casas de alquiler. Tenían ropa tendida por todas partes y las camas estaban deshechas de un modo que era obvio que a nadie le importaba. Se fijó en que el cuarto tenía una terraza. No parecía que la hubieran usado nunca. Estaba llena de trastos amontonados de cualquier manera.

Jane sacó una mesita de picnic y unos minúsculos taburetes plegables donde las tres se acomodaron como pudieron. Ulises se lanzó sobre el sofá sin que su madre lo regañara por ir descalzo o aterrizar sobre la ropa mojada. Aquel niño parecía mucho más feliz que Anthony. Jane y él parloteaban sin cesar en un inglés incomprensible; no solo porque estaba sembrado de *slang*, sino porque madre e hijo compartían un lenguaje propio que los envolvía en un manto de complicidad que hipnotizaba a Josefina. Pensó en su hermana Toñi, que siempre parecía enfadada con sus hijos. Josefina no dudaba de que los amaba con todo su corazón, pero muy pocas veces la había visto tocarlos, abrazarlos, sentarse en el suelo con ellos, mirarlos a los ojos con la adoración que Jane desplegaba sobre Ulises. Y aquella pizza barata le supo a gloria porque sus compañeros de casa se la sirvieron aderezada con un puñado de risas, el toque justo de cariño y una pizca de liberador desenfado.

El buen humor aún le duraba cuando, a la mañana siguiente, se sentó en la cama de Lola. Su amiga llenaba de ropa una mochila, amontonándola de cualquier manera.

—¿Seguro que vas a estar bien? —preguntó Lola, por enésima vez—. ¿Pero qué vas a hacer, tía?

—Pues no sé. Pasear, ver exposiciones…

—Joder, vaya planazo. No es bueno pasar tanto tiempo sola y más en Navidad. Se te va a ir la olla. ¿¡Pero por qué no quedas con gente!?

Porque no encontraba gente con la que de verdad le apeteciera quedar…

Porque no le gustaba la gente de Lola…

Porque, de toda la gente que había en Londres, solo deseaba ver a una persona…

—Venga, coño, vente conmigo. Conoces Escocia, cenas con mis colegas, te relacionas. Lo vamos a pasar de puta madre. Igual conoces a algún tío.

—Que no, Lola, que no tengo ganas. ¡No me insistas más! —La cortó. No quería volver a oír hablar de Edimburgo. Le recordaba a aquella vez que Dick le propuso acompañarle a un viaje de trabajo y la muy boba dijo que no—. Y enrolla las camisetas antes de guardarlas, hija, que las estás metiendo hechas un gurruño. Trae, déjame a mí...

El día veinticuatro se levantó con el ánimo ligero y ganas de colgar la bola de Navidad que había comprado en Fortnum & Mason. La puso en un clavo que sobresalía de la pared sobre el cabecero de su cama, y luego lo tapó haciendo un coqueto lazo con su cinta de terciopelo. Cuando se alejó para contemplar la linda bolita solitaria que se esforzaba por embellecer la pared mohosa, le vino a la memoria la estampa de la señorita Havisham, aquel patético personaje de *Grandes esperanzas* que tanto le gustaba cuando era niña y que nunca tuvo valor para quitarse el vestido de novia con el que su prometido la plantó el día de su boda. Pero en fin, aquello era lo más parecido a una decoración navideña que iba a rodearla ese año y estaba bien así.

Lo único que la ponía nerviosa era pensar en la inevitable llamada de su familia y, como sabía que la tensión iría en aumento según pasaran las horas, decidió adelantarse. Ella misma los llamaría por la mañana. No podía soportar la idea de que la telefonearan por la noche, después del discurso del rey y antes de cenar, con los gritos de sus sobrinos y el taconeo de su hermana de fondo, y que la pillaran sola en casa, con el pijama y zapatillas, a punto de comerse un sándwich del Tesco frente a la tele. Se encogió al imaginar los reproches que su madre no podría contener y las lágrimas que su padre se esforzaría en ocultar. Era imposible disfrutar del día de Nochebuena con semejantes pensamientos, así que salió a la calle con la intención de diluirlos entre el ruido y la gente. Ese día necesitaba sentirse valiente hasta el final.

Marcó el número de la casa de sus padres cuando estuvo en la calle principal de Tottenham, por suerte muy animada aquella mañana.

—¿Mamá? No te oigo bien... Sí, sí, estoy fenomenal. No te preocupes. Esta noche voy a cenar con unos amigos.

—Qué desgracia hija, que no hubiera vuelos. Todos te estábamos esperando. Tus sobrinos están muy disgustados. Yo esta noche creo que ni voy a cenar.

—¿Qué tontería dices? Yo estoy muy bien. Navidad solo es una fecha. Oye mamá, no te escucho bien, hay mala cobertura. Bueno, por si se corta, que tengáis una feliz noche. ¿Me escuchas? Yo a ti no —fingió, alejando el móvil de su oreja. Aun así, la oyó suspirar.

En un impulso, colgó antes de que su madre cogiera carrerilla y le pasara el teléfono a su padre. Estaba segura de que con él no iba a poder sostener la mentira. Se sentía miserable, pero siguió caminando con decisión, aunque fuera con aquel peso a cuestas. Al llegar a la estación de metro volvió a sentirse ligera. ¡Se había quitado de encima la llamada! Ahora tenía todo el día para ella sola. Y... resultó que estaba contenta. Por primera vez en su vida se encontraba libre de obligaciones navideñas. Ni tener que comer hasta reventar por pura gula, ni tener que reír las bromas a su cuñado, ni tener que hacer regalos a sus sobrinos, ni tener que parecer bien educada ante su familia política. ¡Era maravilloso!

Tomó la Piccadilly Line hasta el centro y, avanzando casi en volandas por la calle abarrotada de turistas con bolsas, entró en Fortnum & Mason. Se sentaría a tomar un té, o quizás podría almorzar algo rico si no era demasiado caro. A lo mejor Pedro estaba trabajando y charlaba con ella un rato. Pero al llegar a lo alto de la escalera que daba acceso al restaurante no lo encontró. Preguntó a una camarera que hablaba español y ella le dijo que Pedro estaba de vacaciones en España. Claro...

Al echar un segundo vistazo se fijó en que casi todas las mesas estaban ocupadas por parejas o grupos de amigos que charlaban animadamente. Pero sin aquel camarero tan simpático, el restaurante parecía extraño y vacío. Se le habían esfumado las ganas de sentarse allí sola. Bueno, ya volvería. Regresó a la calle, donde daba la sensación de que la gente se reproducía como *gremlins* mojados. ¿Qué podía hacer? El centro estaba imposible...

Subió al metro de nuevo y, como sin pretenderlo, como si sus piernas la hubieran conducido solas hasta allí, bajó en la parada más cercana al *penthouse*. Echó a andar tímidamente por las calles donde apenas tres semanas antes se había sentido en casa. Y siguiendo el rumbo del río llegó hasta el imponente edificio. Se acercó, cautelosa, a mirar por una rendija cuando no había nadie cerca y vio el coche de Dick aparcado. El corazón se le volvió loco. ¡Dick estaba en casa... y era Nochebuena! Y ella, ¿qué hacía en la calle, con las manos heladas, husmeando por una rendija como una mendiga? ¿Y si entraba y se reconciliaban? ¿Y si resultaba que él estaba sentado en el sofá, solo, viendo una película con una copa de vino en la mano, dudando si marcar su número o no? ¿Y si ella le daba una sorpresa, y ese mismo día acababan cenando juntos, riéndose de la cara de susto que puso al escapar de la famosa fiesta?

Entusiasmada ante la sola idea, se encaminó muy resuelta hacia la puerta de entrada. El portero ya no estaba, se marchaba a las cinco. Llamaría al timbre, aunque en su bolso había una llave. Dick tenía muchas y ella había cogido una de más porque siempre tenía miedo de olvidárselas dentro de casa. Y esa copia no la había devuelto.

Pero al levantar el dedo para llamar, un nudo le ató la garganta y detuvo su dedo en seco. ¿Y si Dick no estaba solo? El dolor le cortó la respiración, y retrocedió. No podía quedarse allí. ¿Y si él salía a la calle en ese preciso instante y la encontraba fisgoneando en el portal? ¿Y si salía acompañado? Ese horrible pensamiento le dio fuerzas para alejarse por fin, aunque deseaba quedarse con todo su corazón. Quería verlo. Quería subir las escaleras y pasar la noche abrazada a su cuerpo. Quería borrar las últimas semanas.

En lugar de eso, echó a andar en dirección contraria al *penthouse*. Cuando se cansó de vagabundear, no le quedó más remedio que regresar a su barrio en metro. Había caminado junto al río sin cruzase apenas con nadie durante dos horas en las que tuvo tiempo de llorar a moco tendido, secarse las lágrimas y encontrar dentro de sí unas ganas razonables de encerrarse en casa con su soledad, su bata calentita y algo para cenar. Aunque a esas alturas del día se habría conformado con un té y unas tostadas, se obligó a entrar en el Tesco y hacerse con una cena especial. Eligió una bandejita de quesos, un poco de salmón, una botella de vino blanco y helado de chocolate con nueces. Por una vez, no se llevaba ningún producto marcado con la etiqueta amarilla. Estaba a punto de llegar al mostrador del pan cuando una mujer morena con un abrigo de peluche se le plantó delante y le dio un pisotón.

—¡*Brod, brod!* —le gritó a un reponedor que se la quedó mirando asombrado.

—Pepi, se dice *bread* —intervino otra mujer.

—*More brod?* —insistió la otra, gesticulando como loca frente al reponedor.

Quería más pan y no había. Cogió con las manos los dos últimos bollos sin reparar siquiera en Josefina, que estaba detrás de ella y ya había agarrado las pinzas para meterlos en una bolsa. Cuando coincidieron en la caja y cruzaron las miradas no se molestó en regalarle el menor gesto de complicidad. Menuda ordinaria.

Ahora sí tenía ganas de volver a casa. Qué bien había hecho al quedarse tranquila en Londres en lugar de arriesgarse a pasar la Navidad tirada en el aeropuerto. O peor aún, atrapada en casa de sus padres. Mientras aguardaba a que la española de los aspavientos se aclarara con las libras y los *pennies* ante la mirada impasible del cajero, visualizó la escena que en cuestión de horas se dispondría a interpretar su familia. Toñi manejando a todo el mundo, su madre atiborrándolos de comida sin probar ella bocado, sus sobrinos zampando polvorones y pasando de la sopa, Ignacio con sus aires de superioridad y su padre callado, triste por su ausencia. Y solo de imaginarlo se sintió oprimida. Añadió una vela perfumada a su cesta y pagó, adelantando al grupo de las españolas antes de salir por la puerta sin mirarlas siquiera.

Ya era noche cerrada y el aire se veía blanco de puro frío. Un enjambre de quinceañeras vestidas de fiesta cruzó por delante de ella sin verla. Parecían levitar sobre los restos de nieve con sus piernas desnudas y sus tacones afilados, abrigadas por la risa y la excitación. No le dieron ni pizca de envidia. Ni loca se habría desprendido aquella noche de su anorak, sus botas de agua y sus guantes. La única celebración con la que soñaba era solo para dos. Pero, ay, Londres había dejado de ser su patio de recreo...

Y sin embargo, de algún modo, esa noche logró no deprimirse. Contestó a los mensajes de Lola asegurándole que estaba bien, ignoró las felicitaciones de familiares y conocidos que no se comunicaban con ella el resto del año y silenció el móvil antes de cenar en el cuarto de Jane. Temía que su madre obligara a Toñi a llamarla cuando el rey terminara su discurso. Cubierta por un mantel de plástico que había aparecido en un cajón de la cocina, la mesa de picnic no parecía tan fea. Vio un programa de televisión entretenido y se bebió la botella de vino casi entera. Qué relax tan delicioso la invadió... Había muchas cosas interesantes que ver al día siguiente... Era un privilegio poder pasar la Navidad en Londres... El veinticinco de diciembre lo iba a dedicar a empaparse de belleza...

Que estoy superbien, Lola! Disfruta y olvídame, que eres más plasta que mi madre, contestó por última vez antes de deshacerse de las zapatillas y ajustarse el edredón hasta las orejas con un suspiro de placer. Y no era del todo mentira, pensó antes de dejarse caer en un sueño profundo.

19

El día de Navidad arrancó con buen humor. Era agradable desayunar tranquila en la cocina sin tener que soportar las habituales interrupciones de los invitados de Lola y su costumbre de entrar golpeando la silla con el picaporte. Mientras atisbaba, sorbiendo su café, el ir y venir de la gente a través de la ventana, llegó a la conclusión de que aquello de estar sola en casa el día de Navidad era lo más liberador que le había pasado desde que embarcara rumbo a Londres con su vida a cuestas. Recordó los años anteriores, cuando la diversión se esfumaba por entre las rendijas de una maraña de cenas de empresa, compromisos con los suegros, ruidosos encuentros familiares, regalos inútiles de última hora. Nunca le habían gustado demasiado las navidades con su pesada costumbre de reunirse y comer y beber y reír y obsequiar porque sí. Había soñado muchas veces con sacudirse de encima todo aquello. Y ahora Londres le regalaba un día de Navidad entero para ella sola.

Aunque hacía mucho frío, decidió obligarse a vencer la pereza y desechar los vaqueros. Se puso un vestido con las medias más gruesas que tenía y se pintó los labios. Ajustándose una coqueta gorra de lana, se regaló una sonrisa frente al espejo. Esa mañana tomaría el metro hasta el Victoria & Albert Museum para empezar el día sumergiéndose en la mayor colección de objetos hermosos de la ciudad. Había leído que el museo albergaba una maravillosa sala de lectura. Pasaría una hora hojeando libros de arte y, quién sabe, tal vez las musas que custodiaban aquel templo de la belleza se dignaran lanzar una chispa de inspiración sobre su persona y Josefina encontrara, al fin, la idea para reinventarse profesionalmente que hiciera saltar de gozo su corazón. Luego podría comer en el café antes de dar un largo paseo hasta casa. Seguro que era de lo más acogedor. Los ingleses eran únicos no solo levantando museos, sino rematándolos con unos cafés en los que una quería quedarse a vivir.

Distraída con sus pensamientos, llegó a la estación de metro sin apenas darse cuenta. Ya tenía la Oyster en la mano cuando ¡vio que estaba cerrada! Se quedó petrificada frente aquella antipática verja que le impedía cruzar rumbo al país de las maravillas. Miró alrededor, algo avergonzada. La gente pasaba de largo sin inmutarse, como si todo el mundo supiera que, por supuesto, el metro cerraba ese día. Oyó a dos chicas hablando en español y se acercó a ellas.

—¿Sabéis qué pasa? ¿Por qué han cerrado la estación?

—¡Hoy no hay metro! —exclamó riendo una de ellas— ¡Es Navidad!

Josefina debió de poner cara de terror, porque la otra chica se detuvo y le pidió a su amiga que esperara.

—Si *querés* ir al centro, *subí* al bus ahí mismo —dijo, señalando una parada cercana que estaba vacía.

Josefina caminó obediente hasta allí y comprobó que, en efecto, dos de las líneas llegaban hasta el centro. Podría ir al museo andando desde Piccadilly, aunque estaba un poco lejos. Aguardó dando paseítos a un lado y al otro para que el frío no se instalara en sus piernas, pero los autobuses no pasaban. Cuando al fin apareció uno, iba tan abarrotado que el conductor ni siquiera se detuvo. Tres cuartos de hora más tarde, ya no pudo más. Tenía las manos heladas y se le habían quitado las ganas de ir al centro. La sola idea de seguir en pie bajo aquel frío implacable la agotaba. Se quedaría por su barrio y daría una vuelta. A lo mejor descubría alguna calle interesante, alguna zona que había permanecido oculta a su curiosidad, algún parquecito escondido, algún café que no conocía. Pero por más que lo intentó, todo lucía tan feo como siempre, y casi todas las tiendas y los bares estaban cerrados, excepto los locales de comida rápida que apestaban a fritanga y donde no habría entrado ni aunque le regalaran el almuerzo. Tenía ganas de meterse bajo las sábanas, pero solo era la una. ¿Qué iba a hacer en casa toda la tarde? Y estaba muerta de hambre. Tras mucho caminar, tan solo encontró un pub abierto... y abarrotado. Todavía le daba vergüenza entrar sola en sitios como aquel. En los cafés se sentía como pez en el agua, pero un restaurante o un pub lleno de gente era otra cosa. Se quedó de pie en la entrada con las manos en los bolsillos, dudando. La estufa exterior estaba encendida y desprendía un calor al que no se pudo resistir. Cerró los ojos y un destello de luz anaranjada como el sol de España le besó el rostro. Imaginó que estaba sentada con Dick frente a una chimenea. No, mejor aún, estaban tendidos en la arena de una playa mediterránea... Josefina aspiraba la brisa marina cuando escuchó un seco «*sorry*». Abrió los ojos y se apartó para dejar paso a una pareja madura que intentaba salir del pub. Cuando abrieron la puerta, ella entró sin pensarlo dos veces.

Dentro olía a lo mismo que todos los pubs; una mezcla de sidra, cerveza y polvo de la moqueta. Se obligó a sí misma a caminar en dirección al fondo del local. Iría al baño, y así podría examinar el entorno. Vio que había algunas mesas libres y camareros circulando con humeantes asados y apetitosos sándwiches. Decidido, se quedaría. Eligió una mesa pequeña junto a la ventana, relativamente lejos de los grupos grandes, que de todos modos ignoraban su presencia, y pidió media pinta y una hamburguesa. Por la calle pasaba muy poca gente, y todos lo hacían con aspecto de estar deseando refugiarse en sus hogares para charlar con sus seres queridos, acomodados en sus sofás con su mantita y su taza de té en la mano... Pero ella tendría que volver sola a aquella casa espantosa donde se había quedado atrapada. Era como si nunca consiguiera llegara a tocar con sus manos la felicidad, la belleza, la liviandad. Tan solo unas semanas antes había soñado con inaugurar la Navidad viendo un ballet en el Royal Opera House junto a Dick. Incluso había encontrado en una tienda el vestido perfecto...

Un estridente timbrazo en su móvil la sacó de aquellos pensamientos. *Casa*, decía la pantalla. Casi pudo ver a su madre, impaciente y ofendida al otro lado. Y no tuvo fuerzas para contestar.

Cuando le dio dos bocados a la hamburguesa se relajó lo suficiente para mirar alrededor y observar a la gente del pub. Y entonces, mientras se tragaba aquella cerveza amarga, súbitamente añoró a su familia con todo su corazón; e incluso a aquel ex que la había dejado sola en el piso con los muebles de Ikea, y por el que nunca había vuelto a llorar después de la sorpresa, que le duró tres días. Era un pan sin sal, sí, pero siempre cuidaba de ella. No podía decir lo mismo de Dick. Ahora se daba cuenta. Él solo cuidaba la puesta en escena. Lo único que le importaba era crear un marco bien llamativo que le permitiera colocarse en el centro de la imagen para lucirse y presumir de su dinero. No le había enviado ni un mensaje por Navidad... Y a pesar de todo, Josefina seguía pensando que tarde o temprano aparecería. Las cosas no podían quedar así entre ellos. Él le debía una explicación. Y estaba segura de que la echaba de menos porque (y de eso estaba convencida) ella era lo único cálido de su mundo.

Después de comer caminó un rato por el parque, pero la luz de la tarde se fue disolviendo entre terrones de cielo oscuros y espesos. No tenía más ganas de trotar por las calles desiertas, así que compró algo para cenar en un supermercado indio y regresó a casa. Se puso el pijama, agarró el edredón de su cama y bajó a la cocina para calentarse la cena. Se tumbaría en el sofá de Jane a ver alguna película con la bandeja sobre las piernas. La noche anterior apenas se había fijado en los detalles, porque no había logrado sentirse cómoda ocupando aquel espacio que parecía llamar a gritos a Jane y a Ulises. Miró las camas deshechas, con los pijamas hechos un revoltijo. El niño había decorado su lado de la pared, junto a la litera de arriba, con bonitos dibujos en los que aparecía él mismo con una cabeza enorme, muy sonriente de la mano de un hombre negro. Lola le había contado que Ulises no conocía a su padre... El trozo de Jane estaba lleno de fotos de ella y su hijo desde que era bebé. Siempre abrazados y siempre sonrientes, sus pieles encajando como el café y la leche. Y esa sensación le calentó el corazón a Josefina e hizo que pasar la noche del día de Navidad en el sofá de su casera, comiendo una empanada india demasiado picante y viendo una película de la que no entendía los diálogos, fuera una experiencia medio soportable.

Se acostó con el firme propósito de caminar al día siguiente hasta llegar al centro. Había leído en internet que el metro y el autobús funcionarían con horario reducido. Al menos ya no le pillaba de sorpresa. Pero a la mañana siguiente, su cabeza era una piedra caliente y pesada. Al descorrer la cortina se encontró con un cielo gris como un telón a punto de caer para dar por terminada la función, y de repente se sintió terriblemente cansada. Cerró los ojos y volvió a dormirse. Cuando despertó se limitó a ir al baño y a encadenar una siesta con otra. La garganta había comenzado a pincharle en los ratos de vigilia, pero no le molestaba del todo aquel malestar que le permitía quedarse en la cama sin sentirse miserable. Lola le mandó muchos mensajes. Le consoló saber que al menos una persona en el mundo se preocupaba por ella el día después de Navidad. Y agradeció que su madre no la llamara, aunque no quería pensar en su familia porque le entraban ganas de llorar de nostalgia, de culpa, de alivio, de pesar.

20

Dos días después se encontraba igual de mal, pero tenía la espalda dolorida de estar en la cama y pensó que sería buena idea moverse un poco. Con mucho esfuerzo se duchó y fue caminando lentamente hasta el centro de salud. Estaba casi vacío y la doctora no tardó en atenderla. Cuando entró en la consulta, se encontró a la mujer encorvada sobre su mesa, con la cara medio tapada por un velo, escribiendo algo a mano sin darse la menor prisa. Josefina se sentó muy tiesa, dudando si protestar para que la hiciera caso o no. Pero la doctora siguió escribiendo, impasible. Mientras, ella ensayó la conversación. «Recuerda no decir *constipated*»... Le costaba horrores pensar en inglés con aquel dolor de cabeza. Además, llevaba tres días sin hablar con nadie. Su voz era como un grifo atascado. Al fin, la doctora levantó la mirada muy seria y, dando irritantes toquecitos a sus papeles, preguntó en qué la podía ayudar.

—Estoy muy resfriada y me duele la cabeza —dijo, enseñándole el clínex que llevaba en la mano. Por si acaso la nariz como un tomate y los ojos hinchados no eran pista suficiente.

La mujer le pidió que se levantara el jersey y se inclinó sobre ella para auscultarla durante un rato que a Josefina le pareció demasiado largo. Con la cara apoyada en la tela gruesa de su velo, le llegó un olor a algo como el pachuli que vendían los chinos de Madrid. Luego le examinó las pupilas y volvió a sentarse para escribir con la lentitud de una colegiala de preescolar, para irritación de Josefina.

—¿Se ha hecho las pruebas de *daiabitis* alguna vez?

—¿Perdón? —Josefina no entendía…

—*Daiabitis* —repitió la mujer, inexpresiva.

Aún se lo tuvo que preguntar dos veces más hasta que la entendió. ¡Ah, diabetes! Pues no, no se había hecho ninguna prueba de diabetes ni pensaba hacérsela.

—Solo necesito antibióticos para curar la infección.

La doctora negó firmemente con la cabeza.

—No, no, no antibióticos para usted. Infusiones calientes de jengibre y aspirina.

—¿No tengo una infección?

¿Cómo demonios se decía: «¿Pero no ve usted que tengo placas en la garganta?» en inglés? Abrió la boca y se señaló el interior. En realidad no sabía si las tenía, pero por si acaso quería los antibióticos.

—¿No marcas blancas? —probó. Qué cansado era tener que expresarse en inglés cuando las palabras se resistían a acudir a su memoria y alinearse en el orden correcto para salir de su boca. Se sentía una tan estúpida, tan impotente…

—No, no, no —insistió la otra sin mirarle la garganta. Antes de que se diera cuenta, le puso un folleto en la mano y la condujo a la puerta. ¿Qué prisa tenía? Si no había nadie esperando y la doctora ni siquiera era cristiana. No podía decirse que Josefina le estuviera fastidiando las fiestas navideñas.

Se sentía entre indefensa y ridícula cuando tomó el camino de vuelta a casa. La habían despachado con infusiones de jengibre y un panfleto sobre las calamidades de la diabetes. El metro ya había retomado su pulso habitual y podía haberse ido al centro a ver todas aquellas exposiciones que tenía apuntadas en su lista, pero nada le apetecía menos. Entró en un Boots y se compró unas pastillas para el dolor de cabeza y unas sales de baño con aroma de romero. Si desinfectaba la bañera a fondo y apartaba con cuidado la cortina para que no le rozara la piel, tal vez se animara a sumergirse en el agua calentita para relajarse y dormir mejor. Pero cuando llegó a casa tenía la frente ardiendo y el cuerpo sacudido por violentos escalofríos. De pie en la cocina, se tomó una sopa de sobre del Tesco. No tenía ánimo para nada más. Lo que verdaderamente anhelaba era que alguien le preparara la infusión de jengibre y luego la arropara con un beso. Pensó en Dick. Dónde estaría ahora... Por qué no la llamaba... Solo quería terminar aquella sopa que sabía a jarabe y meterse en la cama.

En su cuarto, se quitó la ropa temblando a pesar de la calefacción y se hizo un ovillo entre las sábanas sudadas. Apagó la luz, pero sus pies estaban helados y no se podía dormir. Oyó a un grupo de gente pasar frente a su ventana, riendo a carcajadas. Luego escuchó gritos. Parecían dos tipos peleando y, por primera vez desde que Lola se marchara, tuvo miedo de estar sola en casa. La puerta de la calle era casi de cartón; podía derribarse de una patada. Quizás alguien la estaba vigilando y sabía que esos días no había nadie con ella. Podían entrar a robar. ¿Pero a robar qué, si no había nada de valor? Aunque eso los ladrones no lo sabían. Su bolso, el móvil, las tarjetas... Dios mío, qué haría si se quedaba incomunicada y sin papeles.

Cerró los ojos y se esforzó en respirar hondo, tratando de echar fuera de su mente agotada todos aquellos temores. Poco a poco se fue tranquilizando y caldeándose con la tibieza de su propio aliento. Pero entonces irrumpieron de nuevo los ruidos extraños. Dio un respingo y, de un salto, se sentó en la cama. ¿Estarían forzando la cerradura? Aguzó el oído... No, no era la cerradura. El sonido venía de su propia habitación. Era un ruidito persistente, un *ñiquiñiqui* irritante, como el de las uñas contra la pizarra. Estaba aterrada, pero Lola no estaba y no le quedaba más remedio que averiguar de dónde salía el ruido si quería descansar un poco aquella noche.

Encendió la luz con el corazón en un puño y justo en ese momento creyó ver un ratón cruzando de lado a lado la pared que estaba frente a su cama. Dio un grito y, antes de que se esfumara aquel golpe de excitación que la volvía valiente, se puso las zapatillas y se acercó a mirar. Movió los muebles y la cortina con manos temblorosas y el cuerpo empapado de sudor frío, pero no vio nada. Estaba segura de que había sido un ratón. Quizás se había escondido en un agujero. ¿Y qué iba a hacer ella ahora? Podía irse a otra cama, pero ¿y si el ratón había salido de su cuarto y se había metido en el de Lola? Al de Jane no quería ir. Estaba muy sucio y seguro que el bicho había entrado por esa terraza suya llena de mierda. Si al menos fuera de día... Pero solo eran las once y diez... El mero roce de sus pies contra el suelo la angustiaba, como si en cualquier momento el ratón fuera a trepar por sus dedos para colarse por el pantalón del pijama. Cogió el móvil y buscó el número de Dick. No podía pasar la noche así, enferma, sola, asustada... Cerró los ojos muy fuerte mientras sonaba el timbre, pero Dick no respondió. Lo intentó de nuevo, con los ojos clavados en la pared por donde había cruzado el ratón. Nada.

¿Y ahora qué iba a hacer? Sentada en la cama, se abrazó las rodillas y rompió a llorar en silencio. Al fin, un gemido escapó de su garganta dolorida y creció hasta volverse un lamento que llenaba la habitación entera. Ay, ay, ay, se balanceaba, abrazada a sí misma. Mamá, mamá, mamá. Anhelaba sus manos suaves cubriéndole la frente, preparándole un caldo, arropándola hasta las orejas. Las manos de su madre que nunca la abrazaban. Su presencia distante cuando ella tenía miedo de la noche y por fin amanecía y la escuchaba encender la luz de la cocina para empezar a preparar los desayunos. Mamá, mamá, mamá... Exhausta, se rindió al fin, tumbándose en la cama con la luz encendida. Dejó el móvil en la mesilla. No dormiría, porque cada vez que cerraba los ojos veía el bulto gris con su asquerosa cola ondulante invadiendo su cuerpo, trepando por sus piernas, rozando sus mejillas; se quedaría ahí, bien tapada para que el ratón no pudiera llegar a tocarla, hasta que fuera de día. Y por la mañana llamaría a Victor. Quizás estuviera de vacaciones fuera de Londres y la dejaría quedarse otra vez en su estudio hasta que Lola regresara.

21

Su cabeza golpeaba contra la pared. Bum bum bum... Solo cuando abrió los ojos se dio cuenta de que era un sueño, aunque ella creía que no había dormido en toda la noche. Pero entonces el ruido empezó de nuevo. Con el cuerpo entumecido y su pijama apestando a vinagre, tardó un rato en comprender que el sonido no venía de su cabeza, sino de fuera. El recuerdo del ratón regresó como un zarpazo y se sentó en la cama, con las sienes zumbando de dolor, mirando angustiada al suelo. Entonces empezó otra vez el bum bum bum. El ratón no podía hacer tanto ruido ni aunque estuviera excavando un túnel en su pared. Ah... era la puerta de la calle. Alguien estaba llamando al timbre. No pensaba bajar a abrir, pero quien fuera que llamaba no paraba de insistir. Cuando oyó que golpeaban con los nudillos no pudo seguir ignorándolo.

De mala gana bajó la escalera envuelta en su bata. Ni siquiera había una cadenita o una mirilla. Abriría con mucha cautela...

Y entonces se encontró frente a su madre y su hermana.

—Venga, venga, tira *pa* dentro que te vas a enfriar más —exclamó Paca por todo saludo.

Josefina se apartó para dejarlas pasar, incapaz de creer lo que le mostraban sus ojos. Sí, eran ellas, pero no se habría quedado más aturdida si hubieran cruzado la puerta Lady Di resucitada y su flamante futura nuera Kate con una bolsa de churros y una botella de anís.

—¿Dónde dejamos las maletas? —dijo Toñi, visiblemente ofendida por tener que cargar con todo el equipaje.

—Pero... ¿qué hacéis vosotras aquí?

—¡Que qué hago con esto, que estoy *deslomá*!

—Déjalas ahí. —Josefina señaló la habitación de Jane. Su hermana recorrió el breve pasillo haciendo aspavientos y soltó los bultos con un heroico suspiro. Libre ya de obligaciones, paseó su mirada de águila por todos los rincones. Su madre, en cambio, seguía muy quieta en el *hall*, con la puerta aún abierta.

—Mamá... —Se acercó a ella para cerrar la puerta y darle un beso en la mejilla al que Paca no correspondió.

—Hija, Lola nos avisó de que no estabas bien. Que te habías quedado aquí sola en Navidad y eso no lo podía yo consentir.

—¿Pero cómo sabía Lola vuestro teléfono y todo eso? —La sorpresa era tan descomunal que Josefina se había olvidado de su dolor de cabeza—. ¿Cómo habéis conseguido un vuelo tan rápido con las nevadas?

—¿No lo ves que ya no nieva? Lola te miró el móvil antes de irse, alma de cántaro, y apuntó mi número y el de la *mama* —explicó Toñi—. Está muy preocupada por ti. Dice que no trabajas ni haces más que mirar las musarañas y que alguien tiene que enderezarte. Ya hablaremos tú y yo...

—¿Y el vuelo?

—Pues que unos amigos de Lola pensaban venir en Nochevieja pero iban a cancelarlo por las nevadas. Y a ella se le ocurrió que nos vendieran los billetes. A precio de saldo, claro, si no de qué voy a abandonar yo a mi familia para venir a verte a ti. ¿Dónde está el aseo?

—Pero papá... ¿Lo habéis dejado solo?

—Papá está perfectamente haciendo el inventario del negocio —intervino su madre—. Bueno, ¿y tú qué? ¿Cómo es que vives aquí? ¿Qué pasó con la pensión? Estoy muy disgustada contigo, Fina.

Josefina se dio cuenta de que las tres seguían plantadas en el *hall*. Ella con su pijama apestoso, las otras dos con sus abrigos y sus mejillas coloradas. Era veintinueve de diciembre y se iban a quedar hasta el uno de enero, dijo Toñi. Tres días enteros con sus tres noches juntas.

—Un momento, voy a llamar a Lola —dijo, sonándose los mocos. Necesitaba regresar a su habitación para asegurarse de que aquello no era una pesadilla. Aunque se encontrara al ratón durmiendo la siesta con los bigotes pegados a su almohada.

Lola contestó al primer timbrazo, como si la estuviera esperando.

—Tía, ¿tú estás loca? ¿Cómo se te ha ocurrido que vengan a mis espaldas?

—Qué pasa, tú te quedaste sin poder ir a Madrid y mi colega quería cancelar los vuelos. Era una sorpresa.

—¡Una sorpresa! Una inocentada, dirás. A ver qué hacemos ahora las tres aquí metidas. ¡Toma planazo de Nochevieja!

—¿Es que tenías uno mejor? —explotó Lola, como si llevara mucho tiempo deseando soltarle un sermón—. Mira, Josefina, tú no estás bien. No podías quedarte sola. No reaccionas, tía, porque no te das ni cuenta. Primero el gilipollas aquel te echa a patadas como si fueras la criada. Luego pierdes tus ahorros en una casa que no existe. Y tú sigues como si nada, con tus paseos y tus recetas de cocina, en vez de ponerte a buscar un curro como loca. Y para colmo es Navidad y estás sola en casa con gripe. ¿Tan terrible es que venga tu familia a cuidarte? Que se queden en el cuarto de Jane. Me ha dicho que es todo vuestro. Ella no vuelve hasta mediados de enero.

Era una sensación tan extraña saberlas ahí abajo, cotilleando en su cocina. Desde lo alto de la escalera podía verlas sin que se dieran cuenta, cuchicheando con las cabezas pegadas. Y de repente se dio cuenta de que siempre habían estado las dos juntas, adultas desde niñas, como si ellas fueran las hermanas y Josefina una especie de prima lejana y molesta. Sabía lo que estaban hablando. Que qué espanto la casa, *madremiademivida*, si se caía de vieja, no toques nada *mama*, qué asco. Que qué pintaría ella viviendo en semejante lugar con el piso tan hermoso que tenía en Madrid, si hubiera buscado otro trabajo en lugar de correr a venderlo y largarse a Londres como una descastada. Que qué vergüenza Dios mío si supieran en el barrio lo que había sido de la Fina.

Se preguntó cómo había podido echar tanto de menos durante la madrugada a aquella madre que era casi una desconocida. Pero no le quedaba más remedio que bajar, enseñarles el resto de la casa, darles unas sábanas y unas toallas y convivir con ellas durante tres interminables días con sus tres noches.

—¿Esta birria es tu árbol de Navidad? —dijo Toñi cuando vio la bola de Fortnum & Mason colgando de su cabecero. Josefina no contestó. Tampoco le dio tiempo. Su hermana acababa de descubrir la trampa para ratones de la pared—. ¿Pero qué espanto es este? ¡Me muero de asco! *Mama*, mira, mira, no te lo pierdas.

Paca no dijo nada, pero su silencio hablaba a gritos. Por suerte, Josefina aún se encontraba tan mal que las llevó al cuarto de Jane, les puso las sábanas y las toallas en las manos y las dejó solas para que se instalaran. Ella pensaba refugiarse en su cama. Aunque dejaría la puerta abierta por si volvía a oír al ratón. Su madre sería capaz de cargárselo de un pisotón, agarrarlo de la cola y tirarlo por la ventana sin despeinarse.

—¡Arrea! ¿Aquí tenemos que dormir? Si esto no son sábanas, son trapos sucios—. La voz chillona de su hermana trepó por la escalera como una flecha directa a su cabeza—. Huele a muerto, pero cualquiera abre la terraza esa, que parece una pocilga. Mira *mama*, la capa de mierda que tiene el cristal. ¿Y esto qué es?

Furiosa, Josefina saltó de la cama sin poderse contener. ¿De verdad pensaba que iba a poder descansar con Toñi en casa? Bajó en dos patadas, indignada, y la vio sujetando entre las manos el vibrador de Jane, que guardaba sin disimulo junto a su almohada. La muy paleta ni siquiera sabía de qué se trataba. Era evidente que ella nunca había usado uno.

—¡Eso no lo tienes tú que tocar para nada! Son las cosas de Jane y su hijo. ¡Y da gracias que te deja quedarte aquí sin pagar un duro!

—No, descuida, que no pienso tocar ni el pomo de la puerta. *Mama*, tú no saques la ropa de la maleta. Déjala ahí bien dobladita para que no se roce con nada. ¿Te has traído las chanclas para la ducha?

Josefina se dio la vuelta y volvió a subir los escalones de tres en tres.

—Fina, no te vayas. Ven a la cocina que tienes que tomar algo caliente.

A pesar de que seguía furiosa, Josefina obedeció la orden de mil amores. Cuando entró en la cocina, Paca estaba sacando tápers de una bolsa de plástico cual maga haciendo brotar piedras preciosas de la nada. La encimera se llenó de maravillas: croquetas de jamón, tortilla de patatas, queso manchego, lentejas. Una sopa de pollo que le hizo la boca agua. ¡Turrones y polvorones! De repente se dio cuenta de que llevaba dos días sin comer y de que estaba muerta de hambre.

—Ay mamá, qué bien huele.

Su madre le devolvió algo parecido a una sonrisa mientras Josefina devoraba la sopa, que estaba deliciosa, sin sentarse siquiera. Paca la miraba como si estuviera enferma de verdad.

—Y ahora me vas a decir si tú a lo que has venido a Londres es a abortar —le soltó en cuanto se hubo terminado la última cucharada.

Así que era eso... Su madre debía de llevar meses torturándose a sí misma en silencio con semejante conjetura en la cabeza.

—¿Pero qué dices, mamá? ¿Eso es lo que crees? Por Dios, ni que hubiéramos vuelto al franquismo.

—Contéstame, que no es ninguna broma.

—¡Pues claro que no! He venido aquí para cambiar de vida. Joder, que esto no es Siberia. Estamos a dos horas de Madrid. —Josefina se puso de pie y lanzó el plato al fregadero—. ¿De verdad es tan difícil de entender? Mira mamá, me voy a acostar que aún tengo fiebre.

—¿Y entonces por qué no te buscas un trabajo? —saltó Toñi desde la habitación. Por supuesto, había estado pegando la oreja para no perderse detalle de lo que hablaban Paca y ella.

—¿Y tú por qué no te buscas una vida? —gritó Josefina desde las escaleras.

—Sí, vete, vete a tu cuarto que con tú eso lo solucionas siempre todo.

Josefina se encerró dando un portazo y corrió a meterse bajo las sábanas. Ninguna de las dos subió a preguntarle si se encontraba bien. Cuando su ira se apaciguó, los ojos se le cerraron casi sin darse cuenta. Al despertar dos horas más tarde, estaba sola en casa. ¿Habría sido un sueño? Por desgracia, al rato entraron las dos por la puerta. Toñi debía de haber hurgado en su bolso para cogerle las llaves. Venía eufórica.

—¿Dónde habéis ido? ¿Al supermercado?

—Uy, al supermercado dice. Hemos ido a ver el cambio de guardia en el Palacio de Buckingham. ¡Hay que ver qué maravilla!

—No lo sé, nunca he ido. —Ni pensaba ir. Le parecía la atracción turística más hortera de Londres.

—Claro, no te habrá dado tiempo, como estás tan ocupada.

—¡Ya está bien de pelearse, zagalas, que vergüenza os tenía que dar! Yo me voy a echar un ratico ahora mismo —dijo Paca. Tenía cara de estar agotada.

—¿Cuál es la clave de la wifi? Voy a hablar con tus sobrinos. Si quieres te puedes unir. No estaría mal que su tía la aventurera los llamara de vez en cuando.

—Ya. Me voy a duchar, estoy asquerosa. Me encuentro mejor, por cierto, gracias por preguntar —dijo, lanzándole un papel donde estaba apuntada la contraseña.

Toñi ni le contestó. Total, llevaban años lanzándose ironías y sarcasmos como palos que les habían golpeado tantas veces que ya ni siquiera sentían el dolor. No tenía ninguna gana de hablar con sus sobrinos, pero prestó atención cuando oyó a Toñi llamarlos desde la cocina. La voz le había cambiado; con ellos no sonaba amarga, aunque tampoco se permitía llegar a mostrar ternura. Era un tono vigilante, entre ansioso y esperanzado. Se acordó de Ulises y decidió que al día siguiente se pasaría por la casa de su abuela para decirle al niño que viniera cuando quisiera a probar los turrones y los polvorones. Así se daría un paseo, y además la presencia del pequeño diluiría la tensión…

Para su regocijo, Ulises la acompañó a casa en cuanto oyó la palabra *sweets*. Toñi y su madre estaban desayunando sendos tazones de café con leche y pan migado, bien pegadas la una a la otra en la mesa de la cocina.

—¿Y este zagal tan guapo quién es? —dijo Toñi estrujándole las mejillas.

Ulises se apartó, muy serio.

—Uy, qué arisco.

—En este país no se toquetea a los niños, hermana. Es Ulises, el hijo de Jane.

—Toma hijo, toma, come azúcar que es muy bueno para el cerebro —dijo Paca llenándole las manos de polvorones.

Ulises se sentó con ellas en el suelo de su habitación, frente a la mesita de camping, y devoró un dulce tras otro. Las camas estaban ahora perfectamente hechas. La terraza se veía entreabierta y olía de otra manera; una mezcla de aire fresco y el perfume empalagoso que Toñi usaba desde la adolescencia. Josefina les contó que el niño vivía allí con Jane, pero pasaba mucho tiempo en casa de la abuela.

—¿Pero esta criatura no tiene padre?

—Pues tendrá, mamá, no lo sé. Aquí hay muchas madres solteras.

—Muy solo se le ve. Míralo cómo come el muy galgo. La cara de pasar hambre que tiene el pobrecico.

Ulises, sin entender una palabra, las miraba con adoración, y se comió no solo el plato de turrón y polvorones, sino también la tostada con aceite y jamón de España que Paca le puso delante. Lola le había contado a Josefina que Ulises cenaba solo frente a la tele casi todas las noches, porque la abuela trabajaba de cajera en un supermercado y Jane iba y venía con sus novios, sus trabajos temporales y sus chanchullos. Qué triste que no supiera lo que era cenar en familia...

El timbre sonó. La abuela de Ulises venía a buscarlo, y Josefina le presentó a su madre y a su hermana. Toñi se quedó muy cortada cuando se lanzó a darle dos besos y la mujer le tendió una mano callosa de uñas infinitas. Paca se la quedó mirando con la misma perplejidad que se dibujó en los ojos de Josefina el día que conoció a Jane. La mujer no sería mayor que Paca, pero iba ataviada con leggins bien ceñidos y zapatillas deportivas color verde fosforito, y lucía una media melena disparatada, rabiosamente gris. A Josefina le encantaban esas mujeres maduras de aspecto desenfadado que tanto abundaban en las calles en Londres. Aunque combinaran la ropa como si se la hubiera elegido su peor enemigo. Miró a su madre… Paca parecía aún más apretada, más rancia, con aquel pelo corto sin pizca de gracia, la cara lavada con los cachetes lustrosos (eso sí, su piel sin afeites era suave como la de una monja), las rebecas de punto y las faldas hasta la pantorrilla. Siempre la había visto así, como si la mujer se hubiera encerrado dentro de una armadura de la que ya no podía escapar y que a lo largo de los años la había ido dejando fosilizada por dentro, hasta robarle toda la espontaneidad que al menos cuando era una niña debía de haber tenido.

—Bueno, ¿a dónde vais hoy? —quiso saber Josefina cuando Ulises se marchó con un polvorón en cada bolsillo.

—Yo a ninguna parte —saltó Paca—. No tengo nada más que ver.

—Ah, pues yo me largo ahora mismo y no me esperéis para comer. Me voy al Museo de Cera —soltó Toñi, sujetando un folleto. Se había puesto los labios color rojo chorizo y su pelo apestaba a laca—. Yo también tengo derecho a hacer turismo.

Madre mía, con la de cosas interesantes que había en Londres y elegía el Museo de Cera. Prefirió no decirle a su hermana que probablemente se iba a pasar la mañana entera en la cola. Con aquellos zapatos de terciopelo con tacón de aguja que se había plantado, como si fuera de boda, la muy cateta.

—Bueno, ¿dónde se guardan aquí la escoba y la rodilla? —quiso saber Paca en cuanto Toñi salió por la puerta—. Esto está *arremuñao*. Le voy a dar un buen repaso.

—No, mamá, no hace falta. Ya sé que está sucio… Lola y Jane no están, y yo llevo días mala… —se excusó Josefina, sintiendo a su pesar la necesidad de justificarse.

—Hija, yo no la puedo ver así la casa.

—Bueno... Pues te ayudo.

Entre las dos limpiaron lo que pudieron, aunque todo siguió igual de viejo y deslucido. Paca no hizo ningún comentario sobre la costra de grasa que cubría el suelo de la cocina ni sobre el moho de la cortina de la bañera, aunque sus chasquidos de lengua lo decían todo. Josefina se sentía cada vez más pesada, como si fuera ella quien estuviera cargando con capas y capa de suciedad. Después, su madre se empeñó en cocinar. Abrió la despensa con ojos desconfiados. Su cara era un poema cuando vio la ensalada deshidratada de quinoa, la lata de leche de coco y los sobres de sopa vietnamita que Josefina guardaba en su armario. La dejó trajinando en la cocina mientras ella iba al Tesco a rellenar la nevera. Al llegar a casa olía como en Madrid. Su madre había hecho un arroz con una pinta deliciosa. Debía de haberse traído los ingredientes en la maleta. Se lo metió en la boca con deleite... solo para echarse a toser en cuanto tragó el primer bocado.

—¿Pero qué le has puesto, mamá?

—Pues colorante, qué va a ser.

Josefina miró el frasco de especias.

—Esto no es colorante, mamá, son especias indias. Pero está bueno igual, nos lo comemos, ¿vale?

Paca se encogió de hombros. Estaban las dos solas y Josefina se sentía suave, conciliadora. Tal vez porque Toñi no estaba presente para rozarla con sus aristas. O porque estaba convaleciente y no tenía muchas fuerzas. O porque se sentía agradecida de no estar sola, pese a todo. El caso era que tenía ganas de hablar, de entenderse con su madre, de decirse todo lo que nunca se decían.

—Mamá, mira, yo sé que a papá y a ti os cuesta comprender que me haya ido tan lejos —comenzó—. Bueno, tan lejos no es, pero para vosotros sí. Tampoco pretendo estar aquí toda la vida. Ya casi tengo trabajo. Voy a ayudar a un empresario a llevar un negocio en internet… Es un poco complicado de explicar. Y voy a buscar un piso para mí. Vivir aquí es algo temporal. Ya sé que es una porquería de casa, pero Lola y Jane son buenas chicas. Estaos tranquilos, estoy muy bien. Cuando la cosa mejore en España y haya trabajo, volveré.

—Trabajo tienes en la charcutería hasta que tú te jubiles, eso ya lo sabes. No tienes excusa para estar aquí.

—Mamá… Ya sabes que yo no quiero trabajar en la charcutería. He estudiado una carrera. Merezco algo mejor.

No podía contarle que lo de internet había quedado descartado porque nunca fue un trabajo de verdad, y menos aún desde que se había convertido en un negocio de prostitución encubierta. Tampoco podía contarle que le habían robado casi todo el dinero que le quedaba cuando fue tan ilusa de creerse que alguien le iba a alquilar un piso precioso en una zona de lujo por seiscientas libras. Ni podía contarle que no tenía intención de regresar a Madrid en un futuro inmediato. Y desde luego no podía contarle que había estado viviendo con Dick y que había huido de su casa la noche que él le montó una orgía sorpresa.

Y sin embargo…

—Conocí a un chico aquí, pero no nos ha ido bien — se oyó decir—. Se llama Dick y habla español de maravilla. Es guapísimo y tiene un trabajo estupendo. No os había hablado de él porque era demasiado pronto. Y ahora ya no tiene sentido… Mira, mamá, para que te quedes tranquila, yo quiero casarme y tener hijos. No he venido aquí a abortar ni a hacer ninguna cosa rara. No soy lesbiana ni drogadicta.

Por primera vez, su madre la miró a los ojos. Pero no con la ternura que ella ansiaba sino con una mirada astuta, la misma con la que escaneaba a las clientas nuevas que entraban en la charcutería. Y sin embargo, a Josefina le pareció que un cierto brillo suavizaba sus pupilas.

—Pues esa buena cosa es, hija. Tu padre y yo queremos verte recogida como tu hermana.

Paca se había quedado más tranquila. Pero ella tenía ahora una pena que se le agitaba en las entrañas. Quería darle un abrazo a su madre y no sabía cómo. Paca nunca le había dicho «te quiero», como Jane le decía constantemente a Ulises. Hasta Toñi se lo decía de vez en cuando a sus hijos. Esa tarde volvió a subirle la fiebre y se fue a dormir antes de que su hermana regresara. Paca se quedó en la cocina, sentada muy rígida en aquella silla incómoda, de cara a la puerta, esperando a su hija mayor mientras ignoraba los rugidos de su pobre estómago torturado por las especias indias.

22

El taconeo de Toñi irrumpió de buena mañana en el cuarto de Josefina, precedido de un tufo a laca y flores rancias. Ella se había refugiado en la cama junto a su taza de café, buscando un rato de soledad mientras su hermana se vestía y Paca se duchaba. Necesitaba esas interrupciones para no explotar, aunque eran tan breves que apenas le daba tiempo a tomar una pizca de aire.

—Bueno, tú, *Lady Di*, ¿y aquí qué se hace esta noche? ¿Tienes uvas? ¿O algo decente para cenar? —Toñi se sentó en el borde de la cama, a punto de caerse al suelo—. Menos mal que está aquí la *mama* para apañar una cena como Dios manda. Aunque sea sin salón. Vamos, vamos, es que dónde se ha visto.

—Aquí no se cena en Nochevieja, hija. —Josefina se puso de pie. La paz se había acabado—. La gente se va de fiesta o a ver los fuegos artificiales en el río.

—Ah, pues yo no me los pierdo.

—Sí, pues ya puedes pedirte un taxi. Te lo vas a pasar bomba entre los grupos de borrachos y las hordas de turistas.

—Esta noche no se sale —las cortó Paca, apareciendo por detrás de Toñi con el pelo mojado—. Vamos a cenar las tres juntas, que desde que hemos venido no hemos compartido ni una comida decente. Y después os vais las dos a la verbena o lo que sea.

—Yo ni loca salgo hoy con esta —saltó Josefina—. Ya los tengo muy vistos, al río y a ella. Que vaya sola.

—Yo no te necesito a ti ni a nadie para salir a divertirme, solo faltaría... —chilló Toñi.

Las hermanas se lanzaron miradas asesinas por detrás de su madre mientras bajaban la escalera. Pero Paca tenía ojos en la espalda.

—¡Se acabó la discusión! Hombre ya, menudo par de *gambiteras* sois las dos. Tú, niña, ni lo sueñes que vas a salir sola de madrugada por esta ciudad tan peligrosa. He dicho que hoy pasamos la noche juntas.

Josefina dejó su taza en la cocina y regresó arriba para ducharse con una sonrisa triunfal, pero su hermana la siguió dando zancadas por la escalera y se plantó en la puerta del baño, impidiéndole entrar.

—¡A ver si te vas a creer que estoy aquí para cuidarte! ¡He venido a conocer Londres! Tú te piensas que soy una paleta y una maruja, pero yo también tengo aspiraciones. Y tengo derecho a pasar unos días viajando y distrayéndome como Dios manda en vez de pasarme el día lavando calcetines y preparando cenas.

—Nadie te lo impide —dijo Josefina, tirando de su brazo—. Déjame pasar, tengo prisa.

Se encontraba mucho mejor y había decidido ir a una meditación en grupo que, según había visto en un cartel por la calle, se iba a celebrar esa mañana en una iglesia cercana. Se trataba de reflexionar sobre el año que terminaba; todo eso de soltar lo viejo y abrirse a lo nuevo. Le resultó una idea muy reconfortante. Y necesitaba recomponer su maltrecha cabecita después de tantos días enferma y de la irrupción de Toñi y Paca en su vida inglesa.

El paseo hasta la iglesia con el aire helado rozándole la cara le supo a gloria. Notaba la piel más suave, veía los colores más claros; se sentía liviana y con fe en el futuro. Todavía faltaba más de una hora para la meditación, así que dio un paseo sin rumbo fijo. Estaba en una zona desconocida del barrio y se cruzó con un parque infantil con los columpios tan nuevos que le dieron ganas de montarse en todos. Le llamó la atención la cantidad de padres que ayudaban a trepar a sus hijos o los esperaban a los pies del tobogán. En Madrid, las pocas veces que había llevado a sus sobrinos al parque, casi todos los niños se las apañaban solos mientras las madres charlaban en los bancos sin hacerles ni caso. Más de una vez, alguno le había pedido a Josefina que lo columpiara. Y por lástima, ella aceptaba.

Llegó a la iglesia cuando quedaban pocos minutos para empezar la meditación. Una mujer oronda y afable le tendió un vaso de plástico con té caliente y le indicó el camino hacia la sala donde iba a tener lugar la reunión. Era una habitación pequeña, con la moqueta de rigor y una veintena de sillas dispuestas en círculo. Casi todas estaban ya ocupadas por gente que hablaba en voz baja o esperaba en silencio. Josefina lanzó al aire un tímido *«Hello»* y echó un vistazo rápido al grupo. Las tripas le dieron un vuelco cuando vio en una silla, bastante alejada de la que ella había elegido, a su mismísima hermana.

Las miradas de ambas se cruzaron a la vez. Toñi tenía las piernas muy juntas y las manos en el regazo, pero su mandíbula se alzaba tensa y desafiante. Josefina levantó las cejas y abrió mucho los ojos. Su hermana se encogió de hombros y le pareció entender que decía en voz baja: «¿Qué pasa?» ¿Pero acaso Toñi sabía lo que era meditar? Estaba claro que había visto el mismo cartel que ella y, por alguna extraña razón, le había llamado la atención lo suficiente como para elegir pasar la mañana allí en lugar de ir a perderse entre los turistas por Piccadilly Circus o Leicester Square. Una mujer altísima entró en la sala en ese momento, interrumpiendo su mudo diálogo.

Me llamo Joy —dijo, ocupando su lugar en el círculo. Luego los miró uno por uno y les regaló una sonrisa radiante. Entonces, la habitación se llenó del calor de la tierra de sus antepasadas, de flores salvajes y carnosas, de la luz que aquella mujer portaba en su piel del color de la obsidiana.

Josefina cerró los ojos y se dio permiso para desplegar sus alas y volar agarrada a la voz de Joy hasta el punto de que, cuando la meditación terminó, se resistía a abrir los ojos y regresar a aquella insípida habitación. Pero volvió a la realidad de golpe en cuanto recordó no solo que su hermana estaba en la sala, sino que les iba a resultar imposible evitarse a la salida.

En efecto, tomaron el mismo camino en dirección a casa, las dos calladas. A los pocos minutos, Josefina no pudo soportarlo.

—Venga, vamos a tomar algo. Me he quedado helada allí dentro. Hay un pub por aquí que no está mal —propuso, recordando el lugar donde almorzó sola el día de Navidad.

—Si es que vas *despechugá* como las inglesas —dijo Toñi, girándose hacia ella para subirle la cremallera del anorak—. Te creerás una de ellas, hija.

Un camarero encantador las invitó a un vaso de *mulled wine* y les ofreció una mesa cerca de la chimenea. Y quizás porque el pub estaba precioso con sus adornos navideños y el fuego encendido, o por la amabilidad de aquel chico, o por el vino especiado, o por ser el último día del año, o porque la magia que había invocado Joy aún seguía pegada a su aura, o porque estaban solas en un bar por primera vez desde hacía muchos años. El caso era que Josefina deseaba quitarse la coraza y hablar con su hermana. Al fin y al cabo, ¿cuándo iban a tener otra oportunidad? Estaban en Londres y allí ya no eran las hermanas que rivalizaban en la charcutería y compartían dormitorio a regañadientes. Eran otras, eran ellas, las de verdad. La forma en que Toñi la miraba, agarrando su vaso de vino con fuerza, le hizo comprender que su hermana se sentía igual.

—Estarás tú diciendo que qué pintaba yo ahí con todos esos desconocidos —comenzó, con un insólito tono de disculpa en la voz—. Pues mira, que vi el cartel y me apeteció probar eso tan exótico de la meditación. Y oye, que me ha encantado. No entendía ni papa de inglés, pero me ha entrado una relajación estupenda. Que buena falta me hacía.

Toñi le había leído la mente. Sí, estaba a punto de preguntarle exactamente eso: qué pintaba ella en la meditación. Pero en vez de correr a vomitarle una respuesta hiriente, como si fueran eternas rivales jugando un interminable partido de tenis, Josefina miró a su hermana a los ojos. Toñi tenía mala cara. No se había dado cuenta hasta ahora, porque la verdad era que hasta ahora no la había mirado de verdad.

—¿Estás cansada?

—Cansada dice... Vivo agotada desde que nacieron los niños. Desde las siete de la mañana hasta las diez de la noche no tengo ni un momento para mí. Bueno, no, es verdad que una mañana a la semana me voy al Pilates y a tomar un café con otras madres. Total, para hablar de las miserias del colegio y de los maridos. —Toñi apretaba muy fuerte la copa de vino vacía, pero Josefina pensó que era mejor esperar a que terminara de desahogarse antes de pedir otra—. Ahora en la charcutería cerramos a las nueve de la noche. La *mama* dice que, si no, es imposible competir con los supermercados. Y razón tiene, claro. Lo que pasa es que allí solo estamos los tres, porque a ellos ni se les ocurre contratar a alguien para aliviarme a mí. Si total ya está la Toñi para ocuparse de todo. A mis hijos no los veo cenar de lunes a viernes. Ya no sé si me da pena o alegría que cuando llegue estén durmiendo y me pueda echar un rato en el sofá.

—Ya... Lo entiendo, Toñi. Y tú crees que yo estoy aquí tocándome las narices y por eso estás tan cabreada conmigo —dijo, en el tono más sereno que pudo adoptar.

Por una vez, Toñi se tomó su tiempo para contestar.

—Pues cabreada estoy un rato, pero creo que no es contigo. Yo no sé cómo me han podido pasar tantos años por encima y no he salido de esa charcutería —suspiró—. Que ahí sigo porque necesitamos el dinero, claro. Con lo que gana Ignacio no nos llega. Pero no es justo que se me consuma la vida detrás de un mostrador cortando *chopped*.

—No, no es justo. Tienes razón. Ese no era un destino justo para ninguna de las dos. Por eso siempre me he negado a trabajar con ellos. Si vuelvo ahora a Madrid no tengo nada, Toñi. Tendría que quedarme otra vez en casa de mamá y papá y meterme con vosotros en la charcutería. Solo de pensarlo me deprimo. Y lo siento mucho, pero ahora que ya estoy fuera no quiero ni pensar en volver a lo de antes.

—Claro, claro, si yo te entiendo, hija mía. Mejor de lo que te crees... ¿Pero entonces, tú de verdad qué estás haciendo aquí? ¿De qué vives? Eso es lo que nos preguntamos todos.

Josefina respiró hondo y decidió ser sincera. Se lo contó todo. Las charlas con Dick por el Messenger cuando aún vivía en Madrid, su cita a ciegas nada más llegar a Londres, su boba ilusión de haber encontrado al hombre ideal, la casa de Rosalind, la noche que escapó del *penthouse*, el timo del apartamento que no existía...

—Aún vivo del paro —concluyó—. Pero ya no me queda mucho. Buscaré trabajo cuando pasen las navidades. Poco a poco todo me irá mejor aquí. España es una mierda ahora mismo.

—En eso te doy la razón. Qué suerte tienes, *jodía*.

—Según se mire, Toñi. Sí, yo no tengo ataduras. Pero tú tienes una familia. Un hombre que te quiere. Tu casa, tu trabajo, tu sustento asegurado. Yo también te envidio por eso. No soy una loca, quiero estabilidad igual que tú. Pero lejos de la charcutería.

—Pues yo daría algo por tener tu libertad —mur-muró Toñi mirando su copa de vino.

Fue como si esa confesión le encendiera a Josefina las ganas de ser sincera del todo con su hermana. Ahora que Toñi bajaba la espada, ella comprendía que no tenía más ganas de luchar.

—Tú no te imaginas los momentos de mierda que he pasado aquí cuando me fui de la casa de Dick, vagando por la calle muerta de frío, esperando que se dignara llamarme. Lo que es sentirse sola en esta ciudad, sin una amiga de verdad, sin una casa bonita en la que refugiarte, sin poder llorar y lamentarte en tu idioma. Si supieras la de veces que he echado de menos poder pasar la tarde del domingo tirada en el sofá viendo una peli...

—La *mama* está obsesionada con que vuelvas —soltó Toñi—. Ahora se ha quedado más tranquila porque ha visto que estás bien, aunque vivas en esa pocilga. Pero ha venido aquí para pedirte que vuelvas a Madrid. Lo que pasa es que no se atreve a decírtelo a las claras. Cuando las clientas preguntan por ti se pone mala, no sabe qué decir. No les ha contado que te has ido. Se inventa milongas y dice que estás muy ocupada con un trabajo nuevo y estudiando no sé qué.

—¿Y papá? ¿Qué dice él?

Toñi se encogió de hombros.

—Poco... Ya sabes. Pero siempre le dice a la *mama* que te deje en paz, que tienes derecho a disfrutar de tu juventud. Ya ves, ahí siempre tan encogido y resulta que es más feminista que ella.

—Hombre, a mamá muy feminista no la veo yo….

Se rieron a la vez y volvieron a mirarse a los ojos. Su hermana estaba incluso guapa con las mejillas encendidas a la luz de la chimenea. ¿Cuánto hacía que no la veía así, alegre, juvenil, despreocupada? ¿O era que sus ojos ya solo eran capaces de ver a la Toñi dura y amargada? ¿Y si había otra Toñi, a la que nunca se había dignado mirar?

—Pretenden traspasarnos el negocio a las dos. Para poder jubilarse. Ellos están cansados de trabajar, es normal. Yo tampoco quiero la charcutería, Fina. ¡Estoy harta! Pero es que me siento obligada. Con lo mucho que nos han ayudado, toda la vida deslomándose por nosotras.¡..

Se quedaron las dos en silencio, contemplando la chimenea. Pero ya no había fuego entre ellas, sino brasas. Aquella dulzura, tanto tiempo olvidada, le hacía cosquillas en el corazón a Josefina. Y en ese instante tomó una decisión. Se quedaría en Londres y lucharía por vivir la vida que anhelaba. Ya no era la Fina de Madrid. Había recorrido un largo camino aunque las cosas, hasta el momento, no hubieran salido como ella soñara. Se lo dijo a Toñi. Su voz reflejaba una seguridad que hasta entonces no había experimentado.

—Quién pudiera venirse contigo.

—Pues vente unos días. Estás a dos horas de avión. ¿O al menos un fin de semana?

—Tú no tienes hijos, no sabes lo que atan…

—Toñi, este es mi camino —la cortó—. Tu tendrás que encontrar el tuyo. Lo que no puedes hacer es vivir odiándome. ¡No hay nada envidiable en mí! Por favor, si cada vez que me doy la vuelta en la cama me choco con la trampa para ratones, que cualquier día me va a salir un chichón. Pero decidí cumplir mi sueño de vivir en Londres y voy a seguir adelante con él.

Toñi esbozó una sonrisa triste y asintió con la cabeza. A Josefina, ver a su hermana quedarse sin palabras le puso un nudo en la garganta. Tenían tanto que decirse...

23

La mesa de picnic del cuarto de Jane lucía casi bonita cubierta por un mantel con papanoeles rojos. Paca se las había apañado para guisar unas patatas con carne y hortalizas congeladas que olían a gloria. Había patés, queso y dátiles, vino argentino y un típico *christmas pudding* que Josefina encontró a precio de saldo en el Tesco. Toñi hacía grandes esfuerzos para sentarse en la sillita plegable, embutida en un vestido ceñido de lentejuelas. Josefina, para horror de su hermana, estaba en pijama.

—Niña, hazme una foto para el Facebook, que las del ampa se van a caer de culo cuando ponga la ubicación —pidió Toñi, alzando su copa y sacudiéndose la melena—. Y cuidadito con el fondo, no vayas a sacar la mierda de la terraza.

—¿No quieres un *selfie* conmigo y mi pijama de peluche del Primark? —bromeó Josefina, tomando la foto—. Pues se está la mar de bien aquí, ¿no? Vais a poder contarle a todas las *bacinas* de la charcutería que habéis pasado la Nochevieja en Londres. A ver cuál de ellas puede decir lo mismo.

—Eso sí es verdad —concedió Paca, sirviendo el guiso.

Lo devoraron en cuestión de minutos. A las diez y media, Paca ya estaba fregando los cacharros y pelando uvas. Les quitaba la piel y las pepitas como cuando sus hijas eran pequeñas.

—¿Entonces qué hora decís que es aquí? —se oyó desde la cocina.

Toñi y Josefina trataron de contener la risa en la habitación.

—Una menos, *mama*. A las once de aquí es medianoche de España. Ya te lo he dicho veinte veces. Ahora buscamos las campanadas en internet, que ya sabes que aquí la tele nuestra no se ve.

Josefina bajó su portátil y trataron de conectar con Televisión Española, pero no hubo manera. Algún fallo en la conexión les impedía ver la emisión en directo.

—Ya se jodió la bicicleta —murmuró Paca.

—Deja, vamos a buscar una grabación —resolvió Toñi.

En la pantalla aparecieron Anne Igartiburu y Carlos Sobera bajo un 2008 de neón.

—Hay que ver la muchacha esta tan *desaboría* que está en todas partes —protestó Paca—. ¿Ya no da las campanadas la Obregón, que es más simpática? ¿Y este birria quién es? Con lo elegante que estaba siempre Ramón con su capa española.

—Calla, *mama*, y atiende que empiezan los cuartos. —Toñi le dio un codazo mientras sujetaba una botella de champán.

Brindaron cuando la grabación dio las doce en punto. Josefina buscó en Youtube la canción de Mecano. *En la Puerta del Sol, como el año que fue, otra vez el champán y las uvas y el alquitrán...* Siempre le había parecido un horror, pero de repente necesitaba escucharla.

—Ostras, hermana, ¿te vas a poner sentimental?

En vez de responder, Josefina agarró a Toñi por la cintura y se lanzó a bailar con ella. Paca se quedó sentada con una sonrisa de oreja a oreja y las mejillas arreboladas. Un poco por el champán, pero sobre todo por aquella insólita visión de sus hijas bien avenidas.

—¡Vamos a ver a Martes y Trece! —propuso Toñi.

Encontraron una recopilación de sus mejores gags de Navidad y se sentaron en la alfombra a verlos mientras vaciaban una segunda botella de champán y la bandeja de turrones. Hasta Paca se desternilló de risa con la historia de *Encanna* y la empanadilla.

—Ay señor, esto es del día que a mi padre le salió disparada la dentadura llena de cordero de tanto que se pudo reír con estos dos. Nochevieja del 85, que fue la última Navidad de mi padre que en paz descanse.

—Qué asco, *mama*, la dentadura. Yo estaba en una macrofiesta, por suerte no lo vi —dijo Toñi.

—Qué suerte, cabrona, a ti te dejaban ir. Yo como era una enana me tenía que quedar con los viejos. Pues no me he tragado galas de Raphael y Rocío Jurado, ahí plantada en el sofá abriéndome las venas. Ni una copa de anís me daban.

—Suerte, dice... ¡Bah! Suerte tenías si conseguías llegar a la barra una vez en toda la noche para que te pusieran garrafón. No se podía una ni mover en aquellas discotecas. ¡Qué peste a sobaco! Pero ya sabes tú, las cosas de la juventud. A mí me parecía el colmo del *despiporre* poder salir toda la noche. La única vez en todo el año que el *papa* me dejaba, claro.

—Anda y no os quejéis —saltó Paca—. Si yo le hubiera dicho a mi madre que me iba a vivir sola al extranjero con cuarenta años me habría mandado a Rusia de la *guantá*.

—¡Qué manía, que tengo treinta y cinco!

—Ay hijas, aprovechad vosotras que podéis. No hagáis como yo.

Las dos se la quedaron mirando mudas de asombro.

—¿En qué quedamos, madre? ¿No has venido aquí para llevarme de los pelos de vuelta a España?

Paca hizo un gesto indescifrable y le pidió a Toñi que le rellenara la copa.

—Pues yo me voy a divorciar y me vengo aquí con esta. Así te la vigilo.

—Sí, aquí vas a aguantar tú rodeada de indios y de negros —dijo Josefina, tendiéndole la copa vacía.

—Pues mira, igual me venía bien uno de esos. O dos.

Josefina pensó que no era en absoluto mala idea...

—Por cierto, vamos a llamar a papá, ¿no?

Las dos miraron a su madre para saber si estaba de acuerdo, pero Paca daba cabezadas en la silla con la cabeza colgando. Le quitaron la copa de la mano y la arroparon con una manta.

—La pobre está reventada. Esto es demasiado para ella. ¿A qué hora teníais el vuelo? —preguntó Josefina.

—A las cuatro en punto de la madrugada viene el taxi que he reservado para llegar dos horas antes al aeropuerto. Manda narices los amigos de Lola, no podían haber cogido un vuelo a las dos de la tarde. ¡Es que no me libro de madrugar ni el uno de enero!

—Los vuelos baratos son a esas horas de mierda. Ay, Toñi, qué poco sabes de la vida moderna, hija mía.

Marcaron el número de la casa de sus padres, pero nadie contestaba. El pobre hombre debía de haberse ido a la cama antes incluso de las campanadas, que le importaban un pepino. Seguro que no las había llamado por no molestar. Toñi se quitó los zapatos y se tumbó en la alfombra con una almohada en la cabeza. Josefina sacó un paquete de tabaco y, para su sorpresa, su hermana encendió uno. Fumaron en silencio mientras seguía sonando música. *Seré tu amante bandido*, aseguraba Miguel Bosé. *Corazón corazón malherido...*

—Qué poco te gustaba a ti la música española, con lo bonita que era. Siempre andabas dando la plasta con tus grupos ingleses, que tampoco es que no me gustaran, pero es que no entendía nada de lo que cantaban, y a mí siempre me ha gustado escuchar las letras, que a veces son como poesías.

—Sí... Yo adoraba las letras en inglés. Me bebía cada palabra nueva. Era como si recordara el idioma en vez de aprenderlo —Josefina dio una calada profunda a su enésimo cigarrillo—. Tenía que venir aquí, Toñi. Me habría arrepentido toda la vida si no. Aunque... creo que todavía no sé para qué he venido...

Las dos callaron, embebidas por los recuerdos que flotaban en sus respectivos universos.

—¿Qué te pasó con el novio número tres? —dijo Toñi al fin—. ¿Cómo fue que lo dejasteis así, de un día para otro?

Josefina reflexionó, tratando de encontrar una respuesta certera.

—Nada —aseguró—. No pasó nada. Que se cansó de mí y me dejó. Y gracias a eso me di cuenta de que no quería seguir llevando esa vida tan anodina en la que no pasaba nada.

—Se va a casar con la Triana, esa de Sevilla que trabajaba en la pastelería —dejó caer Toñi, cautelosa.

—Ah... —dijo Josefina. Recordó aquello que le contó Olga. ¿Cómo era? Sí, eso de ser *the one before the one*. Era lo único que le dolía. Pero solo en el orgullo.

—No te pierdes nada —aseguró Toñi—. Es un *mangurrián*.

Josefina se preguntó si su hermana decía eso porque sabía algo de su ex que a ella se le escapaba. A lo mejor era verdad que le había puesto los cuernos. O que se había liado con la tal Triana mientras dormía con ella cada noche. Pero ya qué más daba. Le quedaba todo tan lejos. Acababan de entrar en 2011 y no tardaría en amanecer...

—¿Cómo te va a ti con Ignacio? —se atrevió a decir Josefina. Era la primera vez que le preguntaba directamente por su matrimonio.

Toñi suspiró.

—Pues llevamos una racha *complicá*, esa es la verdad. No hacemos más que discutir. Yo antes cuando nos peleábamos me refugiaba en los niños, pero ahora ellos me ven venir y me echan del cuarto. Irse a dormir con el marido todas las noches, incluso cuando estás que te mueres por salir pitando de un portazo y no verle la jeta en un mes, pues no es plato de gusto. Pero en fin, queremos nos queremos. Dame otro cigarro, anda.

Josefina le tendió el paquete en silencio.

—A mí lo que me gustaría es hacer algo por mí misma —siguió su hermana—. Pero yo que sé, me da como vergüenza. Estoy muy mayor para andarme con tonterías.

Cae la noche y amanece en París, en el día en que todo ocurrió, como un sueño de locos sin fin, la fortuna se ha reído de ti... sonaba en el ordenador cuando la alarma del móvil de Toñi irrumpió entre las dos, trayéndolas de vuelta de sus ensoñaciones con su pipipipi implacable. Josefina se quedó con ganas de decirle a su hermana que no dejara de intentarlo, que no era mayor. Y también quería preguntarle si pensaba que eso era lo que hacía ella en Londres, tonterías. Pero el hechizo ya estaba roto. Toñi había vuelto a enfundarse su papel de hija mayor. Se puso en pie de un salto y sacudió a Paca sin piedad.

—*Mama*, que te has quedado *asobiná*. Venga, lávate la cara que nos vamos —ordenó, con su voz de siempre—. El taxi está en la puerta.

Paca se desperezó en un instante y obedeció a su hija. Cómo se le notaba a su madre toda una vida sin permiso para la pereza, para la risa, para la comodidad. Josefina se encogió de frío al mirarla y pensar que en un rato volvería a quedarse sola. Pero a Paca también se le habían apagado las burbujas del champán. Con el abrigo bien abrochado y la mirada de nuevo alerta, se volvió hacia Josefina y suspiró.

Ella no pudo contenerse más. Se acercó a su madre y la abrazó bien fuerte por primera vez en su vida. Primero con el cuerpo tenso, soportando todo el peso porque Paca tenía los brazos colgando. Finalmente se aflojó un poco y Josefina notó su mano en la cintura.

Cuando Paca deshizo el abrazo se miraron a los ojos sin decir nada. Luego, su madre le puso un sobre en la mano. Estaba lleno de billetes. No la dejó replicar.

El taxista tocó el claxon desde la calle.

—Venga, vamos, vamos, *mama* —apremió Toñi, que en un abrir y cerrar de ojos se había despojado de la ropa de fiesta y volvía a estar envuelta en su abrigo viejo—. Y tú cuídate, ¿me oyes? Limpia la pocilga esta y búscate un trabajo —añadió abrazando a Josefina y llenándola de besos sonoros.

Cerró la puerta lentamente cuando vio al taxi desdibujarse en el horizonte. Llevaba días pensando que se iba a sentir aliviada cuando llegara ese momento, pero ahora sentía unas ganas locas de irse con ellas. Volver a las calles de Madrid, sabiendo que el sol calentaría sus manos. Hablar sin tener que traducirlo antes todo en su cabeza. Pasear por los caminos de siempre. Los guisos de su madre... Tenía que haberle dado esperanzas, decirle que muy pronto regresaría. Paca había salido de España por primera vez para ir a Londres a cuidarla, a que no pasara sola la Navidad, y ahora tenía que volver sabiendo que su hija no quería lo que ella le podía ofrecer...

Ya era de día y no tenía sueño. Se preparó un café y salió a caminar. Las calles estaban en silencio y el cielo prometía una mañana inusualmente luminosa. Era el primer día del año y, una vez más, el aire que olía diferente y la luz que iluminaba de otra manera las cosas fueron diluyendo los grumos de nostalgia que la atenazaban por dentro. Y enseguida, aquella savia limpia que le daba fuerzas para seguir adentrándose en la aventura de su nueva vida echó a correr por sus brazos, sus piernas, su corazón. Sí, era hora de afrontar las cosas con madurez. Buscaría un trabajo. Porque no tenía más opción que salir adelante en Londres por sí misma.

… Y eso era maravilloso.

Parte 3

Cuanta más gente conoce uno, más fácil resulta reemplazarla. Es una de las maldiciones de Londres. Espero terminar mi vida queriendo más a un lugar.

The more people one knows, the easier it is to replace them. It is one of the curses of London. I quite expect to end my life caring most for a place.

E. M. Forster, «Howard's End» (1910)

1

Era extraño ver caer la noche del cinco de enero sin que nadie en la ciudad soñara con la visita de los tres reyes mágicos. Y ella, ¿esperaba recibir una sorpresa al amanecer? Mientras las luces de Navidad brillaron regalándole algo de luz y esperanza, había logrado mantener la ilusión de que Dick, en el momento más inesperado, reaparecería como un regalo envuelto en papel de colores. Pero las navidades habían terminado para los londinenses. Y ella ni siquiera tenía un salón donde Melchor y sus colegas pudieran dejarle los paquetes.

Lola había regresado de Escocia y esa semana le estaban cambiando los turnos constantemente en el restaurante, lo que la ponía de pésimo humor.

—Estoy hasta los huevos de no saber si tengo que enlazar cenas con desayunos hasta el día antes —se quejaba—. Ahora se han inventado un *brunch* asiático de los cojones que me tiene frita.

No se había dado cuenta antes, quizás porque estaba demasiado acostumbrada a percibir sus propios defectos y esperar lo mejor de los demás, pero ahora notaba que Lola se quejaba constantemente. Estar en guerra era la manera que tenía de relacionarse con el mundo, y a Josefina le resultaba agotador hallarse cerca de la onda expansiva que generaba aquella criatura que lo cuestionaba todo, protestaba por todo y quería cambiarlo todo. El problema era que parecía creer que podía lograrlo solo con el ruido de su voz y la potencia de sus quejas.

Por suerte, la mayoría de las veces se desahogaba con sus amistades y no con Josefina. Ah, Lola y su corte. Desde aquellos días de Navidad que había pasado sola o con su familia, le irritaba más que nunca el trasiego de visitantes que invadían la casa orbitando alrededor de Lola. Colegas de trabajo, amigas de amigas recién llegadas a Londres, gente que conocía en el metro. Lo peor era que siempre intentaban implicar a Josefina en sus noches de cerveza y tabaco en el suelo de la habitación de Lola, o convencerla para que los acompañara a los lugares más estrambóticos. Su insistencia le estaba empezando a causar ansiedad. Necesitaba estar sola y tranquila para tomar decisiones sobre su futuro, y en aquella casa era imposible. Decidió que la excusa de tener que buscar trabajo era ideal para encerrarse en su cuarto y perder de vista a los colegas de Lola. Aunque bueno, de momento solo estaba actualizando su currículo, que llevaba años sin tocar.

—Mira esta foto, tengo cara de becaria. De las tontas —le dijo a Lola una mañana.

—De todos modos, ya la puedes ir quitando. Aquí no se pone foto en el currículo. Para evitar elegir a la tía buena o descartar al moro —le explicó Lola, ante su cara de perplejidad.

Josefina no tenía ni idea. Como de tantas otras cosas… Estar cerca de Lola le venía muy bien para espabilar acerca de aquellas cuestiones prácticas que desconocía; y más después de las semanas pasadas en el *penthouse*, envuelta en una vida de algodón y tarjetas de crédito. Aunque, la verdad, había estado maravillosamente bien cobijada en aquel capullo de seda del que, si por ella fuera, no habría salido…

Aprovechó una mañana en la que Lola anunció la visita de Mariona para empezar a salir por ahí a dejar currículos. No tenía ninguna gana de ver a la catalana y escuchar sus relatos sobre el maravilloso reencuentro con su Tarik del alma. Aun así, no la pudo esquivar.

—Me invitó a comer a un restaurante precioso y me enseñó más de veinte correos que me había escrito durante meses. ¡Lo que pasa era que no se había atrevido a enviármelos! —le soltó, persiguiéndola desde la cocina hasta el cuarto de baño mientras Josefina se lavaba los dientes y se vestía a toda prisa—. Hasta vídeos me había grabado... De cada cosa bonita que veía, para compartirlos conmigo. ¡Había uno desde el mirador del Empire State! Una vista flipante de Nueva York desde las alturas y su voz de fondo confesando: «Algún día tú y yo contemplaremos juntos el mundo entero, invencibles desde lo más alto». ¿Sabes qué me dijo, Josefina? «¡Quiero que mis hijos tengan tus ojos!»

Josefina asentía y exclamaba: «¡Qué bien!» y: «¡Me alegro mucho por ti!» Era imprescindible no quedarse quieta y evitar el contacto visual. Vestirse, secarse el pelo, preparar el bolso, salir pitando...

—Vente a comer con nosotras, que vienen Tarik y un amigo. ¿Qué es lo peor que te puede pasar? ¿Que no te guste el amigo? Al menos sales de casa, conoces gente, lo pasamos bien... —propuso Mariona, aunque por suerte Josefina ya tenía un pie en la puerta y cerró bien fuerte tras de sí, agarrada a su carpetilla de currículos con la mano libre.

No se veía capaz de aspirar a un empleo relacionado con su carrera de Económicas o sus estudios de marketing, pero podía empezar por ser dependienta o camarera. Como casi todos, ¿no? Aunque daba por hecho que allí donde entrara con su currículo en la mano ya habría pasado antes un ejército de españoles, italianos o rumanos con el mismo papelito y la misma sonrisa nerviosa.

Seguramente los encargados tiraban a la basura sus solicitudes en cuanto se daban la vuelta. Pero en fin, había que probar.

Empezó por las tiendas. Primero las de Notting Hill, que eran pequeñas y poco concurridas. Allí no se estresaría. Se aprendió una frase de memoria. «*Hello, my name is Josefina and I'm looking for a job. Can I leave you my siví, please?*» Al principio se moría de vergüenza. *My siví, my siví*, ensayaba en el paseo entre tienda y tienda. Pero al rato se encontró hablando con bastante soltura. En realidad, resultó divertido entrar en aquellas tiendas tan pijas. Unos pocos encargados fueron bastante siesos. Cogieron el currículo sin apenas decirle nada o dignarse dedicarle una sonrisa, con lo cual le daban unas ganas horrorosas de salir pitando. Pero la mayoría le respondieron con una gran sonrisa y la llamaron *darling, sweetie, dear, love* y hasta *pet*.

Cuando ya había repartido diez currículos le pareció que era suficiente para tratarse del primer día. Ahora le apetecía dar un paseo. Si tomaba el metro y hacía un par de trasbordos, no estaba lejos de la casa de Dick. Era lunes, seis de la tarde, noche cerrada. Eso quería decir que las calles estarían desiertas. No lo pensó dos veces. En apenas veinte minutos se había plantado en el camino que bordeaba el río, el que se veía desde la terraza del *penthouse*. La noche era húmeda y sin luna, pero no resultaba desagradable. Iba bien embutida en su anorak de plumas, con las manos en los bolsillos, mientras el viento le despejaba la frente y soplaba sobre sus obsesiones, tratando en vano de llevárselas bien lejos.

No sería tan insensata de acercarse al *penthouse* otra vez... Solo quería pasear por una zona bonita y pensar en sus cosas. Pero cuando llegó el momento de aceptar que si llevaba un buen rato rodeando a oscuras aquel camino desierto junto al río casi helado era solo porque estaba cerca de la casa de Dick, y se dio la vuelta para regresar al metro, algo se cruzó en su camino a toda velocidad. Sería un gato, supuso... ¡O la rata que estaba trepando por un cubo de basura cercano! Asqueada, Josefina salió corriendo. Pero qué pocas ganas tenía de volver a casa. Cuando estaba allí dentro se acostumbraba, o se resignaba; pero cada vez que salía y volvía a respirar la belleza de Londres y luego se acordaba de que ahora vivía en aquel agujero sucio y sombrío, se le echaban encima todos los recuerdos de su vida con Dick. Llegó hasta aquel pequeño cementerio en el que nunca había llegado a entrar. Era macabro, pero le apetecía muchísimo visitarlo. Y resultó que, al penetrar en esa crisálida que mantenía vivo el recuerdo de tantos que habían sido amados, se sintió abrazada por una ola de consuelo invisible. El corazón se le encogió al ver la tumba de una niñita que había muerto a los cinco años y a la que sus padres llamaban «nuestro pequeño ángel eterno». Aquello sí era una desgracia y no lo que le pasaba a ella...

Más calmada, emprendió el camino de vuelta a casa. Lola estaba sola, tirada en la cama devorando patatas fritas y mirando algo en el ordenador. Por suerte, no había ni rastro de Mariona y ni siquiera preguntó por ella. Se deshizo de los zapatos y se dejó caer junto a su amiga, que le ofreció la bolsa de patatas después de meter la mano para quedarse con un buen puñado.

—Joder, Lola, no tires más migas que luego vienen los bichos.

—Mejor, así comen y no nos pican.

—¿Qué ves? —se interesó Josefina.

—Nada, una chorrada...

Josefina se puso a verlo también. Era un programa sobre jubilados ingleses en busca de una casa para retirarse y vivir felices y despreocupados sus últimos años... ¡en España! Salió una mujercita flaca y grisácea asegurando que siempre había soñado con vivir en el paraíso soleado que era el Mediterráneo y que, ahora que era viuda y sus hijos por fin se habían largado, había vendido su casa del sur de Londres para comprarse un apartamento en una urbanización de Murcia.

—¡Murcia! Cuando se le pase el subidón se va a a dar un buen baño, pero de realidad —dijo Josefina—. ¿Qué pintará esta en Murcia?

—¿Y tú qué sabes? —saltó Lola— ¿Qué tiene de malo Murcia?

—Ay hija, nada, pero es que la mujer tiene pinta de haber pasado su vida entera viendo llover desde su casa adosada de Croydon. Y ahora van y le venden que Murcia es el edén. Y como hace sol, pues se lo ha creído. Verás tú cuando se vea allí sola entre extraños. Al final, el calor lo va a aborrecer.

—Pues yo veraneaba en La Manga de pequeña con mis padres y ya me gustaría tener una casa allí para retirarme.

—Qué tendrá que ver. Tú eres española y me estás diciendo que veraneabas allí. Esta pobre mujer se va a sentir más perdida que Mildred la de *Los Roper* en la Feria de Abril.

—O no. —Lola lanzó la bolsa vacía al suelo y tiró del edredón, empujando a Josefina al borde de la cama—. Si dice que es el sueño de su vida, pues lo será. A ver si lo vas a saber tú mejor que ella.

—Lola, tía, ¿tú qué haces aquí? En serio, ¿por qué no vuelves a España? —Tarde o temprano tenía que preguntárselo. Lo había pensado un millón de veces—. ¡Si te pasas la vida cabreada con Londres! Para trabajar de camarera te sobrarían bares en Murcia. O podrías enseñarles casas a los guiris como la pija esa de la tele. ¿No me dijiste que habías estudiado Turismo?

Lola tardó en responder.

—Joder, Josefina, ¿es que aún no te has dado cuenta? —dijo, agarrando un botellín de cerveza que apareció de debajo de su cama.

—¿Porque eres lesbiana? —se aventuró Josefina, suavemente. Llevaba tiempo sospechándolo, pero algo en la actitud de Lola le había impedido atreverse a hablar de ello.

Lola dio un buen trago ante de responder.

—Hombre, pensaba que no te habías enterado. Como mi familia.

—¿Pero ellos qué dicen?

—No dicen nada. —Lola desvió la mirada hacia su paquete de cigarrillos. Lo abrió en silencio y sacó dos—. Eso es lo peor de todo.

—¿No lo saben?

—Coño, ¡no lo van a saber! ¿Pero no ves que soy un camionero? De pequeña recortaba los vestidos que me compraba mi madre y luego ahorcaba a las muñecas con los trozos. Pero no lo quieren ver.

—Bueno, ahora son otros tiempos...

—Será en tu barrio, tronca —gruñó Lola, dándole una patada a un bulto que cayó de la cama.

«No te creas», pensó. Pero prefirió no decir nada. Lola tampoco habló más. Josefina comprendió que su dolor transitaba por aguas subterráneas y aún no estaba listo para salir a la superficie y adquirir la forma de un lago en calma. Ni siquiera después de nueve años en Londres. Como Lola tenía que madrugar para hacer el turno del *brunch*, Josefina le dio un abrazo que las reconfortó a las dos y se marchó a su cuarto.

No tenía sueño y se puso a mirar pisos en internet hasta que se hartó de ver aquellos dormitorios con la cama pegada a la pared y las sábanas feas del Primark, los muebles desparejados y amontonados de cualquier manera, las cocinas de madera provenzal, los salones con sofás de polipiel negro... Buscó en Google «casas de lujo alquiler Londres». No podía permitirse ninguna ni iba a dejarse estafar otra vez, pero eran un regalo para sus ojos. Le enamoraban aquellos ventanales simétricos, las flores destilando belleza en los jardines traseros, las terrazas cubiertas como invernaderos con sus lindas mecedoras de cojines estampados... Le entraban ganas de ser una viuda rica para dormir la siesta allí todas las tardes. Y aquella pobre anciana de la tele soñaba con jubilarse en un apartamento de Murcia. Ah, *the grass is always greener on the other side...*

Y bueno, nada le impedía ir a ver una de aquellas casas. Un día se puso el vestido de flores rojas con el que había disfrutado del picnic con Dick al principio de su romance y se plantó en un caserón de cuatro plantas en Regent's Park. Una mujer de nombre chino inusualmente alta la esperaba en la puerta embutida en un traje de chaqueta impecable. Le dio la mano y luego la condujo por un salón que relucía de puro blanco. Los sofás eran de terciopelo color camel, contrastando con los cojines bordados y las alfombras de estampados indios. Había tres dormitorios, dos baños y una cocina vestida de madera y porcelana blanca que se abría al patio trasero, donde alguien había plantado un primoroso huerto urbano. Cada maceta tenía una etiqueta con el nombre de la planta escrito a mano. Josefina creyó que podría encerrarse en aquella casa y no volver a salir nunca más.

—Lo pensaremos. Mi marido está de viaje de negocios —le explicó a la china con un ligero temblor en la voz. La otra la miró impertérrita, y no pudo adivinar si creía su historia o no.

Al salir, decidió sentarse a merendar en un precioso café que se parecía al jardín que acababa de visitar. Le sirvieron una tarta de zanahoria en un encantador platito de topos verdes y blancos con su tetera a juego. El aire olía a vainilla y había un montón de libros de decoración al alcance de los clientes. Sintió un arrebato de placer. Era tan maravilloso rodearse de belleza, y tan fácil hacerlo en Londres...

Pero cuando iba a darle el primer bocado a la tarta, una voz femenina irrumpió a través de una pequeña radio encendida junto a la caja registradora, y el ánimo de Josefina se desplomó como si le hubiera caído encima una tormenta. De repente se le había cerrado la garganta. Soltó un billete sobre el platito de topos y se puso de pie sin probar el té, ante la mirada asombrada de la camarera, que se disponía a preguntarle si todo estaba a su gusto. La culpa era de la voz de Adele rugiendo de pena. Últimamente, aquella canción sonaba por todas partes como si la persiguiera, impidiéndole volver a ser feliz, recordándole todo lo que había perdido, mostrándole la cara más fea de la ciudad.

Never mind, I'll find someone like you
I wish nothing but the best for you, too
«Don't forget me» I beg
«I'll remember» you said
Sometimes it lasts in love, but sometimes it hurts instead...

2

Una noche de sábado, fría y de luna llena, Josefina se plantó bajo la figurilla de Eros en Piccadilly Circus. Esperaba a Mariona, que no había dejado de llamarla hasta que, finalmente, Josefina aceptó quedar con ella. Quizás porque no tenía ganas de quedarse en casa otro sábado por la noche, o quizás porque su insistencia tenía algo de conmovedora.

Pero Mariona no llegaba y Josefina llevaba cuarenta minutos de pie, con los pies helados dentro de unos botines de tacón baratos que se había comprado en el Primark en un impulso del que ya se estaba arrepintiendo. Si antes cuando entraba en aquella tienda se sentía millonaria porque podía llevarse un montón de cosas por un puñado de libras, ahora le recordaba demasiado a aquellos trapos baratos que se ponía para salir con Dick; ropa de mala calidad pero femenina y desenfadada, distinta de las prendas que veía en España y que siempre parecían estar hechas para el ojo de los demás.

Y de repente se sintió profundamente cansada. ¿Por qué hacía tantas tonterías? Era como un barco sin rumbo que se dejaba empujar por el primer viento que soplara. ¿Por qué estaba allí aguardando a aquella chica si no tenían nada que ver, si se llevaban casi una década, si venían de mundos distintos? Mariona, con aquellos dientes gigantes y su ropa de *poligonera*, ¿qué compartía con ella más que el hecho de ser españolas en Londres? Pero, aunque no se lo confesaría ni a sí misma, en el fondo sabía que si había aceptado aquella cita con Mariona, si llevaba cuarenta minutos esperándola bajo el frío, si estaba dispuesta a tragarse el relato de su perfecta historia de amor, era solo porque pensaba que tendría la oportunidad de conversar con ella acerca de Dick. Le había salido todo mal y lo peor era que aún se moría de ganas de hablar de él.

Cuando pasó una hora y Mariona no se presentó ni contestó a sus mensajes, Josefina resolvió cambiar de plan. Sabía de una fiesta que se celebraba esa misma noche en una discoteca cercana, y presentarse en ella sin compañía era otra de las cosas que estaba dispuesta a hacer en Londres por primera vez. Pasaba cada vez más tiempo en internet, donde había encontrado una página que organizaba fiestas internacionales para que los extranjeros en Londres intimaran. Le llamó la atención porque se parecía un poco a la idea que ella había tenido para endulzar aquel volátil proyecto de Victor. Por cierto, tenía que llamarlo y tomarse una copa de vino con él. Ahora mismo no conocía a ningún otro hombre con el que pudiera ponerse un vestido bonito y pasar un rato en un bar elegante.

Luchando contra las ganas de dar media vuelta y esconderse en la primera tienda que encontrara abierta, se plantó en la discoteca donde se celebraba la fiesta. ¿Qué se hacía al entrar sola en un lugar así? Decidió recurrir a su estrategia de ir a buscar el servicio para poder pasearse un poco por el local sin parecer demasiado desubicada. Eso siempre le funcionaba.

Los baños estaban iluminados con un tono entre azul y violeta bien incómodo a la vista. En un rincón había una mujer mayor sentada junto a un tenderete donde vendía clínex, tampones, preservativos, horquillas del pelo y hasta lápices de labios. Josefina se acercó a curiosear. La mujer no pareció advertir su presencia. Tenía la mirada perdida.

—Muy bonita —dijo, cogiendo una horquilla de color rosa con incrustaciones bastante feas. No usaba nada de eso, pero necesitaba entablar una conversación.

—¡Hermosa señorita! —exclamó la mujer en un dulce español. Su rostro se había iluminado como si Josefina fuera un hada madrina que acudía a liberarla de pasar la noche en aquel cubículo azul con olor a pis—. ¿Quiere que se la ponga? Venga *pacá, mija.*

Josefina aceptó. La mujer tenía unas hábiles y suaves manos de abuela. Le dio las gracias efusivamente y le pagó el doble de lo que costaba la horquilla.

—Dios la bendiga, linda. Salga ahí fuera y encuéntrese un buen macho —la despidió, guiñándole el ojo.

Josefina vaciló. Quería quedarse con ella y charlar un poco más. Pero al fin y al cabo, la mujer estaba trabajando y aquello no era exactamente un lugar que invitara a la conversación. ¿Y por qué le había dicho eso? ¿Es que tenía cara de desesperada?

Lo mejor sería beber algo. Se quitó la horquilla y fue hasta la barra para pedir una copa de vino. Los cubatas nunca le habían gustado y en Londres tenían un precio prohibitivo. Se había dado cuenta de que beberse aquellos asquerosos combinados era una de esas cosas que hacía por costumbre en Madrid y que no estaba dispuesta a retomar.

En seguida, un tipo bajito de mirada acuosa se plantó a su lado tendiéndole una mano sudada a Josefina, que no entendió su nombre. Dijo que era libanés y trabajaba en *«finances».* Ella le sonrió con desgana y escuchó las típicas preguntas aburridas de las que siempre trataba de huir. *«Where are you from?» «What brought you to London?» «Madrid or Barcelona?»* Sujetando la copa de vino y la tonta sonrisa de cortesía que se había instalado en su rostro, se apresuró a buscar una salida digna. Enseguida fingió saludar a alguien a lo lejos y recorrió el local lanzando movimientos de mano al aire. Al llegar a la entrada se giró y vio al tipo bajito hablando con otra chica que parecía algo más dispuesta que ella. Soltó la copa en una mesa y se rindió a las ganas de salir por la puerta y respirar aire fresco. En fin, al menos se había atrevido a ir sola a una discoteca. El metro estaba cerrado y se resignó a la idea de volver a casa en autobús. Pero al dirigirse a la parada vio caminar a sus espaldas a una pandilla de tipos con pinta de estar borrachos y de repente se sintió muy asustada. Era la primera vez que tenía miedo de estar sola en las calles de Londres. Un taxi se acercaba a toda velocidad y lo hizo parar sin pensarlo dos veces. Subió con inmenso alivio mientras los borrachos llegaban a la parada del bus. Uno se puso de pie en un banco y empezó a mear. Le dijo al taxista que la llevara a Hammersmith; ya tomaría otro taxi de vuelta. El hombre condujo en zigzag, hábil y seguro, Superman al rescate y por suerte sin ganas de hablar. A medida que se alejaron del bullicio del centro, Josefina se fue tranquilizando. Necesitaba pasear por los alrededores de la casa de Dick, aunque fuera una locura.

Echó a andar bordeando el río. Era tarde, todas las luces del edificio se veían apagadas y el coche de Dick no estaba en su plaza. Andaría de viaje, o habría salido... ¿Con quién? Sintió unas ganas locas de entrar en la casa con su juego secreto de llaves, que siempre llevaba en el fondo del bolso. Nadie la vería, era el momento perfecto. Rápidamente se deslizó dentro del portal, tomó el ascensor y llegó hasta la puerta del *penthouse*. Pegó la oreja, pero no se oía nada más que los latidos de su propio corazón. Al meter la llave en la cerradura le temblaba toda la mano...

No...

No podía hacerlo. ¿Y si abría la puerta y se encontraba a una mujer desnuda paseando por el piso de abajo? ¿Y si cometía la locura de subir la escalera y los veía a los dos durmiendo abrazados? ¿Y si regresaban de su cena romántica y ahora mismo salían del ascensor y la pillaban husmeando? La sola idea bastó para hacerla volar. Bajó a saltos las escaleras, se aseguró de que no venía nadie y se fue como había venido. Como una ladrona, como una mendiga, como una sombra de la noche. Regresó a las calles iluminadas respirando con todas sus fuerzas, intentando desalojar de su cuerpo aquella pena que cabalgaba a borbotones por su sangre... Eran las tres de la madrugada cuando paró otro taxi sin importarle lo caro que le iba a salir. Antes de subir, tiró las llaves del *penthouse* a una alcantarilla. El taxista puso la radio.

We only said goodbye with words
I died a hundred times
You go back to her and I go back to...
I go back to us.

Ya no podía seguir negándolo más, pensó mientras escuchaba gemir a Amy Winehouse. Ella quería crear un hogar. Quería tener un marido y una familia. Y ya no le daba vergüenza reconocerlo. ¿Qué estaba haciendo allí sola, cruzando la noche de Londres en el taxi de un desconocido, después de rondar por enésima vez la casa del tipo que la había tratado como a una mierda? Si la violaran, la asesinaran y la descuartizaran un fin de semana que Lola estuviera fuera de la ciudad, ¿a quién avisarían los de la ambulancia? ¿Cuánto tiempo tardaría alguien en echarla de menos? ¿Su familia llegaría a tiempo de recuperar su cadáver cuando aún estuviera fresco o se la encontrarían descompuesta, metida en el cajón de un depósito en alguna miserable morgue del extrarradio?

Qué estúpida había sido al creer que Londres la estaba esperando para hacer realidad sus bobas fantasías. Que de verdad existía aquella ciudad idílica que su cabeza de chorlito adolescente había inventado a base de leer revistas y soñar despierta. Por favor, si los de Spandau Ballet debían de ser ya cincuentones con barriga y artrosis. Tanto llenarse la cabeza de los novelones de las Brönte y de E. M. Foster que cogía en la biblioteca cuando iba a la universidad la había trastornado. ¿Pensaba que por mudarse a Londres iba a vivir en Downton Abbey, que se iba a encontrar a Virginia Woolf vagando por Bloomsbury y la iba a invitar a una tertulia en su casa, que se iba a cruzar por la calle con la mirada azul de Martin Kemp y lo iba a embrujar con sus ojos marrones de española del montón? Por favor, si lo único que encontraba ahí fuera eran ejemplares dignos de *Made in Chelsea*.

¿Dónde estaba el Londres de sus sueños?

Al abrir el bolso para pagar al taxista, encontró un mensaje en su móvil. El corazón le dio un vuelco. ¿Sería de Dick? Pero no. Era de Olga. El muy cabrón seguía mudo, como si ella nunca hubiese existido. Josefina entraba todos los días en su perfil de Facebook, solo para desesperarse viendo que nunca lo actualizaba. Según él, las redes sociales eran para perdedores sedientos de admiración.

> *Siento haber estado missing. Te aviso el finde para tomar un té, ¿quieres?*

Y aquella minúscula prueba de que en Londres existía al menos una persona que anhelaba disfrutar por un ratito de su compañía le devolvió a Josefina la brizna de cordura necesaria para encerrarse una noche más en el dormitorio plagado de bichos de aquella casa de Tottenham en la que, sin darse cuenta, se había instalado desde hacía ya casi dos meses.

3

Desde aquel día en que lanzó las llaves a un agujero donde jamás podría recuperarlas, Josefina dejó de rondar la casa de Dick. No sabía bien de dónde le había salido el valor para poner fin a aquellos paseos obsesivos pero ahora, cuando estaba contenta, deambulaba por Covent Garden. Le ponían de buen humor los artistas callejeros, hasta que se acordaba de que Dick le había dicho que un día tenían que ir juntos al Royal Opera House y de que ese día nunca llegó. Otras veces caminaba hacia South Kensington, observando las limusinas que corrían veloces por la zona como si no quisieran rozarse con el resto de los mortales, y entraba en Harrod's. Se quedaba absorta contemplando a aquellos hombres bigotudos con sus relojes de oro gordos como soles y a las mujeres que los seguían, tapadas hasta las cejas con aire de cucarachas dignas y gigantes, cuyo paso se trenzaba con el de otras mujeres de pieles aceitunadas, pómulos altivos, labios tatuadísimos. Josefina siempre acababa sintiéndose insignificante cuando se comparaba con ellas, y entonces bajaba las escaleras para visitar la fuente con las fotos de Diana y Dodi, y le entraban ganas de reír porque era tan pretenciosa como todo aquel derroche de mármol y dorado que reinaba en el resto de los almacenes. Seguía prefiriendo mil veces Fortnum & Mason, aquel lugar tan bello donde nada malo podía ocurrirle, aunque allí solo pudiera comprar té y caramelos. Cuando quería estar sola, recorría a pie el canal. Aquel reciente descubrimiento la tenía enamorada. Era una zona encantadora y libre de turistas que le hacía recordar por qué le gustaba tanto Londres. Caminando entre el agua y los barquitos de colores se sentía en tránsito, a medio camino entre lo de siempre y algo mejor. Ya había repartido más de cincuenta currículos, pero nadie la llamaba. No sabía si era porque no tenía experiencia como dependienta o camarera o porque su sonrisa forzada al entregarles aquel papel les suplicaba: «Por favor, ignórame». Aprovechaba los días que hacía sol para ir a repartirlos. Pero el sol enseguida se burlaba de ella. Brillaba cuando salía de casa, y entonces Josefina se bajaba la cremallera del abrigo y buscaba un parque para aspirar algo de luz y calor. Para cuando acababa de sentarse en la hierba, el sol ya se había ocultado tras las nubes y el frío la obligaba a levantarse. Así que sus recorridos solían acabar en alguna tienda bien climatizada.

Un día regresó de South Kensington con una chaqueta carísima de Monsoon. Era tipo kimono, de seda con bordados a mano. No pensaba quedársela, la había pagado con la Visa y tenía intención de devolverla un par de días después. Solo necesitaba sentirse bonita y femenina por un rato, creerse que tenía dinero, que era Shirlie Kemp y estaba a punto de regresar a su mansión de Hampstead para cenar con Martin, que la esperaría con el horno encendido, las velas brillando y esa mirada azul cielo que había saltado de los pósters de su habitación para contemplarla, de entre millones de mujeres, solo a ella *forever and ever*…

Estaba haciendo poses ante el espejo cuando la cara de Lola apareció tras ella.

—Tía, esta noche vamos a una fiesta genial. Una movida en una fábrica abandonada en la que nadie se conoce. ¡Vente!

Negó con la cabeza mientras se quitaba la chaqueta.

—Ya, no vienes. Tienes que quedarte mirando las telarañas del techo después de tu día tan estresante.

Josefina saltó, presa de la rabia:

—Oye Lola, y ¿tú por qué te pones a prueba todo el rato?

—¿Qué dices?

—No haces más que distraerte con desconocidos y cosas raras. Eres incapaz de quedarte en casa contigo misma ni una noche. ¿De qué huyes?

—Pues al menos yo tengo un trabajo y me divierto.

—Lola le devolvía el latigazo a la velocidad del rayo—. Tú ni una cosa ni otra, así que no me des lecciones.

Josefina fue a guardar la chaqueta, pero Lola agarró una manga.

—Joder tronca, trescientas libras. La habrás robado, ¿no?

Josefina, con las mejillas ardiendo, tiró de la prenda.

—¡No la toques, que la manchas! La voy a devolver...

—¿Y entonces para qué coño la compras?

Josefina quería explicárselo, pero sabía que Lola no lo entendería. De todos modos lo intentó, aunque de su boca tan solo salió un débil: «Vete de mi cuarto» que no sonó nada convincente.

—¿En serio te sigues creyendo que eres millonaria y que aún vives en casa del psicópata ese? ¡Pero tú qué necesitas para abrir los ojos!

Josefina se sintió desnuda. La chaqueta ya estaba dentro de su bolsa, y ahora deseaba no volver a verla jamás. Los ojos se le llenaron de lágrimas incontenibles.

—¡Joder! Anda, ven aquí, tonta —dijo Lola, abrazándola.

Josefina hundió la cabeza en su cabello áspero y rizado y tuvo ganas de quedarse allí un buen rato. Se dio cuenta de que hacía mucho que nadie la tocaba, de que su piel estaba ávida de calor; no el calor del sol, sino el de otro ser humano.

—Tía… Estoy muy preocupada por ti. Dijiste que buscarías un curro después de Navidad y sigues igual. Lo único que haces es dar paseos como una jubilada. ¡Tienes que aceptar la realidad! ¿No te das cuenta de que si no empiezas a ganar dinero tendrás que volver a casa de tus padres y trabajar con ellos?

Josefina asintió entre sollozos. Ahora que por fin alguien la sostenía, podía admitir que Lola tenía razón.

—Es que me da miedo trabajar en Londres —confesó. Y al decirlo se quitó un peso de encima. Sí, eso era lo que le ocurría. No podía aceptar que no volvería a refugiarse en Dick, en el *penthouse*, en sus sueños de grandeza. Y por eso caminaba sin descanso, recorriendo la ciudad en un intento frenético de echar fuera de su cuerpo la inquietud que la atenazaba. Y aún se atrevía a reprochar a Lola que hiciera lo mismo, a su manera—. Nunca he trabajado en una tienda de ropa o poniendo cafés. Estoy segura de que no voy a entender a la gente cuando me hable o me voy a hacer un lío dando el cambio en libras.

—¡Anda ya! Si yo he aprendido con lo burra que soy, ¿no vas a aprender tú? No te imaginas la de tarugos que hay ahí afuera… Además, tú has trabajado en la charcutería de tus padres. Es lo mismo.

Pero no, lo que más miedo le daba no era derramar un café en la falda de una clienta, sino encontrar un trabajo decente y acostumbrarse a él y quedarse en Londres años y años, compartiendo casa, encariñándose con gente que llegaba y que se iba, convertida en la española sola, que nunca iba a ser una inglesa de verdad y sin embargo había dejado de ser la Josefina que un día ya lejano se fue de

Madrid con tantas ilusiones de crear una vida perfecta en Londres...

Pero no podía seguir así.

—Ya no sé qué hacer con mi tiempo...

—¡La hostia! Qué suerte, ya me gustaría a mí poder decir eso. Pues mira, empieza por devolver ese trapo y ve al *jobcenter*. Allí te ayudarán a buscar un curro.

Josefina la miró sin decir nada.

—Servir cafés no tiene ningún misterio, Josefina. Con tres días de práctica se vuelve como conducir. A ti lo que te da miedo es verte haciendo lo que hacemos los demás. Te parece que somos unos fracasados y unos cutres, pero al menos no nos quedamos encerrados en casa, refugiados en el miedo y las fantasías...

No fue capaz de darle la razón, pero tampoco de negársela. Debía de ser evidente lo patética que era. Mientras los demás trabajaban, ella se escondía en tiendas donde no podía comprar nada. Solo para probarse vestidos que le recordaban a Dick. Todo lo hacía para mantener vivo el recuerdo del maldito Dick, porque aquella ilusión era lo que le había dado la vida en Londres. Y Lola lo sabía.

—Tienes que pasar página ya, Josefina. Lo del tío ese se acabó. Por suerte para ti. No sabes de la que te has librado. —La miraba con verdadera preocupación—. Oye, no estás sola.

Las lágrimas volvieron a brotar. Qué alivio no estar sola. Qué maravilla sentir el calor de otro ser humano. Y en realidad siempre había estado ahí, era ella quien lo rechazaba para refugiarse en sus fantasmas. Lola sabía que ese calor era necesario para sobrevivir en Londres, por eso siempre andaba buscando la compañía de unos y de otros. Daba igual que no fueran amigos de verdad, que no fueran a quedarse en Londres. Mientras estaban, le daban aquello que necesitaba.

—Tienes razón... Era un gilipollas. ¿Sabes qué? Nunca se cambiaba de ropa al llegar a casa. Yo me sentía una pordiosera a su lado.

—Joder, qué incómodo. Seguro que era estreñido.

—No sé, nunca le oí cagar... —Josefina sonrió—. A mí sí que me costaba porque siempre traía comida asiática para cenar. Acabé hasta las narices de pasar frío comiendo algas. Casi nunca se quería comer los guisos que yo cocinaba.

—Pues ya podías guisar más aquí, guapa.

Los sollozos se mezclaban ahora con las risas.

—¿Sabes qué? Estaba obsesionado con envolver los restos de la comida en plástico de cocina. En vez de tirarlos a la basura o guardarlos en un táper como todo el mundo.

—Qué joya, hija. Y tú todavía martirizándote por haberlo perdido. Madre mía, estás peor de lo que pensaba.

Las risas se volvieron carcajadas.

—Una vez me envolvió en el plástico ese y me llevo a la cama y...

—¡No, por favor, no me lo cuentes! —Lola se abalanzó sobre ella para hacerle cosquillas. Luego le dio un beso en la mejilla y una palmada en el trasero—. Venga, vamos a comer y luego te vas al *jobcenter*.

—¿Ahora? —dijo Josefina, limpiándose los mocos y las lágrimas.

—Sí, ahora. Hoy. Cierran a las cinco. Vamos.

—¿Qué hay para comer?

—No sé... ¡Cocinas tú! Venga, empieza que me voy a duchar. Hoy tengo turno de tarde. ¡Y luego la fiesta!

Josefina bajó las escaleras sintiéndose mucho más ligera. Comprendió que Lola y ella no eran tan distintas. No había nada de malo en trabajar como camarera, por mucho que *Lady London* jamás se hubiera rebajado a algo así.

Estaba entrando en la cocina cuando se abrió la puerta de la calle y Ulises irrumpió como un torbellino. Cuánto se alegró de verlo. Le preguntó si había comido y cuando el pequeño, lanzándose al sofá con el mando de la videoconsola, dijo que no, calculó añadir una patata más a la tortilla española que iba a preparar. Se la comieron los tres juntos en la habitación y luego Ulises se quedó jugando con su consola mientras esperaba a Jane.

Por la tarde, Lola la acompañó al *jobcenter*. O más bien la agarró del brazo y la llevó hasta la puerta.

—Venga. Saca pecho y pídeles que te busquen algo —dijo, dándole un último empujoncito para asegurarse de que atravesaba la puerta de cristal—. Lo que sea, menos puta de lujo y fregar váteres.

Josefina sonrió al acordarse de Victor. Menos mal que no le había hablado de él a Lola. Le tocó esperar su turno, lo cual le permitió observar el entorno y sentirse más segura. Se acordó del día que fue a hacer las demás gestiones y eso le dio fuerzas. ¡Podía, claro que podía!

Cuando por fin oyó pronunciar algo que sonaba vagamente como su nombre, se sentó frente a una mujer de rostro flácido que se parecía a Paul McCartney. Sin molestarse en desplegar cortesías, la funcionaria empezó la entrevista.

—¿A qué te dedicas?

—Bueno, estudié Económicas y también un poco de marketing y me gustaría trabajar en algo relacionado con mi carrera.

La mujer la miró por encima de las gafas y chasqueó la lengua.

—¿Tienes experiencia laboral en el Reino Unido?

—Todavía no. Hace poco que llegué y por ahora estoy viviendo de mis ahorros.

Daban igual las explicaciones. La mujer ni la escuchaba ni sonreía. Se limitaba a teclear en su ordenador. A saber qué estaría escribiendo. «¿Candidata a economista de pacotilla con ínfulas de princesa disponible para limpiarles la mansión a millonarios ociosos?»

—Con tu perfil no va a ser fácil buscarte un trabajo relacionado con tus estudios. ¿Estás dispuesta a trabajar en otro campo? —preguntó *Paul*, mirándola de arriba abajo. Con el estómago encogido, le aseguró que estaba dispuesta a reciclarse profesionalmente y aprender lo que hiciera falta. Ahí estaba otra vez la Josefina de voz chillona y ridículamente entusiasta.

Sin mirarla, *Paul* le tendió un papel que había impreso y le dijo que tenía que llevárselo a una de sus compañeras. Josefina miró en la dirección indicada, pero no supo a quién se refería. Había por lo menos seis personas repartidas por la oficina.

—Aquella mujer, la del jersey rojo.

Pero había dos mujeres con jersey rojo. Una de ellas iba en silla de ruedas y era muy menuda, con una melena sembrada de canas y aire de andar muy necesitada de unas vacaciones al sol. La otra era una inmensa pelirroja que se movía por la habitación como si la llenara entera, colocando un archivo aquí, un papel allá.

—¿La que está sentada? —Josefina se refería a la mujercilla cuyo rostro nunca veía el sol.

Pero ahora las dos estaban sentadas.

—No, la persona de la izquierda —dijo *Paul* conteniendo a duras penas su irritación.

Josefina se dirigió a la otra mesa sin despedirse. Cuántos rodeos para no decir: «La mujer de la silla de ruedas», por Dios. ¿Tan terrible era reconocer que una persona era paralítica? En los pocos segundos que pasó yendo de una mesa a la otra recordó un consejo que le había dado uno de los colegas de Lola. «No seas pardilla y pide ayudas para vivir de los *benefits*». Según él, lo hacía todo el mundo cuando llegaba al país. Pero Lola aseguraba que no era tan fácil. Hacía falta mucho papeleo y más desvergüenza, y además ella tenía dos manos para trabajar.

Se sentía como una hormiguita cuando se sentó frente a aquella mujer que parecía una llamarada andante. Encogida, pensó que también la sometería a un interrogatorio y entonces su voz chillona se lanzaría a decir cosas como «oh, por supuesto, estoy absolutamente extasiada ante la perspectiva de retomar mi maravillosa carrera profesional tras este breve periodo de adaptación a vuestro magnífico y acogedor país». Pero la mujer la miró a los ojos, se presentó con un: «Me llamo Lizzie» y sonrió, mostrando una gigantesca sonrisa con hoyuelos. Y fue como si un rayo de sol hubiera invadido aquella deprimente oficina.

Lizzie le pidió el papel con una mano de uñas pintadas de azul y recubierta de abalorios que tintineaban. Hechizada, Josefina le devolvió la sonrisa y dejó de encoger los hombros. Solo ahora se daba cuenta de que estaba tiesa como un palo.

—Veamos qué encontramos para ti, cariño —dijo, y se puso unas gafas rosas con piedrecillas incrustadas para mirar el ordenador.

Nunca le había sentado tan bien un «cariño»…

Al salir del *jobcenter* se sentía ligera y satisfecha. ¡Por fin había dado el paso! De repente se acordó de su intención de regalarse flores cada semana, y entró en el primer supermercado que vio a hacerse con un ramo. Aunque también compró un paquete de tabaco.

Al día siguiente, Lizzie la llamó para ofrecerle un trabajo de camarera. Ella no supo qué responder, pero la mujer no se dio por vencida.

—Cariño, nadie quiere servir mesas, pero tú necesitas ser independiente para llegar bien lejos. Además, es un café muy pequeño en una de las zonas más tranquilas del aeropuerto de Heathrow. Créeme, has tenido mucha suerte, encanto.

Dijo que sí sin pensar demasiado y quedaron en que empezaría tres días después. Sentía un hormigueo en todo el cuerpo y salió a pasear para sacudirse los nervios. Era finales de enero, y en el parque vio un árbol raquítico donde había brotado una única flor. Así que la primavera, antes o después, no pensaba olvidarse de anidar en Londres...

4

Eran las ocho de la mañana cuando Josefina se lanzó a las escaleras del metro. Había caminado a grandes zancadas por la calle, un poco por los nervios y otro poco por el frío. Cuando llegó al andén no tuvo más remedio que frenar en seco. La gente se agolpaba en grupos separados por unos metros de distancia y se quedaba muy quieta mirando al frente, como si fueran los soldados del cambio de guardia. Al rato llegó un tren y los grupos quedaron exactamente frente a las puertas de salida. ¿Entonces debían de hacer eso todos los días?... Josefina no lo sabía porque hasta entonces no había necesitado madrugar para coger el metro en Londres. Pero el tren no se tragaba a los grupos enteros. Con suerte, los primeros de la fila lograban meter sus cuerpos en el vagón y encajarlos entre los demás, siempre tratando de no mirarse ni por un segundo, porque de otra forma no habrían soportado semejante cercanía con extraños.

Josefina tuvo que esperar a que pasaran dos trenes más hasta quedar la primera de la fila en su grupo. Con la misma cara de robot que los demás y el codo listo para desalentar a cualquiera que osara saltarse el turno, logró meterse en un vagón. Justo entonces alguien se levantó para bajar, zizgagueando entre las filas de viajeros que entraban, y ella ocupó el asiento libre. Era otra cosa de Londres que la dejaba asombrada. La gente esperaba a que el autobús o el metro se detuvieran completamente para levantarse de su asiento, dirigirse a la puerta y bajar. Suspiró al recordar cómo en Madrid los viajeros se ponían de pie una parada antes de llegar a su destino.

A medida que avanzaba, el tren se vació de trajes grises, corbatas, mochilas negras y faldas de tubo y se fue llenando de maletas de colores, camisetas con mensaje y gente que hablaba en idiomas extraños. Josefina observaba todo lo más discretamente que podía. No lograba hacer como los ingleses de verdad, que miraban al frente impertérritos. Le fascinaba contemplar la variedad humana que desfilaba, también, por el metro.

Llegó hasta la antepenúltima parada de la línea. Aeropuerto de Heathrow, Terminal tres de cinco. Ahí estaba Cozy Days, el café en el que iba a trabajar de camarera por primera vez en su vida. Sintió un pellizco en las tripas mientras seguía las indicaciones que Lizzie le había enviado por correo, junto con un cariñoso: *«Go, girl! Yes, you can!»*

Heathrow… Nunca había estado allí antes porque era el aeropuerto más caro de Londres. Y según había leído, también el de mayor tránsito del mundo. Podías salir de allí y aterrizar en doscientos destinos de noventa países. Mejor no pensarlo. ¡Qué mareo!

Tras caminar un buen rato, el ruido fue quedando atrás hasta convertirse en un relajante zumbido de fondo. La gente no parecía tan estresada en aquella zona, donde la luz se derramaba sobre la moqueta a través de enormes ventanales. Vio algunas tiendas casi vacías y por fin sus ojos se toparon con un cartel donde ponía «Cozy Days» en letras verde esmeralda.

Lizzie tenía razón. ¡Era muy pequeño! Apenas un mostrador de madera y tras él una simple encimera con cafeteras, zumos, aguas y refrescos, algunas botellas de vino y una hilera de cajas de lata con decenas de tés. En un

lateral vio un pequeño expositor con algunos *muffins*, galletas, boles de fruta fresca, yogures y sándwiches. Contó
diez mesas con sus sillas pintadas del mismo tono verde
que el cartel. Y solo había tres personas sentadas. ¡Menos
mal! Aquello podría manejarlo con un poquito de práctica.
Tras el mostrador, una muchacha de pómulos lustrosos y media melena anaranjada atendía a una pareja
con movimientos enérgicos y una gran sonrisa que le
llenaba la cara. Tomó nota del pedido, se limpió las manos en su delantal verde, les puso delante una bandeja y
les sirvió dos copas de vino sin dejar de sonreír. Cuando
los clientes se sentaron en una mesita apartada, la muchacha miró a Josefina y se dirigió hacia ella en línea
recta con la mano tendida.

—Josefina, ¿verdad? Bienvenida. Soy Fiona —dijo
con una alegre voz de pajarillo. Su mano ardía—. Ven
conmigo.

Sin esperar respuesta la llevó a un cuartito y le dijo
que podía dejar allí su abrigo y el bolso. Luego le tendió
un delantal como el suyo.

Josefina colgó el abrigo y dejó el bolso en el suelo.

—En el suelo no —corrió a decir Fiona, tendiéndo-
selo para que lo colgara.

—¿Por qué no?

—Normas de la casa. —Fiona miró por encima de
su hombro. Había un cliente y salió a atenderlo—. Ven
conmigo y aprende.

Josefina se puso el delantal y la siguió. Se quedó a
un lado observándola, mientras la joven volvía a tomar
nota, cobraba, servía, sonreía y hablaba a los clientes
con una voz gorjeante de felicidad.

—Ahora vendrá Armando, el jefe. Mientras tanto,
fíjate en cómo lo hago yo.

Pero el espacio tras el mostrador era muy reducido y
sentía que estaba molestando a Fiona y que de un mo-

mento a otro su compañera le clavaría un codo accidentalmente. Contempló a la pareja que bebía vino. Él era un hombre mayor con el pelo revuelto, camisa hawaiana y pantalón de pana. Ella, con su melena rubia, blazer y vaqueros, se veía mucho más joven. Charlaban en voz baja, y no parecían tener prisa ni estar a punto de tomar un avión.

Fiona le dijo algo, pero Josefina no estaba atenta.

—¿Qué? —preguntó, fijándose en los labios de su compañera, que se curvaban un poco, como temblando de tensión.

—¿Has trabajado de camarera antes?

—La verdad es que no. ¡Mi primera vez!

El tal Armando irrumpió ante el mostrador con una gran sonrisa y la misma energía de Fiona, a quien llamó *«darling»*. Mientras le daba dos besos, a Josefina le dio tiempo de fijarse en su traje beige a rayas, sus zapatos oxford blancos y el sombrero panamá.

—Bienvenida al equipo, amiga —dijo en español, agarrándola de los brazos como si, en efecto, fuera una vieja amiga—. ¿De dónde vienes? Yo soy mexicano aunque llevo muchos años en *London*.

¡Qué suerte! El tipo hablaba español. O *espanglish*. Josefina había temido no entender sus instrucciones y ahora hasta le daban ganas de ponerse a charlar con él, pero Armando tiraba de su codo en dirección al cuartito. Uf, para esas cosas prefería el estilo inglés. Apretón de manos y nada de besos ni toqueteos.

—No dejes el bolso en el suelo —dijo, cuando ella empezó a quitárselo.

—Ya, ya me lo ha dicho Fiona.

—Tampoco se puede comer en el cuarto ni hacer llamadas personales —advirtió, muy serio. Luego lanzó una carcajada—. *Don't panic*. Aquí vas a ser muy feliz, compa.

Josefina se sentó sobre la mesa, imitando a Armando.
—Hoy te limitarás a observar cómo lo hace Fiona. Ya verás, *she's the best!* Mañana la ayudarás a colocar todo en el expositor y a hacer inventario. Y el resto de la semana atenderéis juntas a los clientes. *That's all.*
Josefina asentía con la cabeza, tratando de no parecer ni demasiado entusiasta ni demasiado complaciente.
—Y el viernes por la noche puedes ir a bailar salsa conmigo.
La cabeza se le paró en seco.
—Jajaja, *it's a joke!* A partir de la semana que viene no coincidirás con Fiona. Una vendrá por la mañana y otra por la tarde, y cambiaréis el turno cada dos semanas. Es más que suficiente con una sola camarera. Vamos, chamaca, a trabajar —dijo, poniéndose muy serio de repente. Sacó un teléfono móvil, dijo: «¿Bueno?» y pareció olvidarse por completo de ella.
Regresó junto a Fiona y se dedicó a observar sus idas y venidas tratando de no chocarse con ella ni hacerle tirar las bandejas. A Josefina le hipnotizaban sus maneras un tanto bruscas en contraste con su voz de pajarillo y los *dear, sweetie, darling, love* con que aderezaba los pedidos de sus clientes. Pero Armando estuvo más de media hora paseándose cerca del mostrador pegado al teléfono y Josefina se distraía con su presencia, que le irritaba por momentos. Hablaba un inglés meloso con pésimo acento y se reía muy alto y muy falso. «*Fuck you, bastard*», le oyó susurrar cuando colgó tras la última conversación, antes de desaparecer por el aeropuerto con su sombrero panamá y un maletín al hombro.
Josefina respiró hondo y tuvo la sensación de que allí se iba a sentir bien. Al menos cuando se esfumara el mexicano. Lizzie no le había mentido. Aquel lugar era un oasis.
El día transcurrió mucho más liviano de lo que ella había temido. A las seis de la tarde apareció un mucha-

cho muy alto con el pelo engominado y las mejillas tan sonrosadas como las de Fiona.

—Es mi esposo. Viene a recogerme todas las tardes —le explicó, mientras colgaba el delantal en el cuartito—. ¡Que pases buena noche!— añadió, con la voz de pajarito que regalaba a los clientes.

Josefina los vio marcharse cogidos de la mano. Fiona parecía una piedra, dura y compacta. Él era como un árbol que había crecido demasiado. Pero a ambos los envolvía un mismo halo de ternura. Cuando echaron a andar hacia el metro, Josefina prefirió caminar en dirección contraria para dar una vuelta a solas por los alrededores del café. La verdad era que estaba contenta. Solo tendría que prestar atención y ser amable, y la cosa funcionaría de maravilla.

Lola no estaba en casa cuando regresó, así que se dispuso a cenar en su cuarto mientras miraba una nueva página de citas online que había visto anunciada en el metro. Decidió abrirse un perfil y borrar el que tenía en la página donde conoció a Dick. ¡Ya era hora de pasar página! Se hizo llamar *Lady London* y se describió como «española de treinta y cinco años con ganas de gozar en buena compañía de todas las maravillas que ofrece Londres».

Para su sorpresa, a los pocos minutos empezó a recibir mensajes. Descartó a dos tipos que le preguntaron cuál era su equipo de fútbol favorito y si quería quedar esa misma noche. Pero había tres que no estaban mal. Un inglés de pelo castaño que, si miraba su foto entornando los ojos, se parecía remotamente a Jude Law. Un italiano moreno que escribía con muchas exclamaciones. Y un holandés recién llegado a la ciudad. Les mandó el mismo mensaje a los tres. *A penny for your thoughts*, añadió al final de cada uno. Luego esperó las respuestas, que llegaron enseguida. Vaya, no era la única que estaba sola en casa…

Chateando con unos y con otros se rio como hacía tiempo que no se reía. La energía del romance flotaba en el aire y penetraba en ella, sacando a pasear a la Josefina juguetona, la que había aterrizado en Londres con ganas de comerse el mundo. Se acostó de madrugada con una sonrisa en los labios. Y, por una vez, se quedó dormida sin pensar en Dick.

5

Al día siguiente, sus ojos se abrieron una hora antes de que sonara el despertador, azuzados por el mismo pellizco nervioso de los días en que tocaba examen en la universidad. Logró colocarse la segunda en la fila de salida del andén y solo tuvo que esperar cuatro trenes antes de poder encajarse en un vagón. Fiona le había advertido que debía llegar media hora antes de abrir el café a las nueve de la mañana para explicarle cómo funcionaba la caja.

Se sentaron en el cuartito y su compañera sacó una botella de leche de una pequeña nevera en la que Josefina no se había fijado antes y se sirvió un bol de cereales, explicándole que podía llevar su propio desayuno siempre que no dejara nada a la vista. ¿No era que no se podía comer en el cuartito, según Armando? Bueno, ellos sabrían. Josefina sonrió para sus adentros, acordándose de cuando ella y sus compañeras hacían lo mismo cada mañana al llegar a la oficina de Madrid. El tintineo de la cuchara dentro del bol, el crujir de los cereales y el ruido de las teclas del ordenador eran los únicos sonidos que se escuchaban en la oficina a primera hora de la mañana, mientras las chicas revisaban el correo, organizaban la jornada o escribían en Facebook poniendo cara de póker para que el jefe no sospechara. Se había olvidado de aquellos detalles... Seguro que Fiona no era tan diferente de ella y que se iban a entender.

—¿Estuviste feliz tu primer día? —dijo la pelirroja en un torpe español—. Oh, aprendí tu idioma un poco en Perú. Un viaje solidario… —explicó, ante la cara de sorpresa de Josefina.

Ella le aseguro que estaba muy feliz. Ay, otra vez la vocecilla. Pero su compañera parecía tan rebosante de vitalidad que no se le ocurría otra respuesta posible. ¿Cómo se podía derrochar tanta energía de buena mañana?

—¡Estoy hambrienta! Mi esposo y yo entrenamos para el maratón de Londres antes de venir al trabajo —explicó Fiona mientras se servía más cereales, como si le hubiera leído la mente—. ¿Te gusta correr?

—No mucho. No soy muy deportista. Aunque nunca es tarde para empezar —dijo Josefina, por decir algo.

Fiona se puso de pie con ímpetu y en un instante hizo desaparecer todas las pistas del desayuno. No dijo nada más. Tal vez no encontraba las palabras para seguir conversando en español, o tal vez no le interesaba iniciar una charla personal. Josefina agradeció no tener que estirar aquella respuesta vacua. Prefería ponerse a observar a su compañera, aprender de ella y no pensar demasiado en nada.

Los días pasaron con rapidez y llegó el momento en que le tocó ponerse sola al frente del mostrador. Estaba muy nerviosa al principio, pero pronto descubrió que aquello de servir cafés se le daba bastante bien. Le costaba un poco más los días que no había dormido mucho y el inglés se le enredaba dentro de la boca sin encontrar la forma de salir. Lo que más le sorprendió fue lo amables que eran casi todos los clientes. Quizás por eso Fiona los llamaba con aquellos tontos nombrecitos cariñosos. ¿O sería que los clientes iban expresamente a aquel café para llevarse un poco del encanto de la camarera?

Sus favoritos eran la pareja que había visto el primer día y que todos los martes y jueves acudían al café para pedir una copa de vino de Rioja. Se llamaban Ed y Vanessa Winters y se habían puesto muy contentos al saber que Josefina era española. Siempre charlaban un ratito con ella en un castellano encantadoramente torpe. «Estamos enamorados de Andalucía», le explicaron la primera vez que ella les sirvió el vino. «Todos los otoños viajamos un mes a Sevilla y antes de volver a casa nos acercamos a visitar la Alhambra. Ah, sin eso no soportaríamos el invierno londinense».

Sí, el trabajo era fácil y el lugar, encantador. Ahora se arrepentía de haber perdido tanto tiempo dudando de su propia capacidad... Lo difícil era llegar hasta allí. Cada mañana, cuando descorría la cortina oscura y sucia de su habitación, una brizna de desasosiego brotaba en su vientre y corría como minúsculas agujas por toda su piel. Le costaba un mundo levantarse de la cama al contemplar aquel cielo frío de un azul desvaído que siempre acababa pintándose de gris. Lo primero que pensaba era que Dick estaba en la misma ciudad que ella, pero no podía verlo. Y entonces se levantaba para sacudirse aquel hormigueo, era como una costra pegajosa que se quedaba en la cama mientras ella tiraba de su cuerpo en dirección a la ducha. Luego, ya en el metro, miraba de reojo a los demás viajeros sin lograr hacer contacto visual con ninguno. Empezaba a entender por qué los anuncios del metro, que le gustaba mucho leer porque eran ingeniosos y le enseñaban palabras nuevas, estaban rebosantes de promesas de sensualidad, mimo, relax, placer. *Indulge yourself, Pamper yourself, Treat yourself, Spoil yourself,* leía por todas partes. Como si alguien hubiera adoptado la misión de recordarles a todos aquellos trabajadores agotados de ojos grises que podían hallar un consuelo en su miserable existencia, por mucho que día a día se sumergieran en el metro para ir a trabajar cuando aún era de noche y lo tomaran de vuelta a casa sin haber llegado a ver la luz del día.

En el aeropuerto, la moqueta de los pasillos que conducían a Cozy Days olía igual que la del edificio de Dick y aquello le perturbaba tanto que muchas tardes, al salir de trabajar, Josefina se sentía completamente desorientada. No sabía qué hacer ni a dónde ir. Aquel olor impregnaba sus sentidos, llevándola de vuelta a los días en que el *penthouse* había sido su refugio, y se moría de ganas de regresar allí aunque fuera para cenar pescado crudo y frío. Pero se resignaba a regresar a Tottenham, y entre parada y parada de metro leía el *Evening Standard*. El periódico gratuito le gustaba porque con él se iba enterando de lo que pasaba en la ciudad y, ahora que era una mujer trabajadora, se sentía un poco londinense. Pero también venía lleno de fotos de restaurantes, artículos sobre exposiciones, anuncios de musicales… Había tantas cosas fascinantes en Londres que era imposible abarcarlas todas, pero moriría por descubrirlas de la mano de su amor.

De vuelta en su habitación, se entretenía escribiendo a los tres tipos. El italiano insistía en quedar con ella para mostrarle la auténtica comida de su país, pues al parecer Josefina no tenía ni idea de lo que era un buen plato de pasta ni una pizza como las de la *mamma*. El holandés no dejaba de preguntarle si alguna vez había estado en Tarifa y, cuando ella le dijo que sí, le aseguró que era la mujer más afortunada del planeta. Pero *Jude Law* se le resistía. Contestaba a los mensajes, sí, pero lo hacía con aquella insoportable flema británica que no decía nada. Era obvio que debía de estar escribiéndose con unas cuantas más y no quería regalar esperanzas, el muy memo.

Miró el móvil antes de irse a dormir. Sin noticias de Dick, un día más. A veces, cuando Josefina pensaba que no iba a poder más, bajaba del metro en la estación de Caledonian Road y se acercaba hasta los tornos de salida. Allí trabajaba un ángel llamado Kim que hacía magia a diario para los pasajeros, transformando cada mañana con sus rotuladores un triste cartel informativo en un dibujo precioso que acompañaba de un mensaje inspirador. *«There are days that we find it hard to smile, as some challenges we fase can be hard, but stay strong, my lovelies, for in a short while luck will shine and deal you an ace card»*... Josefina nunca llegó a encontrarse con los ojos y las manos de Kim, pero cómo le consolaban aquellas pequeñas delicias que solo Londres podía ofrecer, como una caja de bombones en un día triste.

9

6

Un viernes le tocó cerrar el café tras el turno de tarde. Era ya noche cerrada y no tenía ganas de recluirse en casa y menos aún de dejarse llevar por Lola y sus extraños amigos, que seguro andarían incordiando por la casa y querrían enredarla en alguno de sus planes. Cuando se dio la vuelta para enfilar el camino del metro, su mirada se detuvo en un anuncio luminoso. «*Stop thinking, start doing*», decía.

Los ojos se le llenaron de lágrimas en un instante. Y ella, ¿qué podría hacer? ¿Qué puerta tenía que abrir? ¿Por dónde había un camino que la condujera a la vida feliz que la aguardaba en algún rincón de Londres? Sintió una necesidad dolorosa de comunicarse con alguien y escribió un mensaje a Olga.

> *Cuando esté triste te voy a pedir que me llames y me digas Welcome to London, como si fuera una turista que acaba de llegar a Heathrow.*

El teléfono sonó.

—*Welcome to London*, tonta —dijo una Olga inusualmente alegre—. ¿Qué te pasa?

A Josefina se le desbordó la pena del todo y ni siquiera le importó que sus lágrimas se estrellaran contra el viento mientras atravesaba la noche camino del metro.

—Nada. No lo sé... Me siento sola. Hace frío. Echo de menos a Dick.

—Ya. Te entiendo. Pero aquí estoy yo para recordarte que es un cerdo asqueroso y que te echó de su casa. ¿Es suficiente o necesitas más? Porque te puedo recordar que guardaba en el armario una bolsa de Ikea con vibradores para los invitados.

—A veces daría algo por estar en España —suspiró Josefina, sin muchas ganas de reírle la broma—. Hasta echo de menos la casa de mis padres.

—¿Por qué no llamas a tu madre? —la animó Olga—. Al menos tú tienes madre de la que quejarte... Dile que te mande un paquete con jamón y queso. Que estás harta de paellas con chorizo del Tesco.

Se despidió de Olga antes de perder la cobertura en las escaleras del metro. Luego deslizó el dedo por los contactos hasta encontrar el número de su madre.

«Mamá, si yo pudiera contarte todo lo que me pasa por dentro...»

Al día siguiente, las dos amigas tenían el día libre y se encontraron a la salida del metro de Angel.

Olga apareció sonriente y relajada. Llevaba un vestido de flores de aire bohemio bajo un chaquetón de pelo.

—¡Qué suave! —dijo Josefina al darle un abrazo. Olga olía a lavanda, a ungüentos, a limpio. Llevaba el pelo trenzado alrededor de la cabeza como una princesa.

—Ah, sí. Es sintético, no creas. Vivienne Westwood de tercera o cuarta mano. Me costó veinte libras en una *charity*. ¡Y tres de la lavandería! Ya te llevaré. Venga vamos, que aquí hay mucha gente.

Josefina la siguió, encantada de alejarse de las corrientes de aire y de la multitud. Imaginó que irían a un Costa o un Starbucks que había visto a lo lejos mientras esperaba, pero Olga la condujo a un viejo edificio y comenzó a subir las escaleras.

—¿Vamos a casa de alguien?

—Sígueme, te va a encantar. En el segundo piso apareció ante ellas un encantador café de aire *vintage* que la dejó boquiabierta. Estaba repleto de libros y sofás y presidido por una gran mesa de madera. Pero lo más maravilloso era que todo se veía iluminado por decenas de velas, pues ya era noche cerrada. Se sentaron en un sofá con dos tazas de té y un apetitoso *victoria sponge cake*. Seguro que había ratones corriendo entre sus pies, pero al fin y al cabo no se veían.

—¡Qué lugar tan mágico! —dijo Josefina cuando se acomodó sobre un polvoriento sofá de terciopelo. El local estaba lleno, pero hasta el murmullo de las conversaciones resultaba agradable—. El otro día estuve en una fiesta para extranjeros en el Zoo Bar. Me largué enseguida, ¡qué pereza! No sé si es que ya no tengo edad para discotecas o que me aburro mortalmente con las típicas conversaciones entre guiris. Yo creo que las dos cosas.

Olga rio. Se le iluminaba la cara en cuanto lo hacía. Ojalá sonriera más, pensó Josefina, pues habitualmente su expresión era de una seriedad que rayaba la tristeza.

—¡El Zoo Bar! Dios mío, Josefina, lo siguiente peor es el infierno. No vayas a esas fiestas, mujer, no te hace falta. Aquí hay miles de sitios encantadores. Y lo mejor es que puedes ir sola.

—Si te digo la verdad, me alegro de andar camino de los cuarenta solo por librarme de todo ese rollo de salir de noche. Odio las copas y las borracheras —confesó, encantada de poder decirlo en voz alta—. Y mi compañera de piso es todo lo contrario. Le encanta salir y socializar. A todas horas entra y sale gente de su cuarto. Me agota.

—No me extraña. Ya sabes por qué vivo sola. Mi estudio será un zulo, pero también es mi madriguera, mi refugio, el lugar donde nadie me incordia.

—¿Por dónde sales tú? —se interesó Josefina.

—Suelo estar agotada después del trabajo y casi siempre me vuelvo a casa, pero en mis días libres voy a ver alguna exposición y luego me quedo un rato en el café del museo. Los viernes hay clases de dibujo gratis en la National Portrait Gallery. Y a veces me tomo una copa en el bar de un hotel. O voy al cine… Pero paso de salir de noche. Si el día en Londres es una jungla, la noche es la guerra.

Parecía sacada de un cuadro de Sargent, allí recostada en el sofá mientras sostenía la taza de té con su languidez natural, el cuello de cisne, las manos como plumas. Sintió un arrebato de cariño hacia ella. Olga también sabía ver la belleza de Londres.

—Lo que daría por tener un salón en casa con un sofá como este —dijo Josefina.

—Yo también. Es lo que más echo de menos. Entre las horas que paso de pie en el trabajo y el tener que sentarme en la cama, siempre ando con dolor de espalda.

Por la mente de Josefina se cruzó el salón de Dick, iluminado al atardecer como una tarta de cumpleaños… Aunque se lo había contado todo a Olga por teléfono una tarde en la que no pudo guardarse más su pena para ella sola, prefirió no sacar el tema.

—¿Qué hiciste en Navidad?

Olga tardó un rato en contestar.

—Nada especial, Josefina. Estuve en España pero fue muy breve….

Un silencio incómodo se posó entre las dos. Cuando Josefina iba a decir algo, Olga la cortó.

—Antes de irme, aborté. Estaba de un mes. No me lo puedo permitir ahora…

Se quedaron mudas. Josefina quiso gritarle que había cometido un error, que su hijo habría roto ese cascarón de soledad en el que vivía. Pero se contuvo. ¿Qué sabía ella sobre Olga, en realidad? En vez de eso, le dijo que debía de haber sido muy duro y que por qué no la había llamado para que la acompañara en aquel trance.

—Casi ni lo pensé, Josefina. Estoy acostumbrada a hacerlo todo sola. Lo único que quería era acabar cuanto antes. Solo tenía una falta. Lo supe antes de hacerme la prueba. Estaba hinchada, rara, de mal humor. Y sentí verdadero terror. No puedo tener un hijo aquí, en mis circunstancias.

—¿Y si tuvieras pareja?

—No lo sé… Es que ni siquiera sé si quiero tener pareja. Estoy bien así.

De nuevo el silencio.

—Era de Victor…

Josefina no supo qué decir.

—Tú sabes lo que es la soledad en esta ciudad, Josefina. Victor venía a verme algunas veces. Pero no lo sabe. No se lo dirás.

Negó con la cabeza. Claro que no.

—¿Te gustaría estar con él? —preguntó, casi en un susurro.

—No me lo planteo, porque sé que es imposible. En su vida no hay sitio para mí, todo el espacio lo ocupan sus hijos y es normal. Es un gran padre y un buen hombre, a pesar de que se haya metido en esa historia tan turbia de las *escorts*. Lo hizo porque estaba desesperado, ya no podía pagar las facturas ni permitirse montar un negocio que no sabía si daría fruto. Y yo no podía correr el riesgo de que me rechazara no solo a mí, sino también a nuestro hijo.

Al regresar a casa no se sintió tan mal como esperaba. Jane estaba en su habitación, viendo la tele tras la puerta cerrada. Ulises debía de andar con la abuela. Tenía ganas de verlo. Cuánta luz desprendía ese pequeñajo. Pensó en Olga y aquel diminuto bebé tratando de acomodarse dentro de ella, de agarrarse a su cuerpo con unas manitas torpes y minúsculas. La pena le oprimía el pecho mientras se ponía el pijama. Pero ¿pena por quién? Por el bebé, por Olga, por ella misma... Le pareció que su amiga mentía y ni siquiera se daba cuenta. Era evidente que estaba enamorada de Victor. ¿Cuántas tardes grises lo habría esperado en su mohíno estudio, pegando la oreja a la puerta para tratar de escuchar el sonido de la llave en la puerta del despacho de él? ¿Cuántas noches se habría ido a dormir abrazándose a sí misma al ver que tampoco ese día la había visitado? Admitirlo, imaginó Josefina, habría desmoronado su minúsculo equilibrio.

Le gustaba que fuera noche cerrada y sin embargo el reloj marcara solo las siete de la tarde. A pesar de todas sus miserias cotidianas, su pequeño placer cotidiano era tan simple como acostarse temprano, quedarse muy quieta entre las sábanas calentitas y pasar un buen rato fantaseando, pensando en sus cosas o perdiéndose en sus recuerdos antes de dormir para despertar a las seis de la mañana. En Madrid le habría parecido una locura irse a dormir a la hora en que uno salía del trabajo y empezaba a tomar cañas, pero ahora no solo se estaba acostumbrando, sino que le encantaba.

Antes de meterse en la cama entró en la página de ligues. Se dio cuenta de que el italiano le había enviado un mensaje que no era para ella. El inglés aún no se dignaba contestar. Y el surfero seguía preguntándole si le gustaba Tarifa y cuándo pensaba ir de vacaciones por allí. Pensó en decirle claramente que aunque lo hiciera no pensaba invitarlo, pero desistió. Era demasiado esfuerzo traducir todo aquello al inglés para contárselo a un individuo al que nunca llegaría a mirar a los ojos. Qué ridículos resultaban todos esos intentos de camuflar la soledad, pensó antes de borrar su perfil y dejar caer su cuerpo exhausto sobre el colchón.

7

El primer mes trabajando en el café pasó por encima de Josefina como una ola suave en un día de agosto. Seguir un horario y cumplir unas obligaciones no había resultado tan penoso como ella temía. Más bien estaba ocurriendo todo lo contrario. La rutina era una medicina que había logrado calmarla. Ya no pensaba en Dick todos los días al despertar, e incluso se ponía contenta jugando a imaginar qué personajes aparecerían ante el mostrador de Cozy Days esa mañana. El lugar era un remanso en la locura del aeropuerto, un rincón envuelto en polvo de hadas. A Josefina le encantaba cómo la moqueta amortiguaba el sonido de las maletas y el modo en que la luz incidía en el mostrador, iluminando a los viajeros que se detenían a reponer fuerzas antes de, quizás, poner rumbo a una nueva vida tal como ella había hecho siete meses atrás.

Fiona era eficaz y correcta, y cuando coincidían entre turnos le gustaba cruzar algunas palabras con aquella muchacha de ojos amables y aire resuelto. Otra cosa era Armando, aquel cincuentón vestido de adolescente que tenía por jefe y que solo aparecía en el café para entorpecer su tarea. Se empeñaba en meterse en el cuartito para hablar a voz en grito por teléfono a saber con quién. Proveedores, imaginaba Josefina, a los que doraba la píldora y luego insultaba en español al colgar. Lo peor era que buscaba la mirada de complicidad de las chicas cuando lo hacía, aunque ella ya había aprendido a evitarlo.

A veces, antes de salir de casa, le llegaba un mensaje de su hermana. Toñi le preguntaba cómo le iba en el trabajo y si había conocido a alguien, y parecía alegrarse de sus progresos. No había vuelto a mencionar el divorcio, pero le contaba anécdotas de sus clases de zumba y de los niños, y Josefina tenía la sensación de que su hermana había revivido. Quizás Londres también había obrado su magia en ella.

—¿Por qué te llaman Jo? —le preguntó un día Ed Winters, el inglés de los martes y los jueves, mientras ella le servía su copa de Rioja. Así era como Fiona y Armando la habían *bautizado*. Victor también la llamaba Jo—. Josefina es un nombre hermoso, como las damas andaluzas que pintaba Goya. ¡La duquesa de Alba!

—Ed se muere por conocer a la actual duquesa —apuntó Vanessa—. ¡No tiene suficiente con nuestra *queen* Elizabeth!

—Oh, *dear*, Elizabeth es como un pan sin sal. Cayetana se llama, ¿no? Tiene la gracia de España en las venas.

Josefina sonrió. Si ella fuera duquesa de Alba quizás también viviría en Sevilla. Aunque nunca había estado allí. O en Barcelona. O en San Sebastián. Tenían razón aquellos dos. ¡España era una maravilla! A menudo le daban ganas de explicarles a los viajeros con los que pegaba la hebra que en su país había mucho más que playas y sangría y siesta y fiesta, y que además de Mallorca o Fuengirola también estaban Galicia con sus brumas, Asturias y el País Vasco rebosando verdor y Castilla, donde la gente era sobria como el invierno, y La Mancha, donde nacieron sus abuelos...

Aquella tarde, tras pasarle el relevo a Fiona, Josefina decidió vagar un poco por el aeropuerto. A menudo se quedaba a comer en alguna de las terminales, curioseaba

por las tiendas, se sentaba a contemplar a los otros pasajeros, el despegar de los aviones o esas partículas invisibles
que flotaban en el aire y que eran como ver el tiempo en
movimiento, el espacio entre un instante y otro, el vacío en
el que cualquier vida podía cambiar para siempre cuando la
siguiente motita chocara con la anterior.

Decidió acercarse a un WHSmith y hacerse con un
meal deal de sándwich, refresco y patatas fritas. Era barato,
y se había aficionado a las patatas con vinagre y sal. Y le
encantaba mirar las revistas. Ahora, aquel lenguaje cifrado
ya no tenía secretos para ella. Sabía lo que significaban
OMG, BFF, AKA y hasta *BTW*. También adoraba pasearse
entre los libros y tocar sus portadas ilustradas con primoro-
sas acuarelas. Pero se contuvo; ya había comprado tres no-
velitas románticas y luego le daba pereza leerlas en inglés.

Echó a andar en busca de un rincón donde comer
tranquila y ver su revista *OK*, que había comprado porque aparecía Shirlie Kemp en la portada mostrando su
jardín de ensueño. Eligió una fila de sillas casi vacía junto a un ventanal desde donde se veían los aviones listos
para partir, y desplegó su almuerzo. Al dejar el bolso en
el asiento de al lado, sus ojos tropezaron con una mujer
sentada en la fila de enfrente, a unos metros de distancia.
Estaba absorta en su móvil, el pelo le tapaba la cara y le
sobraban muchos kilos que antes no estaban ahí, pero
Josefina supo que era ella.

Carmen, su mejor amiga de juventud, su confidente
de tantos años, la mujer a la que había querido más que a
su propia hermana y que un día se marchó a vivir a Suecia para no volver. La misma que llevaba meses sin escribirle ni contestar a sus correos.

No supo cómo reaccionar. El impulso de marcharse
sin hacer ruido estuvo a punto de vencer, pero también
se quería quedar. Le pareció que Carmen la había visto y

estaba disimulando, y habría sido demasiado triste alejarse temblando como un ratón asustado.

—¿Carmen...? —Prefirió comprobarlo sin moverse de su silla, aunque fuera con aquella voz temblorosa.

La mujer levantó la cabeza con expresión distraída y miró en su dirección. Josefina supo que no había reparado antes en su presencia. No la estaba evitando y sintió ganas de lanzarse a abrazarla, de contarle todo, sin reservas, sin miedo, como antes. Pero Carmen pareció tardar unos segundos en reconocerla. Después abrió mucho los ojos y se puso de pie. Se quedaron frente a frente, sonriéndose exageradamente. Carmen fue la primera en reaccionar.

—¿Estás de paso hacia algún sitio? Yo vuelvo a Estocolmo, tengo tres horas de escala.

—No... Vivo aquí. Bueno, en Londres. —Josefina asintió con la cabeza cuando Carmen le propuso tomarse un café y la siguió dócilmente, sintiéndose un poco ridícula con su revista de cotilleos y su sándwich a medio comer.

—No sé dónde podemos ir que no haya mucha gente.

—Vamos al café donde trabajo. Mira, está aquí a dos minutos —reaccionó Josefina, tomando la iniciativa. Cuando echó a andar delante de Carmen se sintió como cuando se miraban al espejo a los catorce años y secretamente pensaba que tenía mejor tipo que ella, pero Carmen siempre llevaba vaqueros de marca.

Escuchó la voz de Fiona mientras se acercaban, sonriendo a un cliente a quien llamó *«honey»*.

—Hey, Jo. ¡Qué bueno verte otra vez! —dijo, lanzándole una sonrisa radiante y una mirada suspicaz.

Josefina le explicó que se había encontrado a una amiga y que quería enseñarle el café. Al rato estaban las dos sentadas tomando un té con leche y un *muffin* cortesía de Fiona.

—Pues nada —disparó, a borbotones—, me vine a vivir aquí el verano pasado. Ya sabes que siempre había sido mi sueño y un día me lancé. No te lo había contado todavía pero siempre estoy por escribirte.

Josefina sudaba; estar sentada frente a frente con Carmen después de tanto tiempo le hacía sacar una voz nerviosa, que ahora se superponía a la de Fiona. Se dio cuenta de que su vocecilla entusiasta y el tono de pajarito feliz de su compañera no eran tan distintos. De hecho, se parecían mucho.

—Ah, pues me alegro. Espero que estés muy bien aquí. ¿Dónde vives? —preguntó Carmen, removiendo su té. Josefina había esperado que Carmen sonriera al recordar la cantidad de veces que Josefina le calentó la cabeza con sus fantasías de vivir en Londres. Que se rieran juntas de aquellas niñas locas que fueron.

—Bueno, ahora vivo en un barrio que se llama Tottenham. Comparto piso... No es muy buena zona, pero es temporal. Aquí la gente se mueve mucho. Adoro Londres, un día vente despacio que te lo voy a enseñar.

Carmen asintió, envuelva en un manto de cortesía que estaba empezando a crispar a Josefina. No dijo ni que sí ni que no a aquella invitación.

—Bueno, ¿y tú qué cuentas? —dijo, cansada de comportarse como si estuviera en una entrevista de trabajo.

—Pues nada nuevo, Josefina —Carmen suspiró por un instante antes de responder—. Ahí sigo en Suecia con mis niños, que están enormes. Once, nueve y cinco años ya. Preparándome para lo que se me viene encima con la adolescencia de la mayor.

Ahora era Josefina la que sonreía sin saber muy bien qué añadir. No quería hablar de la adolescencia de los hijos de Carmen, sino de la de ellas dos. Ambas se quedaron mudas y dejaron de mirarse a los ojos.

—¿Entonces te has mudado a Londres tú sola? —Carmen rompió el hielo con aquella amabilidad irritante.

—Sí. Lo dejé con el novio número tres. Bueno, me dejó él. Pero qué quieres que te diga, me hizo un favor. Luego me echaron del trabajo. Tuve que volver a casa de mis padres y en un arrebato me vine aquí. Siempre ando buscando tiempo para mandarte un correo y contártelo. Pero, en fin, mucho mejor en persona.

Carmen hizo un gesto de sorpresa al escuchar su relato, y por primera vez Josefina sintió que se interesaba de verdad por lo que le estaba contando.

—Estuve con un tío al principio de llegar... Pensé que funcionaría. Me pareció que era el príncipe azul. Como tu Lars. Pero ya ves. Otra rana para la colección.

Carmen calló, como sopesando si era mejor remover las cosas o no. Finalmente se lanzó.

—Mira, Josefina, vamos a dejar de hacer como si no hubiera pasado nada entre nosotras. Ya estamos muy mayores para no coger el toro por los cuernos. Todavía digo expresiones así aunque ya soy medio sueca... Tú no me habías contado nada de todo esto porque te diste cuenta de que yo quería poner distancia. Llevamos como un año sin mandarnos correos.

A Josefina le alivió poder quitarse la máscara.

—Pues sí, es evidente. Fuiste dejando de contestar a mis mensajes y yo me cansé de contarte cosas. De hecho, me enteré por tu prima de que estuviste en Madrid el año pasado y no me llamaste.

—No. No te llamé porque no tenía ganas de verte. Y la verdad es que me he quedado de piedra porque hará como tres días estuve hablando de ti con mi vecina. Porque pienso un montón de veces en ti.

Antes de que Josefina pudiera añadir: «Y yo también», Carmen continuó:

—Pero me distancié porque me cansé de que siempre me estuvieras envidiando. Tú sabes lo que fue irme a vivir a Suecia, que Lars no dejaba de ser un desconocido con el que había echado cuatro polvos. Todo superemocionante al principio, pero la novedad dura tres meses. Y luego aquellos inviernos eternos, sin ver la luz, sin entender una palabra, todos mis parientes políticos tan guapos y tan impenetrables. El frío se me metió en el cuerpo el día que aterricé en el aeropuerto y no se me iba ni en la sauna. Que no era un lujo como tú creías, sin ella habría muerto por congelación.

—Pero tenías tu familia...

—¡Hombre, claro! ¿Qué crees que me hizo quedarme allí? Mis niños y lo bien que vivimos. En Madrid, Lars habría ganado tres veces menos. Pero Josefina, no hay mundo ideal. Yo me moría de soledad cuando nació mi hija mayor y no tenía cerca a nadie con quien desahogarme en mi idioma. Mi suegra me miraba como si yo fuera la criada y estuviera deseando quitarme a la niña de los brazos. Lo intentaba contigo, te escribía y te contaba lo perdida y lo cansada que estaba. Creo que estuve a punto de volverme loca. Pero tú solo te fijabas en lo grande que era mi casa y en la suerte que tenía porque mi marido estaba forrado y yo no necesitaba trabajar. Y me cansé. Sí, seguimos en contacto pero poco a poco dejé de considerarte la amiga del alma a quien le podía contar todo.

Ahora era Josefina la que no sabía qué decir. Así que era por eso.

—Vivir en otro país es muy duro, Josefina —prosiguió Carmen—. Todos estamos solos. A mi vida en Suecia yo la llamo «el máster en autonomía personal». Tardé tres años en encontrar a una chica a la que más o menos podía llamar amiga. Y hoy en día tengo dos más, no te vayas a creer. Pero ya no me importa. Tengo a mis hijos, a

Lars y mi fabulosa casa. La cocina es de revista. Eso no te lo negaré, vivo como una reina y ya ni me imagino a mí misma trabajando en una oficina. Es que no me hace falta. Soy feliz pasando el rato con mis hijos y cocinando. Últimamente hago cojines de punto de cruz, no te digo más. Y no doy abasto a venderlos.

Carmen la miró de frente, como sopesando si podía seguir hablando o la sombra de la envidia volvía a cruzar los ojos de su vieja amiga. Tal vez quería ponerla a prueba. O anhelaba recuperar su vieja complicidad.

—No sé qué decirte. Siento mucho si no te supe comprender... Tienes razón, yo envidiaba tu vida pero nunca lo hice de un modo mezquino. Al revés, eras mi inspiración y la prueba de que los sueños se cumplen. Yo quería ser como tú.

—Y muchas veces yo quería ser como tú, Josefina. —Carmen gesticuló como hacía antes de convertirse en una señora sueca—. En aquellas tardes oscuras con mi primera hija en brazos llorando sin parar, ni sabes la de veces que soñé con volver a Madrid y dejar a la niña con mi madre, buscarme un trabajo donde pudiera gastar bromas en mi lengua, salir a la calle sin tener que forrarme de ropa. ¡Irme a Malasaña a tomar unas cervezas!

Josefina se acordó de cuando hacían todo eso juntas. Fue como abrir el balcón para respirar la noche de verano. Y Madrid entró como una brisa y con él las azoteas de la Gran Vía, las tardes de cine en versión original, la biblioteca de la universidad donde habían descubierto juntas los libros de las hermanas Brönte. Añoró las madrugadas de bar en bar por el centro, las caminatas por las calles al amanecer, buscando una cafetería donde les dieran un café con churros, irse a dormir a casa de la otra con el pelo apestando a tabaco cuando el sol empezaba a brillar. Recordó el olor de los periódicos del domingo, el calor del metro cuando iban camino del Rastro. Las veces que se escaparon del instituto y se fueron a remar en las barcas del Retiro. El balcón de hierro lleno de macetas con claveles del primer apartamento de Carmen, desde el que veía a los vecinos de enfrente. Regresar a casa y preguntar: «¿Mamá, qué hay de comer?» La juventud que parecía eterna.

—No me había dado cuenta de que lo hubieras pasado tan mal. La maternidad tiene que ser muy dura, y más en un país extranjero. Lo siento, Carmen. —Josefina desvió la mirada, esforzándose para no llorar. Por un instante sus ojos se cruzaron con los de Fiona, que le pareció un ser de otro planeta.

—Bueno, sé que no lo hiciste con mala intención. Sé que Lars es un tío impresionante. Cuando no lo conoces, claro. Conviviendo con él es como todos. Y mi historia parece la versión moderna de la Cenicienta... Irme a Suecia y ser madre es lo más grande que he hecho nunca, pero me partió la vida en pedazos. Empecé a ser otra y a sentirme cada vez lejos de España. Tú llevabas otro ritmo. Ya no podías entenderme.

Se quedaron calladas.

—Es una pena que solo pueda estar aquí tres horas... Bueno, ya me quedan solo dos —dijo Carmen, mirando el móvil—. Y te voy a tener que dejar en un rato porque he de llamar a Greta. Hoy tenía un examen de Biología y lloró porque no podía estar con ella. No te he contado qué hago aquí. Vengo de Madrid, mi padre está terminal. Me he despedido de él porque no volveré a verlo.

—Lo siento... —dijo Josefina, anhelando borrar los malentendidos, los desencuentros, la distancia. Ahora sí, ahora que ella también había sido trasplantada a otro país, lo entendía todo—. Lo siento mucho.

—Gracias, sé que lo dices de corazón. Me alegro mucho de haber hablado. — Carmen se puso de pie y se sacudió las migas del jersey—. ¿No nos da tiempo de ir a algún sitio? No te lo vas a creer, pero no he estado nunca en Londres.

—Es muy poco tiempo... Aquí las distancias son enormes. Ay Carmen, me siento tan sola —dijo, abrazándola sin poderse contener.

Carmen la acogió en sus brazos y Josefina sintió su calor. Olía igual que siempre, pero en aquel abrazo no estaba su amiga de juventud, sino una mujer que ahora era madre y que llevaba más tiempo que ella viviendo en el extranjero.

—Viniste aquí por una razón. Lo que pasa es que todavía no la has encontrado —le susurró Carmen—. Todo va a ir bien, Josefina. Disfruta de lo que tienes ahora. Imagina que te hubieras tenido que quedar con tus padres... o con el novio número tres, que dicho sea de paso, por lo que me contabas de él, me parecía un imbécil.

Carmen se alejó con la excusa de buscar un rincón tranquilo donde poder preguntarle a Greta por su examen, tras decirle adiós entre vagas promesas de escribirse pronto y quedar un fin de semana para recorrer Londres juntas. Josefina sintió que su vieja amiga se llevaba un pedazo de su vida, y tuvo ganas de correr tras ella. Pero cuando la vio marcar números en el móvil a lo lejos, sin acordarse ya del rato que habían compartido, fundiéndose con el resto de viajeros que iban y venían, sonriendo mientras hablaba con esa hija que ahora era el centro de su vida y que Josefina apenas conocía, tuvo la sensación de estar contemplando a una extraña. Y de repente solo quería estar en casa de su madre, tomar la merienda, hacer los deberes del instituto, no tener que pensar ni tomar decisiones sobre nada... Tan solo el cansancio la impulsó a seguir el camino hasta el metro para poder refugiarse en su habitación, charlar un rato con Lola y luego meterse bajo su edredón y dormir muchas horas.

8

Estaba a punto de entrar en el metro cuando le llegó un mensaje de un número largo y desconocido. Frunció el ceño. ¿No sería Armando? Ya había intentado dos veces invitarla a bailar salsa. Ni siquiera sabía si lo decía en serio o no. Leyó con desgana.

Te echo de menos, dulce y pequena Lady London. A penny for your thoughts...

Lo repasó varias veces, desconcertada, sin darse cuenta de que llegaba al final de la escalera mecánica. Entonces, por fin, las palabras cobraron sentido.

¡¡Dick...!!

Su pecho explotó de alegría como una botella de champán liberándose del tapón que la había oprimido durante una eternidad. Sus pies flotaban y todas las personas con las que se cruzaba por los pasillos del metro se le antojaron hermosas criaturas de cabellos de oro, dientes de nácar y bellísimos ropajes. Ni siquiera se sentó mientras el metro volaba a través de las estaciones. Su cuerpo entero vibraba de felicidad y un cosquilleo se le metía entre las piernas, haciéndole sonreír a su propio reflejo en el cristal de la ventanilla.

Subió las escaleras de su casa de dos en dos. Lola estaba en su cuarto, mirándose al espejo con cara de no estar muy convencida.

—¡Qué guapa! ¿Dónde vas? Uy, qué bien hueles. —Josefina se echó encima de su compañera de piso para besarla.

—Joder, tronca. ¿Te has tragado un pastel de *maría* o qué? —Lola se la sacudió de encima entre risas—. En serio, ¿cómo me queda?

Llevaba un peto vaquero con una camiseta color amarillo chillón. Con su pelo rojo, parecía la bandera de España a punto de salir de paseo, pero Josefina la encontró radiante.

—He quedado con Ramona... —explicó tímidamente Lola. Era una nueva camarera del restaurante que, según le había confesado días atrás, la tenía loca perdida.

—¡Genial! ¡Me encanta! —Josefina daba palmas y saltitos—. ¡Di que sí! ¡Lánzate al amor!

Lola se fue sin saber que, en cuanto oyó cerrarse la puerta de la calle, Josefina se tiró en la cama con el portátil sin quitarse los zapatos y corrió a abrir el Messenger, que tanto tiempo llevaba sin usar. Dick estaba conectado. Ah, la adrenalina corría por sus dedos como savia fresca y la espalda le ardía solo de leer de nuevo el nombre de él en la pantalla.

Estoy pensando que te echo muchísimo de menos, tecleó.

Josefina no podía relajarse. Escribía de pie, lanzaba una frase y salía del cuarto a recorrer la casa, subiendo y bajando las escaleras para aplacar su fuego. Como si no quisiera leer lo que ella misma había escrito. Como si sus palabras necesitaran correr, saltar y brincar después de tanto tiempo escondidas.

Es una lástima que no pudiéramos acabar lo que empezamos..., leyó al mirar de nuevo la pantalla.

¿Era verdad que Dick le estaba diciendo eso?

¿Qué es lo que te da tanta lástima, a ver?, preguntó con hormigas en los dedos.

Esperó dando saltitos, conteniendo la respiración.

Por ejemplo, que no pudiera llegar a contemplarte con el maravilloso corsé de látex negro que había comprado para ti. La de veces que te he imaginado dentro de él... OMG, creo que eres responsable de que haya estado a punto de tirar a la basura dos o tres millones de libras a causa del insomnio.

Entonces sí pensaba en ella. Durante todas aquellas semanas eternas que no había sabido de él, Dick no la había olvidado. Tal vez era que no encontraba la manera de reconciliarse. Pero nunca se había alejado del todo. Y ella tampoco. Ahora lo veía con toda claridad. Seguía estando con él, en su corazón, en su mente, en su piel. Solo habían atravesado un bache, un malentendido que era normal en personas de culturas distintas, aunque hablaran el mismo idioma, aunque Dick hubiera vivido en el barrio más castizo de Madrid.

Sería un placer probármelo, si lo sigues teniendo...

Calla, insensata, o me harás responsable de provocar la caída del Banco de Inglaterra.

Le vinieron a la cabeza aquellas estúpidas reglas según las cuales ahora debía contenerse, tragarse sus románticos sentimientos y convertirse en una piedra sin aristas y

sin redonceces sobre la que él se sintiera seguro de posarse.
Ah, sí, ¿qué era lo que debía responder? Ni idea. No podía
pensar en algo tan aburrido. Se sentía demasiado feliz.

9

Dick no hablaba de volver a verse, pero Josefina amanecía con un mensaje suyo en el móvil todos los días. Y entonces las cortinas de su ventana se volvían de seda. Las nubes abrían sus brazos para dejar pasar a un sol mediterráneo. La moqueta por la que caminaba era un caminito de azúcar. Y si se hubiera encontrado un ratón, habría jurado que estaba a punto de convertirse en caballo blanco de hermosas crines y conducirla en carroza al palacio del príncipe. Londres, de nuevo, soplaba con todas sus fuerzas para alejar la bruma y hacer brotar ante ella todo lo que anhelaba.

Armando parecía deslumbrado por su nuevo brillo y casi todos los días se le acercaba con el móvil en la mano, después de una de sus irritantes charlas telefónicas en el cuartito. Le enseñaba fotos con *celebrities* de tercera y retratos suyos posando frente a tiendas de lujo.

—¿Cuándo vamos a ir a bailar salsa tú y yo, chamaquita? —decía, mostrando unos dientes impolutos sobre su rostro moreno—. No, no debemos, soy tu jefe —añadía enseguida, como dejando la pelota en el tejado de ella, mientras le guiñaba el ojo de una forma que pretendía ser seductora y a Josefina le parecía patética.

—Ay Armando, qué travieso eres. Como se enteren tus jefes de que coqueteas conmigo... —bromeaba ella.

Pero no le molestaba. Ya nada le crispaba como antes. Ni las quejas de Lola, ni las aglomeraciones del metro, ni el viento que la golpeaba al cruzar de un andén a otro en el momento más inesperado.

Tenía que contárselo a alguien y eligió a Olga. Al fin y al cabo, su amiga le había confesado que seguía viéndose con Victor, solo que esta vez quería ir despacio. Josefina también. Un viernes por la noche se reunieron los tres. Al parecer, el negocio de las *escorts* marchaba viento en popa. Josefina le habló a Victor del café donde trabajaba y de la casa que compartía con Lola y Jane.

—¡Oh, no, Jo! Tottenham, ¿en serio? —Victor cerró los ojos con aire dramático, como si le doliera la barriga—. Tú mereces vivir en Hampstead Heath. Eres bonita, tienes clase. No te das cuenta, pero los hombres te comen con los ojos. Se mueren por las españolas. ¿Por qué no trabajas para mí?

—Victor, ¡qué dices! —gritó Olga.

Pero Josefina quería seguir escuchando. Ah sí, ¿los hombres la comían con los ojos?

—No tienes que darles sexo, solo compañía. Ir a cenar con ellos, ser su pareja en una fiesta o en una boda elegante a la que no se sienten capaces de ir solos. Cosas así. No te dejes deslumbrar por el dinero ni por el lujo, mi querida Jo. Están todos solos. Sufren el peor tipo de soledad posible, que es el no saber estar consigo mismos dentro de sus trajes de marca, sus cochazos y sus mansiones.

¿Dónde había oído Josefina aquel consejo? «No te dejes deslumbrar por el lujo...»

—No le hagas caso, Josefina —insistió Olga—. Oficialmente, Victor no puede decir que vende sexo, pero esa es la realidad. Claro que es lo único que buscan todos esos capullos. Porque el amor no saben ni lo que es.

—Pero a ver... ¿Cómo funciona? ¿Si yo salgo con un tío de esos se supone que hacemos lo que sea juntos y luego me paga y cada uno se va a su casa?

—No me puedo creer que te lo estés pensando...

—Que no, Olga, es solo por curiosidad.

Pero sí, Josefina se lo estaba pensando. Si de verdad no tenía que haber sexo, porque no estaba dispuesta a llegar tan lejos... Aunque quizás... ¿Bueno, por qué no, de vez en cuando, si daba con un tipo atractivo y olía a colonia rica y la llevaba a un hotel caro? El caso era que esa noche estaba en un bar precioso, y veía su rostro en el espejo de la pared, embellecido por efecto de las luces atenuadas, y Víctor y Olga estaban sentados enfrente formando una pareja encantadora y ella tan sola… Olga, con su mirada insondable y aquel cuello de bailarina. Y Victor, que tenía el don de despertar en Josefina la osadía, el valor para soñar; era como si dentro de su piel hirviera la energía de Londres. Era el genio de la lámpara…

¿Por qué no hacerle caso y dedicarse a pasar un buen rato con tipos educados y millonarios que pagaban una fortuna por un poco de compañía?

—La cita la acordamos por escrito, él nos paga a nosotros y nosotros a ti. Nos quedamos una comisión. Eso es lo que yo gano —explicó Victor, mirándola a los ojos—. Sabemos lo que vais a hacer, dónde te va a llevar, cuánto tiempo vais a pasar juntos. Está todo controlado. De hecho... tengo un conocido que está deseando ser cliente nuestro. Es un tipo legal. No busca sexo en la primera cita. Podrías quedar con él. Yo le dejaré bien claro que tú eres especial.

—Claro, van a cenar con su madre y luego juegan al parchís y él le pide un taxi para llegar a casa. ¡Venga ya, Victor! Engaña a todas esas rusas de veinte años que llegan a Londres desesperadas por ganar pasta, pero no mientas a Josefina. Y no hables en plural, que el negocio lo llevas tú solo en esa oficina cutre.

Victor se giró hacia ella, le puso una mano en la rodilla y le dijo algo al oído. La expresión de Olga se suavizó al instante. Aquel hombre tenía el poder de encandilar con la palabra. A lo mejor no le estaba mintiendo y todo era un negocio perfectamente inocente. Si se dedicara a quedar con dos o tres tipos a la semana, solo para cenar y tomar una copa, podría dejar el café. Ahorrar dinero y alquilarse un apartamento decente para ella sola. ¿Por qué no?

El siguiente domingo por la mañana despertó oyendo voces en español provenientes del piso de abajo. ¡Otra vez la casa llena de desconocidos! Odiaba bajar a desayunar en pijama y encontrarse gente a la que tenía que hablar. Eso le pasaba por juntarse con españoles, murmuró mientras entraba en la ducha. Pero no tenía más remedio que bajar si quería desayunar. En la puerta de la cocina, Jane charlaba con una chica vestida de negro. Sus miradas se cruzaron, y la desconocida se acercó a ella con toda naturalidad. Para su perplejidad, le dio dos besos.

—Hola Josefina, qué bien verte otra vez. Así que has acabado viviendo aquí.

¿Quién era esa...? Le sonaba de algo. Ah sí, Candy, la chica de aquella noche del concierto en que había conocido a Mariona. El hecho de que Candy sí se acordara perfectamente de ella la ablandó a su pesar. Y sin saber muy bien cómo, al rato se encontró en la habitación de Jane con su café y su tostada. El cuarto estaba tomado por un grupo de españoles que se sentaban en el suelo y en las camas sin hacer o fumaban en la terraza abarrotada de trastos. Al menos entraba el sol, aunque era pálido y frío. Se preguntó si a Jane no le molestaría que invadieran su espacio, pero entonces se dio cuenta de que estaba con otros dos en la terraza. Llevaba una copa de vino en una mano y un porro en la otra, y se reía a carcajadas de algo que un español le contaba moviendo mucho las manos. Josefina se sentó en el suelo y dejó el desayuno en la mesita. Nadie vino a hablar con ella, y se puso a comer aparentando toda la naturalidad que pudo.

Ulises apareció de la nada y le trajo una aceituna. «*For you*», dijo, desplegando su mágica sonrisa. Josefina miró hacia la terraza. Le preocupaba que viera a su madre con el porro en la mano.

—Oh gracias, cariño. ¿Quieres un poquito de tostada?

El pequeño asintió con la cabeza y Josefina se la dio entera. Le encantaban las tostadas con mantequilla y mermelada. Supuso que todos los días desayunaba cereales azucarados...

—¿Cómo te va? —dijo Candy, uniéndose a ella mientras acariciaba la cabeza de Ulises, que devoraba su tostada en silencio.

—Ya tiene curro —contestó Lola por ella, uniéndose al grupo—. Otra camarera más *pal* bote. Si ya decía yo.

Josefina fue a replicar, pero pensó que no merecía la pena. Probablemente todos los españoles que había en el cuarto trabajaban de camareros.

Jane seguía riendo de tal modo que sus pechos temblaban como flanes al ritmo de su risa cantarina. Parecía estar siempre un poco borracha o colocada, pero también parecía feliz.

—¿Y a quién tenemos aquí? —dijo uno de los chicos de la terraza, uniéndose al corrillo. Josefina estaba rodeada—. ¿Tú eres la famosa Josefina?

¿Famosa? A saber qué contaría Lola sobre ella. «Esta es Josefina, la boba que ha acabado viviendo en el cuarto de los ratones de mi casa después de creerse que se iba a convertir en *Lady Caspa*»...

El chico se presentó. Se llamaba Julio y trabajaba con Lola. Era extremadamente delgado y su cabeza se veía enorme, con el pelo muy corto y teñido a franjas rubias y verdes. Josefina se quedó mirándolo.

—Mola, ¿eh?

—Joder, estás rarísimo —soltó Lola, y le explicó a Josefina que hasta hace dos días llevaba una melena por el hombro.

—Raro yo, dice la tía. Sal a la calle, que te vas a hartar de ver tíos raros hablando en arameo—dijo Julio—. Qué acojone de vecinos, hija, con esas barbas que parecen nidos de rata y la túnica blanca con deportivas.

Candy soltó una carcajada.

—El otro día estuve en un barrio de judíos —contó—. Jo, la verdad es que aluciné. Era como estar dentro de una peli de Woody Allen. Con esas ropas oscuras, las trencitas, los sombreros... No había visto nada igual en mi vida.

Josefina se sorprendió. Pero si Candy era gótica. Si era domingo por la mañana y llevaba botas de cuero con tachuelas y los labios pintados de negro. ¿De qué se sorprendía tanto?

—Pues tío, a mí me mola conocer gente cuanto más rara mejor —dijo Lola.

«Ni que lo jures», pensó Josefina, que ya no podía disimular las ganas de escapar. O mejor aún, de que se largaran todos.

—No, si tampoco hay tantos —dijo Julio—. Londres está petado de italianos. Pero nada como los españoles. Yo en el restaurante me meo. Vienen de guays y se les reconoce porque piden poniendo el dedito en la carta en lugar de hablar mirándote a los ojos…

—Y acaban las frases con un «emmmm». Siempre dejan la última palabra en el aire —añadió Lola.

Los tres se echaron a reír estrepitosamente. En la terraza, Jane y los dos chicos también parecían encantados de la vida. El olor a marihuana invadía el cuarto. Josefina buscó con la mirada a Ulises. Ahora estaba en la litera de arriba, jugando a la consola mientras pisaba las sábanas con sus zapatillas de deporte. Josefina ya se había terminado el café y se refugió en la cocina con intención de dejar la bandeja, subir a vestirse e irse a dar un paseo, en vista de que aquellos no se movían.

Estaba fregando la taza cuando Candy apareció tras ella. Josefina ahogó un suspiro. La otra abrió la nevera y sacó una cerveza.

—No te enfades, Josefina. Criticar un rato a los demás es nuestra forma de desahogarnos para quitarnos de encima la mierda de toda la semana. Pero sobre todo es nuestra forma de hacer tribu.

—Ya… —Josefina se reprochó no ser capaz de decir lo que estaba pensando—. Bueno, tengo que subir a ducharme.

Al rato apareció Lola en su cuarto.

—Vente a comer a Brick Lane. Estará Ramona. Así la conoces.

—No, gracias, pero voy a darme una vuelta. Luego he quedado con un tío... Un amigo de Victor.

—¡Vente con nosotros y te echas unas risas, joder! ¿Dónde vas a ir tú sola? ¿A la Tate Gallery a ver algún bodrio de exposición de escultores coreanos? Yo no sé de dónde sacas esos aires de pija, colega.

—Que no voy a Brick Lane, Lola, que está lleno de chusma. No me gusta el Este y ya está. Yo soy más del Oeste.

—Tú eres del sur de Madrid, hija —dijo Lola, mirándola con las manos en jarras.

—En mi anterior vida, sí.

—Anda ya. Aquí te quedas dando de cenar a los ratones.

—Y tú ten cuidado no te vaya a saltar un piojo en el arroz. Sacúdete las liendres antes de entrar —respondió Josefina. Por suerte, las dos estaban muertas de risa.

Estaba deseando que se marcharan. Ah, a veces la felicidad era quedarse sola en casa, aunque fuera en aquella casa. La verdad era que no tenía ninguna intención de salir. Cocinaría pasta, leería alguna revista. Luego podría echarse la siesta y pasar la tarde tranquila hasta la hora de vestirse.

Sí, esa era su intención.

En realidad, en cuanto el barullo del grupo se apagó camino del metro, Josefina se lanzó a mirar su móvil. Ese día no había recibido mensaje de Dick. Y decidió darse el gustazo de no tener que esperarlo.

Me pregunto si las tardes de domingo sigues contemplando a los regatistas desde tu terraza mientras fumas un cigarro. ¿Tú crees que el río me habrá echado de menos?, le escribió.

Luego se puso a ordenar la habitación. Debería pasar la aspiradora, pero le daba mucha pereza. Era un trasto que pesaba una tonelada y estaba cubierto de polvo. Ya no se veían bichitos en la alfombra. O quizá nunca habían existido. Una veía lo que quería ver, pensó Josefina mientras se lanzaba de nuevo a la pantalla del móvil.

10

Pero aquel día, Dick no contestó. Cuando la tarde se le echó encima, Josefina empezó a arrepentirse de no haber ido a comer con Lola y compañía. La desazón le cayó sobre los hombros como un saco oprimiéndole los huesos. ¿Por qué le había escrito? Mientras se arreglaba para quedar con el cliente de Victor, agradecida porque así se veía obligada a salir de casa, recordó su primera cita con Dick. Sus ojos negros, su voz acariciándole los oídos, su sonrisa radiante bajo un sol de caramelo en aquella azotea de la City, con toda la vida por delante... Pero ya era tarde y debía llegar al metro.

El trato consistía en encontrarse en un sitio público y acompañar a aquel tipo durante una cena no muy formal, para luego tomar una copa temprana en un bar y finalmente salir los dos juntos a la calle y pedir un taxi para ella. Ni más ni menos. Así lo había especificado Victor en un correo con copia para el cliente y para Josefina, que manifestaron su acuerdo por escrito. También debía enviarle un mensaje de texto a Victor cuando ya estuviera en casa (y otro a Olga, que se lo había pedido cuatro veces). El tipo iba a pagarle cien libras a través de una transferencia bancaria, más otras veinte para Victor. Y además le había dejado elegir el restaurante. Josefina no quería ir a un sitio ni muy íntimo ni muy elegante y, como no conocía gran cosa, se le ocurrió ir de nuevo a Fortnum & Mason, que era clásico e informal al mismo tiempo y empezaba a resultarle familiar.

Se puso bastante nerviosa mientras subía las escaleras del restaurante. ¿Qué demonios estaba haciendo? Le temblaron las piernas solo de imaginarse a su madre pillándola en semejante trance. Pero no era más que un trabajo, se repetía. Estaba todo escrito y acordado. Enseguida reconoció al tipo que Victor le había mostrado en una foto. La esperaba sentado en una mesa apartada, con el móvil en la mano. Era corpulento y llevaba el cabello muy repeinado, en contraste con un frondoso bigote. Su piel se veía blanca y fofa, como si al pincharla con una aguja fuera a salir leche. Victor le había dicho que se llamaba Edgard y era un empresario chileno con raíces alemanas y negocios en Londres.

—Señorita Josefina, qué bueno verte. —La saludó poniéndose en pie, la tomó de la cintura y le dio dos besos en las comisuras de los labios, rozándola con el bigote. Cuando ella se apartó, el tipo le cogió una mano y se la acercó a la boca. Pero en lugar de besársela, sacó la lengua y le dio un lametón en el dorso. Luego le sujetó la silla para que se sentara. Josefina casi tropezó mientras se limpiaba la mano con el mantel.

Los camareros iban y venían con sus camisas blancas y sus delantales negros, como piezas de ajedrez buscando su lugar en el tablero. Buscó a Pedro con la mirada, pero no pudo encontrarlo. Tenía que centrarse. Pensar únicamente en las cien libras y pasar el rato lo más airosamente posible. Así que encajó en su cara su sonrisa más encantadora y se dispuso a escuchar y a asentir. Al menos eso se le daba muy bien.

Tomaron unos entrantes mientras el tipo le hablaba de no sé qué carnes que había importado a Londres para vender en los mejores restaurantes y ella decía: «Qué bien» y:

«Ajá». De repente notó una cosa caliente en su rodilla y se sobresaltó. Era el pie del tipo, que se había descalzado y le lanzaba una mirada lasciva mientras se quejaba de la cantidad de impuestos que le hacían pagar. Ella se apartó sin poder soportarlo. Durante el segundo plato, la mano de él apareció de repente en su muslo. No supo qué decirle. Se sintió como cuando era adolescente y algún tipo mayor que ella le metía mano en un bar, dejándola paralizada de sorpresa y de vergüenza. El otro siguió sobándola como si nada, mientras masticaba la carne sin darse cuenta de que tenía una hebra colgando del bigote. El filete estaba delicioso, pero Josefina no pudo terminarlo. Tenía una piedra en el estómago.

¿A qué demonios estaba jugando? Solo de imaginarse a aquel cerdo desnudo pasándole el bigote grasiento por su cuerpo le daban arcadas. Si eso era trabajar de *escort,* prefería servir cafés hasta que se le cayeran las manos a pedazos. Miró alrededor y entonces, de repente, sus ojos se posaron en Pedro. Estaba sirviendo un montón de bebidas en la mesa de al lado sin que su bandeja temblara un milímetro. Josefina sintió una inexplicable alegría al mirar cómo sus manos expertas iban repartiendo copas con una precisión que la tranquilizó. Quería llamarlo, pero no hizo falta. Pedro alzó la mirada y su rostro se iluminó al verla. Josefina sonrió con todas sus ganas. «Ahora te veo», dijo él retirándose con la bandeja en dirección a la cocina.

Por un instante se había olvidado por completo del tipo que comía a su lado. Pero ahora se daba cuenta de que, en algún momento mientras ella estaba absorta en los movimientos de Pedro, el bigotudo había dejado de hablar de impuestos y aranceles para acercar su silla y rozarle el brazo como sin querer.

—Hueles de maravilla —dijo, tratando de clavarle una mirada seductora.

Josefina agradeció con todo su corazón que en ese momento Pedro apareciera en su mesa con la carta de los postres. Ella no quería nada. El otro pidió algo con chocolate y una botella de champán. Cuando Pedro se lo sirvió, hundió un dedo en el chocolate y luego lo acercó a la boca de ella. Josefina no pudo más.

—Voy al baño —dijo, agarrando su bolso y el abrigo con tal rapidez que no le dio opción a contestar. Por el camino se cruzó con Pedro, que afortunadamente no llevaba nada en las manos. Él se apartó sonriendo.

—¿Tan malo está el postre?

Josefina se rio a su pesar. Corrió al cuarto de baño para lavarse las manos y la cara. Se dio un buen masaje con la crema hidratante y se tranquilizó al verse sola, envuelta por el hilo musical, la luz rosada y el perfume a lavanda. Luego salió rumbo a la calle sin mirar siquiera en dirección al restaurante.

Al abrir la puerta se detuvo con fastidio. Llovía un poco y hacía viento, pero echó a andar de todos modos mientras le dejaba un mensaje a Victor. *Lo siento, esto no es para mí. El tipo es un cerdo asqueroso. Quédate todo el dinero si es que te lo da.* No había ni rastro de Dick en su móvil y se puso furiosa sin poder evitarlo. ¡Ya estaba harta de juegos! Quería un novio que le contestara los mensajes. Quería un sofá lleno de mantas y cojines. Quería ver películas tontas con su pareja, cenar pizza y dormir abrazados. Por Dios, ¿era tanto pedir?

Siguió andando bajo aquella fina lluvia que calaba sin piedad. No quería detenerse, no fuera que el baboso la hubiera seguido. Porque si lo hacía, iba preparada para darle una patada en los huevos. Caminaba sin aliento cuando sacó de nuevo el móvil. Iba a llamar a Dick. Ahora mismo. Necesitaba volver a verlo ya. Y, de repente, alguien se puso a su lado. Su corazón dio un salto, pero pronto comprobó que no era el bigotudo sino Pedro. Llevaba un chaquetón de estilo militar y una mochila al hombro.

—Hola —dijo, simplemente.

Ella le devolvió el «hola» y no sintió necesidad de decir mucho más.

—¿Por qué vienes siempre con esa clase de tipos? —preguntó Pedro—. A cual más desagradable.

Pedro caminaba mirando al frente. Sorprendentemente, su paso se había acoplado al de Josefina aunque era mucho más alto que ella. No sabía qué contestarle, pero algo en él la había tranquilizado. Guardó el móvil.

Al llegar a Piccadilly Circus, él se detuvo y la miró a los ojos.

—¿Me das tu teléfono? —dijo, sacando un papel y un cuaderno.

—Se te va a mojar —respondió ella. Pero se lo dio, y él se guardó el papel en el bolsillo y miró a un autobús a punto de detenerse.

—Lo siento, tengo que cogerlo o el siguiente tardará una hora en llegar. Te llamaré. ¡Buenas noches! —dijo, corriendo hacia la parada.

Cuando ella respondió, Pedro ya había subido al autobús. Se fijó en que se sentaba arriba, en el asiento de delante del todo, como ella. Lo miró hasta que se perdió en un enjambre de coches, luces, edificios, gente. Entonces, alguien le pidió por favor que se apartara. Una pareja quería hacer una foto y ella les molestaba. Se dio cuenta de que se había parado justo bajo la estatua del pequeño Eros y se hizo a un lado para no estorbar a los enamorados, que se besaron apasionadamente mientras alguien inmortalizaba el momento.

Ya no llovía, y Josefina se sumergió en las escaleras del metro sintiéndose extrañamente serena mientras todo a su alrededor hacía ruido y se movía.

11

Pedro llamó el martes para quedar con ella. «No salgas el sábado con alguien que llama después del miércoles», recordó. Le propuso dar una vuelta por el mercadillo de Portobello y Josefina respondió que sí. Ese fin de semana libraba y no tenía otro plan. La alternativa de quedarse mirando el móvil en espera de que Dick decidiera que también quería verla resultaba espantosa.

Quedaron frente a un gran pub haciendo esquina con Portobello Road, que hervía de colorido y animación. Pedro la esperaba con las manos en los bolsillos y una bolsa de tela colgando del hombro. Llevaba una camiseta de rayas y un viejo pantalón vaquero. Se fijó en su rostro, era la primera vez que lo veía a la luz del día. La piel blanca y delicada como la de un inglés, una graciosa perilla, el cabello ondulado y un rostro anguloso de ojos chispeantes que ese día tenían el color del mar en un día nublado. Era bastante alto, y ella nunca se había sentido cómoda con los tipos tan altos. Tenía algo de Don Quijote.

Él sonrió al verla y se agachó un poco para darle dos besos con mucha naturalidad. Olía a jabón y a ropa limpia. Comenzaron a caminar calle arriba, entre hordas de turistas.

—Vivo muy cerca y siempre vengo aquí a comprar la fruta y la verdura —explicó Pedro— Viene de Andalucía y es barata.

—Ya... Yo la compro en el Tesco y a veces parece de cera. Comparada con la de España, tú me dirás.

Pedro se rio como si ella hubiera dicho algo divertidísimo. Se deslizaba entre la multitud con la misma gracia con la que esquivaba bandejas, sillas y clientes en el restaurante. Por fin se detuvo en un puesto rebosante de fruta fresca. El vendedor les ofreció una nectarina a cada uno. Pedro corrió a morder la suya.

—Hey, Kiran, deliciosa como siempre —le dijo al tipo, que sonrió como un chiquillo agradecido.

Mientras Pedro compraba la fruta y charlaba con el vendedor, el teléfono de Josefina vibró en su bolso. Lo miró discretamente.

Me pregunto qué andarás haciendo, mi enloquecedora y traviesa diablilla madrilena.

Sonrió... Al guardar de nuevo el móvil en el bolso se dio cuenta de que Pedro le estaba diciendo algo.

—¿Qué? Perdona, tenía un mensaje...

—¿Tienes hambre? ¿Te gusta el pescado?

—Bueno... sí. Pescado, por qué no. —La verdad era que aún no tenía hambre, pero ya le entraría.

—Sígueme, te llevo a mi sitio favorito.

Josefina supuso que irían a alguno de los restaurantes españoles de la zona, que había conocido en una de aquellas visitas secretas a García que solía hacer cuando la envolvía la nostalgia mientras vivía con Dick, y viajaba en metro hasta allí solo para comprar colonia Nenuco o sobaos pasiegos y volver a casa antes de que él regresara de la oficina. Hacía una eternidad de todo aquello…

Había muchísima gente, así que se resignó a caminar detrás de Pedro hasta que llegaron a una zona más despejada y él se acercó a un puesto callejero de comida. Un tipo se dirigió hacia ellos con los brazos abiertos y le dio un abrazo a Pedro, palmeándole la espalda como si quisiera hacerle echar los gases. Él no pudo hacer lo mismo, pues iba cargado con las bolsas repletas de fruta.

—¡Mohamed, *pisha*! Esta es mi amiga Josefina. Sírvenos lo mejor que tengas hoy.

El tal Mohamed hizo un gesto de «ok» con la mano y se acercó a una parrilla humeante. Pedro se sentó en una silla de plástico frente a una mesa con mantel de papel.

—¿Aquí? —se sorprendió Josefina, que permanecía de pie.

—Ya verás, el pescado de Mohamed huele a chiringuito de playa.

Ella se sentó también. Enseguida, el hombre apareció con una sabrosa ensalada y unas sardinas asadas que le abrieron el apetito como por arte de magia.

—Me recuerda a mi tierra. Soy de Cádiz —explicó Pedro, tomando una sardina con la mano—. Llevo casi un año en Londres. Vine aquí para cambiar de vida. Como todos, ya sabes.

Josefina lo imitó. Las sardinas sabían realmente deliciosas y la ensalada estaba aliñada con aceite de oliva de verdad.

—Pues ya somos dos... Yo vine hace diez meses. Me echaron de la empresa y mi novio me dejó. Más o menos todo a la vez. Y siempre había querido venir a Londres, así que me lancé —resumió, tratando de sonar natural y alegre. Al menos no había dicho que necesitaba cambiar de aires.

—¿Ah, sí? ¿Y por qué siempre habías querido venir a Londres?

Josefina no supo qué responder. Pedro le hablaba mirándola a los ojos, mostrando verdadero interés. Su mirada limpia y relajada resultaba turbadora. Tan distinta de la de Dick, que parecía un halcón escaneando el espacio a su alrededor.

—Bueno... Desde niña me gustaba hablar inglés, la música... No sé, supongo que idealicé todo esto. —Por pudor o por prudencia, no se vio con ganas de profundizar más. Por suerte, Mohamed se acercó a la mesa trayéndoles unas berenjenas a la plancha.

Pedro miró el reloj con la misma naturalidad con que comía y conversaba.

—Es un poco tarde. Empiezo el turno a las cuatro. ¿Me acompañas a casa a dejar todo esto?

Josefina aceptó tras hacer unos rápidos cálculos mentales. Eran casi las dos, o sea que no daría tiempo a mucho. No parecía que pretendiera llevarla a su casa con excusas para intentar enrollarse con ella. Y la verdad era que estaba a gusto y tenía curiosidad por ver el sitio donde vivía Pedro. Teniendo en cuenta que Notting Hill era uno de los barrios más caros de Londres, imaginaba que su habitación sería un zulo inmundo que haría pasar a la suya por suite de lujo.

Pedro se levantó para pagar y despedirse de Mohamed, quien le dio otro sentido abrazo. Ella aprovechó para mirar el móvil con disimulo. Nada.

Recorrieron Portobello Road, esta vez hacia abajo. Pedro iba delante haciendo sitio y ella se colaba por entre los huecos que él abría. Le pareció sentir un zumbido en la cadera y miró el móvil de nuevo. ¡¡Ahora sí!!

Y no me respondes. ¿Por qué me castigas así, maléfica criatura? Me obligas a imaginarte... Ah, no quieras saber lo que está tramando mi loca cabecita.

Le contestó mientras caminaba. Pedro se giró para decirle algo de lo que no se enteró, pues estaba tecleando la respuesta.

Estoy en Portobello entre frutas carnosas, aromas picantes, sabores irresistibles... Aunque ninguno como el tuyo...

Iba tan distraída que casi se chocó con Pedro cuando él se detuvo frente a las casas de colores del principio de la calle. Josefina había pasado montones de veces por delante de ellas cuando iba camino de García, imaginándose cómo sería vivir en un sitio tan bonito. Pedro se dirigió a una de un vivo color rosa con la puerta pintada de rojo. Una chica de rasgos orientales estaba posando ante la fachada de al lado, y una pareja madura con sombreros vaqueros inmortalizaba la calle en vídeo.

—Pasa todos los días —explicó Pedro mientras abría la puerta—. Debo de aparecer en las fotos de medio planeta. Entra, estás en tu casa.

Josefina se quedó parada en la entrada sin saber cómo reaccionar. Pero Pedro se había perdido en el interior de la vivienda y decidió seguirlo. Avanzó por un coqueto *hall* hacia un precioso salón cuyo suelo de madera resplandecía por efecto del sol entrando a chorros por los ventanales. Había dos alegres sofás tapizados en tonos pastel, plantas en cada rincón y una estantería forrada de libros recorriendo entera una pared. Al fondo de la habitación descansaba un imponente piano. Encontró a Pedro al final de un pasillo pintado de azul y llegaron juntos hasta la cocina de los sueños de Josefina. Las paredes eran de color menta y una gran mesa de madera presidía la estancia. Se fijó en una alacena antigua repleta de loza estampada y juegos de té. El fregadero tenía dos pilas y los cacharros colgaban de barras de acero.

Pero lo mejor era que toda la cocina miraba al jardín, al que se accedía por una enorme puerta de cristal. Pedro guardó la fruta en una nevera gigante y le preguntó si prefería un té o una cerveza. Eligió la cerveza y salieron fuera.

Allí les esperaba un trocito de paraíso, enmarcado por flores de todos los colores y plantas trepadoras. Olía a césped perfectamente cortado y solo se escuchaba el trinar de los pajaritos. Pedro la condujo a una mesa redonda de hierro pintada de rojo con un farolillo blanco encima y cuatro cómodas sillas con sus cojines floreados. Su móvil vibró de nuevo, pero no lo miró. Un poco porque le parecía descortés, y otro poco porque estaba deslumbrada.

—Te gusta, ¿eh? Pues aquí es donde vivo. Yo solito.

Josefina lo miró con cara de «venga ya» y él rompió a reír, chocando su cerveza con la de ella.

—Bueno, técnicamente vivo con un gato, pero le gusta demasiado explorar la ciudad.

—¿En serio vives aquí?

—Ja, ja, ja. Sí, vivo aquí con el gato. Pero no pago alquiler. Ese es el secreto. Soy el cuidador de la casa. Es una larga historia.

Josefina quería escucharla.

—Bueno, yo también tenía ganas de cambiar de vida. Ya te he dicho que soy de Cádiz, pero he vivido en Madrid desde los cinco años. A mis padres no les quedó otra que emigrar. Pasaron décadas como pájaros enjaulados en un piso de Cuatro Caminos. Ellos sobrevivían porque mantuvieron vivo el sueño de volver a su casa de La Viña. A mí me daba igual, yo era feliz en Madrid. Se largaron en cuanto firmaron la jubilación. Nunca los había visto tan felices... Pero a los tres meses, mi padre enfermó. Fue fulminante. Un sábado fui a su casa de visita, y el miércoles siguiente me llamó mi tía para decirme que le habían encontrado un cáncer incurable. Duró un mes. Y yo no aguantaba más en el trabajo.

Pedro hizo una pausa y fue a buscar otro par de cervezas. Josefina se preguntó si lo haría para disimular la emoción.

—Estudié Periodismo y he trabajado en varios diarios —prosiguió, sin que se apreciara ningún cambio en su entonación—. Pero aquello no era lo que me habían contado en la universidad. Estaba harto de disfrazar notas de prensa para que parecieran noticias, de escribir alabanzas sobre la gente que pagaba la publicidad y callar lo que no les convenía. Pero sobre todo estaba harto de pasarme las horas encerrado en una oficina. Y el día que enterramos a mi padre lo tuve claro. A la mierda todo aquello. Yo quería escribir una novela, y no sé cómo encontré una página en internet donde buscaban gente para cuidar casas de otras personas que viajan a menudo y no quieren dejar su piso vacío o que sus plantas y mascotas queden abandonadas. Y encontré a Gabriel Bennett. ¿Lo conoces?

Estaba tan absorta en la historia que tardó en responder.

—La verdad es que no.

—Es un escritor bastante famoso. Pero vive casi todo el año entre Nueva York y Japón. Tiene un novio modelo que va de un país a otro y él va detrás como un corderito. Se lo puede permitir, los dos están forrados. Le caí en gracia y me ofreció vivir aquí.

—¿Y él no viene nunca?

—De vez en cuando, pero no se queda mucho tiempo. Lo máximo que lo he visto aguantar en Londres es una semana. Dice que le deprime la humedad. Si viene por aquí, yo me mudo a la buhardilla y ya está. Es preciosa, como el resto de la casa, y más grande que el estudio que tenía en Madrid —rio Pedro, de nuevo alegre—. Cada uno hace su vida. Esta casa debe de costar diez mil libras al mes, pero yo no pago ni un penique. De hecho, él me paga a mí. Doscientas libras por cuidarle las plantas y ponerle la comida al gato. Ni siquiera tengo que limpiar, hay una persona que viene una vez a la semana. Pero no me basta para vivir, claro. Por eso trabajo de camarero.

Josefina se sentía como una niña a la que le han contado un cuento y quiere escucharlo otra vez y otra más.

—¿En serio es posible que te paguen por vivir en una casa como esta?

—Claro. Esto es Londres, *killa*. Aquí todo es posible. —Entre carcajadas, Pedro trajo otras dos cervezas bien frías.

—¿Y estás escribiendo tu novela?

—Sí, sí escribo. Aunque hay días que vengo tan agotado del restaurante que solo me quedan fuerzas para subir la escalera y desplomarme sobre la cama. Pero duermo como un tronco y me levanto muy temprano. No hay nada más maravilloso que prepararme un café en la cocina y salir aquí fuera a escribir acompañado de los pajaritos mientras veo amanecer, sintiendo la hierba bajo los pies... —Justo en ese momento, un gorrión se posó en el borde de la mesa, haciéndoles sonreír—. No me da tiempo a mucho, solo escribo una o dos horas al día, pero mientras lo hago se detiene el tiempo. Y luego disfruto mucho trabajando en el restaurante. Es fascinante para un escritor. Por allí desfilan todo tipo de seres humanos. Puedo observar todos los comportamientos en un solo día. También lo hago cuando salgo del metro y voy mirando el interior de las casas. No puedo evitarlo, me fascina contemplar las vidas de la gente. Luego a solas pienso en todo lo que he visto y lo convierto en una historia.

Pedro se levantó a recoger sin esperar respuesta. Entró en la cocina y Josefina tuvo ganas de contarle su propia historia. Recordó cuando ella también pensaba que en

Londres todo era posible... Pero Pedro regresó al jardín y se excusó.

—Lo siento, Josefina, pero me voy a tener que ir. Ya sabes lo que se tarda aquí en llegar a todas partes. Y Piccadilly los fines de semana es una locura. Vente conmigo si quieres y te sientas a tomar un té con un libro. Puedes coger prestado el que quieras de aquí. Bueno, si te gusta leer. Yo te sirvo el té... y así puedo observarte a gusto. —Le guiñó el ojo mostrando de nuevo aquella sonrisa alegre a la que era difícil no corresponder.

No sonaba mal, aunque hubiera preferido quedarse conversando en el jardín. Pero sí, por qué no, iría con él a tomarse de una vez ese té.

El móvil volvió a sonar.

Está bien, mi pérfida, tú ganas. Manana domingo coge el tren de las cinco y diez de la tarde desde Paddington hasta Slough. Te estaré esperando en el andén.

Su corazón latía tan fuerte que apenas podía atender a lo que decía Pedro mientras se despedían. Balbuceó que iba a dar un paseo. Se dieron dos besos en la puerta de la casa, inmortalizados por una sonriente turista.

—Como la peli de *Notting Hill* —dijo él—. La has visto, ¿no?

Josefina tardó en responder. La verdad era que no le estaba escuchando. Al quedarse sola comenzó a andar sin rumbo. Tenía la cabeza llena de nudos y necesitaba moverse para deshacerlos. Aunque no sabía a dónde ir. A casa no, por favor... ¡Ah ya, Oxford Street! Olga hacía un descanso de media hora cuando trabajaba por las tardes. Necesitaba hablar con alguien o iba a explotar.

Al rato, las dos compartían un cigarrillo sentadas en las escaleras traseras.

—Tiene buena pinta, ¿no? —dijo Olga al escuchar el resumen de su cita.

—No sé. La casa donde vive es flipante. Pero no es suya.

—¡Pues claro que no! Pero qué más da. Tú disfrútala.

—¿Será mentira que vive allí?

—¿Cómo va a ser mentira, si me estás diciendo que ha entrado con su llave? Esas cosas pasan en Londres.

—¿A ti te han pasado?

—Bueno... aún no. —Dio una larga calada al cigarrillo y luego carraspeó—. ¿Sabes? Estoy diseñando una pequeña colección de complementos. Mi intención es empezar a vender online. Victor me ayudará a montar la tienda y todo eso.

—¡Qué genial!

—Sí bueno, ya te contaré los detalles. Ahora no me da tiempo. Me matriculé en Saint Martins y voy a clase por las noches...

—Dick y yo nos estamos mensajeando de nuevo —la cortó Josefina—. Hemos quedado mañana. Me invita a dormir en un hotel rural.

—Ah... Vale, entonces eso era lo que realmente querías contarme. Olvídate de él, Josefina, por Dios —suspiró—. A Pedro le gustas, parece un tío estupendo. ¿Para qué vas a volver atrás?

—Pero... ¿Y si me precipité al marcharme?... A lo mejor aún puede funcionar. No me perdonaría negarle una segunda oportunidad.

—Él sí que se precipitó a sacar fuera tus cosas como si fueras una apestada. —Olga se puso de pie y la miró con dureza—. Parece que ya no te acuerdas de las bolsas de basura.

—Bah, tenía cuatro cosas. Dick es pasional... Dice que me echa de menos.

—¡Pasa página, Josefina! Dale una oportunidad a Pedro —Olga le dio un beso rápido y regresó a la tienda.

¿Una oportunidad para qué? Pedro era un encanto, con sus maneras elegantes y aquel acento que llevaba dentro la ligereza del sur. Pero es que su cuerpo vibraba al pensar en Dick. Tenía que volver a casa y depilarse. Comprarse ropa nueva, no. Eso habría sido demasiado. Dick aún tenía que demostrarle que esta vez iba en serio. Antes de eso no pensaba volver a cometer el error de entregarse demasiado.

Al salir del metro lamentó encontrarse de nuevo en aquella calle sucia y gris que tanto aborrecía, llena de gente escondida bajo sus capuchas, acarreando bolsas de plástico rebosantes de comida basura. Qué feo era todo… ¡Pero Dick la esperaba!

El móvil volvió a sonar cuando ya estaba quitándose el abrigo. De nuevo un número largo y desconocido que no había almacenado en sus contactos.

Me ha encantado nuestra charla. ¿Te gustaría ir a comprar algunos libros conmigo mientras escuchamos jazz? Hay una librería así de perfecta en Londres.

Se le escapó una sonrisa de felicidad ¡Qué romántico! La cosa marchaba bien. Pues claro que le gustaría. Pero solo después de enviar su respuesta comprendió que el mensaje no era de Dick, sino de Pedro.

12

Josefina nunca había visto tantas personas juntas como aquel domingo por la tarde en la estación de Paddington. Eran como hormigas a las que algún humano cruel hubiera arrojado veneno, obligándolas a huir de sus cálidos refugios. La masa se dispersaba en dirección a los trenes, y en el aire flotaban los susurros de alivio de aquellos que lograban subir a su vagón, acomodarse junto a una ventanilla y desaparecer camino de la campiña inglesa.

Ella también pudo sentarse junto a la ventanilla y se dedicó a contemplar el paisaje, las hileras de casitas, el sol pálido que la calentaba a través del cristal. Siempre le había gustado el ritmo suave e íntimo de los viajes en tren. Y desde su conversación con Pedro, se había dado cuenta de lo mucho que a ella también le agradaba observar el mundo desde el anonimato que Londres le regalaba. Solo que esta vez no logró acomodar su cuerpo en el asiento. A medida que su destino se acercaba, se fue tensando como si todos sus músculos se pusieran en pie, listos para librar una batalla.

Antes de lo que hubiera deseado, el tren se detuvo en una encantadora estación rural y escupió a un buen puñado de viajeros. Y allí estaba Dick, esperándola de pie en el andén, con una gabardina que le sentaba de maravilla y aquella media sonrisa…

No pudo evitarlo. Bajó y le echó los brazos encima.

—*My God*, qué multitud... ¿Has cogido un tren de refugiados? —dijo él, por todo saludo.

Un breve paseo en su coche los condujo al hotel. ¡Qué maravilla! Se llamaba Stoke Place y era una hermosa mansión rodeada de un jardín enorme por donde se veía gente paseando con vestidos largos y levitas. ¿Habían viajado a una película de James Ivory sin que se diera cuenta?

—Ven, vamos a dar un paseo. Hay una boda —explicó Dick—. Unos condes o duques o *what the hell*. Me ha tocado saludar a más de una anciana dama. Conocidos de mi madre.

Justo entonces se les acercó una pareja madura. A simple vista, Josefina hubiera podido jurar que se trataba del príncipe Carlos y Camilla. Dick se los presentó, aunque fue incapaz de retener sus nombres. Cuando le estrecharon la mano pudo fijarse en sus mejillas demasiado sonrosadas, seguramente por efecto de la ginebra. Se enzarzaron en una educada conversación con Dick mientras Josefina aprovechaba para mirar a su alrededor. Todo aquello le recordaba a la escena de una película, pero no lograba recordar cuál... Deseó que la pareja les invitara al convite o al menos a beber una copa de champán, pero enseguida se fueron por donde habían venido, tambaleándose un poco al caminar. Ellos siguieron paseando arriba y abajo, mientras Dick repartía corteses saludos y aburridos comentarios sobre el tiempo, pero no se unieron a la fiesta. Qué lástima, la verdad era que le habría encantado alternar un ratito con la aristocracia inglesa.

En su habitación les esperaban una cama de ensueño, una pantalla de televisión gigante y una bañera con patas. Oh, y lo mejor de todo era una caja de bombones suizos que alguien había colocado en el centro de la cama sobre dos mullidos albornoces, acompañada de una rosa roja. Dick se lo enseñó todo en un momento, sin darle importancia. Luego se miraron y, antes de que Josefina pudiera reaccionar, Dick tiró los bombones, la rosa y los albornoces al suelo y se arrojó sobre ella. Todo fue tan rápido como las primeras veces en casa de él. Josefina se quedó con hambre de mucho más, pero Dick se dio la vuelta y se quedó tendido boca arriba en el otro extremo de la cama.

—Qué sueño tengo, estoy muerto. Llevo toda la semana saliendo de trabajar a las ocho, incluido el sábado. Y tú no me dejas dormir con tus mensajitos obscenos.

Josefina se volvió hacia él y sus tripas rugieron. Los dos se echaron a reír.

—Anda, vamos a cenar algo antes de que me quede frito.

Ella se puso unos zapatos de tacón que había traído expresamente para la cena. Eran bastante incómodos, pero seguro que no desentonaban en el restaurante. Habría velas y manteles de hilo… Se iba a sentir como una princesa. Pero Dick la llevó en coche hasta el pueblo más cercano, donde cenaron *fish and chips* en un pub abarrotado de gente ruidosa. Él se sentó con la espalda contra la pared y examinó el local de arriba abajo mientras conversaban.

Josefina no sabía si sacar «el tema». Por un lado quería, pero le podían las ganas de cenar con él tranquilamente y sentirse igual que antes, sabiendo que iban a dormir juntos, que ya habría tiempo de aclarar malentendidos. Pero lo malo era que no sabía de qué hablar. Habían pasado demasiadas semanas distanciados. Dick tampoco sacó ningún tema de conversación interesante. Se limitó a hacer comentarios mordaces sobre la gente que los rodeaba. Era evidente que estaba muy cansado. Tanto que tuvo que disculparse por bostezar sin parar. En cuanto terminaron el postre le propuso volver al hotel, y eso a Josefina le pareció maravilloso. Se moría de ganas de dormir con él, de respirar las horas de la noche acompañada de su calor, en aquella habitación tan acogedora.

Dick se quitó los zapatos y se tiró en la cama con el mando de la tele en cuanto entraron por la puerta. Empezó a hacer zapping y se detuvo en un programa llamado *Pick me up*.

—*Wow, my guilty pleasure*. He pasado noches enteras enganchado —confesó.

Josefina sonrió sin ganas. Se suponía que Dick no veía la tele. ¿Y ahora resultaba que estaba enganchado a un *reality* cutre de citas? ¿Y eso cuándo había sido? ¿Después de que lo dejaran? ¿O antes de vivir juntos, durante todas aquellas noches en las que aseguraba que estaba demasiado ocupado para dejarla ir a dormir con él?

—Anda, *baby*, dame un masajito en la espalda...

Se tumbó boca abajo y ella atenuó las luces y lo desnudó, renunciando a materializar todas aquellas preguntas que la quemaban por dentro. En el baño encontró un tarrito de aceite de masaje que olía a canela. Lo derramó en sus manos, calentándolo durante un buen rato, y comenzó a masajearle la espalda mientras él emitía ruiditos de placer. Al rato se durmió, con la tele aún encendida. Durmió a pierna suelta, lejos de Josefina, sin moverse ni una sola vez en toda la noche.

Ella apenas logró pegar ojo. Estaba nerviosa... Algo se agarraba a sus tripas y desde allí irradiaba sus tentáculos, oprimía su pecho. Cuando cerraba los ojos, su rostro se quedaba rígido. La habitación estaba llena de sombras que la zarandeaban reclamándole atención, colándose a borbotones en unos sueños absurdos y superficiales que la dejaban agotada. Solo logró descansar tranquila a las seis de la madrugada, cuando la luz al fin venció a aquellos fantasmas, obligándolos a aceptar su derrota.

A las siete, él la despertó.

—¡A desayunar, *lazy girl*!

No le dio opción a remolonear. Se abalanzó sobre su cuerpo mientras ella luchaba por regresar de un sueño denso y pesado. Las caricias de Dick eran excitantes, pero los ojos se le cerraban sin querer. Él se despegó de su cuerpo con la misma rapidez de la noche anterior y se metió en la ducha. Josefina lo oyó cantar. Por Dios, solo quería dormir. Era un lunes festivo por la mañana, él no trabajaba y ella tenía turno de tarde. ¿Por qué con Dick nunca había tiempo para relajarse?

Su móvil no dejaba de pitar sobre la mesita de noche. El agua de la ducha seguía corriendo y Josefina no pudo evitar la tentación. Pulsó para mirar la pantalla. «*8 messages*», ponía. De quién... Joder, ¿de quién? No se atrevió a ir más lejos. Él entró por la puerta desnudo y mojado.

—Le he dado a tu móvil para ver la hora —balbuceó.

Dick no le respondió. Estaba concentrado en untarse las axilas con una buena cantidad de desodorante. Luego se aplicó crema hidratante en la cara, insistiendo en la zona alrededor de los ojos. Era curioso, cuando vivían juntos Josefina nunca le había visto hacer aquellas cosas. En un minuto estaba vestido con la misma ropa del día anterior, fresco como una rosa y rebosante de energía.

—Tu turno —ordenó, cogiendo su móvil y guardándolo en su bolsillo—. Venga, rápido, me muero de hambre.

Josefina no tuvo más opción que meterse en el baño. Se sentó en el váter y abrió el grifo de la ducha, pero no pudo relajarse. Dick ya había recogido sus cosas y, tras ducharse, ella metió todos los jaboncitos, las cremas y hasta un perfume tamaño mini en su neceser. También guardó una botellita de enjuague bucal.

Cuando entró en la habitación, Dick volvió al baño.

—¿Dónde está mi Listerine? No lo encuentro por ninguna parte.

Ella lo sacó del bolso con disimulo y fingió que seguía en el lavabo. Qué corte… Antes de desalojar la habitación le lanzó un último vistazo. Los bombones seguían en el suelo. Junto a ellos, la rosa roja ya mustia. Cuando él cerró la puerta, pensó en lo boba que era por no haberse llevado la caja solo para que Dick no pensara que era una paleta.

Al menos pudo disfrutar del desayuno. El salón parecía sacado de un palacio, y una camarera con uniforme y delantal les llevó una tetera de plata y unos huevos *benedictine* que se deshacían en la boca. No se veía ni rastro de condes, duquesas o nobles en general. Debían de estar durmiendo la mona.

Al rato ya estaban en el coche. Dick había cargado la cuenta del hotel a su tarjeta de empresa. Josefina la reconoció porque era la misma que alguna vez le había prestado para que se comprara lo que quisiera.

No sabía a dónde iban. Eran solo las diez de la mañana de una mañana gris, y la campiña inglesa desfilaba ante sus ojos derrochando encanto. Josefina hubiera querido detenerse en cada rincón pintoresco que veía. Pasaron por pueblecitos con campanario, casitas de piedra cubiertas por macetas de flores, carteles de letras onduladas, riachuelos con sus sauces llorones. Todo era de una belleza que derretía el corazón, aunque Dick conducía en silencio y sin apartar la vista de la carretera. Se fijó en los carteles para saber dónde se encontraban. ¡Oh, estaban muy cerca de Eton y de Windsor! Sería genial acercarse a ver el palacio real, beber una pinta en un pub rural, pasear por las callecitas empedradas y hablar por fin de todo lo que tenían que hablar, sentados frente a un té bien caliente y un plato de *scones*.

Josefina tomó aire y se armó de valor para proponérselo justo en el momento en que Dick salió de la carretera secundaria y aceleró para enfilar la autopista.

—Bueno, ¿dónde vives ahora? Dame el código postal para meterlo en el navegador.

—No voy a casa —dijo ella con toda la naturalidad de la que fue capaz bajo aquel jarro de agua fría—. Quiero dar un paseo. Déjame donde el puente de Hammersmith.

Silencio en el coche.

Se le ocurrió que tal vez él también quería hablar y no sabía cómo…

Dick carraspeó, y a Josefina se le aceleró el corazón. ¡Ahora!

—He desayunado como un cerdo. Estoy hasta arriba, y ahora el *lunch*.

Ella soltó una risita nerviosa, pretendiendo acallar la comezón que volvía a arderle dentro. No sabía qué decir. Por hacer algo, se miró en el espejito del tapasol como si tuviera una pestaña dentro del ojo. Se fijó en que había manchas de carmín.

Ya no podía más.

—¿*Lunch* con quién?

Él tardó un rato en responder, pero cuando lo hizo habló con voz monótona.

—Con Irina. Lleva tres meses viviendo en mi casa. Hasta que consiga que alguien le alquile un piso decente. La echaron del antiguo por ser del Este. A pesar de todos mis esfuerzos. Es una larga y deprimente historia, Josefina.

¿Que la tal Irina llevaba tres meses viviendo en su casa?...

Josefina se había quedado anonadada.

—¿Pero compartís piso o cómo? —consiguió decir, con un hilillo de voz—. ¿Ella te paga?

Dick soltó una risa irónica.

—Bueno, hace la compra y a veces la cena. O mejor dicho, se trae unos guisos deliciosos cuando va a casa de su madre. Es mejor que ella no cocine, la verdad.

¿Deliciosos? ¿No le había dicho una vez que no le gustaban los guisos, que eran muy pesados? ¿Y cuándo se había mudado Irina al *penthouse*? ¿La misma noche que ella se fue? ¿O ya estaba allí? ¿Sería aquella tipa que la recibió al pie de la escalera, invitándola a unirse al grotesco grupo del sofá? ¿O sería una de las que estaban sentadas junto a Dick y el otro individuo? ¿Cómo le estaría pagando el favor?

...Se le pusieron los pelos de punta al imaginarlo.

—¿Y no te importa que viva en tu casa?

—Dentro de un mes se marcha.

—¿Y por qué no vive con su madre? —insistió, incapaz de parar.

—Pues no lo sé, Josefina —gruñó él—. Una amiga me pidió ayuda y yo se la ofrecí, eso es todo. —Giró el volante bruscamente. Ya estaban en el puente de Hammersmith. El pub junto al río donde habían compartido unas cervezas más de una mañana de domingo estaba lleno de gente que charlaba con despreocupación. Josefina les envidió con todo su corazón.

Sin saber muy bien cómo, se encontró de pie junto al coche mientras Dick le ponía en las manos una bolsa del Waitrose con una botella de vino blanco. Dijo que se la había regalado un cliente hacía siglos y que se iba a estropear. Y ella temiendo que la tachara de indigente por querer llevarse los bombones del hotel...

—Ojalá no llueva esta tarde porque tengo una fiesta de pedida de mano en una azotea—dijo él fijándose en el cielo.

Luego la miró a los ojos y le regaló su sonrisa deslumbrante. Y ella, sin saber por qué, se colgó de su cuello y lo besó, como había hecho al bajar del tren. Aspiró su olor y la tristeza le subió del corazón a los ojos cerrados. No sabía si volvería a refugiarse otra vez en el hueco de su cuello...

Pero antes de darse cuenta estaba sentada, sola, en un banco frente el río, contemplando a una gaviota que parecía tan tonta y perdida como ella misma. Ya se acordaba de la escena... Bridget Jones y su patético *minibreak* con el estúpido Daniel Cleaver. Cómo no. «*Un minibreak significa amor verdadero*», creía la muy boba. Josefina pensó si llevarse el vino a casa, pero finalmente lo arrojó en una papelera y echó a andar sin rumbo siguiendo el curso del río. Las piernas le pesaban como si hubiera atravesado el desierto a pie.

Miró el móvil. Había una llamada perdida y un mensaje de voz de Pedro. Le habían cambiado el turno y tenía la mañana libre. ¿Le apetecía dar una vuelta? Bueno... Era demasiado tarde para irse a casa, teniendo en cuenta que ella también tenía que entrar a trabajar dentro de unas horas, y demasiado temprano para vagar por Londres cargando con aquel saco de confusión, culpa y agotamiento.

13

Cuando se encontraron en Charing Cross, la sonrisa de Pedro iluminó su ánimo. Había algo limpio en su forma de mirar que evocaba la calma del mar y el placer de jugar en la arena una tarde de agosto cuando el sol ya no quema.

—Estoy muerto de hambre —la saludó, dándole dos besos—. ¿Tú?

Josefina lo que tenía era un revoltijo nauseabundo. Mezcla del vino que había bebido con Dick, de la falta de sueño, del arrepentimiento por haberse dado un atracón de algo que sabía que le iba a sentar fatal. Pero siguió a Pedro por una callecita que los condujo hacia un puesto de comida callejera. Su estómago rugió y de repente se le abrió el apetito, como el día que comieron sardinas en Notting Hill. Tenía hambre de comida rica, de ser feliz sin montañas rusas, de levantar la cabeza y plantar su yo, de reír hasta que le doliera el cuerpo.

—¿Qué es eso que huele tan bien?

—Garbanzos y lentejas con especias. Curry, cilantro, cardamomo. ¿No los has probado nunca? Cuando tengo frío y pienso en el puchero de mi madre, vengo aquí y me pongo ciego. No sabe igual, pero te calienta hasta el alma.

Pedro tenía razón, aquella comida era tan sabrosa como reconfortante. ¿Había algo mejor que los guisos de una madre? Apostaba a que Dick no había probado un plato de lentejas decente en su vida. Se alegró de no haber llegado a cocinarle la paella. Que se comiera la plastificada del Tesco. Con chorizo.

Después de almorzar, caminaron hasta una librería. Foyles... Pedro tenía razón, era un lugar encantador. Él se perdió entre los expositores y Josefina echó un vistazo por su cuenta. Qué bonitos eran los libros en Inglaterra, las cubiertas eran verdaderas obras de arte. Volvió a sentir ganas de aprender a hacer algo creativo... Envidiaba a Olga, matriculada en Saint Martins, creando su propia colección. Se le cruzó por la cabeza si sería Victor quién le estaba pagando los estudios. El negocio de las *escorts* seguía siendo de lo más fructífero, por lo que Olga le había contado. A ella, desde luego, no le habían quedado ganas de volver a intentarlo. ¿Y si estudiaba ilustración digital? De niña dibujaba bien y mezclaba los colores con gracia, aunque al pintar con un rotulador sobre otro siempre acababa obteniendo un manchurrón de color gris. Aún recordaba el comentario de una profesora cuando, a sus siete años, le tocó el turno de acercarse a su mesa para enseñarle el dibujo que había hecho para regalar a sus padres en Navidad. Ella sabía que no le había quedado muy bien. Tenía borrones y restos de pegamento, pero es que estaba un poco cansada y no le había salido mejor. «Menuda chapuza. ¡Es que te daría una bofetada!», dijo aquella imbécil, haciendo el gesto de darle un manotazo, y Josefina había vuelto a su pupitre con la cabeza gacha. A partir de aquel día, dibujar se convirtió en una tarea que la llenaba de ansiedad y que había almacenado en el fondo de una caja mental, más profundo incluso que su sueño de vivir en Londres. Pero en fin, habían pasado muchos años... Podía buscar algún curso no muy caro. Aunque le daba un poco de pereza. Con el trabajo tampoco tenía tanto tiempo libre. Mejor más adelante...

No se dio cuenta de que Pedro se acercaba a ella.

—Ven, mira, va a empezar —dijo, agitando una bolsa de la librería—. Luego te enseño lo que he comprado.

Alguien bajó las luces, y unos músicos aparecieron en un pequeño escenario en el que ella no se había fijado. La cantante presentó al grupo y una música de jazz roció su magia por todo el espacio. Pedro los miraba extasiado, siguiendo el ritmo con los pies. Debía de suponer que Josefina era una persona culta e interesante que solía visitar sitios como aquel. Pero la verdad era que ella seguía sintiéndose perdida al salir del trabajo. Irónicamente, en Londres había tanto por hacer que se sentía apabullada. Incapaz de elegir. Aunque… Para ser sincera, lo que realmente le pasaba era que no quería ir sola a todos aquellos sitios increíbles. Estaba bien un rato, pero luego se aburría. O… Bueno, en realidad no se aburría. La verdad desnuda era que la moqueta del aeropuerto seguía oliendo como la de la casa de Dick, y ese olor era una droga que embotaba su cerebro y quebraba su voluntad.

Se le escaparon unas lágrimas de pena, de vergüenza, de cansancio, de impotencia, pero Pedro no se dio cuenta. Miraba a la cantante sin pestañear. La verdad es que era muy bonita. Y mucho más interesante que ella. ¿Qué le vería Pedro? Si no tenía nada que contar, nada que ofrecer.

Se escabulló hacia el baño y se miró en el espejo. Qué mala cara tenía. No tenía que haber quedado con Dick. ¿Por qué no lo olvidaba, si en el fondo no le hacía ningún bien?… Ahora que ya había pasado un rato desde que se alejaron, podía empezar a admitirlo. Se sintió muy agradecida de contar con la compañía de Pedro. Si él no la hubiera llamado, habría pasado la mañana vagando alrededor del río, orbitando una vez más por los alrededores del *penthouse*. Mirando si había luz en el salón de Dick, escondiéndose para que no la viera si salía a fumarse un cigarrillo a la terraza. Pero cuanto más intentaba olvidarlo, más fuerte era el deseo. Sentía una añoranza tan feroz que no se la podía arrancar del cuerpo, aunque todas sus neuronas le chillaban que ya estaba bien, que él ya no la quería, que el reencuentro había sido una mierda.

Regresó afuera, cansada de batallar consigo misma. Pedro le lanzó una sonrisa.

—Ya está acabando. ¿Me acompañas a la filmoteca? Quiero ver la programación del mes que viene.

La filmoteca... Ni idea de dónde estaba eso, pero sonaba bien. Sí, vale, lo acompañaría, estaba muy cansada pero no quería quedarse sola y ponerse a pensar en lo que había hecho. Caminaron hacia el Big Ben. El puente estaba abarrotado de turistas y a Josefina le daba claustrofobia ver tanta gente apelotonada, pero Pedro los esquivaba sin alterarse y se detuvo a fotografiar a cuatro grupos distintos que se lo pidieron. Había en él algo que resultaba tranquilizador, y hasta los extraños lo percibían. Una vez dejaron atrás el London Eye, Pedro le fue mostrando qué había tras aquellos gigantescos edificios por los que Josefina había pasado alguna que otra vez sin que nunca se le ocurriera entrar.

—Esto es SouthBank Centre... Aquí se celebran montones de conciertos y exposiciones. Hasta hay mesas y sofás donde te puedes sentar a pasar la tarde. Algún domingo frío he venido hasta aquí paseando y me he metido dentro a leer el periódico cuando llovía. Pero los mejores conciertos de Londres son los *proms*. ¿No has ido nunca?

Josefina recordaba que algún profesor de inglés le había contado eso de los *proms*, pero no sabía bien de qué iba. Se sintió una ignorante.

—Algo he oído…—murmuró.

—Son unos conciertos casi gratis en el Royal Albert Hall. Solo tienes que ir unas horas antes a hacer cola para la entrada. Hay que escucharlos de pie, pero da igual porque es música celestial. Son en verano. Ya iremos. De todos modos, Josefina, si te fijas... En Londres la música suena por todas partes. Siempre. Es imposible que se apague porque es el sonido del alma de esta ciudad.

Llegaron al edificio de la filmoteca. Ah, sí, otras veces se había fijado en el café, que se veía desde la calle, pero no se había dado ni cuenta de que aquello fuera un cine. National Film Theatre, leyó en un cartel. Cogieron el folleto con la programación. Había dos ciclos de cine clásico... Josefina se entusiasmó, de eso sí entendía un poco más. Uno de sus recuerdos amables de la adolescencia eran las películas antiguas que ponían en la tele por la noche. A su padre le encantaban y le dejaba verlas con él, mientras compartían un cigarrillo en secreto, aunque al día siguiente tenía que madrugar para ir al instituto. Y así descubrió a Marlon Brando, a Grace Kelly, a las Hepburn, a Cary Grant, las pelis de Hitchcock y Billy Wilder... Vio en el folleto que se avecinaba un ciclo dedicado a Marilyn Monroe.

—Me encanta Marilyn... No sabía que existía esto. ¿Es muy caro?

—Qué va, está tirado de precio. Y el bar es genial. Los fines de semana ponen un mercadillo de libros usados aquí fuera. South Bank es una maravilla, Josefina. Otro día caminamos un rato más y te enseño el Globe. Es un teatro antiguo donde representan obras de Shakespeare. Y la Tate, por supuesto. El bar de la azotea es mi sitio favorito en todo Londres para sentarme a escribir. Después de mi jardín, claro. Tiene una vista increíble de St Paul.

Le habría gustado que Pedro le siguiera enseñando todo aquello, pero ya no les daba tiempo. Los dos tenían que entrar a trabajar. Recorrió el trayecto a Heathrow dormitando con un zumbido en la cabeza. Pero la verdad era que sentía cierta paz, como si después de un atracón de comida basura hubiera sido capaz de prepararse una cena sana y equilibrada, sabiendo que le sentaba bien aunque no fuera capaz de comer así todos los días...

A la mañana siguiente despertó con una desagradable resaca. Se quedó muy quieta en la cama durante unos minutos, pensando en el encuentro con Dick. La boca se le llenó de un sabor amargo, y en un impulso decidió borrar el número de Dick de una vez por todas. Solo entonces se dio cuenta de que eso ya lo había hecho cuando él la dejó en noviembre y que nunca había vuelto a guardarlo. La ristra de números estaba grabada en la memoria de su teléfono, y volvería a aparecer si él quería.

Y resultó que sí quiso. Le seguía diciendo cosas. Y a su pesar, la hacía reír. Mucho.

Entre tantas bromas, un mensaje que le llegó una solitaria tarde de domingo mientras tomaba café en un Costa la dejó sin aliento.

Tú eres la única que sabe soplar con su aliento cálido para hacerme revivir la felicidad de mis días en Madrid y espantar la grisura de Londres...

Y entonces fue cuando no pudo resistirse más.

14

La mañana era inusualmente agradable. Si miraba al cielo podía imaginar que estaba en Madrid, esperando a Dick para ir a tomar cañas por La Latina. Mostrándole todo lo que ella era de verdad, el modo en que su piel brillaba cuando la iluminaba el sol de su país. Y supo que tenía que volver a verlo.

Esta vez solo como amigos. Sin expectativas. Sin tensión. Sin sexo. Ese era el problema, las malditas expectativas que siempre la decepcionaban. Josefina había empezado su vida en Londres idealizando a Dick y colgándole la etiqueta de príncipe azul, pretendiendo que era el elegido que tenía que salvarla de su vida mediocre en Madrid y convertirla en *Lady London*. Y ese había sido su error. Era el momento de empezar de cero de una vez por todas. Descubrir al Dick que se ocultaba tras la fachada de hombre ideal y despojarse ella misma del disfraz de damisela en apuros.

Escápate de la oficina y vámonos al parque a tomar un helado. Mañana será demasiado tarde. Lloverá y lo lamentarás, le escribió.

La respuesta llegó al instante. A lo mejor le gustaba que se mostrara así, más decidida, incluso dándole órdenes.

Se me ocurren muchas cosas que hacer contigo haga sol o llueva, baby pero... Está bien. Has tenido suerte. Voy a escaparme antes de que los papeles por rellenar vengan a sepultarme.

Quedaron en Hyde Park cuando faltaban dos horas para que Josefina entrara a trabajar en el turno de tarde. Todo el mundo había salido a celebrar aquel glorioso día que había venido a anunciar el verano. Las hamacas de rayas realzaban el verde intenso de la hierba. Los patos iban de un lado a otro mendigando comida y el café lucía encantador en el centro de la postal, entre las risas de los niños. Josefina se moría por revivir la magia de aquel primer picnic con Dick frente al palacio de Lady Di.

Pero ya pasaban veinte minutos y Dick no aparecía… Estaba contemplando a una pareja de ancianos que caminaban de la mano cuando su móvil sonó.

Lo siento. Cambio de planes. Reunión urgente en la oficina. Hay cosas importantes que no pueden esperar.

No podía ser verdad. Otra vez no.

Toda la rabia que Josefina había acumulado en su cuerpo sin darse cuenta se transmutó en un incendio que la consumía.

Y sin pensarlo dos veces, lo llamó.

—Ahora no puedo hablar, Josefina —dijo él con una voz glacial.

—¿Por qué no? ¡Nunca puedes hablar! ¿Quién te crees que eres? —gritó, fuera de sí, ante el estupor de un grupo cercano de madres que la miraron con cara de susto. Pero, una vez abiertas las compuertas, ya no había vuelta atrás—. A ver si te enteras de que tienes una explicación que darme. Me echaste de tu casa como a un perro. ¿Qué coño era todo aquel numerito que me montaste? ¡Me diste un susto de muerte, joder!

—Vamos a ver si lo entiendes. —Dick hablaba muy despacio y muy claro, como si ella fuera una criatura enrabietada a la que había que calmar—. Mi trabajo requiere de toda mi atención y ahora mismo no puedo distraerme con tonterías. Y si no lo comprendes, es muy posible que tengas un problema. En cualquier caso, voy a colgar en este mismo instante y espero que no vuelvas a llamarme.

—Pues dime a qué hora sales —insistió. Las madres aún la miraban y la voz le salía chillona y entrecortada, pero ya le daba todo igual—. Tenemos que hablar. Me planto en la puerta de tu oficina si hace falta, pero no te vas a escapar.

—Lo dudo, Josefina. Esta tarde me voy a Kenia con Irina durante dos semanas. Te aconsejo que te tranquilices y que intentes hacer tu vida.

Dick colgó sin darle opción a despedirse. ¿Pero qué mierda...? ¿Pero cómo podía ser tan sumamente estúpida de seguir enredada con semejante desecho humano?

Sin molestarse en comer nada, arrastró las piernas hasta el metro y se derrumbó en un asiento con la mirada fija en el suelo hasta llegar a Heathrow. Trabajó como una autómata toda la tarde, agradecida por la obligación de entregarse a aquellos movimientos mecánicos que le impedían pensar. Porque en los ratos en que no aparecía ningún cliente, la vergüenza que sentía era tan abrumadora que le daban ganas de arrancarse el delantal y ponerse a comer *muffins* hasta reventar. Y al minuto siguiente se le saltaban las lágrimas al pensar que ya nunca más habría alguien que le dijera: «*A penny for your thoughts*»...

Al terminar su turno se percató de que las tardes comenzaban a estirarse. El sol se estaba poniendo y no tenía ganas de ir a casa. Otra vez se sentía desorientada a la salida del trabajo... Solo que, ahora, el olor de la moqueta le daba arcadas.

Echó a andar sin rumbo, como hacía siempre que no sabía qué otra cosa hacer, y entonces vio pasar el autobús que recorría las terminales. Una fuerza más grande que ella misma la obligó a subirse, la llevó en volandas y la escupió en la terminal de donde partían los vuelos hacia África.

Miró las pantallas que informaban de las salidas. Había un vuelo a la capital de Kenia que partía dentro de tres horas. Paseó por la zona fijándose sin querer en todos los pasajeros que iban y venían. Ya llevaba un buen rato deambulando cuando, a lo lejos, creyó divisar a Dick, muy tieso con una chaqueta negra y aquellos horrorosos zapatos de punta que llevaba cuando vestía de sport. Agarrada de su mano, una figura ondulante de piernas infinitas y melena dorada que se derramaba por su espalda como la capa de una reina.

Se quedó agazapada tras una columna hasta que ambos se convirtieron en una mancha que se disolvió en el horizonte como una pompa de jabón. Allá iban, Peter Pan y Wendy camino del País de Nunca Jamás. Y allí se quedaba ella, como una insignificante, fantasiosa, estúpida Campanilla con la que nadie quería jugar.

Arrastrando su cuerpo a duras penas, caminó hasta el área de Llegadas, tratando de encontrar el camino hacia el metro para poder esfumarse cuanto antes. Vio puertas que se abrían y expulsaban viajeros felices, seguros de que alguien los esperaba. Por todas partes había personas que se encontraban y se abrazaban. Vio mujeres con la piel color chocolate que iluminaban el espacio con sus sonrisas radiantes y sus tocados de colores. Vio un joven bronceado y en chanclas con una tabla de surf colgada del brazo saludando a su madre, que lloraba al besar a aquel hijo que le sacaba una cabeza. Vio brazos, besos, manos, sonrisas, miradas, amor, amor, ¡cuánto amor! Se acordó de otra película… La escena del aeropuerto con que comenzaba *Love Actually*. Y de repente, la tristeza que aún llevaba adherida al pecho como una masa viscosa desde aquella desafortunada cita en el hotel, se despegó de su cuerpo. Josefina respiró hondo y su corazón se llenó de algo que supo reconocer como esperanza.

Sí, algún día ella también cruzaría una puerta, segura de que alguien la estaría esperando al otro lado con las puntas de sus dedos vibrando de amor. Escribió a Olga. *Dime Welcome to London pero no me preguntes por qué…* Olga comprendía sin explicaciones. Sabía escuchar sin ensayar la respuesta, sin buscar el resquicio que le permitiera ponerse a hablar de sí misma. Y quiso conocer a Pedro.

El primer día que los tres libraron, él las llevó a un precioso pub en una zona de ensueño llamada Strand on the Green, donde pasaron una tarde deliciosa bebiendo pintas junto al río. Luego caminaron desde Kew Gardens hasta Richmond, entre caminos rebosantes de verdor que insuflaron algo de paz en Josefina. Sus dos amigos congeniaron de inmediato. Josefina caminó un rato detrás de ellos para poder observarlos mientras charlaban. Parecían dos personajes sacados de una novela romántica, y pensó que hacían buena pareja. Tal vez debía animarlos. No estaba segura de que Victor fuera en serio con Olga. ¿Y viceversa?

Cuando regresaban a casa en metro, las dos se sentaron juntas. Pedro se quedó de pie a cierta distancia y ellas aprovecharon para cuchichear a gusto. Olga le dijo a Josefina que no se le ocurriera dejarlo escapar. ¿Pero por qué? «Por su mirada»…

Cuando Olga se bajó, Pedro ocupó su asiento y le dijo a Josefina que su amiga era como una flor delicada oculta dentro de un bloque de hielo. Vaya. Qué halago tan bonito.

¿Y ella, qué era?

Justo antes de ponerse en pie para bajarse, Pedro le susurró al oído:

—Tú eres un cisne empeñado en comportarse como un patito feo.

15

A la mañana siguiente llovía otra vez. Ya estaban a mediados del mes de abril y Josefina, los días que le tocaba abrir el café, seguía enfundándose su anorak de plumas para ir a trabajar. En los veinte minutos que tardaba en ir de su casa a la estación no era raro que saliera el sol, enseguida viniera una nube a taparlo, la nube empezara a descargar agua, apareciera el viento para empujar a la nube y de nuevo el sol encontrara un agujerito por donde salir a brillar durante unos minutos. Tan solo el frío que ella llevaba dentro permanecía inmutable.

La terminal estaba inusualmente tranquila esa mañana. Acababa de servir un té a una madre con su hijita y estaba distraída cerrando la caja cuando escuchó un alegre: «¡Sorpresa!» Al levantar la mirada se topó con los ojos de Pedro.

—¿Qué haces tú aquí? —preguntó, notando un inesperado cosquilleo en sus piernas. Eso sí que fue una sorpresa…

—Tengo la mañana libre. Quería saber dónde trabajas. Y además me encanta vagabundear por los aeropuertos.

—¿Ah, sí? ¿Y eso por qué? —A Josefina le picó la curiosidad. No sabía que compartieran esa afición.

—Son el lugar perfecto para sentarte a observar a la gente sin que a nadie le parezca raro. Y no tienes que moverte para encontrar toda la variedad de tipos humanos imaginable. Como en el restaurante, pero mejor aun porque aquí no tengo que currar.

Josefina pensó en su triste paseo por la otra terminal del día anterior y sintió ganas de compartir sus sentimientos con Pedro, pero la cola crecía y percibió algunas miradas de reproche. Dos clientes por detrás de su amigo apareció la pareja inglesa, que sonreía al escucharles hablar en español. Josefina los presentó. Al rato, los tres estaban sentados en la misma mesa con sus copas de Rioja. Ella no podía abandonar el mostrador, pero se moría por escuchar su conversación. Parecían entenderse de maravilla. Aprovechó un rato en que la barra estaba vacía para acercarse todo lo que pudo a su mesa y captar algunos pedazos de su alegre charla. «Pasé los veranos correteando por la playa de La Caleta»... «Nuestro favorito es el barrio de Santa Cruz»... «Los mejores bares son los bares de viejos». En pocos minutos, Pedro había conversado más tiempo con Ed y Vanessa que ella en los tres meses que llevaba trabajando allí. A lo mejor tenía razón Lola cuando la acusaba de haberse vuelto una ermitaña.

La cola se formó de nuevo y Josefina tuvo que volver al mostrador, pero la curiosidad no le permitía apartar los ojos de Pedro. ¿De verdad vivía en aquella casa tan bonita y no pagaba alquiler? ¿Cómo era que conocía todos los rincones mágicos de Londres? ¿De qué iría la novela que estaba escribiendo? Cuando la invitó a aquel café donde escucharon el concierto de jazz imaginó que lo hacía para poder hablar de su libro y tratar de deslumbrarla, pero la verdad era que no le había contado ni un solo detalle sobre su novela.

Al rato, Pedro se le acercó de nuevo. Iba seguido de la pareja.

—Están invitados a comer en nuestra casa el domingo —dijo Ed en su dulce español.

Josefina miró a Pedro.

—Llevaremos el postre —dijo él, guiñándole el ojo—. Fortnum & Mason hace las mejores trufas del mundo. Rellenas de champán.

Vaya, daba por hecho que ella estaba de acuerdo. Bueno, pues muy bien. La verdad era que sí lo estaba.

—¿Conocéis Islington? Esta es la dirección. —Vanessa le tendió un papel a Josefina. Pedro no intentó cogerlo. Confiaba en ella, pues.

—Genial... nos vemos el domingo —dijo Josefina.

Los Winters se despidieron y Pedro se quedó junto al mostrador.

—Son encantadores. ¿Sabes que también escriben? Él es profesor de arte. Y ella acaba de recorrer Sudamérica en plan mochilera y está preparando un diario de viaje.

—No tenía ni idea. Solo sé que les encanta España... Pero me gusta mucho verlos por aquí.

—Vienen a visitar al padre de Vanessa, que vive en una residencia cercana. Bueno, ¿a qué hora terminas? ¿Comemos juntos?

Pero Josefina acababa demasiado tarde y él también tenía que trabajar. Quedaron tres días más tarde en la salida de metro más cercana a la casa de los Winters. ¡Islington! Vaya, allí estaba, el lugar donde habían crecido sus adorados hermanos Kemp antes de que Spandau Ballet los convirtiera en ídolos de las inglesas adolescentes de los ochenta. Cuántas veces había fantaseado con llegar a pisar aquel lejano lugar llamado Islington cuando ella no era más que una cría de un barrio del sur de Madrid. Algún día tenía que enterarse de cuál era la casa en la que crecieron Martin y Gary para ir a visitarla. Bueno, a ver la fachada y hacerse una foto. No se lo contaría a nadie, por supuesto.

Estaba tan perdida en sus pensamientos que no advirtió la presencia de Pedro hasta que ya estaba junto a ella.

—Qué guapa estás —sonrió, dándole dos besos—. Toma, para ti.

¡Oh! Era una caja de trufas al champán. Josefina le dio las gracias y la metió en el bolso. Pedro olía a ropa recién lavada, como el día que quedaron en Notting Hill. Igual hasta tenía servicio de cocina, lavado y plancha.

La verdad era que se sentía muy bien. Llevaba una falda de tul con una camiseta a rayas, una vieja y preciosa chaqueta de cuero que había comprado con Olga en una *charity* y unas bailarinas doradas. Tres meses atrás jamás se habría puesto encima algo así, pero Olga la convenció de que el conjunto le sentaba bien, y tenía razón. Se sentía como cuando era jovencita y comenzaba a experimentar delante del espejo, asombrada por su propia belleza, inventando combinaciones que le devolvían el reflejo de una mujercita preciosa, aunque luego se deshacía de aquellos conjuntos para ir a la discoteca vestida igual que todas sus amigas. Solo que sus vaqueros nunca eran como aquellos con la etiquetita roja que siempre lucía Carmen y que costaban diez mil pesetas que su madre no tenía. Una vez, cuando llegó a casa, encontró un par en su cama con el precio aún sin quitar. Se puso como loca de contenta, pero su madre le dijo que se los había dejado una conocida para meterles el bajo, porque Paca hacía arreglos de costura para las vecinas y clientas de confianza.

Y también estaba un poco nerviosa, sabiendo que estaba a punto de entrar en casa de unos extraños. Pedro la distrajo hablándole sobre su trabajo en el restaurante.

—Mi favorito es el primer turno de la mañana. Poner las mesas, preparar el servicio para el desayuno antes de que llegue la gente, con el restaurante vacío y ese hilo musical de ascensor... Es cuando se me ocurren las mejores ideas para mi novela.

Josefina pensó que ese era el momento en el que le iba a contar el argumento, pero acababan de llegar a su destino. Llamaron a la puerta y Vanessa abrió con una gran sonrisa y los pies descalzos. Les dio la mano y los condujo al salón. Estaba lleno de gente, o eso le pareció a Josefina, que no retuvo ningún nombre.

—Para vosotros. Las mejores —dijo Pedro en inglés, tendiéndole a Vanessa otra caja de trufas al champán.

—Oh, chocolate, es mi perdición. Las dejaré aquí hasta el postre o me comeré la caja entera —bromeó ella.

Ed les dio dos besos, invitándolos a tomar asiento, y les ofreció una copa de vino. Pedro se alejó con él para servirlas y Josefina se vio sola en un sofá frente a cuatro desconocidos. Una pareja con una niña y dos tipos de mediana edad.

—Hola, yo soy José —se presentó el padre de la niña, un tipo rubio con gafas de color azul—. De Barcelona. Ellas son Nadia y Zoe.

Nadia, que tenía la piel café con leche y el pelo muy rizado, estaba sentada en el suelo con la pequeña Zoe, que jugaba con unas pegatinas. Josefina se levantó para saludarla. Qué lío. En Londres nunca sabía si tender la mano o acercar la cara cuando le presentaban a alguien que no era español.

—Bienvenida, Josefina —dijo Nadia dándole dos besos. Su voz tenía un suave acento que no supo identificar.

No entendió el nombre de los otros dos, que le hablaron en inglés. En ese momento, Pedro y Ed regresaron con tres copas de vino. Pedro se sentó a su lado y Josefina suspiró de alivio.

La niña la miró con una sonrisa medio desdentada y le puso una pegatina en la mano.

—Eh, yo quiero otra —reclamó Pedro. Así que Zoe le puso una estrella de purpurina en la frente, y Josefina pensó que era una elección muy acertada. Ese chico daba la sensación de haber nacido con estrella.

Luego, todos volvieron a presentarse. Josefina creyó entender que uno de los dos tipos se llamaba Alan, un hombre menudo y con las mejillas coloradas. Del otro no entendió su nombre, solo que era un viejo amigo de la casa. Vanessa se incorporó al grupo anunciando que la comida estaría lista en media hora. De la cocina llegaba un olor delicioso, todo el mundo parecía muy amable y el vino era reconfortante. Se bebió media copa mientras los ojos se le iban a la complicidad que se respiraba entre la madre y la niña. Ed se acercó a ofrecerle más vino. Bueno, así se relajaría.

—Josefina y Pedro son unos nuevos amigos —explicó Ed en inglés, alzando su copa—. Pedro es de Cádiz, al sur de nuestra querida Andalucía.

—¿Y tú? —preguntó Nadia.

—Soy de Madrid —contestó, sin atreverse a pronunciar *«Matrit»*, como diría una inglesa.

—Nosotros hemos ido a Madrid. Al Retiro —dijo la pequeña—. Hay muchos patos.

—Sí, nos encanta. Vivimos entre Londres y Barcelona ahora —explicó Nadia—. Bueno, yo soy de París.

—Ah, París, algún día me iré a vivir allí —suspiró Vanessa.

—Bueno querida, tú a París y yo a Sevilla —dijo Ed.

—Nadia y yo trabajábamos juntas. Somos arquitectas. Y el estudio nos despidió a la vez —explicó Vanessa—. Ahora ella es *freelance*. Le hacen unos encargos increíbles porque es la mejor. A mí me han olvidado. Lo cual me permite dedicarme a contemplar las nubes y hacer mosaicos —señaló una pared cubierta por una preciosa escena acuática compuesta de cuadraditos.

—Oh, es muy bonita —exclamó Josefina.

Pedro lo miró durante un buen rato y luego dijo: «Ulises y las sirenas, ¿verdad?» Vanessa asintió, complacida. Luego Ed les explicó que el otro tipo, que esta vez creyó entender que se llamaba Joe, era un antiguo alumno suyo. Ed era catedrático en una universidad de

Londres donde enseñaba Filosofía del Arte... O algo así. Madre mía, qué cultos eran todos.

—Todavía tiene ganas de soportarme —rio Ed, dándole unas palmaditas en la rodilla a su viejo pupilo.

—Oh, no le hagáis caso —dijo Joe, que hablaba con voz ronca y un acento que a Josefina le pareció exquisito—. Era el mejor. Un día, la víspera del examen final, nos metió a todos en un autobús y nos llevó a Brighton. Era uno de esos extraños días de calor y nos obligó a pasar cinco horas tomando el sol y bañándonos en el mar. Por supuesto, nos prohibió estudiar.

—Maravilloso. Me encanta Brighton. Algunos días, cuando no trabajo, cojo el tren en Victoria y me voy allí a pasar las horas. Me llevo un cuaderno y un boli para tomar notas —explicó Pedro con un inglés que distaba mucho de ser perfecto, pero no era vacilante. Ni hablaba con las manos ni dejaba las frases a medias ni decía «emmmm». Se sentía cómodo expresándose en inglés. En realidad, daba la impresión de sentirse cómodo allá donde estuviera.

—Chico inteligente —exclamó Ed—. La playa es el mejor lugar del mundo para trabajar.

—Eso pensaba yo cuando iba de vacaciones a Cádiz. ¡Pero Londres es aun mejor!

Josefina escuchaba, cada vez más relajada gracias al vino. Comprendió que nadie estaba esperando que ella les contara su vida o que fuera divertida; ni siquiera interesante. Se dio cuenta también de que nunca habría aceptado una invitación semejante por sí sola y de que le gustaba que Pedro estuviera a su lado. Miró alrededor. El salón tenía un aire bohemio que resultaba a la vez caótico y acogedor. Chimenea de mármol, cojines de terciopelo, libros y cuadros por todas partes, dispuestos con casual elegancia. Olía a vino y a cerrado, a madera y al tabaco de liar que fumaba el hombrecillo maduro, que tampoco hablaba mucho. La niña y su madre seguían enfrascadas en sus pegatinas, con las cabezas muy juntas. Era una estampa preciosa. Jamás había visto a su hermana jugar en el suelo con sus hijos. Pero, de repente, Nadia dio por finalizado el juego y anunció que se marchaban.

—Hemos quedado a comer en el pub. Esperamos volver a veros por aquí —dijo, dándole un abrazo a Josefina que la pilló por sorpresa. Verdaderamente, nunca sabía por dónde iba a salir la gente en Londres. José le dio dos besos, al estilo español. Le gustó que ninguno de los dos pidiera a la niña que besara a nadie para despedirse, como hacía Toñi.

Cuando se marcharon, Vanessa fue a la cocina, abrió el horno y un olor delicioso invadió la casa. Enseguida se sentaron a la mesa y ante ellos apareció un majestuoso *sunday roast*. De postre les pusieron una tarta de cerezas. Y vino y más vino. Y sin saber muy bien cómo, Josefina se vio en el centro de la mesa hablando en un inglés apasionado sobre la paella de su madre, y el estofado, y el cocido, y el arroz con leche. Eran tópicos, sí, conversaciones entre extranjeros que apenas se conocían, pero su corazón estaba latiendo y el vino le había aflojado los miedos y se sentía agradecida de estar allí sentada en compañía de gente amable y cordial, mientras la tarde se volvía cada vez más oscura. Nadie estaba viendo el fútbol, no se hablaba de política, aunque fuera por consideración a los invitados, y sobre todo no había ni sombra de reproches familiares.

Justo entonces, Alan se levantó de la mesa, se sentó en el sofá y encendió la tele. En la pantalla apareció un partido de fútbol de la liga inglesa. Joe se le unió. Josefina sonrió para sus adentros y observó a Pedro, que estaba charlando con Vanessa. ¿Le gustaría el fútbol? Ed miraba la pantalla, pero siguió sentado a la mesa.

—Alan no se puede perder su partido —explicó, rellenando las copas de vino una vez más—. De hecho, nos conocimos en el estadio del Arsenal. Los dos somos fanáticos.

Vaya, lo del fútbol de los domingos parecía ser algo universal...

—Se acababa de divorciar y lo estaba pasando mal. Al poco tiempo le alquilamos una habitación aquí y ya nunca más se fue —dijo Vanessa—. Son íntimos, el catedrático y el limpiador de chimeneas. A veces creo que Ed está más casado con él que conmigo.

A Pedro le encantó la historia y comentó que estaba tentado de convertir a Ed y Vanessa en personajes de su novela. Ella sonrió con timidez mientras él le pasaba el brazo por los hombros y la besaba en la frente.

—Oh, sácala a ella, es mucho más maravillosa que yo —dijo en español.

Josefina se preguntó si aquella encantadora pareja pensaría que ellos también estaban juntos. ¿Qué impresión darían? Miró fijamente a Pedro. Ya estaba lo bastante bebida como para no sentir vergüenza alguna. Olga tenía razón, su mirada decía tanto... Entonces Vanessa se levantó a quitar la mesa y Pedro se puso de pie para ayudarla. Desaparecieron rumbo a la cocina y se quedó sola con Ed.

—Es un gran tipo. Un caballero español... —dijo, refiriéndose a Pedro.

Recordó el comentario de Olga en el metro. «No le dejes escapar...» Ed miraba la pantalla de reojo, y Josefina se dio cuenta de que estaba deseando sentarse en el sofá a ver el fútbol con sus amigos. Ella contempló el cielo, ya negro del todo, y se alegró cuando Pedro regresó de la cocina y comprendió la situación con una sola mirada. Entonces le propuso a Josefina que se marcharan a tomar un té. Ella aceptó. Había sido una comida estupenda, pero le estaba entrando sueño de tanto beber vino, y no tenía ganas de forzar la conversación y menos aún de sentarse en el sofá a ver fútbol con aquellos tres. Quizás Pedro se habría unido al grupo si no estuviera ella... Si así era, Ed tenía razón. Era un caballero.

Preguntó dónde estaba el baño. Subiendo unas escaleras de madera blancas y crujientes, vio que la pared estaba llena de fotografías donde unos jóvenes Ed y Vanessa Winters lo pasaban en grande rodeados de seres queridos. Fiestas, cenas, reuniones, bodas... Al final todo el mundo buscaba a su gente para celebrar algo, lo que fuera. Qué historias tan hermosas susurraban aquellas imágenes. Muchas de ellas debían de estar tomadas en los años ochenta, cuando ella era aún una niña. Y en Londres, Ed y Vanessa y sus amigos ya eran adultos y bebían vino y seguro que en alguna de aquellas fiestas sonaba la música de Spandau Ballet. A lo mejor los Kemp habían sido vecinos suyos. A lo mejor los conocían... En una foto aparecía un tipo que se parecía un poco a Martin.

Entró en un precioso cuarto de baño lleno de plantas presidido por una gran bañera con patas, y luego se asomó discretamente a uno de los dormitorios antes de bajar la escalera. No había muebles desconjuntados, ni manchas de humedad en la pared, ni sábanas del Primark. Vaya... ¿Por qué no los habría conocido seis meses atrás? ¿Cómo habría cambiado su vida en Londres si hubiera alquilado una habitación en aquella casa?

16

Un golpe de viento los abofeteó cuando salieron a la calle vacía y Pedro la condujo hacia Upper Street.

—Te va a encantar, ya lo verás, es una de las calles con más encanto de Londres.

—¿Pero tú por qué conoces tantos sitios chulos? —Josefina estaba empezando a pensar que, cuando no servía mesas o escribía, Pedro trabajaba de guía turístico. Él soltó una carcajada cuando se lo dijo.

—En realidad, mi verdadera vocación consiste en pasar el rato caminando por la calle. Hay una palabra maravillosa para definirlo en inglés. *Wandering*... Podría traducirse como «vagabundear». Cuando sea famoso con mis libros me voy a dedicar solo a eso. Como Virginia Woolf.

Cuando le iba a decir que a ella también le encantaba vagar por las calles de Londres, Pedro se detuvo frente a un coqueto café donde pidieron un té especiado.

—¿Piensas quedarte aquí para siempre? —preguntó Josefina. Se habían sentado en una mesa de madera junto al ventanal. El sitio era comodísimo y una maceta con una plantita alegraba el espacio entre los dos. Alguien había plantado un pequeño cartel en la tierra que decía *Just for today, love everything around you*. Le recordó a los mensajes de la adorable Kim en la estación de Caledonian Road.

—Quién sabe. Me conformo con vivir el día de hoy. —Pedro se encogió de hombros con un aire pensativo—. Me encanta Londres, pero tengo claro que no pienso envejecer en este país. Me moriría de la depresión. Mi sueño es retirarme a una casita junto al mar en Zahara de los Atunes. O tener esa casa y también otra en Londres… ¡Eso sí que sería un *bastinazo*! Por ahora la de aquí me sale gratis. No es mal comienzo, ¿eh?

—Sí… Tienes razón, debe de ser deprimente envejecer en esta ciudad. No sé, creo que hay algo que siempre se echa de menos.

—¿Qué echas tú de menos? —dijo él, mientras la camarera les acercaba un plato con dos humeantes *scones*.

—Al principio nada. Todo era demasiado excitante. Estaba encantada de haberme ido. Pero a medida que pasa el tiempo empiezo a añorar lo que todo el mundo menciona. El clima. La comida. La vida en la calle. Hablar en mi idioma. ¡Tener sofá en casa!

—Vente a la mía cuando quieras. Vivo solo prácticamente todo el tiempo. Y Gabriel me permite tener invitados.

Pedro la miraba con tanta seriedad que Josefina se sintió turbada.

—¿Hay ratones? —dijo, por romper el hielo.

—Por supuesto.

¡No bromeaba!

—Lo siento, pero me temo que hay ratones hasta en Buckingham Palace. Son parte del encanto de Londres, hay que tomárselo así.

—¿En serio hay ratones en tu casa?

—Que sí, *killa*, como en todas las casas viejas y con jardín. ¿Por qué crees que tenemos gato?

Josefina puso tal cara de asco que Pedro corrió a explicarle que solo había visto dos en todo el tiempo que llevaba allí. Uno de ellos correteando por el jardín y otro muerto en la cocina, sospechosamente cerca del gato.

—No les tengas miedo —rio—. ¿Sabes que los ratones están considerados animales de poder? Dicen que si ves uno correr delante de ti, te está trayendo un mensaje. Hay algo importante que está delante de tus ojos, pero no estás logrando verlo.

Vaya... Tendría que pensar en eso. Pero ahora mejor cambiaba de tema.

—Me ha encantado la comida. Ed, Vanessa y sus amigos son casi los primeros ingleses que conozco. —No pensaba mencionar a Rosalind y mucho menos a Dick—. ¿Tú qué amigos tienes aquí?

Pedro meditó la respuesta.

—Amigos de verdad no tengo ninguno, Josefina. Voy conociendo a unos y a otros. Todos me aportan algo, pero todos van y vienen. Aquí me he relacionado con mucha gente que no quiere involucrarse con nadie. Siempre piensan que llegará alguien mejor y no se atreven a quedarse con la persona que tienen al lado. Prefieren vivir en un limbo.

—¿Y no te sientes solo? —preguntó, fascinada.

—Sí... Pero es una soledad que me gusta. La he conocido aquí. En Madrid siempre estaba acompañado. Cualquiera me valía. Ahora ya no soporto el ruido que hacen las palabras vacías de los que no tienen nada que decir y no saben a dónde van. Pero no soy ningún misántropo, Josefina. Al revés, me encanta conocer gente. Tus amigos son geniales.

—Pero no son mis amigos —corrió a aclarar—. Casi los conoces tú más que yo...

—Bueno, podrían serlo. O no. A veces es suficiente con pasar un buen rato junto a un grupo agradable y dejar que te sirvan un asado y una copa de vino. No podemos idealizar la vida, Josefina.

Y al parecer, Pedro ya había pasado el rato suficiente en compañía de ella, pues acababa de hacerle un gesto a la camarera.

—Me intriga la forma de ser de los ingleses —continuó, mientras esperaba la cuenta—. Siempre me pregunto qué se esconde tras esa fachada de educación y reserva... Parecen inaccesibles pero, en cuanto compartes un poco de charla o de alcohol con ellos, resulta que son encantadores. Aunque en realidad nunca sabes lo que piensan realmente. Porque al día siguiente vuelven a ser fríos y distantes. Hasta que vuelve a abrirse la grieta de nuevo. Es difícil penetrar en su intimidad. Pero entre ellos hay tipos humanos fascinantes, y eso me cautiva.

Josefina también estaba cautivada por la capacidad que tenía Pedro de observar la vida y pasarla por el filtro de sus propias palabras, para devolvérsela fresca, original... Diferente. Se habría quedado allí conversando durante horas, pero al parecer él tenía prisa o ganas de regresar a su sofá.

—Sí... Son diplomáticos y directos a la vez. Desconcertantes —apuntó Josefina, pensando en Fiona, en Victor, en Rosalind, mientras se ponía de nuevo el abrigo. Lo que no dijo era que la actitud de Pedro no le resultaba menos enigmática. ¿Ella le gustaba, sí o no?

Poco después se despidieron en un pasillo del metro por el que corría un viento gélido. Josefina caminó hacia su tren, en dirección opuesta al de Pedro, y se sintió un poco melancólica al separarse de él. Había esperado que la invitara a cenar a su casa, cosa que habría aceptado encantada. Pero Pedro se despidió con los dos besos cordiales y la cálida sonrisa de siempre.

Al llegar a casa sacó el móvil del bolsillo. Apenas lo había mirado en todo el día. Tenía cuatro mensajes de un mismo número. Enseguida comprendió que eran de Dick. Hablaba de helados y de lametones, de chocolate derretido por la piel, de fantasías incontrolables, del calor de África y de propuestas imposibles de rechazar. Por primera vez, a Josefina no le hicieron gracia. De hecho, los encontró completamente odiosos y decidió que no iba a volver a contestarle jamás.

Bueno, sí, solo una vez más.

Vamos a ver si lo entiendes: déjame en paz. Para siempre. Borra mi número y olvídame. Oh, y te aconsejo que te tranquilices y que intentes hacer tu vida. Que por cierto debe de ser aún más miserable de lo que yo pensaba cuando me estás escribiendo desde Kenia a pesar de tener a la plasta de Irina a tu lado. Hasta nunca, presuntuoso, fatuo, arrogante, patético, inmaduro, cretino narcisista patológico.

Se fue a dormir con una tonta sonrisa de felicidad en los labios. Por el vino, por sus nuevos amigos ingleses, porque acababa de darse cuenta de que Pedro le gustaba muchísimo y porque al fin le había soltado a aquel miserable las cuatro verdades que le tenía que haber dicho el día que se atrevió a sacar sus cosas del *penthouse* en bolsas de basura.

17

El teléfono la sacó de su plácido sueño a la mañana siguiente. Contestó medio dormida, esperando que se tratara de Pedro. Al otro lado de la línea, Mariona le dio los buenos días empeñada en presentarle a no sé qué amigo de Tarik. Al parecer, los cuatro tenían que asistir sin falta a la boda de Kate y William unos días más tarde. ¿Pero qué tonterías estaba diciendo aquella muchacha y por qué la llamaba con semejante urgencia?

—¡Ay, nena, no se te ocurra hacer ningún plan para el sábado, que no nos podemos perder el evento! —insistió, indiferente a los monosílabos con los que Josefina recibía sus propuestas—. Vamos al parque en plan picnic. Van a poner pantallas gigantes en el Saint James Park.

Elseinyeimspark... A su pesar, Josefina se rio en silencio del horrible acento de Mariona. Se la imaginaba con su boca llena de dientes y su pelo teñido de amarillo, comiendo curry picante en casa de aquella familia política que no la quería, tratando de caerle en gracia a una suegra que debía de mirarla con el mismo afecto con que Josefina contemplaba los ratones. Estaba segura de que a ella también la llamaría «nena» e incluso «cariño».

Pero... La verdad era que no sonaba nada mal eso de vivir de cerca el ambientillo de una boda real inglesa. Josefina aceptó, volviendo a sentir ese cosquilleo de felicidad que aún le despertaba Londres. En momentos como aquel, miraba el reloj y recordaba cómo era su vida en España tan solo un año atrás, encerrada en la oficina, consultando la hora cada cinco minutos mientras contaba los segundos para salir, cotilleando las revistas del corazón en internet mientras hacía como que estaba escribiendo un informe. Peor aún, ahora mismo podría estar en la charcutería, despachando lonchas de mortadela a aquellas vecinas con las que nunca sabía de qué hablar. Qué mal se le había dado siempre eso que en Londres se llamaba muy acertadamente «charla de ascensor». Luego se acordó de aquel día de noviembre ya lejano en que vio la pedida de mano de la futura princesa en casa de Dick. Y no sintió ni pizca de nostalgia.

El veintinueve de abril llegó al parque casi en volandas, arrastrada por los miles de londinenses que habían tenido la misma idea. El día estaba nublado y agradablemente fresco, y allá donde uno mirara reinaba un ambiente festivo. Josefina vio a un tipo que llevaba un traje estampado con la bandera inglesa y un perro vestido a juego. Vio a una anciana ataviada con unas perlas más grandes que sus manos y un vestido de gala, cogida del brazo de un muchacho con el pelo engominado y el mentón muy tieso. Vio gente sentada en la hierba, aquí y allá, bebiendo cerveza, y se mezcló alegremente con ellos. Sonrió al toparse con un chico calvo que llevaba una corona de plástico como las de las niñas pequeñas. Pronto se fijó en que no era el único. De hecho, había coronas de plástico por todas partes. Las pantallas gigantes retransmitían la boda con toda su pompa y boato y Josefina estaba encantada de poder presenciar aquel momento histórico. Los invitados, las pamelas, los vestidos de colores pastel… ¿Le gustaría a ella casarse así, por todo lo alto?

Se lo estaba preguntando cuando Kate irrumpió en la alfombra roja de la majestuosa abadía de Westminster y la multitud enloqueció, lanzando atronadores vítores. A ella, sin poder evitarlo, se le pusieron los pelos de punta al contemplar el paseíllo hasta el altar de la futura princesa. Pero Mariona y sus amigos tardaban demasiado. Tantas prisas que tenían y ahora se estaban perdiendo lo mejor. Ya hacía cuarenta minutos que debían acompañarla y no tenía noticias de ellos. Se suponía que se iban a encontrar en algún lugar del parque, que la avisarían al salir del metro. Josefina había hecho una ensalada de atún enorme. Antes de irse le había dado un poco a Ulises, que la miró prepararla con mucha curiosidad. Ella tuvo la sensación de que el niño no había comido ensalada en su vida, porque le preguntó qué eran aquellas cosas rojas (tomates cherry) y amarillas (maíz) que flotaban en el arroz.

Estaba a punto de resignarse a comer sola cuando oyó una voz chillona que se le acercaba. Se giró para toparse con una Mariona sudorosa.

—¡Nena, nena, lo siento! Es que Tarik ha salido muy tarde de trabajar y está cansadito, por eso. No te he podido avisar antes. Le he tenido que convencer para venir, que no veas lo que me ha costado.

Ahí estaban. Mariona con su pelo recién teñido agarrada de la mano del famoso Tarik, que resultó ser un chico flaco y tímido que asentía a todo lo que ella decía.

Josefina se indignó. ¡Pero si ella había aceptado quedar por lo pesada que se había puesto la otra!

—Pues yo creo que sí podías haber avisado antes. No cuesta nada llamar o mandar un mensaje. Bueno, mira, tengo ensalada de atún y estoy muerta de hambre. ¿Comemos?

—¡Uy, a mí el atún no me gusta nada! —exclamó a voz en grito, y luego soltó por un momento a su Tarik para acercarse mucho a ella—. Mira, no, que yo en realidad venía a proponerte que nos vayamos a comer a un indio que hay cerca de aquí. Uno muy lujoso, no te creas. Y así te presento al amigo de Tarik. Mira, está allí.

Josefina miró por detrás de la melena de Mariona y se dio cuenta de que Tarik se había unido a dos tipos que las miraban muy fijamente. Solo que no tenían pinta de amigos.

—Bueno, en realidad es su primo mayor —aclaró, con ojos suplicantes—. Y el otro también. Mira, Josefina, es que la familia de Tarik aún no acepta que salgamos los dos solos por ahí. Y yo no quiero comer con los tres. Anda, vente, por fa.

La madre que la parió…

En la pantalla, las invitadas trataban de esconder sus bostezos bajo las pamelas mientras el arzobispo de Canterbury soltaba un sermón. La gente del parque se lo estaba pasando mucho mejor. Claro, porque estaban con sus amigos. Qué tonta se sintió de repente, allí sola agarrando su bolsa del Tesco con el táper gigante de ensalada.

—Lo siento, Mariona, pero como decía un amigo mexicano… No es mi pedo. Pásalo bien. Y suerte con la familia política.

Luego explicó que iba a buscar un baño y se marchó a la otra punta del parque. Cuando estuvo segura de que ya no la veían, se hizo con un sitio libre frente a una pantalla gigante y llamó a Pedro. Sí, tenía la mañana libre. El día entero, de hecho. Sí, estaba en la calle. Sí, estaba bastante cerca de allí, en Piccadilly, mirando libros en Waterstone's. Sí, le apetecía mucho acercarse al parque y ver la boda con ella. Y sí, le encantaba el atún.

18

Pedro apareció a los pocos minutos con una bolsa llena de libros y otra de cervezas. En cuanto las hubo soltado, le dio a Josefina un beso muy rápido en los labios que la dejó muda. Luego le tendió una cerveza bien fría y alzó la suya:

—Por el amor. O los negocios. Lo que sea que ha unido a esos dos.

Empezó a devorar la ensalada de atún, pero Josefina ya no tenía hambre. Solo quería mirarlo. Sus manos se movían ágiles y seguras y de repente deseó sentirlas encima de su cuerpo. Comprendió que él se daba cuenta de que lo estaba observando y de que le permitía hacerlo sin interrumpirla. La boda, mientras, estaba a punto de llegar a su momento álgido. La gente parecía cada vez más eufórica. William dijo: «*Yes*» y las latas de cerveza volaron. Pedro sacó dos benjamines de champán y los descorchó. Cuando Kate pronunció el «*I do*», un rugido de entusiasmo envolvió el parque entero. Pedro y Josefina brindaron con sus botellines y bebieron a morro. Después, él se aproximó a ella muy lentamente, la tomó por la cintura y la besó con delicadeza. Josefina sintió como una capa de algo que hasta entonces la aprisionaba se derretía y su cuerpo se volvía blando y poroso. Un cosquilleo se abrió paso por entre los nudos de su espalda y explotó hacia fuera, loco por romper los límites de su piel. Pedro la miró sin hablar y le puso en las manos una florecilla que acababa de arrancar.

Desde algún lugar empezaron a sonar los acordes *de True,* de Spandau Ballet, su canción favorita de siempre. La música debía de salir de alguna radio que estaba retransmitiendo la boda, o quizás un ángel había confundido a Josefina con la nueva princesa y estaba derramando la melodía sobre su cabeza como un baño de néctar. Se dejó caer en el pecho de Pedro mientras él acariciaba su pelo, sembraba de besos su frente, su cuello, sus labios. Cada vez que la miraba, Josefina se zambullía en el Mediterráneo, su cuerpo entregado a la voluntad del mar... Era tan delicioso flotar en aquellas aguas límpidas que no se dio cuenta de que los novios salían de la abadía y la multitud se dispersaba. El tiempo se había detenido en un presente donde nada malo podía suceder.

Cuando se fueron del parque se olvidó el táper con los restos de la ensalada de atún. Pedro agarraba fuerte su mano, y al pasar cerca del palacio de Buckingham divisaron dos minúsculas figuritas asomadas al balcón que saludaban a la multitud. Kate y William se besaban y ellos también. Fueron de pie en el metro, abrazados sin apenas hablar, llegaron a Notting Hill e hicieron el amor a plena luz del día. Luego se quedaron dormidos como si nada más importara.

Al despertar, una luz anaranjada se colaba por la ventana jugando a embellecer todo lo que tocaba. Josefina comprendió que olía a primavera y que los atardeceres volvían a ser hermosos y dorados. Miró a Pedro, que respiraba suavemente a su lado, su piel blanca y acogedora. La habitación estaba pintada de un azul intenso como el cielo de mediodía en Madrid. Las sábanas lucían alegres estampados florales y en las paredes convivían unos lindos paisajes pintados a la acuarela con fotografías en blanco y negro perfectamente alineadas.

La primera mañana juntos fluyó con la misma facili-
dad que el primer día, la primera semana, el primer mes.
Establecieron una rutina sin palabras a la que se fueron
acoplando sin esfuerzo. Quizás porque aún se trataban con
el tacto que imponía el no conocerse bien y no querer herir
al otro. Él se levantaba a escribir al amanecer. Ella preparaba el desayuno en silencio. Hacían el amor y se iban a
trabajar. Por las noches conversaban, cenaban en el sofá,
veían películas compartiendo la misma mantita.

Y sobre todo, paseaban. Se empaparon de quietud
en el jardín japonés de Holland Park y de bullicio en los
bares de Shoreditch, que a Josefina le pareció un Malasaña en versión sofisticada. Respiraron el aroma a especias y marihuana del mercado callejero de Dalston. Recorrieron de la mano los bistrós y las tiendecitas de
Stock Newington, un poco pijos pero siempre encantadores. Y pedalearon a lo largo del canal, desde Angel
hasta Victoria Park, entre barquitos de colores y estudios
de artistas. Las mañanas de los días festivos desayuna-
ban frutas caribeñas en Brixton, junto a abuelas de piel
tostada envueltas en telas multicolores. Y por las tardes,
mientras Pedro servía las mesas, ella leía *Hello!* y tomaba té con sándwiches de pepino en Fortnum & Mason.

Y sin embargo, Josefina no dejó la habitación de
Tottenham.

—¿Cuándo te vas a mudar con él? —le preguntó
Lola una mañana que había vuelto a su cuarto para buscar ropa limpia. Ya no pasaba tanto tiempo fuera. Ahora
casi siempre estaba en casa con Ramona, y había escrito
una carta a su familia contándoselo todo. No se habían
dignado responder pero, quisieran o no, habían quedado
bien enterados de su verdad.

—No lo sé —se escabulló Josefina. Era la enésima
vez que se lo preguntaba—. Hay ratones.

—¡Joder! Tú estás tonta, tía. Echabas pestes de esta casa y ahora no te quieres ir gratis a un sitio alucinante con un tío majísimo. Voy a cambiar la cerradura a ver si reaccionas.

—Ay Lola, hija, no me agobies más. Tú lo que quieres es que deje libre la habitación para que la ocupe tu novia. Bueno, pues por ahora no me largo —dijo, un poco para convencerse a sí misma en voz alta de que hacía lo correcto—. ¿Te crees que voy a volver a arriesgarme a que me pase lo mismo que con el otro y me quede tirada en la calle?

—En la calle, dice... Deja ese rollo de huerfanita sin hogar, anda, que ya no cuela.

Lola desapareció rumbo a la cocina y Josefina llenó una bolsa con ropa limpia para una semana. Ya volvería luego a por más.

19

Una mañana cualquiera, mientras Pedro se duchaba, el pitido del móvil de Josefina irrumpió en la paz del jardín, colándose entre el trinar de los pajaritos.

No podía ser verdad. Otra vez aquella ristra de números. Molestos, impertinentes, odiosos números.

Una oleada de indignación se le agolpó en las mejillas mientras terminaba de recoger las tazas del desayuno. Y algo más. Asco. Sí, asco, repugnancia, náuseas. Ni siquiera leyó el mensaje. Solo algunas palabras sueltas. *Recuerdas, tenemos que vernos, demasiado breve...* Enseguida lo borró y lanzó el móvil al bolso. Luego respiró hondo. No pensaba dejar que ese gusano envenenara lo que estaba naciendo entre ella y Pedro... que en ese momento apareció por la puerta de la cocina. Recién duchado y con aquella alegría serena con la que impregnaba el aire a su paso y que, de algún modo sutil e invisible, lograba colarse hasta la piel de Josefina y abrazarla por dentro.

Mientras, los días pasaban y en Londres se instaló algo parecido al verano. Josefina ya no sentía tanta añoranza del sol y del calor. Quizás porque se había acostumbrado a aquella pobre imitación de un verano de verdad. O porque ahora podía contar con el calor de Pedro.

Un día de principios de julio le sorprendió encontrárselo en el salón viendo las noticias, en lugar de escribiendo en el jardín. Josefina se sentó a su lado. ¿Habría ocurrido alguna catástrofe en España? Pero no. En Londres solo se hablaba del cierre del diario sensacionalista *News of the World*. Josefina lo sabía porque seguía leyendo el periódico gratuito del metro. Se había convertido en algo así como su clase de inglés diaria, y le encantaba. El escándalo era monumental porque se habían destapado los rastreros métodos con los que los periodistas habían perpetrado cientos de escuchas ilegales a multitud de personajes famosos y relevantes.

—Por esto dejé el periodismo, Josefina… —suspiró Pedro, sin apartar la vista de la pantalla—. Y cada vez va a más. No creo que sea capaz de volver nunca a una redacción. Ya tragué bastante.

—Ni falta que te hace. Recuerda que vas a ser un escritor famoso —aseguró ella—. Anda, quita la tele. Vamos a aprovechar el tiempo antes de entrar a trabajar…

Josefina adoraba el silencio de la casa de Notting Hill. Porque era un silencio vivo, muy distinto del mutismo sepulcral que se respiraba en el *penthouse* y que, ahora se daba cuenta, era de una tristeza que la dejaba entumecida. ¿Cómo no iba a tener siempre frío en aquel mausoleo que le helaba la sangre? Pero en casa de Pedro las paredes lanzaban sonrisas de colores, las flores besaban el aire al abrirse y hasta el piano parecía a punto de lanzarse a tocar una dulce melodía mientras los libros se arrancaban a bailar.

Al hacer la colada repasó mentalmente cuántos conjuntos podría ponerse antes de tener que volver a Tottenham a por más ropa… Lola volvería a darle la lata… Pero también era verdad que Pedro no le había pedido que se mudara a Notting Hill. Quizás a él no le hiciera falta. A lo mejor lo daba por hecho. Aunque, por muy maravillosa que fuera, aquella seguía sin ser la casa de Josefina.

Y entonces le sonó el móvil. Ay, no. Un mensaje muy largo. Y luego otro y otro más. Los leyó de mala gana, agarrando el móvil como si le quemara...

Insistía en verla. No, lo suplicaba. Joder, otra vez. ¿Verla, para qué?

Toda su alegría se escapó por las ventanas, como el sol de Londres cuando las nubes llegaban a aguarle la fiesta. Con cada mensaje se sentía más y más presionada, hasta que no pudo soportarlo más. Le contestó, solo para pedirle que la dejara en paz. Pero él la llamó. Decía que necesitaba verla. Que solo sería un momento. Que tenía algo importante que decirle y luego la dejaría tranquila para siempre.

Y Josefina cedió. Por cansancio, pero también un poco porque estaba intrigada... y otro poco por vanidad. Pero le concedería solo media hora y en un lugar público que por supuesto no tardaría ni dos minutos en elegir.

Quedó con él al día siguiente en un Costa cercano a la tienda de Olga. Así no se sentiría sola ante el peligro. Pedro libraba, y le costó mucho aparentar naturalidad con él. No quería mezclarlo en aquella historia. Era un asunto entre Dick y ella.

—Mira qué sol... ¿Vamos esta tarde a Primrose Hill? —le susurró Pedro mientras la besaba en el cuello—. Te voy a enseñar la vista más bonita de Londres.

—Bueno, he quedado con Olga —mintió ella. Aunque quiso convencerse de que era una mentira a medias, porque tenía intención de pasarse a ver a su amiga en cuanto despachara a Dick—. Tiene turno de tarde hoy. Me quiere contar algo sobre el máster que está haciendo. Bueno, no sobre su máster sino sobre los otros programas de Saint Martins. Como yo quería aprender diseño gráfico o algo así... No sé, igual me lleva con ella a conocer la escuela.

Pedro asintió sin hacer preguntas, aunque ella se dio cuenta de que él era consciente de que estaba dándole demasiados detalles. Se marchó a trabajar con alivio. Quería terminar lo antes posible con aquella historia. Dick le había enviado cinco mensajes para confirmar la cita. Con cada uno, Josefina percibía el zumbido de nerviosismo que él emitía y que llegaba hasta su teléfono, contaminándolo todo. ¿Qué demonios querría decirle? Imaginaba que al fin le iba a dar una explicación sobre aquella noche de la orgía fallida. Irina debía de haberlo dejado y por eso estaba tan alterado. O quizás lo habían despedido del trabajo y se había dado cuenta de la mierda de vida que llevaba a pesar de estar podrido de dinero. A lo mejor ahora estaba arrepentido de cómo la había tratado y quería volver con ella.

No sabía qué era, pero a pesar de todo no podía evitar una chispa de curiosidad. Sí, tenía que saberlo, tenía que encontrarse con él cara a cara para poder cerrar el círculo. Y tenía que hacerlo sola, sin darle explicaciones a Pedro. Después no volvería a ver a Dick. Jamás.

Los minutos frente al mostrador de Cozy Days se le hicieron interminables. A la hora convenida entró en el Costa con la espalda rígida. Se dio cuenta de que siempre se había puesto así cuando estaba en presencia de Dick. Tiesa, en guardia, a la defensiva. Lo vio sentado en el borde de una butaca, con una taza de café delante. Qué insignificante le pareció. Movía una pierna compulsivamente y tenía una mirada extraña, con los ojos muy abiertos. Al verla se puso de pie como movido por un resorte y trató de besarla en la mejilla, pero ella retiró la cara y el beso cayó con torpeza en su oreja.

Se sentó frente a él y cruzó las piernas.

—Te doy quince minutos. ¿Qué quieres? —disparó.

—Gracias por aceptar verme. Ya sé que no te he tratado muy bien últimamente. Ha sido una época difícil,

Josie. —Se detuvo para tragar saliva y aflojarse la corbata. Josefina se fijó en que tenía la frente sudada.

—Quería contarte que, bueno, hace unos meses abrí una cuenta corriente en un banco suizo a nombre de los dos para ingresar una cantidad de dinero —prosiguió, con una voz vacilante que Josefina no le había oído nunca—. Era una sorpresa para ti, aunque luego rompimos y no había podido decírtelo. Pretendía pagarte los estudios en Saint Martins... Bueno, en realidad la cuenta estaba a tu nombre y todavía lo está... Aunque tú no tienes acceso directo a ella... Lo que quiero decirte es que si recibes alguna llamada de la policía solo tienes que explicarles...

La palabra «policía» le encendió todas las alarmas.

—¿Qué estás diciendo, cabrón? ¿Qué coño has hecho y cómo te has atrevido a involucrarme?

Dick se bebió el café de un trago. Su mano tembló al dejar la taza en la bandeja. Le dijo que estaba teniendo algunos problemas en las últimas semanas. Era complicado de explicar, pero le pedía que confiara en él.

Que confiara en él...

En ese instante, Josefina fue dolorosamente consciente de la monumental, ridícula, absurda, patética mentira que se había contado a sí misma acerca de que aquel miserable que ahora tartamudeaba frente a ella bañado en sudor era el hombre de su vida.

Hizo el gesto de levantarse y él la retuvo con una mano sudada.

—No me toques o grito —amenazó.

—Josie, por favor, déjame explicártelo bien. ¿Has visto las noticias hoy? Quiero que sepas...

—No me llames Josie. Me llamo Josefina. ¡No me llames de ninguna manera! No vuelvas a aparecer en mi vida y saca mi nombre hoy mismo de esa cuenta bancaria y de cualquier mierda relacionada contigo. Quiero una prueba por escrito de que lo has hecho o voy directa a a la policía. Y como me mandes un solo mensaje más a partir de hoy, te denuncio por acoso.

Tenía la boca seca, el cuerpo hormigueando de indignación y una necesidad imperiosa de marcharse de aquel lugar donde hacía tanto calor. Se puso de pie y lo vio tal cual era en realidad, un despojo forrado con un traje caro, sin moral ni valores ni compasión. Cogió su bolso y se giró bruscamente sin darle opción a responder. Al intentar marcharse, su cabeza tropezó contra el pecho de un hombre que olía a conocido... Levantó la mirada. No podía ser. Había chocado con Pedro. Pedro, que se había quedado clavado en el sitio, contemplándola con estupor. Josefina creyó doblarse en dos cuando aquella mirada la atravesó como un rayo en la tormenta.

—Había venido a buscaros... Imaginé que estabais aquí. Olga y tú, claro. ¿Qué haces otra vez con ese fantasma? —Pedro se encaminó hacia donde estaba Dick, pero este había desaparecido como por arte de magia. Se volvió de nuevo hacia ella—. ¿No sabes que hoy sale en los periódicos? ¿O sí lo sabías? ¿Por qué me has mentido, Josefina?

Sin esperar respuesta, Pedro se dio la vuelta y se marchó, abriéndose paso entre la gente como siempre hacía. ¿De qué estaba hablando? ¿Dick en los periódicos? Dios mío, ¿qué estaba ocurriendo?... Se quedó sola en medio del café, mareada e impotente. Tenía que marcharse o se iba a asfixiar. Cuando pudo reaccionar, salió a la calle corriendo y llamó a gritos a Pedro, pero él también se había esfumado. Quería explicarle... Ella no sabía nada, solo había quedado con Dick para pedirle que la dejara en paz para siempre, porque no dejaba de invadirla con sus mensajes. Pero no lo encontró.

Rendida, regresó a Tottenham y vio las noticias en el cuarto de Jane. Hablaban otra vez de escuchas ilegales, de chantajes y mezquindad. De repente apareció la imagen de una mujer pelirroja que caminaba por la calle entre periodistas a punto de lanzarse sobre ella como pirañas. Josefina se quedó helada. Andaba cabizbaja y huyendo de las cámaras, pero su cabello en llamas y su porte chulesco eran inconfundibles. Era la amiga que Dick que había saludado la tarde que fueron juntos a Fortnum & Mason. Más aun, estaba casi segura de que era una de aquellas intrusas envueltas en látex que la esperaban en el *penthouse* aquella espantosa noche, destrozando la paz de su hogar... Un escalofrío la recorrió como un latigazo. Después, el reportero mencionó el nombre del «financiero» Dick Rochester, cuya foto apareció en un extremo de la pantalla. El corazón de Josefina subió de un salto a sus oídos con tal violencia que solo fue capaz de escuchar las palabras «cómplice» y «sospechoso».

Y entonces, el dolor que se le había quedado dentro aquella noche infame la sacudió de arriba abajo. Sintió la vergüenza, el miedo, la humillación corriendo por sus venas. Y a medida que Josefina les permitía desprenderse de su cuerpo, una extraña paz se fue apoderando del espacio que aquellas pobres criaturas habían dejado libre.

Ahora entendía el porqué de aquella absurda cita en el hotel rural, cuando Dick se aseguró de pasear con ella por todo el jardín. Para que aquellos carcamales de la aristocracia lo vieran acompañado. Necesitaba testigos. Ella no importaba nada, solo había sido una coartada para demostrar que ese día Dick no estaba en Londres, por algún motivo relacionado con esa cuenta de dinero sucio que el muy malnacido había abierto a su nombre y que sin duda tenía algo que ver con aquella pelirroja corrupta y todas las aguas turbias en las que nadaba la gente como ella. Como Dick.

La amargura le subía del estómago a la boca. Cómo había estado tan ciega... Ella, que creía ser una mujer independiente, y en Londres no había hecho más que perder el tiempo poniéndose a los pies de aquel cretino narcisista. Rogó para que los tabloides no publicaran una foto de ellos dos juntos. O peor aún, de él con la famosa Irina. Aquel día no tuvo fuerzas para leer el periódico del metro. En lugar de eso, se fijó los anuncios que empapelaban las estaciones. *Pamper yourself, Spoil Yourself, Treat Yourself,* susurraban las paredes a las mujeres de Londres. O al menos a las pobre bobas que, como ella, eran capaces de hacer cualquier cosa por obtener una migaja de amor que les diera fuerzas para seguir tratando de conquistar aquella tierra inhóspita.

Su único consuelo era que, afortunadamente, Dick no era ni de lejos un personaje principal en toda esa mezquina historia de las escuchas ilegales, sino tan solo un mediocre figurante de quinta fila al que por un día le había tocado decir una frase ante la cámara. Lo que debía haber sido en la vida de Josefina desde el momento en que la dejó plantada en medio de su primer fin de semana en Londres.

20

De vuelta en la seguridad de su casa, Josefina agradeció que Lola anduviera tan encandilada con Ramona que no le prestó mucha atención cuando le contó que se iba a quedar algunos días en Tottenham porque las cosas no andaban muy bien entre Pedro y ella. En las últimas semanas, Lola parecía una persona nueva. Había empezado a trabajar como teleoperadora, vendiendo viajes de placer a los clientes de un banco español. Para sorpresa de todos, se le daba de maravilla convencer a los jubilados ricachones de la necesidad de comprar pasajes para embarcarse en monstruosos cruceros por las islas más remotas. Y, para alivio de Josefina, no tenía ni idea del escándalo formado en torno al tabloide y las escuchas. O no le importaba lo más mínimo. No era propio de Lola interesarse por la política o los sucesos que atañían a los ingleses. Aun después de tantos años en el país, ella vivía en su propia república independiente.

Pedro no contestaba a sus llamadas ni a sus mensajes, y ella paseaba su tristeza por la zona del río que él le había enseñado. A lo mejor un día se lo encontraba por allí, comprando libros de segunda mano o entradas para una obra de teatro... Qué bonito era todo. Con cada paso que daba, Josefina respiraba el arte, la literatura, el teatro, el cine, la poesía, ¡la música!; la ligereza y la bondad de Pedro, que se habían esfumado como pájaros asustados. Cómo echaba de menos ahora sus paseos juntos, sus conversaciones sobre todo y sobre nada, el dejarse llevar a aquellos rincones encantadores que él conocía, tan distintos de los pretenciosos restaurantes de Dick. Cómo añoraba sentarse a desayunar con él en su precioso jardín de Notting Hill que seguramente escondía ratones, pero que era también el hogar de los gorriones y las rosas que iluminaban sus mañanas.

A finales de julio, el país se despertó con el drama de la muerte de Amy Winehouse y Josefina, sin saber muy bien por qué, lloró al oír su voz en la radio. Como el día en que murió Lady Di. Por fortuna, el nombre de Dick no había vuelto a salpicar las páginas de los tabloides. Ahora todos se habían lanzado como buitres sobre el cadáver de la pobre Amy. Sola en casa y con el día libre, se puso a limpiar su cuarto. Ya no le asustaba ver puntitos en movimiento sobre la moqueta ni se molestaba en limpiar los cristales de la ventana. Al poner orden en el escritorio, un papel cayó a sus pies. Era el viejo *flyer* que anunciaba la meditación navideña en la que había coincidido con Toñi. Se acordó de lo bien que les había sentado a las dos. Durante casi una hora, habían sido capaces de flotar por encima de sus propias nubes grises y hasta de mirarse a los ojos y empezar a ser hermanas de verdad.

¿Y si volvía? Consultó en internet, descubriendo entusiasmada que esa misma tarde, dentro de dos horas, tendría lugar otra meditación. De hecho, había una cada semana. Le reconfortó tener algo que hacer, una cita que partiera en dos las horas del día, que ahuyentara su soledad. Sí, necesitaba perderse de nuevo en aquel dulce limbo y, al menos por un rato, dejar de flagelarse por haber vuelvo a enredarse con Dick y de llorar por haber perdido a Pedro.

Llegó a la iglesia dando un tranquilo paseo. *Wandering...* ¿Por qué había tardado tanto tiempo en fijarse en Pedro? No podía engañarse. Lo sabía muy bien... Era porque ellos dos encajaban con suavidad, como las piezas de un aburrido puzle. Solo que ella había sido incapaz de esperar a terminarlo y alejarse unos pasos para ver la escena completa, con las piezas unidas rebosando sentido y armonía. En cambio, Dick la había cegado con los fuegos artificiales que encendía en su presencia y que ni siquiera pretendían deslumbrarla a ella, pues en el fondo no tenían otro objetivo que contemplarse a sí mismo iluminado por su fatuo resplandor.

El grupo de meditación estaba discretamente reunido en un lateral de la iglesia. Había seis o siete personas. Dos conversaban en voz baja, y los otros esperaban curioseando en su móvil o mirando las musarañas. Una mujer le dio las buenas tardes en voz baja y Josefina se sintió acogida al instante. Londres era un lugar de gente sola que sobrevivía gracias a aquellos pequeños reductos de amabilidad. Las iglesias, los centros comunitarios, las bibliotecas. Ella se fijaba a menudo en los anuncios que encontraba en los paneles de todos esos lugares. Siempre había un grupo concebido para unir por un ratito a todas aquellas almas solitarias. Grupos de juego para mamás con niños pequeños, grupos de alcohólicos, grupos de hombres, grupos de gente mayor, grupos de codependientes. Siempre había una sesión de meditación, una merienda con té y pastas, un coro, una clase de gimnasia, una tarde de manualidades... Cualquier excusa servía para intentar sacar un ratito a los solitarios de esa espantosa burbuja de desamparo que envenenaba la mente y paralizaba el cuerpo.

Joy apareció llenando el espacio con su presencia só-
lida como una roca que inmediatamente tranquilizó a Josefina. Saludó al grupo con la misma calidez que la otra vez
y tomó asiento. Espero unos minutos y, cuando el silencio
reinaba entre ellos, pulsó un pequeño equipo de música
que estaba a sus pies y la voz de Amy Winehouse inundó
la iglesia.

He walks away,
The sun goes down,
He takes the day but I'm grown...

Sin decir palabra, Joy sacó del bolso una foto de la
cantante y la colocó en el centro del grupo. Luego prendió una vela junto a la imagen y los invitó a cerrar los
ojos para sentir el fuego que desprendía aquella voz.

—Amy era una inspiración, un ejemplo de cómo
transformar el dolor que nos desgarra por dentro y convertirlo en coraje. Nos mostró la manera de expresar la
creatividad única y divina que vive dentro de todos nosotros. Tuvo el valor de ser ella misma. Apasionadamente auténtica. Aunque llegara el día en que no pudo soste-
nerlo más.

And in your way, in this blue shade
My tears dry on their own...

—Ahora respira llenando de aire tu pecho y siente
tu corazón, ese lugar dentro de ti que es un espacio sa-
grado. Imagina que entras en él y lo llenas de luz. Ahora
puedes elegir liberarte del miedo y vivir tu vida desde el
amor... Respira tu esencia, siente el sonido de tu alma...
El sonido de tu alma...

This is the sound of my soul...

Josefina dejó de escuchar a Joy y a Amy, desaloja-
das de su cabeza por la letra de *True*, de Spandau Ballet.

So true,
Funny how it seems,
Always in time,
But never in line for dreams...

Viajó al instante en que Pedro la besó por primera
vez mientras estaban sentados en el césped del parque,
siguiendo la boda real.

I bought a ticket to the world
But now I've come back again...

Y comprendió que de todos los momentos que había
vivido en Londres, aquel era el único en el que había
abierto la puerta al amor que habitaba en su corazón. Pero era un amor que no hacía ruido, una música que sonaba bajito y que no había sabido escuchar. Ahora la voz
de Tony Hadley lo llenaba todo en su interior. La había
escuchado miles de veces, era tan familiar como la voz
de su propia madre. Era la voz que sonaba cuando iba al
instituto y llegaba a casa soñando con cumplir dieciocho
años para irse a Londres. Era la voz de su inocencia...
Y ahora su pecho rebosaba de agua a punto de de-
rramarse. Sentía una nostalgia feroz por aquel sueño juvenil que nunca había cobrado vida. Porque el Londres
de sus fantasías jamás había existido. Porque cuando
aquella canción sonó por primera vez, Josefina no era
más que una niña que iba a un colegio de monjas en un
barrio humilde de Madrid. Esa vida perfecta en Londres
que iba a vivir cuando cumpliera los dieciocho no era
más que una figura de humo que se había desvanecido

hacía mucho tiempo. Y comprendió que Londres debía haber seguido siendo eso. Un sueño, una fantasía, un fantasma, un amante y no un marido, un consuelo al que recurrir cuando regresara a casa cansada del trabajo y su novio de turno se pusiera a ver el fútbol y ella a escuchar viejas canciones de Spandau Ballet. Sintió que se había equivocado completamente al dejar su país.

Apenas Joy les pidió que abrieran los ojos para regresar al momento presente, Josefina agarró su bolso y salió disparada de la iglesia para disolver su tristeza en la noche. Echó a andar sin saber muy bien dónde estaba, hasta que se encontró con un parque y no dudó en adentrarse en sus sombras. Caminó por un sendero y, cuando no quedó ni rastro de luces artificiales, se abrazó a un árbol con todas sus fuerzas. Entonces la tierra se abrió bajo sus pies y con ella las compuertas de su pena, que rezumaba grumos amargos y pesados. Lloró sin miedo ni recato mientras un vaho negro la quemaba por dentro, agarrándose a sus tripas, alimentándose de un anhelo de amor que la ocupaba entera. Su cuerpo era una armadura llena de agujeros por los que entraba y salía el dolor. Josefina se agarró más y más fuerte al tronco. Y cuando al fin se sintió vacía, libre de aquellos monstruosos coágulos, soltó el árbol y dobló la cintura, agachándose como si necesitara vomitar. Poco a poco, sus piernas recobraron las fuerzas y aquel agujero en su vientre se cerró. Cuando regresó a casa estaba exhausta.

Lola y su chica dormían abrazadas con la puerta abierta. Sintió ganas de unirse a ellas. Gracias, Lola, por despertarme de mis ridículas fantasías, por traerme de vuelta a la cordura. Tonta de mí, me creí Jane Eyre perdida en un páramo desolador, esperando al salvador que tenía que rescatarme de mi infortunio...

Se derrumbó sobre la cama y durmió muchas horas seguidas. Al despertar, comprendió que aquel delirio ado-

lescente que la había conducido a vivir en una cochambro-
sa habitación alquilada a una desconocida en una casa
compartida de protección oficial de un barrio miserable en
la zona tres había muerto.

Ya no esperaba nada de Londres.

21

Perdida como estaba en sus pensamientos, a Josefina le sobresaltó oír una voz desconocida a sus espaldas.

—¿Qué haces? —Ah, era Ramona, la novia de Lola.

—Limpieza. Tirar cosas —explicó, anudando la tercera bolsa de basura.

—Vale, pero déjame entrar en el baño, que me meo.

El rellano estaba lleno de bolsas que impedían el paso. Josefina hizo sitio y la muchacha se sentó en el váter sin cerrar la puerta.

—¿Puedo ver lo que tiras? —Ramona tropezó con una bolsa mientras se subía la cremallera del pantalón.

—Sí, claro, quédate lo que quieras. Yo me largo.

—¿Quién se larga? —La voz medio dormida de Lola se unió a la conversación.

—Yo, de Londres —dijo Josefina desde su cuarto.

—Anda ya. *Lady Tiquismiquis* cómo se va a ir. No te lo crees ni tú.

—Que sí. Que no aguanto más. Me vuelvo a Madrid.

Lola apareció en la puerta, con los pelos revueltos y un ridículo pijama de donuts rosas.

—¿Qué coño te vas a volver tú? Si acabas de llegar.

—A ver, a ver, ¿vas a tirar esa ropa? Déjame mirar. —Ramona interceptó el montón de prendas del Primark que Josefina estaba metiendo en una bolsa.

—Pues ya ves —le dijo a Lola, mientras le tendía la bolsa a Ramona.

—Este mejor no. Es muy cursi. —Ramona se había probado el vestido de las amapolas estampadas—. ¿Y aquella camiseta?

—¿Os gusta la lencería? —preguntó Josefina lanzándole a Ramona el conjunto que le había regalado Dick. Si hubiera estado plagado de chinches no lo habría soltado con más ganas.

Lola dijo que no y Ramona que sí. Luego se miraron y estallaron en risas. Josefina lo tuvo más claro que nunca. Se tenía que marchar. Había seguido llamando a Pedro durante muchos días sin que le contestara ni una sola vez. No iba a seguir intentándolo. Que pensara lo que le diera la gana. Lo malo era que sentía remordimientos. No había sido infiel, ni le había pasado por la cabeza siquiera. Pero no dejaba de reprocharse el tiempo tan precioso que había perdido con Dick, el haber seguido mensajeándose con él incluso después de que la echara de su casa, incluso después de empezar a salir con Pedro, demostrándole que podía tratarla como a un felpudo.

—Bueno, luego sigo. Ya estoy cansada de tirar cosas. Voy a desayunar.

—¿Te importa si abro todas las bolsas y miro un poco? —pidió Ramona.

—Todo tuyo. Pero vuelve a guardar lo que no te guste para llevarlo al contenedor de ropa. No quiero ni verlo.

Pero Lola no se daba por vencida tan fácilmente. La siguió a la cocina.

—¿Qué te ha pasado? Estabas muy bien con Pedro. ¿Te ha hecho algo? ¿Te has metido en algo chungo?

Mejor no le iba a contar el último encuentro con Dick. No habría podido soportar su mirada. Se puso a preparar unas tostadas.

—Venga tía, no te vayas —dijo Lola, agarrándola del brazo.

—¿Pero a ti qué más te da? —explotó Josefina—. Tú tienes tu vida. Tienes a Ramona. Además, ¡odias Londres!

—Bueno, tampoco lo odio. Lo mío con Londres es como criticar a la familia. Tú puedes ponerlos a parir, pero que no se meta nadie de fuera a hablar mal de ellos. Pues eso.

—Vaya, ahora te has vuelto inglesa —suspiró Josefina, resignándose a seguir acorralada—. ¿Quieres una tostada?

—Joder, para ya, tía. ¡Mírame, que te estoy hablando!

Pero Josefina no podía. Ahora que había tomado la decisión, no podía permitirse dudar.

—¡Que me mires a la cara, hostias!

—¡Ay, Lola, déjame! —Josefina soltó el plato con las tostadas en la mesa, haciéndolo temblar—. Te digo que me largo, y se acabó. ¿Por qué me quieres convencer después de toda la brasa que me has dado con lo asqueroso que es Londres y lo mal que estás aquí?

—Porque no quiero que te rindas.

Josefina no contestó.

—Porque eres la tía más valiente que he conocido en Londres. Viniste aquí sin nada para hacer realidad tu sueño. Y luego te arriesgaste a que te rompieran el corazón. Pero lo mejor de todo es que no te resignaste a trabajar de camarera como todos los demás. A mí ni siquiera se me ocurrió que podía hacer otra cosa… Hasta que te conocí a ti. Por no mencionar que me he tirado nueve años escondiéndome en Londres porque no me atrevía a salir del armario. No he sido capaz de contárselo por teléfono a mis padres, vale, pero al menos lo solté en la carta. Tú me diste la fuerza. Eras la primera española que vi aquí que no corría a buscar un trabajo de mierda. Hasta entonces, yo no creía que pudiera hacer otra cosa.

Josefina aflojó la tensión de sus hombros. Se sentó por fin, y miró a su amiga.

—Me vas a hacer llorar.

—Pues llora. Verte hacerlo una y otra vez también me ha enseñado a mí... Ahora sé que no pasa nada por soltar unas lágrimas.

Josefina la tomó de la mano.

—Vine sin nada, sí, y ahora soy camarera como casi todo el mundo. Tenías razón, no quería ser como vosotros. Me parecíais unos fracasados. Pero la triste verdad es que yo era una ridícula fantasiosa a la que le aterraba buscarse la vida en este monstruo de ciudad. Fui detrás de Dick perdiendo la dignidad solo porque creía que era el príncipe azul junto al cual me podía esconder. Londres en mis fantasías era de una manera, pero en la realidad se me hizo muy grande. Ni siquiera me sentía capaz de no romper las tazas al servir los cafés.

—¿Y quién quiere ser camarera para siempre? Todos nos largamos en cuanto podemos. Queremos vivir bien. ¡Por eso nos fuimos de España, joder! Pero a veces no nos atrevemos a reconocerlo porque tampoco nos sentimos capaces de aspirar a algo mejor. Tú sí lo has hecho.

—Lola... Esto es demasiado duro. —Josefina soltó la mano de su amiga para mantener la entereza—. Sobreviví al primer invierno porque no sabía lo que me esperaba. Pero ahora ya sé lo que hay. Y no puedo soportar la idea de otro verano sin sol, de seguir compartiendo piso, de encariñarme con gente que desaparece...

—Entonces no desaparezcas tú.

Josefina sabía que, si se echaba a llorar, su determinación se desharía como papel mojado. No podía, no podía ponerse a razonar ahora porque entonces Lola la convencería.

—Ay, Lola... —No pudo contenerse más.

—Venga tía, no llores. Bah, ya sabes que soy una bocazas. Pero piénsalo un poco más, ¿vale?

Ramona entró en la cocina con el conjunto de lencería puesto y su presencia acabó con el drama. Estaba preciosa y a Lola se le iluminó la mirada. Al rato, se fueron a trabajar. Josefina las vio desaparecer por la ventana cogidas de la mano. Parecían dos criaturas camino de la escuela entre bromas y secretos. Sonrió con ternura. Ojalá les fuera muy bien.

Cuando, dos horas más tarde, ella también salió por la puerta para ir a trabajar, se chocó con una cortina de lluvia. Tenía tiempo y decidió esperar a que escampara. Era el mes de julio y allí estaba, con sus medias, su camiseta de manga larga y su rebeca. Todo era gris. Gris el cielo, grises las fachadas de las casas, gris el cubo de basura abarrotado de bolsas grises, gris el pelo de las ratas que se escondían en las rendijas, gris la nube que empañaba su corazón. Cerró los ojos e inspiró, esforzándose por invocar la luz de España, los vestidos de algodón y los mojitos en las terrazas de Madrid al salir del trabajo, la ilusión de salir de viaje y pasar dos semanas en la playa, aunque fuera en un apartamento con muebles de mimbre y olor a humedad. El sol lo limpiaba todo, lo curaba todo, lo embellecía todo.

Ese día le tocaba turno de mañana, y cuando terminó de trabajar aún caía la lluvia, plomiza y cansina. El día había sido muy tranquilo y decidió dar un paseo sin rumbo. Mirando la pantalla de los vuelos, se fijó en que había uno para Madrid dentro de dos horas y se encaminó hacia la puerta correspondiente para curiosear un poco. Solo había una pareja que dormitaba y un tipo leyendo un libro. Miró el móvil, que seguía mudo. Pedro no la llamaba, pero ella no podía dejar de comprobarlo cada cinco minutos. Al menos Dick no había osado escribirle más. O quizás sí, pero no se enteraba porque había bloqueado su número.

Poco a poco empezaron a llegar pasajeros hablando en español y ella se dedicó a observarlos, pasando desapercibida desde su asiento. Era verdad, los españoles hablaban con las manos. Y ellas... Tan conjuntadas, con el pelo tan en su sitio. Siempre en grupitos. Observó el el ir y venir de la fila al baño, a comprar una botella de agua, qué barbaridad, tres libras, saca el DNI que luego cuando nos toque no entendemos lo que nos dicen, ¿has avisado a la abuela de que volvemos hoy? Dejaban las mochilas en el suelo y Josefina sentía el alivio del peso que se suelta, y cuando volvían a colgárselas para avanzar en la fila los miraba distante, porque nada de aquello iba con ella. No tenía que correr, ni gastar las últimas libras, ni avisar a nadie para que la esperara en Barajas.

Y aun así, quería regresar a España. Lo deseaba con todo su corazón.

El avión se tragó al fin a todos los viajeros y la fila volvió a quedar desierta, la pantalla apagada en espera del próximo grupo. Y a ella, ¿qué le aguardaba ahora? Con cada café que había servido aquella mañana había ido creciendo una idea en su cabeza. Podría alquilar un pequeño estudio para pasar unos días en la playa cuando se marchara de Londres. Y luego ya volvería a Madrid. Regresaría en septiembre, cuando la gente anduviera ocupada con la vuelta al cole, al trabajo, a aquellas rutinas que pasaban toda la semana intentando aceptar mientras contaban los días que quedaban para el sábado y el domingo. Así, su retorno pasaría desapercibido. De todos modos, no pensaba dar explicaciones a nadie. «He vuelto», diría. Y ya está.

Guardaría para sí misma la ilusión de su llegada a Londres. Ah, eso no lo olvidaría nunca... Algún día podría contarles a sus nietos que un día se subió a un avión y se plantó en Londres para empezar una nueva vida. Y recalcaría orgullosa que lo hizo pasados los treinta y cinco.

De hecho... Se le acababa de ocurrir que no tenía por qué quedarse en Madrid. Podía probar suerte en otro país. Tenía que mirar en internet cómo funcionaba eso de cuidar las casas de la gente que viajaba. A ver si tenía tanta suerte como Pedro. También podría ser camarera en un crucero. O trabajar en un hotel. Había visto algunas ofertas para limpiadoras en hoteles de Escocia. Volver a casa de sus padres era solo algo temporal, una parada en el camino que le permitiría ordenar sus ideas y decidir el siguiente paso.

Lo único que le dolía era pensar en todo lo que soñó y no llegó a ocurrir... Todo aquel bobo sueño de llegar a ser *Lady London*. Pero era una pena que resbalaba por su corazón sin llegar a herirlo. Y la torpeza con que había abordado sus comienzos con Pedro, creyéndolo un pobre sustituto de Dick. Aunque era mejor así. Pedro no la quería. Ni ella a él. Solo se había ilusionado un poco.

Tenía la sensación de estar suspendida en medio de la nada, en un tránsito silencioso, como aquella terminal que esperaba la llegada de los siguientes viajeros. Entre el pasado y el futuro, entre sus sueños de felicidad en Londres y la vida que la aguardaba. Y en ese vacío sin expectativas, Josefina encontró la paz que necesitaba. Porque estaba tan cansada... Cansada de vivir en una casa sucia y ajena, de abrir los ojos cuando se daba la vuelta en la cama y encontrarse con la trampa para los ratones, las manchas de moho, las cortinas negras, la mesilla de cartón, la cómoda que no cerraba bien y el armario viejo. De tener que ir a la lavandería para poder ponerse ropa limpia. De dejarse una fortuna en comprar verduras plastificadas en el Tesco, helándose bajo el aire acondicionado. De la suciedad del metro y de lo lejos que estaba todo. De hacer cola y pasar frío. De que cada dos por tres los trenes se colapsaran por la lluvia, o hubiera huelgas o retrasos y el andén se llenara de caras resignadas y ratones correteando por las vías como criaturas en el patio del recreo. De que, cuando trabajaba los fines de semana, le tocara bajarse del metro y subirse a un autobús, tardando horas en llegar a casa porque muchos de ellos anunciaban cambios de ruta repentinos y la dejaban tirada en barrios desconocidos. Puntualidad británica, ja.

Y estaba cansada del entusiasmo fingido de sus compañeros de trabajo. Los *«Are you happy with this or that?»* de Fiona. Los *dear, sweetie, darling, lovely, great, brilliant...* ¿Qué narices pensaban en realidad los ingleses? Aunque eso ya le daba igual. Al menos, vivir en España era más amable. No sería un regreso a lo de siempre, sino un impuso para saltar a la próxima aventura. Y de repente la ilusión prendió en su pecho como un rayo de sol. ¡Un nuevo comienzo la esperaba! Se levantó de un salto y tomó el metro hasta el centro. En el Primark de Oxford Street se compró un precioso vestido largo de flores. La gente en Londres ya vestía de otoño, pero ella estrenaría ese vestido cuando fuera a la playa en España. Y también se haría una foto sonriendo bajo el sol de la tarde, con la luz de un cuadro de Sorolla, y la subiría a Facebook para que todo el mundo se enterara de que volvía a tener la vida entera por delante...

Ya no le parecía tan espantosa la idea de quedarse con sus padres mientras decidía cómo escribir el siguiente capítulo de su vida. Las cosas siempre eran más complicadas en la imaginación... De hecho, pensaba trabajar con ellos en la charcutería durante un tiempo. Así se calmarían. Ya sabía lo que era trabajar de camarera, o sea que eso de despachar embutido sería pan comido. Y poco a poco buscaría otro empleo en Madrid, o se iría fuera. Cuanto más lo pensaba, más se ilusionaba con la idea. Prefería mil veces amanecer en Madrid, con el olor a churros y a sol de verano, a seguir caminando entre extraños para llegar al metro de Londres.

Pensó en escribir a Carmen y ponerla al día. Empezó a redactar el correo, pero no fluía. Todo el tiempo escribía y borraba, revisaba sus palabras, se censuraba y se corregía. No quería decir nada que la molestara de nuevo. Y cuando por fin hubo terminado y releyó aquellas frases, le sonaron huecas. Entonces comprendió que ya no le apetecía contarle a Carmen su vida, que se le habían quitado las ganas de intentar recuperar lo que se había perdido mucho tiempo atrás. Su vieja amiga había decidido ofenderse y nada de lo que pudiera decir Josefina serviría para retomar una relación que estaba muerta. Y francamente, le dio igual. Ya no necesitaba amigas del alma. Ahora se tenía a sí misma.

Borró el correo y escribió otro a Toñi, que le salió un poco atropellado pero sin miedo a lanzar su mensaje. Su hermana le contestó enseguida.

> *¡¡¡Estás loca. No vuelvas, te van a atrapar!!! ¡¡¡Te encasquetarán la charcutería y además te tocará cuidarlos hasta la muerte!!! Espera un poco, que creo que tu ex está a punto de venderle el piso a la prima de la Triana. Luego te escribo despacio, tengo clase de zumba.*

Josefina soltó una carcajada. Quién habría imaginado una respuesta semejante de Toñi antes de aquella Nochevieja juntas. Sí, las cosas habían cambiado. Regresar sería fácil. Porque Londres le había enseñado a reinventarse de nuevo. Las veces que hiciera falta.

22

Un jueves por la noche de principios de agosto, Josefina miraba su ordenador mientras cenaba un plato de pasta precocinada. Lola ni se había molestado en tratar de convencerla para que se uniera a su plan. Nada menos que una *rave* en una nave industrial del sureste de Londres. Cuando le informó de lo que pensaba hacer, las dos se miraron y soltaron una carcajada. Lola con sus zapatones y su peto vaquero, Josefina envuelta en su bata del Primark. No eran necesarias las palabras. Lola se marchó a buscar a Ramona y ella abrió un yogur gigante con arándanos y se puso a buscar pisos de alquiler en Madrid mientras escuchaba a Nacha Pop.

Un día cualquiera no sabes qué hora es…

A ver. Imprescindibles la luz natural, el suelo de madera y la calefacción central. Como no podía pagar ningún piso, se dedicaba a imaginar que escogía el más bonito. Había un ático en Ópera con vistas al Palacio Real y a la puesta de sol. Muebles de color beis, cojines de estampados étnicos, una linda terraza envuelta en plantas, hamaca para las siestas de verano. Pero no tenía ascensor. Vaya, descartado. Y luego había un maravilloso *loft* en Chueca, con una cocina gigante unida al salón y un baño con grandes ventanales que miraban a un patio privado con manzanos. Se imaginaba viviendo allí y el corazón le saltaba de alegría. Ah, levantarse bajo la luz de España. Llamar a una amiga para compartir una pizza en Sol un sábado a mediodía. Caminar entre las tiendas, Callao abajo, maravillándose con el cielo al atardecer. Si era verdad que había una compradora para su piso, como había dicho Toñi, entonces sí podría permitirse alquilar alguna de esas preciosidades... Tendría que escribir al novio número tres para que ponerse al día.

Todo lo demás estaba ahí, al alcance de su mano. Llenar la nevera de frutas y hortalizas de verdad. Sentarse en el Café Comercial a ver pasar gente a la hora del aperitivo. Oh sí, el aperitivo. Una caña y unas simples, deliciosas aceitunas. Leyendo el *¡Hola!* o *El País*. Al sol. Siempre al sol. Podría apuntarse a clases de yoga o de pintura en el centro cultural cuando saliera de la charcutería. Seguro que podía ir caminando. Y bueno, ya había pasado mucho tiempo desde el despido... Empezaba a apetecerle retomar el contacto con algunos excompañeros. Solo con los menos quejicas. Charlar tranquilamente en español, saber en qué andaban ahora. Hasta tenía ganas de volver a hablar con Toñi. Se la notaba cambiada de verdad, a su hermana.

Me asomo a la ventana, eres la chica de ayer,
jugando con las flores de mi jardín,
demasiado tarde para comprender...

Un ruido atronador cayó sobre la voz de Antonio Vega cuando Josefina estaba eligiendo un bar al que invitar a su hermana a una copa el primer sábado por la noche que pasara en Madrid. Estaba tan abstraída en sus fantasías que le costó reaccionar. Tras unos segundos de perplejidad, se sintió como si acabara de despertar de un sueño. Aterrizó de nuevo en su habitación de Londres, alarmada, y bajó el volumen de la música. Fuera se oían gritos, golpes, un murmullo extraño y electrizante. Siempre se formaba algún escándalo en las noches del fin de semana, pero lo de ahora parecía diferente. Se asomó a la ventana. No veía nada fuera de lo habitual. Las mismas casas viejas de siempre frente a la suya. La calle vacía. De repente el cristal retumbó de tal manera que pareció que iba a hacerse añicos y Josefina soltó un grito. ¿Aquello había sido un disparo? Le siguió un inquietante silencio, roto enseguida por el estruendo de una sirena.

Era medianoche, Lola no había vuelto y Jane tampoco estaba en casa. El día antes se había marchado con Ulises a pasar un fin de semana largo quién sabía dónde. Estaba segura de ello y, sin embargo creyó oír ruidos en la casa. Luego escuchó un portazo. Habría jurado que era en el piso de abajo. Unos tipos hablando un slang incomprensible. Gente que entraba y salía. ¿De la habitación de Jane? No, no, no, era imposible. Sería en la casa de al lado o en la de arriba. Un miedo atroz la congeló por dentro. No se atrevía ni a ir al baño. Volvió a mirar por la ventana y vio que el cielo se había teñido de naranja. ¿Fuego? Sí, claro. Habría un incendio y la sirena seguro que era de los bomberos… Y entonces estallaron de nuevo el ruido y la confusión. Un tiro, tenía que ser un tiro, porque había sonado igual que los disparos de las películas. Por debajo de su ventana pasaron unos tipos encapuchados corriendo a toda velocidad. Dios mío, ¿qué estaba pasando? Un nuevo portazo la hizo gritar y se subió a la cama, encogida contra la pared, clavándose la trampa para ratones en la clavícula, sin atreverse a apagar la luz. Cogió el móvil y, tragándose el miedo y el orgullo, marcó el número de Pedro una, diez, veinte veces. Pero él no contestó. Ni siquiera tenía buzón de voz.

En un arranque de valor se levantó a coger el portátil, lo puso encima de la cama y entró a mirar los periódicos en internet. Última hora, decían algunos. Un hombre muerto a disparos por la policía en Tottenham.

El tiro…

Pero ahora no escuchaba nada. Ya se habrían llevado el cadáver. Menos mal que no había salido esa noche y aquel espantoso asesinato no la había pillado andando por la calle, regresando del metro tras acudir a alguna absurda fiesta o de un irritante encuentro con Mariona. Sintió más ganas que nunca de irse de allí para no volver. En Madrid jamás escucharía un tiro. Los habría, vale, pero no donde ella vivía. Añoraba con toda su alma sentirse segura, sentirse en casa.

Esperó en tensión, preparada para escuchar más ruidos, pero un espeso silencio pareció envolver la noche, como si nada hubiera ocurrido. No podía aguantar más las ganas de hacer pis, así que tuvo que abrir la puerta y hasta logró asomarse a la escalera para ver si escuchaba algún ruido en el piso de abajo. Pero no, seguía sola en casa. El portazo, las voces… tenían que haber sido en otro sitio. Era imposible que alguien hubiera entrado en el cuarto de Jane. Fue al baño y regresó a su cama a toda prisa. Solo quería sentir la espalda contra el colchón y taparse hasta las orejas a ver si así dejaba de temblar.

Pasó la noche en duermevela con la luz encendida, el cuerpo alerta, esperando oír más gritos, más tiros, horrorizada al pensar que alguno de esos tipos con capucha podía irrumpir en su habitación. Con el móvil en la mano, llamó a Pedro seis veces más antes de rendirse y caer agotada cuando la luz de la mañana comenzó a brillar. Cómo agradeció el amanecer temprano. Los días empezaban a ser eternos otra vez; comenzaban a las cinco de la mañana y no oscurecía hasta las once de la noche.

Durmió profundamente un par de horas hasta que la despertó el chirrido implacable de una sirena. Seguía sola en casa y con el miedo cosido a las tripas. Volvió a mirar las noticias. Un hombre peligroso, un forcejeo con la policía, un desenlace fatal... Gracias a Dios que ese día no tenía que ir a trabajar. Y también libraba al siguiente, que era sábado. No volvió a escuchar más ruidos sospechosos y decidió encerrarse a cal y canto y dejar pasar las horas viendo películas.

El nombre de Lola apareció en su móvil el domingo por la mañana. Cuando contestó, su amiga estaba llorando.

—¿Estás bien? No sabía nada, me he enterado ahora, estaba con Ramona desde que salimos de la *rave*... Lo siento, tía. Voy para allá. ¿O estás con Pedro?

—No... Estoy sola. Tranquila Lola, no vengas, estoy bien. Escuché el disparo, pero todo sucedió lejos de nuestra calle.

—¡Joder! ¡Lo oíste! ¿Tienes que currar hoy? Yo estoy en Clapham, en casa de Candy, pero voy ahora mismo.

Josefina logró tranquilizar a Lola. No tenía sentido que volviera, porque ella tenía que irse a trabajar en cuestión de minutos. Ya se verían por la tarde. Sí, tenía turno de mañana. Sí, terminaría a las tres. Sí, sí, iría directa a casa. Vale, sí, podía ir a esperarla al metro y harían el camino de vuelta juntas. Al colgar sonrió como una niña que recibe un beso antes de su primer día en un colegio nuevo. Le había dicho a Lola que estaba bien, y en realidad sí lo estaba. Nada grave le había sucedido y la calle parecía en calma. Cuando abrió la puerta y salió afuera eran las ocho de la mañana y no había ninguna señal de que hubiera sucedido algo terrible. Comenzaba a respirar tranquila, disfrutando del aire fresco, cuando dobló la esquina y al entrar en la calle principal se encontró un panorama desolador. Había coches calcinados, escaparates destrozados, tiendas cerradas. Y el olor... A pólvora, a adrenalina, a sudor. Tres tipos con capucha se acercaban en dirección a ella. Sin pensarlo dos veces se metió en el primer comercio abierto que vio, una tienducha donde los periódicos mostraban fotos de un Londres en llamas. Todo había ocurrido esa misma madrugada cerca de su casa. Y por algún incomprensible milagro, Josefina no se había enterado de nada. Tal vez era que los ángeles verdaderamente existían y alguno se había apiadado de ella...

Cuando se sintió a salvo, corrió al metro. Los *commuters* lucían la misma cara inexpresiva de siempre. Más avanzado el trayecto, el vagón los expulsaba para lanzarlos a sus oficinas y acoger a nuevos viajeros felices y despreocupados con sus maletas y sus mochilas. Como todos los días. ¿O quizás hoy estaban un poco más contentos porque podían huir de aquella ciudad de locos y regresar a sus casas?

En el aeropuerto todo parecía en calma. Le tocaba abrir el café, y Armando no apareció en toda la mañana. Los clientes sonreían como siempre, tomaban su taza de té como siempre. Esperó a Ed y Vanessa, pero fue en vano. Le habría encantado preguntarles qué demonios estaba ocurriendo de verdad.

En la pausa llamó a Olga. Quería saber cómo se encontraba. Se temía lo peor... Estaba trabajando y no podía hablar, pero le dijo que se mudaría al estudio de Victor mientras duraran los disturbios, que según él no eran algo para tomar a broma. Aunque se oía mucho ruido de fondo, Josefina creyó percibir en la voz de su amiga un matiz de alegría contenida, como una flor brotando tímida pero decidida tras el gélido invierno. ¿Sería porque Victor al fin le había abierto sus puertas? Antes de colgar, Olga le confirmó su intuición. Sí. Victor le había pedido que se fueran a vivir juntos. A una casa nueva, por supuesto. Ya habían visto una preciosa en Richmond. Con tres pisos y jardín. Vaya, el negocio iba viento en popa entonces... Josefina se alegró muchísimo.

Cuando llegó a Tottenham, Lola y Ramona la esperaban en la entrada del metro, como habían prometido. El aire seguía espeso, amenazador, pero al menos no se veían coches incendiados y la calle estaba llena de policías.

—Tronca, si esos son los peores —gruñó Lola—. ¿Pero no ves que todo esto ha comenzado porque un *madero* disparó anoche a un negro?

—¡Cállate, Lola! No digas «negro». Ya hablamos en casa —pidió Ramona.

—Si no me entiende ni Dios. Venga, levantad la cabeza, poned cara de tías duras y vamos directas a casa.

Lola se puso en medio de las dos y las tomó del brazo como aquella primera vez que Josefina y ella habían paseado juntas, cuando Lola le dijo que Londres era muy feo y que ella soñaba con vivir en París. Llegaron a casa al paso más ligero posible y saltaron de alegría al cerrar con llave. Lola, aunque fingía estar tranquila, colocó una silla contra la puerta, atrancando la cerradura para que nadie pudiera abrir.

—Da lo mismo porque es de cartón piedra y se tira de una patada, pero por si acaso.

—La noche del disparo escuché voces. Habría jurado que alguien entró en casa y se metió en el cuarto de Jane —contó Josefina—. Es imposible, ¿no?

Estaban las tres de pie en la cocina. Lola les dio una cerveza a cada una.

—Pues no lo sé, hija... Yo no me meto en lo que hace Jane, pero tiene algunas amistades de un chungo que me dan miedo hasta a mí.

—Joder, Lola dime que no, que aquí no puede entrar nadie, coño.

—Venga, vamos a cenar, dejaos de decir cosas de mal rollo. ¿Qué queréis, espaguetis boloñesa o pollo *tikka masala*? —intervino Ramona, mostrando un envase del supermercado en cada mano. Josefina adoraba el *tikka masala* del Tesco. Siempre lo compraba a mitad de precio cuando estaba a punto de caducar.

Pusieron la mesa en el cuarto de Jane.

—Así vigilamos si entra alguien —dijo Lola.

—¿Pero Jane está metida en trapicheos de drogas o algo así? Dime la verdad —insistió Josefina.

—Que no lo sé, tía. Ni lo quiero saber. Pero qué quieres que te diga... Yo, trabajar no la he visto nunca. En barrios como este la gente no vive, sobrevive.

—Y aún te sorprende que me quiera largar.

Ramona iba y venía canturreando con los platos, los vasos y un rollo de papel higiénico que hacía las veces de servilletas.

—¿Ponemos la tele a ver cómo va el tema? —propuso Josefina.

Las otras estuvieron de acuerdo. Las noticias mostraban un Londres desolador. Barrios en llamas, adolescentes escondidos bajo sus capuchas, enloquecidos, rabiosos, rompiendo los escaparates para saquear las tiendas. Los disturbios se habían extendido como un virus letal por Hackney, Peckham, Lewisham... Había decenas de heridos...

—Para que tú veas la multiculturalidad —dijo Josefina—. Al final va a ser que la convivencia no es tan idílica. Como en las parejas, vamos.

Lola fue a replicar, pero se quedó callada. Incluso ella estaba impresionada.

—Pues yo estoy de acuerdo con Josefina. El batiburrillo de extranjeros que hay aquí es demasiado ya. Esto es una bomba a punto de estallar. Cada uno quiere imponer sus costumbres y es que no puede ser. Y luego que la familia en España será un coñazo, pero aquí lo que no hay son valores —aseguró Ramona mientras servía el pollo y los espaguetis—. He leído hoy en el periódico que los niños de barrios como este no saben lo que es comer en familia. Porque no tienen familia. Son hijos de madres solteras jovencísimas sin educación ni trabajo ni futuro. Y así andan ahora, descargando su mala hostia y su ignorancia por las calles.

Vaya, Ramona lo había explicado a la perfección. Hasta entonces, Josefina la había tomado por una veinteañera alocada con cerebro de mosquito. Ahora se daba cuenta de lo lista que era. Parecía perfecta para Lola.

—Hombre, eso ya lo sabemos nosotras. Mira Ulises cuando vinieron mi madre y mi hermana en Navidad, que era vernos hacer la comida y se le iluminaban los ojitos como si estuviera en Disneylandia. El pobre alucinaba la primera vez que nos vio sentarnos a la mesa juntas y sin tele. —Josefina recordó la cara de felicidad del pequeño cuando le daban un trozo de turrón. Volvía una y otra vez. No sabían si a por otro dulce o a por otro ratito de compañía. Ellas le regalaban las dos cosas encantadas.

El móvil de Josefina sonó. ¿Pedro? Pero no. Era el fijo de la casa de sus padres. Hablando de familia… ¡Demasiado habían tardado en llamar! Cosa que, muy a su pesar, le había dolido.

—Buenas noches, hija. ¿Qué está ocurriendo, tú estás bien? Acabamos de ver el telediario. A tu madre casi le da un infarto, hija. Le he dicho que te iba a llamar para que le hables, a ver si se calma.

Papá… ¡Papá! Su voz la inundó de paz y al mismo tiempo la hizo sentirse más pequeña que nunca. Qué lástima que aquel hombre tan bueno hubiera sido siempre demasiado cobarde para protestar cuando su madre estaba delante, avasallándolo con sus amarguras.

Quiso tranquilizarlo, decirle que no hiciera caso de las noticias, papá, la tele exagera mucho, Londres es muy grande y siempre hay barrios más problemáticos, sí, es verdad que todo ha ocurrido cerca de mi casa pero casi ni me he enterado, todo se calmará de un momento a otro, no te preocupes, papá, este es un país civilizado. Logró pronunciar las palabras, y hacer como que se las creía. Y su padre jugó al mismo juego. Cuídate, hija, llámanos mañana que estamos muy preocupados. Luego, Toñi se puso al teléfono. Entonces la cosa era seria. O su madre estaba realmente al borde del infarto o lo que contaban en el telediario era tan alarmante que había ido a casa de sus padres a las nueve de la noche de un domingo.

—¿Qué está pasando, Fina? —susurró—. ¿Estás bien de verdad? Toda la movida ha empezado en tu barrio. Si ya sabía yo que nada bueno podía pasar ahí. Con toda esa gente tan rara. Por Dios, es que lo pienso y no puedo dormir.

Toñi parecía asustada de verdad y no tuvo fuerzas para mentirle también a ella. Le dijo que había escuchado el comienzo de los disturbios desde su cuarto y que el barrio estaba muy revolucionado. Pero era verdad que ella había estado en casa mientras todo ocurría, y ahora Lola estaba a su lado. Le prometió que no saldría a la calle más que para ir a trabajar.

—Ni se te ocurra. Encerraos con llave. ¿Había cerrojo en ese cuchitril donde vives? Yo distraeré al *papa* y a la *mama*, evitaré que vean las noticias, pero tenme al día, ¿me oyes?

Al colgar sintió un calorcito en el corazón. Se alegraba de haber hablado con su familia. Pero no quería mirar mucho el teléfono porque le dolía tanto que Pedro no la hubiera llamado... Era raro, rarísimo. No lo conocía bien, pero sí lo suficiente para saber que no era un hombre vengativo. Aun así, no tenía ganas de insistir y mucho menos de justificar su silencio. Era imperdonable que no le devolviera las llamadas.

—Mañana mismo compro el billete de avión y no me volvéis a ver el pelo por aquí —les dijo a Lola y Ramona mientras recogían la mesa. Ninguna de las dos contestó.

Josefina fue a la cocina con los platos sucios, y al regresar a la habitación de Jane las encontró besándose. Entonces, ella sobraba... Bueno, ya habían terminado de cenar y compartido una botella de vino. Se sintió muy torpe y farfulló que iba a lavarse los dientes y a leer un rato en su cuarto.

Cuando ya subía por la escalera oyó unas risitas y la voz de Lola gritó:

—Deja la puerta del cuarto abierta y nosotras también, ¿vale? ¿Mañana te quedas en casa?

Pero no. Era lunes y le tocaba turno de mañana. Se metió en la cama y la luz y los murmullos que llegaban del piso de abajo la serenaron. De repente, un recuerdo dormido en su memoria despertó de un salto. Se vio a sí misma cuando era adolescente y no podía conciliar el sueño, y le dolía el cuerpo de tanto dar vueltas en la cama, y entonces abría la puerta para escuchar a su madre, sentada sola en el salón, cosiendo mientras veía la tele, y su cercanía le calmaba aquel mordisco en el estómago. Pero a veces no era suficiente, y entonces se levantaba y se iba al sofá con ella. Su madre no protestaba, aunque seguía mirando la tele, y a veces Josefina se tumbaba y apoyaba la cabeza en su regazo. Paca nunca la tocaba, pero solo así ella se tranquilizaba lo suficiente como para poder regresar a la cama y dormir.

Qué suerte tener doce horas de descanso por delante, y que Lola y Ramona estuvieran en casa. La verdad era que siempre había alguien cerca de ella que la tomaba de la mano cuando estaba a punto de tropezar. Así era la amistad en un país extraño...

Su otro consuelo era que pronto escaparía de aquella isla maldita abarrotada de forasteros que cada día aterrizaban bajo su cielo hostil creyendo que se adentraban en la tierra prometida. Volvería a España muy pronto, dejaría sus bártulos en casa de sus padres, nada, cuatro cosas, porque pensaba deshacerse de casi todo, y luego se iría a algún pueblo marinero de Andalucía, pero que estuviera lejos de Cádiz, alquilaría el apartamento para un mes y se dedicaría a pasear por la playa, beber tintos de verano y dormir siestas. Así se atiborraría de vitamina D y de valor. Y oye, hasta podría quedarse todo el invierno en el pueblito, trabajar de camarera cuando no hubiera turistas y comer *pescaíto* frito hasta hartarse. Lola le había dicho que la costa de Huelva estaba muy bien. Y ella ya sabía lo que era vivir sola, ser la nueva, la de fuera. No era la misma Josefina que una vez había regresado a su habitación de niña pequeña en la casa de sus padres...

Lola y Ramona subieron las escaleras. Josefina escuchó sus pasos, sus risas, sus besos y, mientras sus ojos se cerraban, sintió algo en su pecho que debía de ser agradecimiento. Dejaron la puerta del dormitorio abierta como habían prometido y pronto la casa quedó en silencio. Se durmió pensando en Pedro y derramando lágrimas que mojaban la almohada en silencio, como tantas veces había hecho al volver a la cama después de acurrucarse sobre el regazo de su madre y no recibir ni una sola caricia.

23

El lunes por la mañana tuvo que hacer un gran esfuerzo para arrancar su cuerpo del calor de las sábanas. Los brazos y las piernas protestaban, lentos y pesados. ¡No querían salir a la calle ni ponerse a servir cafés! La cabeza, en cambio, se le escapaba a las playas del sur de España, bien lejos de aquel Londres delirante. Josefina respiró hondo antes de obligarlos a todos a responder. Triste, sí, estaba triste y terriblemente cansada a pesar de dormir muchas horas. Y tenía miedo. Estuvo a punto de llamar a Armando y fingir que estaba enferma, o decirle la verdad: que su barrio parecía un campo de batalla y que por favor llamara a Fiona para que la sustituyera. Pero en el último momento pensó que quedarse en casa no sería mucho mejor. Para qué, si el cielo ya se había vestido de gris y su luz mortecina acentuaba el horroroso estampado de sus sábanas de poliéster, las partículas indefinidas que habían vuelto a vivir en la moqueta, la piel de su rostro cada día más cerúlea.

Si se quedaba en su cuarto no se iba a poder levantar, pensó después de mirar el móvil y comprobar otra vez que Pedro no la había llamado. Ya llevaba casi un mes sin saber nada de él… Solo tenía un mensaje de Olga.

Sigo con Victor. Todo ok. Dime si tú estás bien. Hoy no trabajo. Si tienes miedo llámanos y vamos a buscarte. No lo dudes, por favor. Todo acabará pronto.

Sonrió. ¡Bravo por su amiga! Y bravo por Victor, que le seguía despertando una simpatía irrefrenable. Ya los imaginaba viviendo juntos en su casa de Richmond, tomando el té en el jardín, con dos o tres chiquillos adorables correteando entre sus piernas mientras ellos trataban de hablar de sus negocios. Victor sin duda había comprendido lo mucho que necesitaba descansar en aquella sedosa feminidad que Olga derrochaba. Y ella, que era movediza como el clima de Londres, seguro que había sabido darse cuenta de que la presencia radiante de Victor espantaba las brumas que opacaban su luz. Tenía que quedar a cenar con ellos para despedirse antes de su partida.

Y esa misma noche al volver del trabajo compraría el billete de vuelta.

No podía olvidarse de informar a Armando de su renuncia con dos semanas de antelación. Ya estaban a principios de agosto. Calculó que para finales de mes podría estar en España. Era una fecha perfecta. Mientras todos andarían deprimidos con la implacable llegada de septiembre, ella se daría el lujo de marcharse a la playa y empezar de nuevo, una vez más. «Quiero cambiar de aires...» Sí, la excusa aún le servía. Seguía siendo verdad.

Caminó hasta el metro tratando de no fijarse en los escaparates reventados, los coches calcinados que nadie se había molestado en retirar y los tipos con capucha que venían de frente y a los que ya no evitaba, aunque las piernas se le licuaban al sentir el roce de sus sudaderas contra su bolso en el instante en que sus caminos se cruzaban. Andaba despacio, arrastrando los pies de puro cansancio. Ni siquiera se sobresaltó cuando vio una rata royendo una bolsa de basura de las muchas acumuladas en la entrada de una casa que se caía de vieja.

Tomó el metro, se acomodó en un rincón y se abrazó a sí misma, dormitando hasta llegar a Heathrow. Luego puso en pie su cuerpo con enorme esfuerzo, consolándose con la idea de que al terminar el turno podría esconderse en su cama a las siete de la tarde. Ah, dejarse caer en el colchón y soltarlo todo...

En las escaleras que comunicaban el metro con la terminal se apreciaba un tránsito inusual de viajeros. ¿Sería que todos se habían puesto de acuerdo para largarse de Londres esa mañana? Muy pronto, ella también interpretaría su marcha triunfal sobre aquellos mismos escalones, acompañada de su fiel maleta. Por un instante, ese pensamiento le dio la ligereza que necesitaba para mover sus piernas. Y justo entonces comenzó a sonar una melodía y el espacio se llenó de unos acordes que le resultaron familiares.

Only when you leave I'll need to love you
And when the action has all gone
I'm just a little fool enough to need you
Fool enough too long...

Josefina no se lo podía creer. Era la primera vez que escuchaba una canción de Spandau Ballet en el metro. Demasiado pasados de moda para los tiempos que corrían... Respiró, y el remolino que vivía en el centro de su pecho como agua a punto de desbordarse cambió de lugar. Luego movió el peso de su cuerpo de un pie a otro. No podía dejar que aquel río que llevaba dentro la inundara. No allí, no ahora. Pero la canción...

How many hearts must you break,
And how many calls must I make?

But now you're leaving...

Alzó la cabeza para que sus lágrimas no osaran lanzarse al vacío. Tenía que distraerlas de algún modo, así que se giró para buscar al músico. Pero su mirada se paró en seco a mitad de camino.

En la escalera de enfrente, la que bajaba del aeropuerto al metro.

Ahí estaban. Aquellos ojos...

Como brisa marina acariciando sus párpados. Como dejarse acunar en el mar en calma un amanecer de verano. Como la tierra anhelando fundirse con la lluvia que ahora sí manaba desde su interior. Una fuerza desconocida se apoderó de ella. Su cuerpo se había vuelto de viento y fuego.

Se dio la vuelta y bajó los escalones, a contramarcha, tropezando con maletas y gente que la insultaba en varios idiomas. En la escalera de al lado, Pedro subía sin chocar con la multitud, como siempre, con la misma gracia con la que se movía por la vida. Tan deprisa que, cuando ella llegó abajo, él la estaba esperando arriba. Se miraron en la distancia y rompieron a reír. Josefina lloraba a carcajadas. Le habían nacido alas en los pies y comenzó a subir la escalera a pie. Pedro bajó hasta ella en dos zancadas y la envolvió en un abrazo. Josefina ya no podía ni quería moverse. Su olor...

—Te estaba buscando —le susurró Pedro al oído.

—Y yo a ti —dijo ella. Tenía la boca seca. Pedro, Pedro, al fin...

—Acabo de volver de España. Estaba de vacaciones en Cádiz. No sabía nada de los disturbios... Me fui unos días después de verte con aquel capullo. —La apretó más fuerte al decirlo—. Necesitaba parar y largarme de aquí. Me pedí un mes entero en el trabajo... Estaba tan cabreado que dejé el móvil inglés en mi casa porque no quería saber nada de Londres. Ni de ti... —Se le quebró la voz.

La gente pasaba golpeándolos con sus equipajes y Pedro condujo a Josefina a un rincón del pasillo, cerca del músico.

In this world
All that I choose has come unbearable
But love is in your touch...

«Sigue hablando mientras suena la música, por favor...»

—Quería terminar mi novela antes de volver... He pasado el fin de semana totalmente aislado en una casa en la playa, escribiendo. Y cuando leí los periódicos en el avión... Me moría por hablar contigo... pero no me sé tu número de teléfono.

Y por eso había ido desde el aeropuerto de Luton hasta el de Heathrow para buscarla.

Y pensaba esperarla todo el día en el café.

Y si libraba en el café, iría a su casa.

Y si no estaba en su casa, esperaría en la puerta. Aunque el barrio entero ardiera.

Quería contarle que lo habían llamado de una editorial. Querían publicar su primera novela, justo ahora que había terminado la segunda. Pero no había tiempo. Josefina empezaba su turno en cinco minutos.

—Te espero en casa —dijo Pedro, resistiéndose a soltarla.

El día pasó, breve y manso, sin hacerse notar. Josefina flotaba sobre la moqueta, sirviendo tazas de café livianas cual estrellas de purpurina. Repartió *darlings, honeys* y *sweethearts* entre sus clientes como quien regala caramelos en la cabalgata de Reyes, y quizás prometió a Armando que iría a bailar salsa con él sin falta el viernes por la noche. Cuando se puso la gabardina y abrió su paraguas, desapareciendo por el camino que llevaba al metro, algún viajero habría podido jurar que se había cruzado con la mismísima Mary Poppins a punto de echar a volar en dirección a su cielo mágico.

Pedro la estaba esperando, descalzo y recién duchado. El jardín resplandecía a la luz de las velas que embellecían la noche. Algo olía deliciosamente en el horno mientras él ponía un beso en su frente y una copa de vino blanco helado en su mano. Dios mío, cómo lo había echado de menos...

—Lo siento... —murmuró Josefina cuando se fundió de nuevo en su abrazo.

Él le puso un dedo en los labios y le acarició la mejilla.

Después de cenar, hicieron el amor. Josefina cerró los ojos y vio flores abriéndose en su pecho y soles que estallaban en su vientre.

Cuando despertó, el día se mostraba tan antipático como le era posible. El cielo gris, la lluvia impertinente, el viento odioso. El dormitorio olía a cerrado y el suelo estaba sembrado de ropa. Pedro roncaba con la boca abierta. Y otra vez tenía que ir a trabajar. Recogió su bolso de la alfombra y un paquete de tabaco cayó al suelo. Josefina lo arrugó hasta convertirlo en un revoltijo apestoso y tiró a la basura los últimos cigarrillos de su vida.

Envuelta en un jersey de Pedro, se sentó en el alféizar con la ventana abierta, saludando con la mano a los primeros turistas del día que, impasibles ante el mal tiempo, venían a fotografiar las casitas de colores. Sonrió al ver que le devolvían el saludo con entusiasmo. Igual pensaban que ella era una actriz famosa. Y mira, esta vez sí que le apetecía sentirse como Julia Roberts. Qué fresquito tan delicioso hacía... Sonrió mirando al cielo. Sí, llovía, pero el aire olía diferente. A flores, a esperanza, a vida.

Y de repente lo supo con la misma claridad con que un día, quince meses atrás, había sabido que se iría a vivir a Londres.

Se quedaba.

Cuando el frío y el exceso de turistas la obligaron a apartarse de la ventana, vio un sobre apoyado en la pantalla del portátil de Pedro. Era una carta, con su sello y todo. Su nombre y la dirección de la casa de Tottenham escritos con rotulador azul le saltaron a los ojos. *«Te la iba a enviar por correo postal»* decía un pósit pegado en un extremo del sobre. Josefina se sentó a leer…

Le costó terminar, porque tenía que parpadear a cada momento para poder ver a través de las lágrimas. Contempló a Pedro, tan quieto, irradiando paz; parecía un niño entregado al sueño y quería correr a comérselo a besos...

¡Un blog! ¡Eso era!

Escribiría un blog para los españoles que querían irse a vivir a Londres. Contaría sus experiencias, revelaría sus lugares favoritos, hablaría de los trámites y los papeleos, animaría a los recién llegados. ¡Claro! ¿Cómo no se le había ocurrido antes? Aprendería todo lo que hiciera falta. Marketing digital, diseño, fotografía, publicidad. Se dejaría el alma para sacar adelante su proyecto. Trabajando en el café para poder financiarlo. Y con suerte, su ex y ella venderían el piso. Después... ya se vería.

Miró el reloj. Sí, le daba tiempo de preparar un desayuno sorpresa antes de que Pedro despertara y ambos tuvieran que marcharse a trabajar. Bajó a la cocina y abrió la nevera con ímpetu, solo para comprobar que estaba vacía. Pues iría al Tesco al acabar su turno y haría el desayuno por la noche. Café y tostadas con aceite de oliva para cenar. Bueno, ¿por qué no?

Ah, y un ramo de flores.

Lo importante era que había vuelto a casa.

UNA CARTA PARA JOSEFINA

Querida Josefina,

me gusta empezar a escribirte con ese encabezado tan antiguo. «Querida Josefina», como las cartas de los novios de antes que ya nadie escribe. ¿Sabes que mi madre guarda una maleta con todas las que mi padre le enviaba a diario cuando hizo la mili?

Hoy, yo te escribo desde una casita de un pueblo perdido en mi Cádiz del alma. Esta mañana bien temprano salí a dar un paseo. Me moría de ganas de regresar a mi playa querida, zambullirme en sus aguas bravas, abrazar el paisaje que conoce todos mis secretos. Pero fue un placer a medias, porque el pecho me dolía al pensar —continuamente— en lo mucho que deseaba tenerte conmigo para empaparnos juntos del sol de España y desprendernos en el océano de todo el frío, la lluvia, las prisas y la incertidumbre que se nos han quedado agarrados a la piel desde que vivimos en Londres.

Aunque me fui por un tiempo pretendiendo alejarme de todo, no dejo de pensar en mi vida de allí. Porque ahora que estoy en España me doy cuenta de que me faltas tú.

Y además, mi ropa, mis libros y mis sueños me están esperando en Londres. Amo mi tierra, sí, pero si algo me ha enseñado Londres es a trazar un camino bajo mis pies allá donde me encuentre y aceptar la vida como viene, con sus dudas, sus injusticias y sus giros. Sin tantas quejas, temores ni muros como levantaba en España, sin tantas mochilas a cuestas.

Esa ciudad tiene muchas caras. Es el cielo y es el infierno. Lo que veas depende de ti. De adónde decidas mirar. Ella te mostrará lo que desees, pero a veces te pondrá delante lo que en verdad necesitas, como una madre estricta. Josefina, Londres no es el lugar al que viajamos para encontrar trabajo cuando en nuestro país se nos cierran las puertas. Londres es la ciudad a la que vamos a sanar el corazón.

Quién sabe, tal vez haya algo que flota en el aire y que hace de los ingleses criaturas excéntricas y de nosotros, los inmigrantes, buscadores de nosotros mismos. Y la ciudad nos inspira para llegar a ser lo que realmente somos. Nos busca y nos une, niños perdidos que deambulamos por Londres anhelando encontrar, como Alicia, la puerta para cruzar al otro lado del espejo. Y las grietas se nos van cerrando sin darnos cuenta, entre viajes en el metro y encuentros fugaces con gente que mañana pasará de largo. Mientras limpiamos los restos del desayuno que otros se han comido sin percatarse siquiera de nuestra presencia o alzamos la mirada en busca de un rayo de sol que nos consuele de tanta soledad. Un día nos levantamos y otra vez llueve detrás del cristal sucio de esa ventana que no se puede abrir, y sin embargo nos damos cuenta de que, al fin, las piezas del puzle empiezan a cobrar sentido.

Para mí ese momento llegó al encontrarte a ti. Ahora comprendo que era necesario quedarme callado mientras tú atravesabas tu propio desierto como yo he cruzado el mío. Pero he estado muy enfadado, Josefina...

El primer día que te vi, en la tienda, temerosa de que alguien te echara una regañina por tirar la torre de cajas de té, supe que tú eras el motivo por el que me había ido a vivir a Londres. Mi corazón te reconoció con tanta claridad que no podía comprender que ni siquiera me vieras. Pero no me atreví a decírtelo, ni esa vez ni las siguientes. Me limitaba a esperarte todos los días y a levantarme cada mañana con la esperanza de verte aparecer. Y cuando al fin lo hiciste, tuve miedo de que volvieras a marcharte. Por eso preferí irme yo. Ya ves, qué cobarde.

Sin embargo, cuando tú leas estas palabras estaré de vuelta en Londres. Habré echado esta carta al buzón. Y te estaré esperando.

Quiero decírtelo por escrito, de la manera que mejor sé, para que siempre puedas recordarlo: te amo, Josefina, y quiero estar contigo. Tú dices que quieres un hogar y no lo encuentras. Pero un hogar se crea día a día allá donde estés. Incluso si es en una habitación mohosa con trampas para ratones en un *council* de un barrio chungo en Londres.

En Londres ahora, y mañana quién sabe.

No importa, porque nuestro hogar está en el corazón.

Con todo mi amor,

Pedro.

LA HISTORIA DENTRO DE LA HISTORIA

Como Josefina, yo también lo dejé todo y me fui a vivir a Londres en el verano de 2010. Era un viejo sueño adolescente que se había quedado sin cumplir. Y una mañana de verano, al salir del café Pepe Botella de Malasaña, una voz interna me lo dijo a mí misma con toda claridad: «Me voy a Londres».

Sabía que algo muy importante me esperaba allí.

Llevaba nueve años viviendo de alquiler, sola, en un minúsculo apartamento del barrio madrileño de Chueca del que había querido irme muchas veces. Pero, por alguna razón, me daba miedo alejarme. Seguramente porque estaba muy cerca de la casa de mis padres y me sentía culpable solo de pensar en dejarlos solos a ellos, que habían perdido a mi hermano pequeño por un brutal cáncer de huesos. Incluso la sierra de Madrid me parecía un destino tentador, pero demasiado lejano.

Y de repente, aquella mañana, el miedo se transformó en alegría. En cuestión de semanas vendí mis muebles, metí los libros en cajas, regalé trastos y me quedé con cuatro cosas.

Primero puse un anuncio en internet buscando alojamiento. Una chica me escribió para contarme que era actriz, modelo y cantante y que le encantaba la idea de que compartiera con ella su casa de Notting Hill. Poco después decidió mudarse a Brighton, junto al mar, y me dejó las llaves de la casa de Londres hasta que expirara el contrato. Así que viví durante algunas semanas en uno de los barrios más caros de la ciudad sin pagar una libra, como Pedro. Ella acabó marchándose a la India, donde resulta que es toda una estrella. Querida Yaana, si lees esto espero que sigas siendo muy feliz.

El trabajo tampoco fue un problema. Nunca fui camarera o dependienta en Londres. Toda mi vida he trabajado como periodista y escritora. Ya llevaba siete años siendo una feliz colaboradora *freelance* de varias revistas femeninas y seguí siéndolo en Londres. ¡Un día entrevisté a Annie Lennox! (Fue encantadora). De todos modos, al poco de llegar a la ciudad encontré un trabajo de periodista a tiempo parcial tras superar la primera y única entrevista. Meses después, cuando quise irme a otra empresa, se repitió la misma historia.

Y, al igual que Josefina, yo también conocí a mi propio «Dick Rochester» y hasta me creí que tenía que salvarme de algo, sin darme cuenta de que una chica que se atreve a irse sola a Londres a los treinta y muchos y consigue una casa gratis y un trabajo «de lo suyo» sin el menor esfuerzo no necesita ningún príncipe azul de tres al cuarto.

Por suerte, el hechizo duró muy poco.

Después tuve la fortuna de encontrar a Ed y Vanessa Winters. Sí, existen, y yo viví en su casa de Islington, donde por primera vez me sentí como en la mía y conocí a gente encantadora.

Fuera de ella también hice muchos amigos. Mónica, Parag, Maria, Marie, Sue... Cada uno a su manera fueron para mí como un faro en la noche. Aunque mi gran amiga en Londres fue siempre mi querida Isa, cuya luz y alegría iluminaron muchos días sombríos. Ella emprendió la aventura un poco antes que yo, y juntas nos empeñamos en sanar nuestro corazoncito en Londres (e hicimos una inolvidable excursión a Stonehenge). Isa es tan valiente que, tras muchas idas y venidas, sigue en Inglaterra.

En cambio, un año después de marcharme, yo regresé a España. Por las mismas razones por las que Josefina quería volver. Me superó la idea de pasar otro invierno sin ver el sol, compartiendo casa, aburriéndome en una oficina.

Sin haber encontrado a la persona que yo creía que me esperaba allí…

Y volví a casa de mis padres. Con treinta y nueve años. Por suerte, justo entonces me ofrecieron otro trabajo. Empecé a escribir una página llamada Consejos de Amor para una compañía que pertenecía a The New York Times (y que fue, por cierto, el mejor empleo que he tenido nunca). Centrarme en el trabajo me vino bien, porque me sentía bastante desubicada. No estaba ni aquí ni allí. No quería más Madrid, pero Londres me apabullaba.

Poco después empecé a escribir un blog hablando de mis experiencias en Inglaterra. Lo compartí en un grupo de Facebook para españoles en Londres y, un día, un chico llamado Ángel me escribió. Era un ingeniero gaditano que, al quedarse sin trabajo, había emigrado a Londres un año después de que yo regresara. Como Pedro, trabajaba de camarero en Fortnum & Mason y era muy feliz allí. Lo que vi en la mirada de su foto de perfil, donde posaba frente al Tower Bridge, me cautivó. Y empezamos a escribirnos mensajes y a llamarnos por teléfono.

En el verano de 2013, los Winters me ofrecieron su casa mientras pasaban las vacaciones en París (sí, tengo un don para que la gente me preste casas). Ángel me esperaba en el aeropuerto con un regalo por mi reciente cumpleaños y un ramo de flores. No fue un flechazo. ¡Fue mejor! A la media hora me di cuenta de que a su lado me sentía como en casa.

Supe que él era la persona que yo había estado esperando cuando vivía en Londres, un año atrás.

Al terminar el verano regresé a Madrid. Siete meses después, mientras estábamos buscando la manera de reunirnos, la casa que Ángel tenía en Sevilla se quedó libre. Como él seguía en Londres, fui a ponerla a punto para alquilarla de nuevo. Mi intención era pasar dos semanas allí. Y entremedias, él vino a visitarme. Una maravillosa noche de marzo me quedé embarazada (a mis cuarenta y un años y a la primera ocasión). Pero, como no lo sabíamos, él regresó a Londres. Pocos días después, una arritmia cardiaca lo obligó a volver a España y pasar unos meses de baja. Sin haberlo pretendido, la vida nos reunió en Sevilla para esperar juntos lo más maravilloso que nos iba a pasar: nuestra hija Mar.

Y así fue que me marché a Londres para cambiar mi vida y lo logré. Solo que no ocurrió exactamente cómo ni cuándo yo pensaba.

La vida da extrañas y fascinantes vueltas. Y cuando elegimos agarramos a ella y aceptamos que nos suba y nos baje, nos maree y nos guíe, en lugar de quedarnos en el suelo atenazados por el miedo, ocurren cosas maravillosas.

Así que, si piensas irte a vivir a Londres, recuerda esta historia y guárdala en algún lugar de tu corazón.

Printed in Great Britain
by Amazon